Graham Greene

Die Stunde der Komödianten

Roman

Deutsch von Hilde Spiel

Deutscher
Taschenbuch
Verlag

dtv

Von Graham Greene
sind im Deutschen Taschenbuch Verlag erschienen:
Ein Mann mit vielen Namen (11429)
Orient-Expreß (11530)
Ein Sohn Englands (11576)
Zwiespalt der Seele (11595)
Das Schlachtfeld des Lebens (11629)
Das Attentat (11717)
Die Kraft und die Herrlichkeit (11760)
Der dritte Mann (11894)
Das Herz aller Dinge (11917)
Jagd im Nebel (11977)
Unser Mann in Havanna (12034)
Der stille Amerikaner (12063)
Der Mann, der den Eiffelturm stahl (12129)
Der Honorarkonsul (12187)

Ungekürzte Ausgabe
Juli 1996
Deutscher Taschenbuch Verlag GmbH & Co. KG,
München

Titel der englischen Originalausgabe:
›The Comedians‹

ISBN 3-552-02014-4
Umschlagbild: Alexander Schütz
Gesetzt aus der Stempel Garamond 10/11,5˙ (Winword)
Gedruckt auf säurefreiem, chlorfrei gebleichtem Papier
Gesamtherstellung: C. H. Beck'sche Buchdruckerei,
Nördlingen
Printed in Germany · ISBN 3-423-12199-8

». . . Aspects are within us,
and who seems
Most kingly is the King.«

THOMAS HARDY

An A. S. Frere

Lieber Frere
Als Sie an der Spitze eines großen Verlagshauses standen, war ich einer Ihrer anhänglichsten Autoren. Sobald Sie aufhörten, Verleger zu sein, schien es mir, wie vielen Schriftstellern auf Ihrer Liste, an der Zeit, ein anderes Heim zu suchen. Dieser Roman ist der erste, den ich seither geschrieben habe, und ich möchte ihn Ihnen zueignen, im Gedenken an eine mehr als dreißigjährige Verbindung – ein kühles Wort für all den Rat (von dem Sie nie erwarteten, daß ich ihn befolgen würde), all die Ermunterung (von der Sie niemals wußten, daß ich sie nötig hatte), all die Zuneigung und den Spaß jener gemeinsam verbrachten Jahre.

Ein Wort über die Figuren in ›Komödianten‹. Es ist unwahrscheinlich, daß ich mit einer Ehrenbeleidigungsklage gegen mich selbst Erfolg hätte; dennoch möchte ich klarstellen, daß der Erzähler dieser Geschichte zwar Brown heißt, aber nicht Greene ist. Wie ich aus Erfahrung weiß, nehmen viele Leser an, die Ichfigur sei immer der Autor. So bin ich in meinem Leben schon für den Mörder eines Freundes, den eifersüchtigen Liebhaber der Gattin eines Staatsbeamten und einen besessenen Roulette-Spieler gehalten worden. Ich möchte meiner chamäleonartigen Natur nicht noch die Charakterzüge eines Mannes verleihen, der einem südamerikanischen Diplomaten Hörner aufsetzt, möglicherweise illegitimer Herkunft ist und bei den Jesuiten erzogen wurde. Aha, mag man sagen, Brown ist Katholik, und Greene, wie wir wissen, ist es gleichfalls ... Man vergißt aber häufig, daß es einem Buch über mehr als zehn Personen, selbst wenn es in England spielt, an Wahrscheinlichkeit ermangelte, wäre nicht zumindest eine von ihnen katholisch. Die Nichtbeachtung dieses sozialstatistischen Tatbestandes macht den englischen Roman zuweilen etwas provinziell.

Die Ichfigur ist nicht die einzige erfundene Person: Keine der anderen, von solchen Nebenrollen wie die des britischen Geschäftsträgers bis zu den Hauptfiguren, hat existiert. Hier ein körperliches Merkmal, dort eine Sprachgewohnheit, eine Anekdote – sie werden in der Küche des Unterbewußtseins zusammengebraut und tauchen zumeist selbst für den Koch unkenntlich wieder auf.

Das arme Haiti und die Regierungsmethoden Doktor Duvaliers sind nicht erfunden, diese letzteren nicht einmal der dramatischen Wirkung wegen düsterer gefärbt. Es wäre unmöglich, eine solche Nacht noch zu schwärzen. Die Tontons Macoute sind voll von Männern weit üblerer Art als Concasseur; das unterbrochene Leichenbegängnis ist der Wirklichkeit entnommen; mancher Joseph humpelt nach überstandener Tortur durch die Straßen von Port-au-Prince. Und obschon ich dem jungen Philipot niemals begegnet bin, habe ich doch in jenem ehemaligen Irrenhaus bei Santo Domingo genauso tapfere und schlecht ausgebildete Guerillakämpfer getroffen wie ihn. Nur in Santo Domingo ist eine Änderung eingetreten, seit ich dieses Buch begann – zum Schlechteren.

Herzlichst
GRAHAM GREENE

Erster Teil

Erstes Kapitel

1

Denkt man an all die grauen Standbilder Londons von Generälen hoch zu Pferd, von Helden alter Kolonialkriege und noch gründlicher vergessenen Politikern im Gehrock, dann hat man keinen Anlaß, den einfachen Stein zu belächeln, der an Jones gemahnt. Er liegt auf der anderen Seite jener internationalen Straße, die Jones nicht mehr zu überqueren vermochte, in einem Land fern von seiner Heimat, deren geographische Lage mir freilich bis heute schleierhaft ist. Zumindest hat er für sein Monument, wenn auch noch so ungern, mit dem Leben gezahlt, indes die Generäle zumeist gesund zurückkehrten und, falls überhaupt, mit dem Blute ihrer Mannschaften zahlten; die Politiker hingegen – aber wem liegt schon so viel an toten Politikern, daß er noch wüßte, für welche Sache sie einst eingetreten sind? Der Freihandel ist weniger interessant als ein Aschanti-Krieg, mögen auch die Londoner Tauben diese beiden Dinge nicht unterscheiden können. *Exegi monumentum.* Wann immer mich mein etwas bizarrer Beruf nordwärts nach Monte Cristi führt, und ich an dem Stein vorbeikomme, bin ich ein wenig stolz darauf, daß ich mitgeholfen habe, ihn zu errichten.

Im Leben der meisten Menschen gibt es einen Augenblick, in dem man nicht mehr zurück kann. Weder Jones noch ich erkannten ihn, als er eintrat, obschon wir, gleich den Piloten alter Vorkriegsflugzeuge, durch unsere bisherige Laufbahn zu größerem Scharfblick hätten erzogen sein müssen. Ich zumindest war mir dieses Augenblicks nicht im mindesten bewußt, als er eines trüben Augustmorgens auf dem Atlantik langsam im Kielwasser der »Medea« versank, eines Frachters der Königlich-Niederländischen Dampfschiffahrts-Gesellschaft, der, aus Philadelphia und New York kommend, Kurs hielt auf Haiti und Port-au-Prince. In jenem Abschnitt meines Lebens blickte ich noch voll Ernst in die Zukunft – selbst in die Zukunft meines leeren Hotels und einer Liebesgeschichte, die fast ebenso leer war. Soviel ich wußte, hatte ich weder mit Jones noch mit Smith das geringste zu tun, sie waren Mitreisende, mehr nicht, und ich ahnte nichts von den *Pompes funèbres* in Mr. Fernandez' Bestattungsinstitut, die sie für mich anbahnten. Wäre es mir gesagt worden, ich hätte gelacht, wie ich jetzt über meine schöneren Tage lache.

Der Spiegel meines Pink Gin schwankte mit dem Rollen des Schiffes, als wäre das Glas ein Meßinstrument für den Wellengang, indes Mr. Smith eben Jones sehr bestimmt zur Antwort gab: »Ich war niemals seekrank, Sir, niemals. *Mal de mer* kommt von Magensäure. Fleischgenuß erzeugt Magensäure, genau wie Alkohol.« Er war einer von den Smiths im Staat Wisconsin, aber für mich war er von allem Anfang an nur der Präsidentschaftskandidat, weil seine Frau, bevor ich noch seinen Zunamen kannte, ihn so bezeichnet hatte, während wir uns in der ersten Stunde auf hoher See über die Reling beugten. Sie vollzog dabei mit ihrem kräftigen Kinn eine ruckartige Bewegung, als habe sie, sollte es an Bord noch einen zweiten Präsidentschaftskandidaten geben, keinesfalls auf diesen hingezielt. »Ich meine meinen Gatten da drüben, Mr. Smith – er war Präsidentschaftskandidat im Jahr 1948. Er ist ein Idealist. Natürlich hatte er aus eben diesem Grund nicht die mindeste Chance.« Worüber hatten wir nur gesprochen, um ihr Anlaß zu dieser Mitteilung zu geben? Müßig betrachteten wir das glatte graue Meer; es schien in der Drei-Meilen-Zone wie ein träges und unheildrohendes Tier dazuliegen, das in seinem Käfig nur darauf wartet, zu beweisen, was es draußen alles anrichten kann. Vielleicht hatte ich ihr von einer Bekannten erzählt, die Klavier spielte, und ihre Gedanken mochten auf Trumans Tochter und damit auf die Politik übergesprungen sein – sie war politisch weitaus interessierter als ihr Mann. Ich glaube, sie war der Meinung, sie selbst hätte als Kandidatin mehr Chancen gehabt als er, und ich hielt das, aus ihrem vorstehenden Kinn zu schließen, durchaus für möglich. Mr. Smith, der den Kragen seines schäbigen Regenmantels aufgestellt trug, um seine großen, unschuldigen, behaarten Ohren zu schützen, ging hinter uns auf dem Verdeck auf und ab; eine Locke seines weißen Haars hatte sich im Wind aufgerichtet wie eine Fernsehantenne, und er trug eine Reisedecke auf dem Arm. Ich konnte ihn mir als einen Heimatdichter vorstellen oder auch als den Rektor einer hinterwäldlerischen Hochschule, aber niemals als Politiker. Ich versuchte, mich zu erinnern, wer in jenem Wahljahr Trumans Gegner gewesen war – gewiß war es doch Dewey gewesen, nicht Smith –, da trug der Wind vom Atlantik ihren nächsten Satz davon. Mir war, als habe sie etwas von Vegetabilien gesagt, doch das Wort kam mir damals ziemlich unwahrscheinlich vor.

Jones begegnete ich später unter peinlichen Umständen, denn er war gerade mit dem Versuch befaßt, den Steward zu bestechen, damit er unsere Kabinen vertausche. Er stand in der Tür zu der meinen, in der einen Hand einen Koffer, in der anderen zwei Zehndollar-Scheine. Er sagte eben: »Er war ja noch gar nicht unten. Er wird keinen Krach schlagen. Die Art Mensch ist er nicht. Selbst wenn er den Unterschied merkt.« Er sprach, als kennte er mich.

»Aber, Mr. Jones . . .«, begann der Steward einzuwenden.

Jones war ein kleiner, sehr korrekt gekleideter Mann in einem hellgrauen Anzug mit doppelreihiger Weste, der abseits von Fahrstühlen, Büroangestellten und dem Geklapper von Schreibmaschinen etwas unangebracht wirkte – er war auch der einzige seiner Art auf unserem armseligen Hökerschiff im mürrischen Meer. Später fiel mir auf, daß Jones den Anzug niemals wechselte, auch nicht am Abend des Bordfestes, und ich fragte mich schließlich, ob sein Handkoffer vielleicht gar keine anderen Kleidungsstücke enthielt. Er kam mir vor wie jemand, der in der Eile die falsche Uniform eingepackt hatte, denn auffallen wollte er bestimmt nicht. Mit seinem kleinen schwarzen Schnurrbart und seinen dunklen Pekinesenaugen hätte ich ihn für einen Franzosen gehalten – etwa für jemanden von der »Bourse« –, und es kam recht überraschend für mich, zu erfahren, sein Name sei Jones.

»Major Jones –«, wies er den Steward mit leisem Vorwurf zurecht.

Ich war beinahe so verlegen wie er. Auf einem Frachter gibt es nur wenige Passagiere, und es ist unangenehm, einen Groll gegen jemand von ihnen zu nähren. Der Steward legte die Hände aneinander und sagte zu ihm, im vollen Gefühl seines Rechtes: »Ich kann da gar nichts machen, Sir. Die Kabine wurde für diesen Herrn reserviert. Für Mr. Brown.« Smith, Jones, Brown – es klang unglaubwürdig. Ich hatte ein gewisses Recht auf meinen farblosen Namen, aber hatte er es auch? Ich lächelte über seine fatale Lage, doch Jones' Humor war, wie ich entdecken sollte, simpler geartet. Er blickte mich würdevoll und aufmerksam an, dann sagte er: »Ist das wirklich Ihre Kabine, Sir?«

»Kommt mir ganz so vor.«

»Jemand sagte mir, sie sei nicht besetzt.« Er rückte leicht zur Seite, so daß er meinem nur allzu auffälligen Schiffskoffer, der gleich innen stand, den Rücken kehrte. Die Dollarscheine waren verschwunden, vielleicht in seinem Ärmel, denn ich hatte keinerlei Handbewegung zu seiner Rocktasche hin gesehen.

»Hat man Ihnen eine schlechte Kabine gegeben?« fragte ich.

»Ach, mir ist bloß Steuerbord lieber.«

»Mir auch, auf dieser Route hier. Man kann die Luke offenlassen.« Und wie um die Richtigkeit meiner Worte zu unterstreichen, begann jetzt das Schiff, während es weiter ins offene Meer hinausfuhr, langsam zu schlingern.

»Zeit für einen Pink Gin«, sagte Jones sogleich; wir gingen zusammen hinauf und entdeckten die kleine Salonbar und den schwarzen Kellner, der die erste Gelegenheit ergriff, um mir, während er Wasser in meinen Gin goß, zuzuflüstern: »Ich bin britischer Untertan, Sah.« Ich stellte fest, daß er eine solche Behauptung Jones gegenüber unterlassen hatte.

Die Bartür flog auf, und der Präsidentschaftskandidat erschien, eine eindrucksvolle Gestalt trotz der unschuldigen Ohren; er hatte sich im Eingang bücken müssen. Hierauf sah er sich in der ganzen Bar um und trat dann zur Seite, um seine Frau unter seinem gebogenen Arm eintreten zu lassen wie eine Braut unter dem gezogenen Säbel. Es war, als wolle er sich zuerst vergewissern, daß sich hier keine unpassende Gesellschaft befand. Seine Augen waren von reingewaschenem Blau, und aus Nase und Ohren wuchsen ihm schlichte Büschel grauen Haares. Er war von so echtem Schrot und Korn, wie man nur sein konnte, ein vollkommener Gegensatz zu Mr. Jones. Hätte ich mir damals die Mühe gemacht, überhaupt über sie nachzudenken, ich hätte gedacht, die beiden könnten sich nicht besser miteinander vertragen als Öl und Wasser.

»Hereinspaziert«, sagte Mr. Jones (ich konnte es irgendwie nicht über mich bringen, an ihn als Major Jones auch nur zu denken), »hereinspaziert und ein Schnäpschen hinter die Binde.« Seine Ausdrucksweise war stets, wie ich feststellen sollte, ein wenig altmodisch, als hätte er seine Vokabeln einem Wörterbuch der Umgangssprache entnommen, jedoch nicht der neuesten Ausgabe.

»Sie müssen mir verzeihen«, erwiderte Mr. Smith höflich, »aber ich rühre keinen Alkohol an.«

»Ich rühre ihn auch nicht an«, sagte Jones, »ich trinke ihn.« Und er machte seine Worte zur Tat. »Jones mein Name«, fügte er hinzu. »Major Jones.«

»Sehr erfreut, Herr Major. Mein Name ist Smith. William Abel Smith. Meine Frau – Major Jones.« Er sah mich fragend an, und ich merkte, daß ich bei der gegenseitigen Vorstellung ins Hintertreffen geraten war.

»Brown«, sagte ich schüchtern. Mir schien, als mache ich einen schlechten Scherz, doch keiner von ihnen bemerkte die Pointe.

»Klingeln Sie nochmals«, sagte Jones, »seien Sie ein guter Junge.« Ich war bereits zur Stellung eines alten Freundes aufgerückt und ging, obwohl Mr. Smith der Klingel näher stand, quer durch die Bar, um den Knopf zu drücken. Er war jedenfalls damit beschäftigt, seiner Frau die Reisedecke um die Knie zu wickeln, wenngleich es in der Bar reichlich warm war – vielleicht eine alte eheliche Gewohnheit. An diesem Punkt legte Mr. Smith, als Antwort auf Jones' Behauptung, es gäbe keinen besseren Schutz vor Seekrankheit als einen Pink Gin, sein Glaubensbekenntnis ab: »Ich habe niemals an *mal de mer* gelitten, Sir, niemals ... Ich war mein Leben lang Vegetarier«, und seine Frau fügte hinzu: »Wir machten diese Frage zum Gegenstand unserer Kampagne.«

»Kampagne?« fragte Jones scharf, als hätte dieses Wort den Major in ihm erweckt.

»Bei den Präsidentschaftswahlen 1948.«

»Sie waren ein Kandidat?«

»Leider«, sagte Mr. Smith mit sanftem Lächeln, »leider hatte ich sehr geringe Chancen. Die beiden großen Parteien . . .«

»Es war eine Geste«, unterbrach ihn seine Frau heftig. »Wir haben unser Fähnlein gehißt.«

Jones war verstummt. Vielleicht war er beeindruckt oder vielleicht versuchte er gleich mir, sich zu erinnern, wer damals die beiden Hauptkandidaten gewesen waren. Dann ließ er den Satz auf seiner Zunge zergehen, als genösse er dessen Geschmack. »Präsidentschaftskandidat von 1948.« Er setzte hinzu: »Es ist mir eine Ehre, Sie kennenzulernen.«

»Wir hatten keine Organisation«, sagte Mrs. Smith. »Wir konnten es uns nicht leisten. Trotz allem erhielten wir mehr als zehntausend Stimmen.«

»Ich hatte nie mit so starker Unterstützung gerechnet«, sagte der Präsidentschaftskandidat.

»Wir waren nicht die letzten bei der Stimmenzählung. Es gab noch einen Kandidaten – hatte was mit Landwirtschaft zu tun, wie, Liebster?«

»Ja, ich habe den genauen Namen seiner Partei vergessen. Er war ein Schüler von Henry George, glaube ich.«

»Ich muß zugeben«, sagte ich, »daß ich immer dachte, die einzigen Kandidaten seien der Republikaner und der Demokrat gewesen – ach, da gab's noch einen Sozialisten, nicht wahr?«

»Die Parteiwahlen davor machen das meiste Aufsehen«, sagte Mrs. Smith, »und wenn sie noch so ordinäre Wildwest-Veranstaltungen sind. Können Sie sich Mr. Smith mit einem Haufen weiblicher Tambourmajore vorstellen?«

»Jeder kann sich um die Präsidentschaft bewerben«, erklärte der Kandidat mit sanfter Demut. »Das ist der Stolz unserer Demokratie. Ich kann Ihnen versichern, es war ein großes Erlebnis für mich. Ein großes Erlebnis. Ein Erlebnis, das ich niemals vergessen werde.«

2

Unser Schiff war sehr klein. Vermutlich hätte eine volle Passagierliste nur vierzehn Menschen umfaßt, und die »Medea« war keineswegs voll. Es war jetzt keine Reisesaison, und die Insel, auf die wir zusteuerten, keineswegs mehr ein Anziehungspunkt für Touristen.

Da war ein geschniegelter Neger mit sehr hohem weißem Kragen, gestärkten Manschetten und goldgefaßter Brille, unterwegs nach Santo Domingo; er hielt sich völlig abseits und gab bei Tisch nur einsilbige Antworten, höflich und unbestimmt. Als ich ihn etwa fragte, was für eine Ladung der Kapitän in Trujillo – ich verbesserte mich: »Verzeihung, ich meine Santo Domingo«, – wohl an Bord nehmen würde, nickte er gravitätisch und sagte: »Ja.« Von sich aus stellte er nie eine Frage, und seine Zurückhaltung schien uns um unserer eigenen müßigen Neugier willen zu tadeln. Da war auch ein Reisender einer pharmazeutischen Firma – ich habe vergessen, welchen Grund er dafür angab, daß er nicht hinüberflog. Mir schien es sicher, daß es nicht der wahre Grund war und daß er an Herzbeschwerden litt, die er für sich behielt. Sein Gesicht sah gestrafft und papieren aus, über einem Körper, der zu groß für den Kopf war; er lag stundenlang in seiner Koje.

Der Grund für mich, das Schiff zu nehmen, war Vorsicht – ich hatte manchmal den Verdacht, es könnte auch für Jones der Grund sein. In einem Flughafen wird man auf der Rollbahn so rasch von der Besatzung des Flugzeuges getrennt; in einem Hafen spürt man die Sicherheit fremder Bretter unter den Füßen – ich galt als Einwohner der Niederlande, solange ich auf der »Medea« blieb. Ich hatte meine Fahrkarte direkt bis Santo Domingo gelöst und sagte mir, wenn auch nicht überzeugend, daß ich nicht beabsichtige, das Schiff zu verlassen, bevor ich nicht gewisse Zusicherungen vom britischen Konsul erhalten hätte – oder von Martha. Das Hotel, das ich in den Hügeln oberhalb der Hauptstadt besaß, war drei Monate ohne mich ausgekommen; gewiß hatte es keine Gäste; und ich legte größeren Wert auf mein Leben als auf eine leere Bar und einen Korridor leerer Schlafzimmer und auf eine Zukunft, die bar jeder Aussicht war. Was die Smiths betraf, so glaube ich wirklich, die Liebe zum Meer hatte sie an Bord geführt; es dauerte jedoch eine ganze Weile, bevor ich erfuhr, weshalb sie sich entschlossen hatten, die Republik Haiti zu besuchen.

Der Kapitän war ein magerer, unzugänglicher Holländer, gescheuert und geputzt wie ein Stück seiner eigenen Messingreling, der nur ein einziges Mal bei Tisch erschien, ganz im Gegensatz zu seinem Zahlmeister, der unordentlich und von überströmender Lustigkeit war, mit einem starken Hang zu Bols-Gin und Haiti-Rum. Am zweiten Tag auf hoher See lud er uns ein, mit ihm in seiner Kajüte zu trinken. Wir alle quetschten uns hinein, außer dem Reisenden in Arzneiartikeln, der sagte, er müsse stets um neun zu Bett. Selbst der Herr aus Santo Domingo schloß sich uns an und erwiderte »nein«, als ihn der Zahlmeister fragte, wie er das Wetter finde.

Der Zahlmeister hatte die muntere Gewohnheit, alles zu übertreiben; seine natürliche Heiterkeit erhielt nur einen kleinen Dämpfer, als die Smiths um Zitronenbitter baten und, da dies nicht vorhanden war, um Coca-Cola.

»Sie trinken Ihren eigenen Tod«, sagte er ihnen und begann seine eigene Theorie zu entwickeln, wie die geheimgehaltenen Bestandteile von Coca-Cola hergestellt würden. Die Smiths blieben unbeeindruckt und tranken ihr Coca-Cola mit sichtlichem Vergnügen. »Sie werden was Stärkeres brauchen, dort wo Sie hinfahren«, sagte der Zahlmeister.

»Mein Mann und ich nehmen niemals etwas Stärkeres zu uns«, erwiderte Mrs. Smith.

»Das Wasser ist nicht zu trinken, und jetzt, da die Amerikaner abgezogen sind, werden Sie auch kein Coca-Cola mehr finden. In der Nacht, wenn Sie das Schießen auf der Straße hören, werden Sie vielleicht denken, ein Glas starker Rum ...«

»Keinesfalls Rum«, sagte Mrs. Smith.

»Schießen?« fragte Mr. Smith. »Hört man schießen?« Er blickte mit einer Spur von Besorgnis zu seiner Frau hinüber, die unter der Reisedecke kauerte (selbst in der stickigen Kajüte war ihr nicht warm genug). »Warum schießen?«

»Fragen Sie Mr. Brown. Er lebt dort.«

Ich sagte: »Schießen habe ich nicht oft gehört. Gewöhnlich machen sie das ruhiger ab.«

»Wer ist das – sie?« fragte Mr. Smith.

»Die Tontons Macoute«, unterbrach ihn der Zahlmeister voll Schadenfreude. »Die kleinen Teufel des Präsidenten. Sie tragen schwarze Brillen und suchen ihre Opfer nach Einbruch der Dunkelheit auf.«

Mr. Smith legte seiner Frau die Hand auf das Knie. »Der Herr versucht, uns Schrecken einzujagen, Liebste«, sagte er. »Man hat uns auf dem Reisebüro nichts Derartiges erzählt.«

»Er weiß wohl kaum«, sagte Mrs. Smith, »daß wir nicht so leicht zu schrecken sind«, und irgendwie glaubte ich es ihr.

»Verstehen Sie, wovon wir sprechen, Mr. Fernandez?« rief der Zahlmeister quer durch die Kajüte, mit jener hohen Stimme, die manche Leute allen Angehörigen einer fremden Rasse gegenüber verwenden.

Mr. Fernandez hatte den verglasten Blick eines Mannes, der dem Einschlafen nahe ist. »Ja«, sagte er, doch ich glaube, daß er genausogut mit »nein« hätte antworten können. Jones, der auf dem Rand des Bettes gesessen hatte, ein Glas Rum in der Hand, sprach jetzt zum ersten Mal. »Gebt mir fünfzig Kommandos«, sagte er, »und ich fege durch das Land wie eine Dosis Rizinusöl.«

»Waren Sie bei den Kommandos?« fragte ich etwas überrascht.

Er sagte etwas unbestimmt: »Ein anderer Zweig derselben Truppe.«

Der Präsidentschaftskandidat sagte: »Wir haben eine persönliche Empfehlung an den Wohlfahrtsminister.«

»Was für einen Minister?« fragte der Zahlmeister. »Wohlfahrt? Sie werden keine Wohlfahrt finden. Sie müßten die Ratten sehen, so groß wie Foxterrier . . .«

»Man hat mir im Reisebüro gesagt, es gäbe dort ein paar sehr gute Hotels.«

»Eins gehört mir«, sagte ich. Ich nahm meine Brieftasche heraus und zeigte ihm drei Ansichtskarten. Sie waren in grellen, ordinären Farben gedruckt, hatten aber historische Würde, denn sie waren Überbleibsel einer Epoche, die für immer vorüber war. Auf der einen sah man ein blaugekacheltes Schwimmbecken voll junger Mädchen in Bikinis; auf der zweiten spielte ein im ganzen Karibischen Archipel berühmter Trommler unter dem Strohdach der »Creole Bar«; und auf dem dritten Bild – einer allgemeinen Ansicht des Hotels – gab es Giebel und Balkone und Türmchen, die phantastische Architektur des neunzehnten Jahrhunderts in Port-au-Prince. Die wenigstens hatte sich nicht verändert.

»Wir hatten es uns etwas ruhiger vorgestellt«, sagte Mrs. Smith.

»Bei uns ist es jetzt ruhig genug.«

»Es wäre bestimmt angenehm, bei einem Freund zu wohnen, nicht wahr, mein Herz? Wenn Sie ein Zimmer mit Bad oder Dusche frei haben?«

»Jedes Zimmer hat ein Bad. Haben Sie keine Angst vor Lärm. Der Trommler ist nach New York geflohen, und die Bikini-Mädchen sind jetzt alle in Miami. Sie werden wahrscheinlich meine einzigen Gäste sein.«

Mir war eingefallen, diese zwei Gäste könnten erheblich mehr wert sein als das Geld, das sie zahlten. Ein Präsidentschaftskandidat hat zweifellos einen gewissen Rang; er würde unter dem Schutz seiner Botschaft stehen, oder was davon noch übrig war. (Als ich Port-au-Prince verlassen hatte, war das Botschaftspersonal bereits auf einen Geschäftsträger, eine Sekretärin und zwei Wachen der Marinetruppe zusammengeschmolzen, die wieder die einzigen Überreste der Militärmission darstellten.) Vielleicht war Jones derselbe Gedanke gekommen. »Kann sein, daß ich mich anschließe«, sagte er, »falls keine anderen Vorkehrungen für mich getroffen wurden. Wenn wir zusammenbleiben, wär's ein wenig so, als befänden wir uns noch an Bord.«

»Je mehr, desto sicherer«, stimmte der Zahlmeister zu.

»Mit drei Gästen werde ich der meistbeneidete Hotelier in Port-au-Prince sein.«

»Man ist nicht sehr sicher, wenn man beneidet wird«, sagte der Zahlmeister. »Sie täten wesentlich besser dran, alle drei, mit uns weiterzufahren. Ich persönlich lege keinen Wert darauf, mich auch nur fünfzig Meter vom Kai zu entfernen. In Santo Domingo gibt es ein prächtiges Hotel. Ein Luxushotel. Ich kann Ihnen Ansichtskarten zeigen, so gut wie seine.« Er öffnete eine Lade, und ich warf einen kurzen Blick auf ein Dutzend viereckiger

Päckchen – Präservative, die er mit Profit an die Mannschaft verkaufen konnte, wenn sie an Land ging, zu Mère Catherine oder in eines der billigeren Häuser. (Seine Überredungskünste, das wußte ich genau, würden sich auf ein paar schauerliche statistische Angaben stützen.) »Was habe ich nur damit gemacht?« fragte er ganz nutzlos Mr. Fernandez, der lächelte und »ja« sagte; und dann begann er auf seinem Schreibtisch herumzusuchen, der mit Drucksachen und Büroklammern und Flaschen roter, grüner und blauer Tinte, einigen altmodischen Federhaltern und Schreibfedern angeräumt war, bis er ein paar abgegriffene Postkarten mit genau dem gleichen Schwimmbecken und einer »Creole Bar« entdeckte, die sich von der meinen nur dadurch unterschied, daß sie einen anderen Trommler hatte.

»Mein Mann ist auf keiner Ferienreise«, sagte Mrs. Smith abschätzig.

»Ich möchte mir eine behalten, wenn Sie nichts dagegen haben«, sagte Jones und wählte das Schwimmbecken und die Bikinis. »Man kann nie wissen . . .« Dieser Satz entsprach, wie ich glaube, seinem tiefsten Suchen nach dem Sinn des Lebens.

3

Anderntags saß ich auf der windgeschützten Steuerbordseite im Liegestuhl und ließ mich, im Schaukeln des malvengrünen Meeres, lässig in die Sonne und wieder aus der Sonne rollen. Ich versuchte einen Roman zu lesen, doch das berechenbare schwere Schreiten seiner Figuren durch die uninteressanten Wandelgänge der Macht schläferte mich ein, und als das Buch auf das Verdeck fiel, machte ich mir nicht die Mühe, es aufzuheben. Meine Augen öffneten sich erst, als der Reisende in Arzneiartikeln vorüberging; er klammerte sich mit beiden Händen an die Reling und schien an ihr entlang zu klettern, als wäre es eine Leiter. Er keuchte heftig und sah verzweifelt entschlossen drein, als wisse er, wohin diese Kletterpartie führe und daß sie seiner Mühe wert sei, wisse aber auch, daß er niemals die Kraft haben werde, das Ziel zu erreichen. Wieder schlief ich ein und befand mich in einem verdunkelten Zimmer, wo mich jemand mit einer kalten Hand berührte. Ich erwachte, und es war Mr. Fernandez, der wohl durch das starke Schlingern des Schiffes überrascht worden war und sich an mir anhielt. Mir war, als fiele ein Schauer Goldes aus einem schwarzen Himmel, als seine Brille die Strahlen der launenhaften Sonne einfing. »Ja«, sagte er, »ja«, und lächelte um Verzeihung, indes er seines Weges weiterschwankte.

An diesem zweiten Tag der Fahrt schien es, als seien alle außer mir von einem plötzlichen Drang ergriffen, Bewegung zu machen. Als nächster kam nämlich Jones – ich konnte es immer noch nicht über mich bringen, ihn anders zu nennen – in der Mitte des Decks einher, wobei er seine Gangart dem Schwanken des Schiffs anpaßte. »Böig!« rief er mir zu, während er vorüberging, und wieder hatte ich den Eindruck, daß Englisch eine Sprache war, die er aus Büchern gelernt hatte – in diesem Fall vielleicht aus Dickens. Dann kehrte unerwartet, mit wildem Rutschen, Mr. Fernandez zurück und hinter ihm, mühselig, der Pharmazeut auf seiner anstrengenden Kletterpartie. Er hatte seinen Vorsprung verloren, lag aber weiter hartnäckig im Rennen. Ich fragte mich schon, wann der Präsidentschaftskandidat auftauchen würde, er hatte wohl ein starkes Handikap, da trat er in diesem Augenblick aus der Salonbar neben mir hervor. Er war allein und sah unnatürlich vereinsamt aus, wie eine der Figuren eines Wetterhäuschens ohne die andere. »Windig«, sagte er, als wolle er Mr. Jones' englische Ausdrucksweise verbessern, und setzte sich in den nächsten Liegestuhl.

»Ich hoffe, Mrs. Smith ist wohlauf.«

»Es geht ihr prächtig«, sagte er, »prächtig. Sie ist unten in der Kabine und lernt ihre französische Grammatik. Sie sagt, sie kann sich nicht konzentrieren, wenn ich dabei bin.«

»Französische Grammatik?«

»Ich höre, das ist die Sprache dort, wo wir hinfahren. Mrs. Smith ist fabelhaft sprachbegabt. Ein paar Stunden mit einem Grammatikbuch, und sie kann alles außer der Aussprache.«

»Französisch ist ihr noch nie untergekommen?«

»Das ist kein Problem für Mrs. Smith. Wir hatten einmal ein deutsches Mädchen im Haus – es dauerte keinen halben Tag, und Mrs. Smith konnte ihr in ihrer eigenen Sprache sagen, sie solle ihr Zimmer aufräumen. Ein anderes Mal hatten wir eine Finnin. Mrs. Smith brauchte fast eine Woche, um eine finnische Grammatik aufzutreiben, aber danach gab es kein Halten mehr für sie!« Er hielt inne und sagte dann mit einem Lächeln, das seiner Absurdität eine seltsame Würde verlieh: »Ich bin jetzt fünfunddreißig Jahre verheiratet und habe niemals aufgehört, diese Frau zu bewundern.«

»Verbringen Sie häufig Ihren Urlaub in dieser Weltgegend?« fragte ich hinterhältig.

»Wir versuchen, die Ferien mit unserer Mission zu verbinden«, sagte er. »Weder Mrs. Smith noch ich sind nur zu unserem Vergnügen da.«

»Ich verstehe. Und Ihre Mission führt Sie diesmal . . .?«

»Einmal«, sagte er, »machten wir Ferien in Tennessee. Es war ein unvergeßliches Erlebnis. Wir fuhren als ›Freiheitsboten‹. In Nashville, auf dem Weg hin, gab es einen Zwischenfall, da wurde mir angst und bange um Mrs. Smith.«

»Eine mutige Art, seine Ferien zu verbringen.«

Er sagte: »Wir lieben die Farbigen ungemein.« Er schien anzunehmen, daß keine weitere Erklärung nötig sei.

»Ich fürchte, die werden Sie enttäuschen, dort wohin Sie jetzt fahren.«

»Das meiste enttäuscht, bevor man ihm auf den Grund geht.«

»Farbige können genauso gewalttätig sein wie die Weißen in Nashville.«

»Auch wir in den Vereinigten Staaten haben unsere Sorgen. Trotzdem glaube ich, der Zahlmeister wollte sich – vielleicht – über mich lustig machen.«

»Gewiß wollte er das. Aber der Scherz ging daneben. Die Wirklichkeit ist ärger als alles, was er vom Kai aus gesehen haben kann. Ich bezweifle, daß er sich weit in die Stadt hineingewagt hat.«

»Sie würden uns also dasselbe raten wie er – nach Santo Domingo weiterzureisen?«

»Ja.«

Seine Augen schweiften traurig über die eintönige, ewig gleichbleibende Meereslandschaft. Ich dachte, ich hätte Eindruck auf ihn gemacht. Ich sagte: »Lassen Sie sich ein Beispiel dafür geben, wie das Leben dort ist.«

Ich erzählte Mr. Smith von einem Mann, den man der Teilnahme an einem Versuch verdächtigt hatte, die Kinder des Präsidenten auf ihrem Heimweg von der Schule zu entführen. Ich glaube nicht, daß Beweise gegen ihn vorlagen, aber er war bei einem internationalen Treffen in Panama der beste Scharfschütze der Republik gewesen, und man nahm vielleicht an, ein Meisterschütze sei vonnöten, um die Leibwache des Präsidenten umzulegen. Die Tontons Macoute umzingelten also das Haus – er selbst war gar nicht drin –, steckten es mit Benzin in Brand und erledigten dann alle, die zu fliehen versuchten, mit Maschinengewehren. Sie erlaubten der Feuerwehr, den Brand einzudämmen, und man kann jetzt das Loch in der Straße sehen, wie von einem gezogenen Zahn.

Mr. Smith lauschte aufmerksam. Er sagte: »Hitler hat Ärgeres getan, nicht? Und er war ein Weißer. Sie können nicht ihrer Hautfarbe die Schuld geben.«

»Das tue ich ja nicht. Das Opfer war auch ein Farbiger.«

»Genau betrachtet, sieht es überall sehr schlimm aus. Mrs. Smith wäre es gar nicht recht, wenn wir jetzt umkehrten, nur weil ...«

»Ich will Ihnen nicht zureden. Sie haben mir eine Frage gestellt.«

»Wie kommt es dann – wenn Sie mir noch eine zweite gestatten –, daß Sie selbst zurückgehen?«

»Weil das einzige, was ich besitze, dort liegt. Mein Hotel.«

»Ich nehme an, das einzige, was wir besitzen, Mrs. Smith und ich, ist unsere Mission.« Er saß da und starrte auf das Meer, da kam eben Jones vorbei. Er rief uns über die Schulter zu: »Viermal rundherum«, und ging weiter.

»Er hat auch keine Angst«, sagte Mr. Smith, als müsse er sich dafür entschuldigen, Mut zu beweisen, wie ein Mann sich für eine etwas auffallende Krawatte entschuldigen mag, die ihm seine Frau geschenkt hat, indem er hervorhebt, daß ein anderer die gleiche trägt.

»Ich frage mich, ob es in seinem Fall Mut ist. Vielleicht ist er wie ich und weiß nicht, wohin er sonst gehen soll.«

»Er war sehr freundlich zu uns beiden«, sagte Mr. Smith energisch. Es war klar, daß er das Thema zu wechseln wünschte.

Als ich Mr. Smith besser kannte, wurde ich mit diesem besonderen Ton in seiner Stimme vertraut. Er fühlte sich ausgesprochen unbehaglich, wenn ich schlecht von jemandem sprach – selbst von einem Fremden oder einem

Gegner. Er scheute dann vor dem Gespräch zurück wie ein Pferd vor dem Wasser. Es belustigte mich manchmal, ihn unerwartet an den Rand des Grabens zu bringen und ihn dann plötzlich gewissermaßen mit Sporen und Peitsche anzutreiben. Aber es gelang mir nie, ihn springen zu lehren. Ich glaube, er begann bald zu ahnen, worauf ich aus war, doch gab er seinem Mißfallen niemals Ausdruck. Das hätte bedeutet, einen Freund zu kritisieren. Lieber drückte er sich. Zumindest diesen Charakterzug teilte er nicht mit seiner Frau. Später sollte ich erfahren, wie feurig und angriffslustig sie von Natur sein konnte – sie war imstande, alle und jeden zu attackieren, ausgenommen natürlich den Präsidentschaftskandidaten selbst. Ich hatte im Verlauf der Zeit manche Auseinandersetzung mit ihr, sie hatte den Verdacht, daß ich ein wenig über ihren Mann lachte, aber sie ahnte niemals, wie ich die beiden beneidete. Ich hatte in Europa nie ein Ehepaar von solcher Loyalität getroffen.

Ich sagte: »Sie hatten vorhin über Ihre Mission gesprochen.«

»So? Sie müssen verzeihen, daß ich so viel von mir geredet habe. Mission ist ein zu starkes Wort.«

»Es interessiert mich.«

»Nennen Sie es eine Hoffnung. Aber ein Mann in Ihrem Beruf wird wohl nicht viel dafür übrig haben.«

»Sie meinen, es hat etwas mit Vegetarismus zu tun?«

»Ja.«

»Ich habe nichts dagegen. Es ist mein Beruf, mich nach meinen Gästen zu richten. Wenn meine Gäste Vegetarier sind . . .«

»Vegetarismus ist nicht nur eine Frage der Diät, Mr. Brown. Er beeinflußt das Leben in vieler Hinsicht. Wenn wir wirklich die Übersäuerung aus dem menschlichen Körper entfernen, werden wir auch jede Leidenschaft entfernen.«

»Das wäre das Ende der Welt.«

Er wies mich sanft zurecht: »Ich habe nicht ›Liebe‹ gesagt.« Und ich spürte ein merkwürdiges Gefühl von Scham. Zynismus ist billig – man kann ihn in jedem Woolworth-Laden kaufen – er ist allen minderwertigen Waren beigepackt.

»Jedenfalls sind Sie unterwegs nach einem vegetarischen Land«, sagte ich.

»Wie meinen Sie das, Mr. Brown?«

»Fünfundneunzig Prozent der Bevölkerung können sich weder Fleisch noch Fisch noch Eier leisten.«

»Ist Ihnen denn nie aufgefallen, Mr. Brown, daß nicht die Armen das Unglück über die Welt bringen? Kriege werden von Politikern, Kapitalisten, Intellektuellen, Bürokraten, von den Herren in der Wall Street oder den Herren im Kreml gemacht – noch kein Krieg ist von den Armen gemacht worden.«

»Und die Reichen und Mächtigen sind keine Vegetarier?«

»Nein, Sir. Gewöhnlich nicht.« Wieder schämte ich mich meines Zynismus. Einen Augenblick lang, während ich in diese hellblauen Augen sah, Augen ohne Furcht und ohne Zweifel, konnte ich glauben, er habe vielleicht recht. Ein Kellner stand neben mir. Ich sagte: »Ich möchte keine Suppe.«

»Es ist noch nicht Zeit für die Suppe, Sah. Der Kapitän bittet Sie auf ein Wörtchen zu sich, Sah.«

Der Kapitän war in seiner Kajüte – einem Raum, so kahl und reingeschrubbt wie er selbst und vollkommen unpersönlich bis auf die großformatige Fotografie einer Frau mittleren Alters, die aussah, als wäre sie in diesem Augenblick von ihrem Friseur gekommen, wo sogar ihr Charakter unter der Trockenhaube gesteckt hatte. »Nehmen Sie Platz, Mr. Brown. Wollen Sie eine Zigarre?«

»Nein, nein, danke sehr.«

Der Kapitän sagte: »Ich möchte rasch zur Sache kommen. Ich muß Sie bitten, mir behilflich zu sein. Ich bin in großer Verlegenheit.«

»Ja?«

Er sagte in einem überschatteten Ton: »Wenn ich etwas auf einer Reise nicht leiden kann, dann ist es das Unerwartete.«

»Ich dachte, auf See... immer... Stürme.«

»Ich spreche natürlich nicht von der See. Die See stellt keine Probleme.« Er änderte die Stellung eines Aschenbechers, einer Zigarrenschachtel, dann zog er die Fotografie der ausdruckslosen Frau, deren Haar in Wellen grauen Zements gelegt zu sein schien, einen Zentimeter näher zu sich heran. Vielleicht flößte sie ihm Zuversicht ein – mir hätte sie den Willen gelähmt. Er sagte: »Sie sind diesem Passagier Major Jones begegnet? Er nennt sich Major Jones.«

»Ich habe mit ihm gesprochen.«

»Was ist Ihr Eindruck?«

»Ich weiß kaum ... Ich hätte nicht gedacht ...«

»Ich habe soeben ein Kabel von meinem Büro in Philadelphia bekommen. Man will von mir, daß ich sofort per Kabel wiederhole, wann und wo er landet.«

»Sie wissen doch bestimmt aus seiner Fahrkarte ...«

»Man will sicher sein, daß er seine Pläne nicht ändert. Wir fahren nach Santo Domingo weiter ... Sie selbst haben mir erklärt, daß Sie bis Santo Domingo gebucht haben, für den Fall, daß in Port-au-Prince ... Er hat vielleicht dieselbe Absicht.«

»Handelt es sich um die Polizei?«

»Kann sein – es ist bloß meine Vermutung –, daß sich die Polizei für ihn interessiert. Verstehen Sie mich recht: ich habe nichts gegen Major Jones. Es ist möglicherweise eine rein formelle Anfrage, die in Gang gebracht wurde, weil irgendein Registraturbeamter … Aber ich dachte … Sie sind doch auch Engländer, Sie leben in Port-au-Prince, ein warnendes Wort von mir, eins von Ihrer Seite …«

Seine unbedingte Diskretion, seine unbedingte Korrektheit, seine unbedingte Rechtlichkeit reizten mich. Hatte sich der Kapitän niemals vergessen, in seiner Jugend oder in Weinlaune, in Abwesenheit jener wohlfrisierten Dame, seiner Gattin? Ich sagte: »Sie tun ja, als wäre er ein Falschspieler. Ich versichere Ihnen, er hat mir noch kein einziges Spielchen vorgeschlagen.«

»Ich habe nie gesagt …«

»Sie wollen also, daß ich Augen und Ohren offenhalte?«

»Genau das. Nichts weiter. Wenn es sich um etwas Ernstes handelte, hätte man mich bestimmt gebeten, den Mann festzunehmen. Vielleicht ist er vor seinen Gläubigern davongerannt. Wer weiß? Oder irgendeine Weibergeschichte«, setzte er angeekelt hinzu, wobei er den Blick des harten Weibes mit der steinernen Frisur auffing.

»Herr Kapitän, bei aller Achtung, ich bin kein berufsmäßiger Denunziant.«

»Ich verlange nichts Derartiges von Ihnen, Mr. Brown. Aber ich kann doch nicht gut einen alten Herrn wie Mr. Smith bitten … im Fall von Major Jones …« Wieder wurde ich mir der drei Namen bewußt, austauschbarer Namen wie Komikermasken in einer Farce. Ich sagte: »Wenn ich irgendwas Nennenswertes sehe – danach suchen werde ich nicht, verstanden?« Der Kapitän seufzte ein wenig über mich. »Als ob das nicht schon genug Verantwortung wäre für einen einzigen Menschen auf dieser Fahrt …«

Er begann mir eine lange Anekdote über etwas zu erzählen, das sich vor zwei Jahren in dem Hafen zugetragen hatte, der vor uns lag. Um ein Uhr früh hatte man

Schüsse gehört, und eine halbe Stunde später waren ein Offizier und zwei Polizisten auf dem Fallreep erschienen: sie wollten das Schiff durchsuchen. Natürlich verweigerte er die Erlaubnis. Dies sei souveränes Gebiet der Königlich-Niederländischen Dampfschiffahrtsgesellschaft. Es war zu einer längeren Auseinandersetzung gekommen. Er setzte volles Vertrauen in seinen Nachtwächter – fälschlicherweise, wie sich herausstellte, denn der Mann hatte auf seinem Posten geschlafen. Dann hatte sich der Kapitän aufgemacht, um mit dem diensttuenden Offizier zu sprechen, und auf dem Weg eine Blutspur bemerkt. Sie führte ihn zu einem der Rettungsboote, und dort entdeckte er den Flüchtling.

»Was haben Sie gemacht?« fragte ich.

»Er wurde vom Schiffsarzt behandelt, und dann habe ich ihn natürlich den zuständigen Behörden übergeben.«

»Vielleicht hatte er politisches Asyl gesucht.«

»Ich weiß nicht, was er suchte. Wie konnte ich? Er war ein vollkommener Analphabet; und jedenfalls hatte er kein Geld für die Überfahrt.«

4

Als ich Jones nach meinem Gespräch mit dem Kapitän wiedersah, war ich zu seinen Gunsten voreingenommen. Hätte er mich in diesem Augenblick aufgefordert, mit ihm Poker zu spielen, ich hätte ohne Zögern zugestimmt und gern an ihn verloren, denn ein Vertrauensbeweis hätte den schlechten Geschmack, der mir im Mund geblieben war, entfernt. Ich schlug die Backbordroute um das Deck ein, um Mr. Smith auszuweichen, und wurde mit Gischt überschüttet. Bevor ich in meine Kabine schlüpfen konnte, sah ich mich Mr. Jones gegenüber. Er blieb stehen und forderte mich auf, mit ihm ein Glas zu trinken. Schon fühlte ich mich schuldig, als hätte ich sein Geheimnis bereits verraten.

»Es ist etwas früh«, sagte ich.

»In London wird jetzt aufgesperrt.« Ich sah auf die Uhr – es war fünf Minuten vor elf – und kam mir vor, als kontrollierte ich seine Ausweispapiere. Während er den Steward suchen ging, nahm ich das Buch zur Hand, das er in der Bar zurückgelassen hatte. Es war ein amerikanisches Paperback mit dem Bild eines nackten Mädchens, das sich auf dem Bauch liegend in einem Lotterbett rekelte, und der Titel lautete: »Lieber heute als morgen«. Auf die Innenseite des Einbandes hatte er seinen Namen gekritzelt – H. J. Jones. Wollte er seine Identität festlegen oder bewahrte er sich gerade dieses Buch für seine persönliche Bibliothek? Ich öffnete es an einer beliebigen Stelle: »›Vertrauen?‹ Geoffs Stimme traf sie wie eine Peitsche . . .« Und dann kam Jones mit zwei Gläsern Lagerbier zurück. Ich legte das Buch weg und sagte unnötig verlegen: *»Sortes Virgilianae«.*

»Sortes – wie?« Jones hob sein Glas und blätterte in Gedanken in seinem Wörterbuch nach. »Pröstchen« mochte er denn doch als veraltet ablehnen, und so entschied er sich für das modernere »Salute«. Nach einem Schluck sagte er: »Ich hab Sie vorhin mit dem Kapitän sprechen gesehen.«

»Ja?«

»Unzugänglicher alter Bursche. Er unterhält sich nur mit Fatzkes.« Das Wort hatte einen abgestandenen Klang: diesmal hatte ihn sein Wörterbuch wirklich im Stich gelassen.

»Ich würde mich nicht einen Fatzke nennen.«

»Sie dürfen's mir nicht übelnehmen. Fatzke hat für mich eine besondere Bedeutung. Ich teile die Welt in zwei Kategorien ein: die Fatzkes und die Flittchen. Die Fatzkes kommen ohne die Flittchen aus, aber die Flittchen nicht ohne die Fatzkes. Ich bin ein Flittchen.«

»Was ist Ihre genaue Vorstellung von einem Flittchen? Die kommt mir auch ein bißchen sonderbar vor.«

»Die Fatzkes haben einen richtigen Beruf oder ein gutes Einkommen. Irgendwo gehört ihnen was, so wie Ihnen Ihr Hotel. Die Flittchen – ja ja, wir schnappen da oder dort was auf – in Hotelbars. Wir spitzen die Ohren und reißen die Augen auf.«

»Sie leben von Ihrem Verstand, soll das heißen?«

»Oft genug sterben wir auch dran.«

»Und die Fatzkes – haben die keinen Verstand?«

»Das haben die nicht nötig. Die haben dafür Vernunft, Intelligenz, Charakter. Wir Flittchen – wir treiben's manchmal weiter als gut ist für uns.«

»Und die anderen Passagiere – sind das Fatzkes oder Flittchen?«

»Mr. Fernandez kann ich nicht durchschauen, der könnte beides sein. Und der Apotheker, der hat uns keine Gelegenheit gegeben, ihn zu beurteilen. Aber Mr. Smith – das ist ein richtiger Fatzke, wenn es je einen gab.«

»Das klingt so, als bewunderten Sie die Fatzkes?«

»Wir alle möchten gerne Fatzkes sein, aber gibt es nicht auch Augenblicke – geben Sie's nur zu, alter Knabe –, in denen Sie die Flittchen beneiden? Manchmal, wenn Sie sich lieber nicht mit Ihrem Buchhalter hinsetzen und allzuweit in die Zukunft blicken möchten?«

»Ja, es gibt viele solche Augenblicke.«

»Dann sagen Sie sich: Wir haben die Verantwortung, aber die haben den ganzen Spaß.«

»Hoffentlich haben Sie etwas Spaß, da, wo Sie hinfahren. Das ist weiß Gott ein Land der Flittchen – vom Präsidenten abwärts.«

»Das ist erst recht eine Gefahr für mich. Ein Flittchen

erkennt das andere Flittchen. Vielleicht muß ich mich als Fatzke aufspielen, um ihre Aufmerksamkeit von mir abzulenken. Ich sollte Mr. Smith studieren.«

»Haben Sie schon häufig den Fatzke gespielt?«

»Nicht allzuoft, Gott sei Dank. Für mich ist das die schwerste Rolle. Ich ertappe mich immer dabei, daß ich im ungeeignetsten Augenblick lache. Wie, ich, Jones, in dieser Gesellschaft und rede dieses Zeug? Manchmal krieg ich's auch mit der Angst. Ich verirre mich. Es ist schrecklich, sich in einer fremden Stadt zu verirren, nicht wahr, aber wenn man sich in sich selbst verirrt ... Trinken Sie noch ein Bier.«

»Jetzt sind Sie mein Gast.«

»Ich weiß nicht: hab ich recht bei Ihnen oder nicht? Als ich Sie da drüben sah ... mit dem Kapitän ... ich guckte durch's Fenster, als ich vorbeiging ... Sie sahen nicht gerade aus, als ob Sie sich wohl fühlten ... Sie sind nicht etwa zufällig ein Flittchen, das den Fatzke spielt?«

»Weiß man das selbst immer?« Der Steward kam und begann die Aschenbecher zu verteilen. »Noch zwei Lager«, sagte ich ihm.

»Hätten Sie was dagegen«, sagte Jones, »wenn ich diesmal lieber einen Bols trinke? Zuviel Bier bläht mich immer auf und macht mir Winde.«

»Zwei Bols«, bestellte ich.

»Spielen Sie Karten?« fragte er, und ich dachte, jetzt sei endlich doch der Augenblick gekommen, meine Schuld zu büßen; trotzdem fragte ich vorsichtig: »Poker?«

Er klang zu ehrlich, um wahr zu sein. Weshalb hatte er so offen zu mir über die Fatzkes und Flittchen gesprochen? Ich hatte den Eindruck, er habe erraten, was mir der Kapitän gesagt hatte, und überprüfe meine Reaktion, indem er seine Aufrichtigkeit in meine Gedankengänge fallen ließ, um zu sehen, ob sie dabei die Farbe veränderte wie ein Stück Lackmuspapier. Vielleicht glaubte er, ich würde im entscheidenden Augenblick nicht unbedingt zu den Fatzkes halten. Oder vielleicht schien ihm mein Name, Brown, ebenso unecht zu klingen wie sein eigener.

»Poker spiele ich nicht«, gab er zurück und zwinkerte mir dabei mit seinen schwarzen Augen zu, als wollte er sagen: »Da habe ich dich erwischt.« Er sagte: »Ich verrate immer zuviel. Unter Freunden. Ich hab es nicht heraus, wie man verbirgt, was man fühlt. Gin-Rummy ist das einzige, was ich spiele.« Er sprach den Namen aus, als wäre es ein Spiel für Kinder – ein Zeichen der Unschuld. »Spielen Sie das?«

»Ich hab es ein- oder zweimal gespielt«, sagte ich.

»Ich will Sie nicht drängen. Ich dachte bloß, wir könnten uns damit die Zeit bis zum Mittagessen vertreiben.«

»Warum nicht?«

»Steward, die Karten.« Er lächelte mir ein wenig zu, als wollte er sagen: »Sehen Sie, ich trage keine eigenen gezinkten Karten bei mir.«

Es war wirklich, auf seine Art, ein unschuldiges Spiel. Es gab keine leichte Möglichkeit, zu schwindeln. Er fragte: »Um was wollen wir spielen? Zehn Cents für hundert Punkte?«

Jones bewies auch im Spiel seine besondere Fertigkeit. Er stellte zuerst fest, so erzählte er mir später, in welchem Teil der Hand ein unerfahrener Gegner seine ausgeschiedenen Karten hielt, und danach beurteilte er, wie nahe jener einem »Gin« war. Aus der Art, wie sein Gegner die Karten ordnete, wie lange er vor dem Ausspielen zauderte, schloß Jones, ob sie gut, schlecht oder mittelmäßig waren, und waren sie offenkundig gut, dann schlug er häufig neue Karten vor, in der Gewißheit, eine Ablehnung zu erhalten. Dies gab seinem Gegner ein Gefühl der Überlegenheit und Sicherheit, was ihn veranlaßte, etwas zu riskieren und in der Hoffnung auf einen »Grand Gin«

zu lange weiterzukaufen. Selbst die Raschheit, mit der sein Gegner eine Karte aufnahm und eine andere ablegte, sagte ihm viel. »Psychologie schlägt immer die reine Mathematik«, sagte er einmal zu mir, und es stand fest, daß er mich fast immer schlug. Ich mußte schon ganz ausgezeichnete Karten haben, um zu gewinnen.

Er war mit sechs Dollar im Gewinn, als der Gong zum Mittagessen rief. Dieses Ausmaß von Erfolg wollte er gerade, einen bescheidenen Gewinn, so daß kein Gegner je die Chance ablehnte, wieder mit ihm zu spielen. Sechzig Dollar die Woche ist kein hohes Einkommen, doch er sagte mir, daß er sich darauf verlassen konnte und damit seine Kosten für Zigaretten und Getränke deckte. Dann gab es natürlich auch gelegentliche Coups: manchmal machte sich ein Gegner über ein so kindisches Spiel lustig und bestand darauf, den Punkt um fünfzig Cents zu spielen. Einmal, in Port-au-Prince, sollte ich Zeuge sein, wie das geschah. Ich zweifle, ob Jones hätte zahlen können, wenn er verloren hätte, aber selbst im zwanzigsten Jahrhundert ist Fortuna manchmal dem Mutigen hold. Der Mann war nach zwei Rubbers erledigt, und Jones stand um zweitausend Dollar reicher vom Tisch auf. Selbst da war er maßvoll im Sieg. Er bot seinem Gegner Revanche an und verlor fünfhundert und einige Dollar. »Noch etwas«, eröffnete er mir einmal, »in der Regel spielen Frauen nicht Poker mit Ihnen. Ihre Männer mögen das nicht – es wirkt leichtsinnig und gefährlich. Aber Gin-Rummy um zehn Cents für Hundert – das ist ja bloß Nadelgeld. Und dadurch wird natürlich der Kreis der Mitspieler wesentlich erweitert.« Selbst Mrs. Smith, die einer Partie Poker, davon bin ich überzeugt, mit Abscheu den Rücken gekehrt hätte, kam manchmal und sah uns beim Spielen zu.

Beim Mittagessen an jenem Tag – ich weiß nicht, wie das Gespräch diese Wendung nahm – kamen wir auf das

Thema Krieg zu sprechen. Ich glaube, es war der Arzneimittel-Reisende, der damit anfing; er sei, so sagte er, Luftschutzwart gewesen, und er verspürte den Drang, die üblichen Bomben-Geschichten zu erzählen, so verbohrt und langweilig wie sonst nur die Träume anderer Menschen. Mr. Smith saß mit einer starren Maske höflicher Aufmerksamkeit da, und Mrs. Smith spielte mit ihrer Gabel, indes der Apotheker immer weiter und weiter redete über das Bombardement einer Jugendherberge jüdischer Mädchen in der Store Street (»Wir hatten in dieser Nacht so viel zu tun, daß keiner von uns merkte, daß das Haus verschwunden war«), bis Jones ihn brutal mit den Worten unterbrach: »Ich hab einmal einen ganzen Zug verloren.«

»Wie ist das passiert?« fragte ich. Es freute mich, Jones zu ermuntern.

»Hab ich nie erfahren«, sagte er. »Keiner kam zurück, um die Meldung zu erstatten.«

Dem armen Apotheker blieb der Mund offen. Er war mit seiner Geschichte erst zur Hälfte fertig und hatte jetzt kein Publikum mehr: er glich einem Seelöwen, der seinen Fisch fallen gelassen hat. Mr. Fernandez nahm sich zum zweitenmal von dem geräucherten Hering. Er war der einzige, der kein Interesse an Jones' Geschichte zeigte. Selbst Mr. Smith war so neugierig geworden, daß er sagte: »Erzählen Sie uns doch etwas mehr, Mr. Jones.« Ich bemerkte, daß wir alle zögerten, ihm einen militärischen Rang zuzusprechen.

»Es war in Burma«, sagte Jones. »Wir waren hinter den japanischen Linien abgesprungen, um ein Ablenkungsmanöver zu machen. Dieser besondere Zug verlor die Verbindung mit meinem Stabsquartier. Das Kommando hatte ein ganz junger Kerl – er war im Dschungelkrieg nicht recht ausgebildet. Unter solchen Voraussetzungen heißt es natürlich immer *sauve qui peut.* Sonderbarerweise hatte ich sonst keinen einzigen Verlust – nur diesen einen vollzähligen Zug, von unserer Kampfstärke abgebrochen, einfach so –« Dabei brach er ein Stück Brot ab und verzehrte es. »Keiner davon kam je aus der Kriegsgefangenschaft zurück.«

»Waren Sie einer von Wingates Leuten?« fragte ich.

»Die gleiche Art Truppe«, antwortete er, unbestimmt wie gewöhnlich.

»Haben Sie lange Zeit im Dschungel verbracht?« fragte der Zahlmeister.

»Ach Gott, ich hatte eine gewisse Begabung dafür«, sagte Jones. Bescheiden fügte er hinzu: »In der Wüste hätte ich nichts getaugt. Wissen Sie, ich hatte den Ruf, Wasser riechen zu können wie ein Eingeborener.«

»Das wäre auch in der Wüste nützlich gewesen«, sagte ich, und er warf mir über den Tisch einen vorwurfsvollen Blick zu.

»Es ist schrecklich«, sagte Mr. Smith und schob, was von seinem Kotelett noch übrig war, von sich – es war natürlich ein besonders zubereitetes Kotelett aus geriebenen Nüssen –, »schrecklich, daß so viel Mut und Gewandtheit aufgewendet werden, unsere Mitmenschen zu töten.«

»Als Präsidentschaftskandidat«, sagte Mrs. Smith, »wurde mein Mann von allen Kriegsdienstverweigerern im ganzen Staat unterstützt.«

»Waren keine Fleischesser darunter?« fragte ich, und jetzt war es an Mrs. Smith, mich enttäuscht anzusehen.

»Da gibt es nichts zu lachen«, sagte sie.

»Eine berechtigte Frage, Liebste«, wies Mr. Smith sie sanft zurecht. »Aber es ist gar nicht so sonderbar, Mr. Brown, wenn Sie es richtig bedenken, daß Vegetarismus und Kriegsdienstverweigerung Hand in Hand gehen. Ich habe kürzlich mit Ihnen von der Übersäuerung und deren Auswirkungen auf die Leidenschaften gesprochen.

Beseitigen Sie die Übersäuerung, und Sie geben dem Gewissen eine Art Lebensraum. Das Gewissen aber, nun, das will wachsen und wachsen. So wehrt man sich eines Tages dagegen, daß zum eigenen Genuß ein unschuldiges Tier geschlachtet wird, und am nächsten – das kommt vielleicht überraschend – wendet man sich entsetzt vom Mord an einem Mitmenschen ab ... Danach kommt die Negerfrage und Kuba ... Seien Sie versichert, ich wurde auch von vielen theosophischen Gruppen unterstützt.«

»Und von der Liga zur Bekämpfung grausamer Sportarten«, sagte Mrs. Smith. »Natürlich nicht offiziell, als Liga. Aber viele Mitglieder haben Mr. Smith gewählt.«

»Bei so viel Unterstützung«, begann ich, »wundere ich mich ...«

»Die fortschrittlichen Menschen werden, zu unseren Lebzeiten, immer in der Minderheit sein«, sagte Mrs. Smith. »Aber wir haben zumindest Protest eingelegt.«

Dann fing natürlich die übliche ermüdende Auseinandersetzung an. Der Reisende in Arzneimitteln begann damit – auch er war, wie der Präsidentschaftskandidat, eine Art Repräsentant, in seinem Falle der einer niedrigerstehenden Welt. Als ehemaliger Luftschutzwart betrachtete er sich als Kriegsteilnehmer. Außerdem hegte er einen Groll: er war in seinen Erinnerungen an die Bombenangriffe unterbrochen worden. »Ich kann Pazifisten nicht begreifen«, sagte er, »sie lassen sich von Leuten wie uns beschützen ...«

»Sie fragen uns ja vorher nicht«, wies ihn Mr. Smith sanft zurecht.

»Den meisten von uns fällt es schwer, einen Kriegsdienstverweigerer von einem Drückeberger zu unterscheiden.«

»Vor dem Gefängnis drücken sie sich zumindest nicht«, sagte Mr. Smith.

Unerwarteterweise kam ihm Jones zu Hilfe. »Viele haben sehr tapfer im Roten Kreuz gedient«, sagte er. »Manche von uns verdanken ihnen das Leben.«

»Dort, wo Sie hinfahren, werden Sie nicht viele Pazifisten finden«, sagte der Zahlmeister.

Der Apotheker blieb bei seinem Thema; seine Stimme war ganz schrill vor Zorn. »Und wenn einer Ihre Frau attackiert – was dann?«

Der Präsidentschaftskandidat starrte den fetten, fahlen, ungesunden Reisenden quer über die ganze Länge des Tisches an und antwortete ihm dann, als wäre er ein Zwischenrufer in einer politischen Versammlung, mit gewichtiger Würde: »Ich habe niemals behauptet, daß man durch ein Beseitigen der Übersäuerung alle Leidenschaften beseitigen kann. Würde Mrs. Smith angegriffen und hätte ich eine Waffe zur Hand, dann kann ich nicht versprechen, daß ich sie nicht benützen würde. Wir haben Ideale, zu deren Höhe wir uns nicht immer aufschwingen können.«

»Bravo, Mr. Smith«, rief Jones.

»Aber ich würde meine Leidenschaft bedauern, Sir. Ich würde sie bedauern.«

5

An diesem Abend ging ich vor dem Abendessen in die Kajüte des Zahlmeisters, ich weiß nicht mehr, in welcher Absicht. Ich fand ihn an seinem Schreibtisch sitzen. Er blies gerade ein Präservativ auf, bis es die Größe eines Gummiknüppels angenommen hatte. Dann band er das Ende mit einem Faden zu und nahm es vom Mund. Sein Pult war mit groß angeschwollenen Phallen bedeckt. Es war wie bei einem Schweineschlachten.

»Morgen ist Schiffskonzert«, erläuterte er mir. »Und wir haben keine Luftballons. Mr. Jones fiel ein, wir könnten die hier verwenden.« Ich sah, daß er einige von den Fischblasen in farbiger Tinte mit komischen Fratzen bemalt hatte. »Wir haben nur eine Dame an Bord«, sagte er, »und ich glaube nicht, daß sie begreifen wird ...«

»Sie vergessen, wie fortschrittlich sie ist.«

»In diesem Fall wird sie nichts dagegen haben. Das sind doch sicher Symbole des Fortschritts.«

»Wenn wir schon an Übersäuerung leiden, dann brauchen wir sie zumindest nicht an unsere Kinder weiterzugeben.«

Er kicherte und machte sich mit einem Farbstift an einer seiner monströsen Fratzen zu schaffen. Die spröde Fischblase winselte unter seinen Fingern.

»Um welche Zeit, glauben Sie, kommen wir Mittwoch an?«

»Der Kapitän erwartet, am frühen Abend zu landen.«

»Hoffentlich fahren wir ein, bevor die Lichter ausgehen. Die gehen doch noch immer aus?«

»Ja. Sie werden sehen, es hat sich nichts gebessert. Bloß verschlechtert. Es ist jetzt unmöglich, die Stadt ohne Polizeierlaubnis zu verlassen. An jeder Ausfallstraße aus Port-au-Prince stehen Sperren. Ich bezweifle, daß Sie Ihr Hotel werden erreichen können, ohne daß man Sie durchsucht. Wir haben die Besatzung gewarnt, daß sie das Hafengebiet nur auf eigene Gefahr verlassen kann. Natürlich werden sie trotzdem gehen. Mère Catherine wird immer offenhalten.«

»Etwas Neues vom Baron?« Diesen Namen gaben manche dem Präsidenten, als Alternative zu »Papa Doc« – wir verliehen seiner watschelnden schäbigen Figur den Ehrentitel jenes Baron Samedi, der in der Wudu-Mythologie im Zylinder und Frack, seine große Zigarre rauchend, durch die Friedhöfe geistert.

»Man sagt, er hat sich seit drei Monaten nicht blicken lassen. Er kommt nicht einmal an das Fenster im Palast, um die Militärkapelle zu sehen. Soviel wir wissen, könnte er geradesogut tot sein. Falls er ohne Silberkugel überhaupt sterben kann. Wir mußten bei unseren letzten Fahrten die Landung in Cap Haïtien ausfallen lassen. Über die Stadt ist der Belagerungszustand verhängt. Sie liegt zu nahe an der dominikanischen Grenze, und man läßt uns nicht hinein.« Er atmete tief ein und begann ein neues Präservativ aufzublasen. Das Ende stand vor wie eine Schädelgeschwulst, und die Kabine erfüllte sich mit dem Spitalgeruch von Gummi. Er sagte: »Warum fahren Sie zurück?«

»Man kann doch nicht einfach ein Hotel aufgeben, das einem gehört . . .«

»Sie hatten es ja schon aufgegeben.«

Ich wollte dem Zahlmeister meine Gründe nicht anvertrauen. Sie waren zu persönlich und zu ernst, soweit man die verworrene Komödie unseres Privatlebens ernst nennen kann. Er blies noch eine *capote anglaise* auf, und ich dachte: Bestimmt muß es eine Macht geben, die stets dafür sorgt, daß die Dinge sich unter den demütigendsten Umständen abspielen. Als Knabe hatte ich Vertrauen zu dem christlichen Gott. Das Leben in seinem Schatten war eine sehr ernsthafte Sache; ich sah ihn in jeder Tragödie inkarniert. Er war Teil der *lacrimae rerum,* gleich einer riesenhaften Gestalt, die in einem schottischen Nebel undeutlich aufragt. Jetzt, da ich mich dem Ende des Lebens näherte, half mir manchmal bloß mein Humor, an ihn zu glauben. Das Leben war eine Komödie, nicht jene Tragödie, für die ich vorbereitet worden war, und mir schien, als würden wir alle auf diesem Schiff mit seinem griechischen Namen (warum mußte eine holländische Linie ihren Schiffen griechische Namen geben?) von einem gebieterischen Possenreißer bis an die äußerste Grenze der Komödie getrieben. Wie oft hatte ich in der Menge auf der Shaftesbury Avenue oder dem Broadway nach Schluß des Theaters den Satz gehört: »Ich habe gelacht, bis mir die Tränen kamen.«

»Was halten Sie von Mr. Jones?« fragte der Zahlmeister.

»Major Jones? Solche Probleme überlasse ich Ihnen und dem Kapitän.« Offenbar war auch er zu Rate gezogen worden, genau wie ich. Vielleicht machte mich der Umstand, daß mein Name Brown war, empfindlicher für die Komödie dieses Jones.

Ich nahm eine der großen Würste aus Fischblase in die Hand und sagte: »Verwenden Sie eine von denen je für ihren eigentlichen Zweck?«

Der Zahlmeister seufzte. »Leider nicht. Ich bin in einem Alter ... Ich bekomme unweigerlich eine *crise de foie.* Wann immer meine Gefühle sich erregen.«

Der Zahlmeister hatte mich in seine Intimsphäre eingeweiht und erwartete jetzt von mir ein ebensolches Geständnis, vielleicht aber hatte der Kapitän auch über mich Auskunft verlangt, und der Zahlmeister nahm die Gelegenheit beim Schopf, sie ihm zu verschaffen. Er fragte mich: »Wie konnte ein Mann wie Sie jemals darauf kommen, sich in Port-au-Prince niederzulassen? Wie sind Sie Hotelier geworden? Sie sehen nicht aus wie ein Hotelier. Sie sehen aus wie ... wie ...«, aber seine Phantasie ließ ihn im Stich.

Ich lachte. Er hatte wohl die einschlägige Frage gestellt, doch die Antwort wollte ich lieber bei mir behalten.

6

Am nächsten Abend beehrte uns der Kapitän durch sein Erscheinen zum Diner, und auch der Erste Ingenieur. Vermutlich muß zwischen Kapitän und Erstem Ingenieur stets eine Rivalität bestehen, da beide das gleiche Maß an Verantwortung tragen.

Solange der Kapitän seine Mahlzeiten allein für sich einnahm, hatte der Ingenieur dasselbe getan. Jetzt saß der eine am oberen und der andere am unteren Ende der Tafel – gleichberechtigt unter den fragwürdigen Luftballons. Zu Ehren unserer letzten Nacht auf See gab es einen Extragang, und die Passagiere, mit Ausnahme des Ehepaares Smith, tranken Champagner.

Der Zahlmeister war ungewöhnlich zurückhaltend in Gegenwart seiner Vorgesetzten (ich glaube, er hätte sich gern dem Ersten Offizier auf der Kommandobrücke in der Freiheit der winddurchwehten Finsternis angeschlossen), und sowohl Kapitän wie Erster Ingenieur litten ein wenig unter der Last der festlichen Veranstaltung, wie Priester, die einen hohen Feiertag begehen. Mrs. Smith saß zur Rechten des Kapitäns, ich zu seiner Linken, und die bloße Anwesenheit von Jones verhinderte ein ungezwungenes Gespräch. Selbst die Speisenfolge machte besondere Schwierigkeiten, denn es war bei dieser Gelegenheit dem Hang der Holländer zu schweren Fleischspeisen freier Lauf gelassen worden, und Mrs. Smiths Teller in seiner Leere blickte uns nur allzuoft vorwurfsvoll an. Die Smiths hatten jedoch aus den Staaten eine Anzahl von Schachteln und Flaschen mitgebracht, die gleich Bojen stets ihren Standort verrieten, und sie mischten sich, vielleicht weil sie dachten, sie hätten durch den Genuß einer in ihren Bestandteilen so zweifelhaften Flüssigkeit wie Coca-Cola bereits ihre Prinzipien geopfert, an diesem Abend mit Hilfe von heißem Wasser ihre Getränke selbst.

»Ich höre«, sagte der Kapitän düster, »es gibt nach dem Essen eine Darbietung.«

»Wir sind nur eine kleine Gesellschaft«, sagte der Zahlmeister. »Aber Major Jones und ich waren der Meinung, an unserem letzten Abend zusammen sollte etwas geschehen. Wir haben natürlich das Küchen-Orchester, und Mr. Baxter wird uns etwas ganz Besonderes bieten...« Ich tauschte einen erstaunten Blick mit Mrs. Smith. Weder sie noch ich wußte, wer Mr. Baxter sein mochte. Hatten wir einen blinden Passagier an Bord?

»Ich habe Mr. Fernandez gebeten, uns auf seine Art zu unterstützen, und er hat mit Freuden zugesagt«, fuhr der Zahlmeister fort. »Am Schluß singen wir dann zu Ehren unserer angelsächsischen Passagiere *Auld Lang Syne.«* Die Ente wurde ein zweites Mal serviert, und die Smiths bedienten sich, um uns Gesellschaft zu leisten, aus ihren Paketen und Flaschen.

»Verzeihen Sie, Mrs. Smith«, sagte der Kapitän, »aber was trinken Sie da?«

»Etwas Barmenol mit heißem Wasser«, erwiderte Mrs. Smith. »Mein Mann zieht abends Hefrol vor. Manchmal auch Vekon. Barmenol, findet er, pulvert ihn zu sehr auf.«

Der Kapitän warf einen entsetzten Blick auf Mrs. Smith' Teller und schnitt sich ein Stück Ente ab. Ich fragte: »Und was essen Sie, Mrs. Smith?« Ich wollte, daß der Kapitän die ganze Absurdität der Situation auskoste.

»Ich weiß wirklich nicht, warum Sie mich das fragen, Mr. Brown, Sie haben es mich jeden Abend um die gleiche Stunde essen sehen. Ulmus Fulva – Nähr-Ulme«, erklärte sie dem Kapitän. Er legte Messer und Gabel nieder, stieß den Teller von sich und saß mit geneigtem Kopf da. Zuerst nahm ich an, er spreche ein Tischgebet, aber ich glaube, in Wirklichkeit war ihm ein wenig übel geworden.

»Abschließen werde ich mit etwas Nussolin«, sagte Mrs. Smith, »wenn Sie uns keinen Joghurt servieren können.«

Der Kapitän räusperte sich heftig und wandte sich von ihr ab, sah den Tisch entlang, zuckte etwas beim Anblick von Mr. Smith zusammen, der ein paar trockene braune Körner über den Teller schob, und ließ die Augen auf dem harmlosen Mr. Fernandez verweilen, als wäre der auf irgendeine Weise für all das verantwortlich. Dann gab er mit seiner Kommandostimme bekannt: »Morgen nachmittag landen wir, wie ich hoffe, gegen vier. Ich würde Ihnen raten, sich pünktlich bei der Zollkontrolle einzufinden, denn die Lichter in der Stadt gehen gewöhnlich um sechs Uhr dreißig aus.«

»Warum?« fragte Mrs. Smith. »Das muß für alle sehr unbequem sein.«

»Aus Sparsamkeit«, sagte der Kapitän. »Die Nachrichten über den Rundfunk sind heute abend nicht gut. Es heißt, daß Rebellen einen Angriff über die Grenze der Dominikanischen Republik geführt haben. Die Regierung behauptet, in Port-au-Prince selbst sei alles ruhig, aber ich würde all jenen raten, die sich dort aufhalten, in enger Verbindung mit ihren Konsulaten zu bleiben. Ich habe den Befehl bekommen, die Passagiere rasch an Land zu setzen und sofort nach Santo Domingo weiterzufahren. Ich soll mich eventueller Frachten wegen nicht aufhalten.«

»Wir sind offenbar auf einen Unruheherd gestoßen, Liebste«, sagte Mr. Smith an seinem Ende der Tafel und nahm einen weiteren Löffel Frument – ein Gemisch aus Weizenbrei, wie er mir zu Mittag erklärt hatte.

»Nicht zum ersten Mal«, erwiderte Mrs. Smith mit grimmiger Befriedigung.

Ein Matrose brachte eine Botschaft für den Kapitän; als er die Tür öffnete, setzte eine Brise die Präservative in Schwingung – wenn sie einander berührten, jaulten sie auf. Der Kapitän sagte: »Sie müssen mich entschuldigen. Mein Dienst ruft. Ich muß jetzt gehen. Ich wünsche Ihnen allen einen gemütlichen Abend.« Aber ich fragte mich, ob er die Botschaft nicht vielleicht selbst bestellt hatte – er war nicht sehr gesellig und hatte Mrs. Smith nur mit Mühe ertragen. Auch der Erste Maschinist erhob sich, als fürchte er, das Schiff allein in Händen des Kapitäns zu lassen.

Nachdem die Offiziere gegangen waren, verwandelte sich der Zahlmeister wieder in sein altes Ich; er nötigte uns, mehr zu essen und mehr zu trinken. (Sogar die Smiths nahmen sich nach längerem Zögern – »Ich bin kein wirklicher Gourmand«, sagte Mrs. Smith – zum zweiten Mal vom Nussolin.) Man servierte einen süßen Likör, auf Kosten der Schiffahrtsgesellschaft, wie der Zahlmeister erklärte, und die Vorstellung von einem Gratis-Likör regte alle – natürlich mit Ausnahme der Smith' – hypnotisch an, noch mehr zu trinken, selbst den Arzneimittel-Reisenden, der gleichwohl ängstlich auf sein Glas schaute, als sei Grün die Farbe der Gefahr. Als wir schließlich wieder die Salonbar betraten, lag auf jedem Stuhl ein Programm.

Der Zahlmeister rief vergnügt: »Losgelegt!« und begann sich leicht auf die fetten Knie zu klatschen, als jetzt das Orchester hereinkam, geführt von dem Koch, einem ausgemergelten Jüngling, die Wangen gerötet von der Hitze des Herdes, auf dem Kopf die hohe Mütze des Küchenchefs. Seine Begleiter trugen Töpfe, Pfannen, Messer, Gabeln; ein Fleischwolf war da, um mahlende Geräusche zu erzeugen, und der Koch hielt eine Röstgabel als Dirigentenstab in der Hand. Das erste Stück hieß auf dem Programm *»Nocturne«*, es wurde gefolgt von einem *»Chanson d'amour«*, das der Koch, süßlich und unsicher, selbst sang. *Automne, tendresse, feuilles mortes* – ich fing unter den dumpfen Schlägen der Löffel auf die Töpfe nur einige jener melancholischen Wörter auf. Mr. und Mrs. Smith saßen Hand in Hand auf dem Sofa, die Reisedecke über ihren Knien, und der Pharmazeut lehnte sich ernsthaft vor, um den mageren Sänger zu beobachten: vielleicht überlegte er mit fachmännischem Blick, ob eine seiner Medizinen hier helfen könnte. Was Mr. Fernandez betraf, so saß er abseits und schrieb dann und wann etwas in sein Notizbuch. Jones hielt sich hinter dem Stuhl des Zahlmeisters auf, beugte sich gelegentlich vor und flüsterte ihm ins Ohr. Er schien sich einen Privatspaß zu machen, als wäre die ganze Veranstaltung seine eigene Erfindung; wenn er applaudierte, geschah es mit selbstzufriedener Freude. Er sah mich an und zwinkerte mir zu, als wollte er sagen: »Wart nur. Meine Phantasie ist noch nicht erschöpft. Es kommt noch besser . . .«

Ich hatte ursprünglich die Absicht gehabt, mich zurückzuziehen, sobald das Lied vorüber war, doch Jones' Verhalten weckte meine Neugier. Der Arzneimittel-Reisende war bereits verschwunden, aber ich erinnerte mich, daß es viel später war als seine übliche Schlafenszeit. Jones holte sich jetzt den Leiter des Orchesters zu einer Konferenz; der erste Trommler trat dazu, seine große Kupferkasserolle unter dem Arm. Ich blickte auf das Programm und sah, daß die nächste Nummer ein dramatischer Monolog von Mr. J. Baxter war. »Eine sehr interessante Darbietung«, sagte Mr. Smith. »Fandest du nicht auch, Liebste?«

»Die Töpfe dienten jedenfalls einem besseren Zweck, als eine unglückselige Ente zu braten«, erwiderte Mrs. Smith. Ihre Leidenschaften waren durch den Entzug von Säuregehalt nicht wahrnehmbar geschwächt worden.

»Sehr hübsch gesungen, nicht wahr, Mr. Fernandez?«

»Ja«, sagte dieser und saugte am Ende eines Bleistifts.

Der Arzneimittel-Reisende trat ein, einen Stahlhelm auf dem Kopf – er war nicht zu Bett gegangen, sondern hatte sich Blue Jeans angezogen und eine Trillerpfeife zwischen die Zähne geklemmt.

»Das ist also Mr. Baxter«, sagte Mrs. Smith erleichtert. Ich glaube, sie haßte jedes Geheimnis; sie wollte alle

Elemente der menschlichen Komödie so genau bezeichnet sehen wie eine der Arzneien Mr. Baxters oder das Schildchen auf ihrer Flasche Barmenol. Der Arzneimittel-Reisende konnte sich seine Blue Jeans leicht von einem Mitglied der Besatzung entliehen haben, aber ich fragte mich, wie er zu dem Stahlhelm gekommen war.

Nun stieß er einen schrillen Pfiff auf seiner Pfeife aus, um uns zum Schweigen zu bringen, obwohl nur Mrs. Smith gesprochen hatte, und kündigte an: »Ein dramatischer Monolog, betitelt ›Luftschutzwart auf Patrouille‹.« Zu seiner wahrnehmbaren Bestürzung imitierte ein Mitglied des Orchesters eine Sirene.

»Bravo«, sagte Jones.

»Sie hätten mich warnen sollen«, sagte Mr. Baxter. »Jetzt weiß ich nicht mehr, wie es geht.«

Wieder wurde er unterbrochen – diesmal durch das Grollen entfernten Kanonendonners, auf dem Boden einer Bratpfanne erzeugt.

»Was soll denn das sein?« fragte Mr. Baxter erzürnt.

»Die Geschütze in der Themsemündung.«

»Sie bringen mein Programm durcheinander, Mr. Jones.«

»Weitermachen«, sagte Mr. Jones. »Die Ouvertüre ist vorbei. Wir haben jetzt die Atmosphäre: London 1940.«

Mr. Baxter warf ihm einen traurigen, verletzten Blick zu und verkündete nochmals: »Ein dramatischer Monolog, betitelt: ›Luftschutzwart auf Patrouille.‹ Text und Musik von Luftschutzwart X.« Dann hielt er die Hand vor die Augen, als wollte er sie vor fallendem Glas schützen, und begann zu deklamieren:

»Die Leuchtkugeln fielen auf Kings Cross und Euston
Und die gute alte Tottenham Road;
Der Luftschutzwart ging seine einsamen Straßen,
Den Schatten vor sich im Lot.

Im Hyde Park schrien die Geschütze auf,
Als die erste Bombe gekracht;
Und der Wart – er reckte seine Faust hinauf
Im Spott auf Hitlers Macht.

London wird stehn und St. Paul wird stehn,
Und für jeden Toten hier
Wird ein Fluch aus deutschem Herzen wehn
Wider den teuflischen Führer.

Maples getroffen, getroffen Gray's Inn,
Piccadilly brennt so hell!
Doch wir halten unser Brot zum Rösten hin
Denn der Blitzkrieg stirbt in Pall Mall.«

Mr. Baxter blies laut sein Pfeifchen, nahm Paradestellung ein und rief: »Entwarnung!«

»Keinen Augenblick zu früh«, erwiderte Mrs. Smith.

Mr. Fernandez rief aufgeregt: »Aber nein. Ach nein, Sir«, und ich glaube, mit Ausnahme Mrs. Smith' war man sich einig, daß alles, was nun folgen würde, enttäuschen müsse.

»Da gehört noch mehr Champagner her«, sagte Jones. »Steward!«

Das Orchester kehrte in die Küche zurück, nur der Dirigent blieb auf Jones' Wunsch da. »Der Champagner geht auf meine Rechnung«, sagte Jones. »Wenn jemand, dann haben Sie sich ein Glas verdient.«

Mr. Baxter setzte sich plötzlich neben mich und begann am ganzen Leib zu zittern. Seine Hände trommelten nervös auf den Tisch. »Nichts für ungut«, sagte er. »So war es immer schon bei mir. Ich kriege mein Lampenfieber hinterher. Würden Sie sagen, ich hatte Erfolg?«

»Sogar sehr«, sagte ich. »Wo haben Sie diesen Stahlhelm aufgetrieben?«

»Das ist eins der Dinge, die ich immer unten im Koffer mit mir führe. Irgendwie hab ich mich nie davon getrennt. Ihnen geht's wahrscheinlich genauso ... Es gibt Dinge, die man aufhebt ...«

Das stimmte nun freilich: bei mir waren es handlichere Gegenstände als ein Stahlhelm, aber sie waren ebenso nutzlos – Fotografien, eine alte Ansichtskarte, die abgelaufene Mitgliedskarte eines Nachtklubs in einer Seitenstraße der Regent Street, ein Tagesschein für das Kasino von Monte Carlo. Gewiß konnte ich ein halbes Dutzend solcher Sachen entdecken, wenn ich mein Notizbuch durchkramte. »Die Blue Jeans hab ich mir vom Zweiten Offizier ausgeborgt – aber der Schnitt ist ausländisch.«

»Darf ich Ihnen einschenken? Ihre Hand zittert immer noch.«

»Hat Ihnen das Gedicht wirklich gefallen?«

»Es war sehr anschaulich.«

»Dann will ich Ihnen etwas sagen, was ich noch niemandem verraten habe. Ich selbst war Luftschutzwart X. Ich hab es selbst geschrieben. Nach dem ›Blitz‹ im Mai 1941.«

»Haben Sie sonst noch viel geschrieben?« fragte ich.

»Sonst nichts, Sir. Ach ja, mit einer Ausnahme. Über das Begräbnis eines Kindes.«

»Und jetzt, meine Herren«, verkündete der Zahlmeister, »wie Sie auf Ihrem Programm sehen, kommen wir zu einer ganz besonderen Nummer, die uns Mr. Fernandez versprochen hat.«

Als eine ganz besondere Nummer erwies sie sich auch, denn Mr. Fernandez brach ebenso plötzlich in Tränen aus, wie Mr. Baxter von seinem Zittern befallen worden war. Hatte er zuviel Champagner getrunken? Oder hatte ihn der Vortrag Mr. Baxters ehrlich ergriffen? Daran zweifle ich, denn er schien über nicht mehr englische Vokabeln zu verfügen als »Ja« und »Nein«. Jetzt aber weinte er auf seinem Stuhl, er weinte mit großer Würde; und mir fiel ein, ich hatte noch nie einen Farbigen weinen sehen. Ich hatte sie lachend, zornig, angstvoll gesehen, aber noch nie von derart unerklärlichem Gram erfaßt wie diesen Mann. Wir saßen da und guckten ihn an; keiner von uns konnte etwas tun, es führte keine Verbindung zu ihm. Sein Körper bebte leicht, ganz wie die Salonbar unter der Vibration der Schiffsmotoren, und ich fand, schließlich sei das eine passendere Art, sich der schwarzen Republik zu nähern, als mit Musik und Gesang. Dort, wohin wir fuhren, gab es für uns alle Grund genug, Tränen zu vergießen.

Dann sah ich die Smiths zum ersten Mal in bester Form. Ich hatte den raschen Seitenhieb, den Mrs. Smith dem armen Baxter versetzt hatte, nicht eben gemocht – wahrscheinlich verletzte jedes Gedicht über den Krieg ihre Gefühle; jetzt aber war sie die einzige von uns, die Mr. Fernandez zu Hilfe kam. Sie setzte sich neben ihn, ohne ein Wort zu sagen, nahm seine Hand in die ihre und streichelte mit der anderen seine rosa Handfläche. Sie hätte eine Mutter sein können, die unter Fremden ihr Kind beruhigt. Mr. Smith folgte ihrem Beispiel und setzte sich an Mr. Fernandez' andere Seite, so daß sie abseits eine kleine Gruppe bildeten. Mrs. Smith gab kleine glucksende Geräusche von sich, wie sie es bei ihrem Kind gemacht haben könnte, und genauso plötzlich, wie er begonnen hatte, hörte Mr. Fernandez zu weinen auf. Er erhob sich, führte Mrs. Smith' alte schwielige Hand an die Lippen und eilte aus der Salonbar.

»Nein, so was«, rief Baxter aus, »was in aller Welt kann da . . .«

»Sehr sonderbar«, sagte der Zahlmeister. »Wirklich höchst sonderbar.«

»Hat uns die Stimmung ruiniert«, sagte Jones. Er hielt die Champagnerflasche hoch, aber sie war leer, und er stellte sie wieder hin. Der Dirigent nahm seine Röstgabel und kehrte in die Küche zurück.

»Der arme Mensch hat Sorgen«, sagte Mrs. Smith; einer weiteren Erklärung bedurfte es nicht; und sie blickte auf ihre Hand, als erwarte sie, dort auf der Haut den Abdruck von Mr. Fernandez' vollen Lippen zu gewahren.

Mr. Smith sagte: »Wenn ich etwas vorschlagen darf – vielleicht sollten wir jetzt die Unterhaltung mit *Auld Lang Syne* beschließen. Es ist bald Mitternacht. Mir wäre es nicht recht, wenn Mr. Fernandez dächte, da unten ganz allein, daß wir hier weiter – Ulk treiben.« Das war zwar kaum der Ausdruck, den ich für unsere bisherigen Festlichkeiten angewendet hätte, aber grundsätzlich war ich derselben Meinung. Wir hatten jetzt kein Orchester zur Begleitung, doch Jones setzte sich ans Klavier und brachte die schreckliche Melodie ganz anständig zum Vortrag. Ein wenig befangen nahmen wir uns an den Händen und sangen. Ohne den Koch und Jones und Mr. Fernandez bildeten wir einen sehr kleinen Kreis. Wir waren noch kaum zu jenen »alten Bekannten« geworden, von denen in dem Lied die Rede ist, und dennoch waren unsere Becher bereits geleert.

7

Mitternacht war vorbei, als Jones an meine Kabinentür klopfte. Ich sah eben meine Papiere durch, um eventuell zu vernichten, was auf die Behörden einen ungünstigen Eindruck machen könnte – etwa ein Briefwechsel über den möglichen Verkauf meines Hotels mit einigen gefährlichen Hinweisen auf die politische Lage –, war in Gedanken versunken und reagierte nervös auf sein Klopfen, als sei ich bereits wieder in der Republik und es stünde vielleicht ein Tonton Macoute vor der Tür.

»Ich halte Sie doch nicht vom Schlaf ab?« fragte er.

»Ich habe noch nicht begonnen, mich auszuziehen.«

»Mir tat's leid wegen heute abend – es ging nicht so gut, wie ich's mir gewünscht hatte. Natürlich waren unsere Mittel begrenzt. Für mich ist das so eine Sache, wissen Sie, der letzte Abend an Bord – man wird sich vielleicht nie wiedersehen. Es ist wie am Silvesterabend, wenn man will, daß der alte Lump von einem Jahr sich anständig empfiehlt. Es gibt doch so was wie einen ›schönen Tod‹, nicht? Mir gefiel das nicht, wie der schwarze Kerl so geweint hat, als wär ihm eine Vision erschienen. Aus der Zukunft. Natürlich, ich bin kein gläubiger Mensch.« Er blickte mich durchdringend an. »Sie auch nicht, würde ich sagen.«

Ich hatte den Eindruck, er sei zu einem bestimmten Zweck in meine Kabine gekommen – nicht nur, um seiner Enttäuschung über die kleine Feier Ausdruck zu geben, sondern vielleicht auch, um ein Ansuchen oder eine Frage zu stellen. Wäre er in der Lage gewesen, mich zu bedrohen, dann hätte ich sogar vermutet, er sei deshalb erschienen. Er trug seine Zweideutigkeit wie einen auffallenden Anzug und schien darauf stolz zu sein wie ein Mensch, der sagt: »Du mußt mich nehmen, wie ich bin.« Er fuhr fort: »Der Zahlmeister meint, Sie sind wirklich der Besitzer dieses Hotels . . .«

»Haben Sie daran gezweifelt?«

»Nicht eben das. Aber Sie sahen nicht danach aus. Wir lassen nicht immer unsere richtigen Berufe in unsere Pässe eintragen«, erklärte er in einem überzeugend vernünftigen Ton.

»Was steht denn in Ihrem?«

»Direktor. Das ist auch ganz richtig – in einer gewissen Beziehung«, gab er zu.

»Es ist jedenfalls vage genug«, sagte ich.

»Und in Ihrem?«

»Geschäftsmann.«

»Das ist sogar noch vager«, rief er triumphierend.

Ein Verhör, halb offen und halb verborgen, sollte während der kurzen Dauer unserer Beziehung ihre Grundlage sein:

Wir stürzten uns auf kleine Hinweise, obschon wir in wichtigen Angelegenheiten gewöhnlich so taten, als machten wir uns die Darstellung des anderen zu eigen. Vermutlich kommen alle, die einen Großteil ihres Lebens damit verbringen, zu heucheln – sei es gegenüber einer Frau, einem Gefährten oder sogar sich selbst –, mit der Zeit in die Lage, einander zu wittern. Jones und ich erfuhren, bevor es soweit war, eine ganze Menge voneinander, denn man greift auf die Wahrheit zurück, wann immer man kann. Das ist eine Art Sparsamkeit.

Er sagte: »Sie haben in Port-au-Prince gelebt. Da müssen Sie ja ein paar von den Bonzen kennen, wie?«

»Die kommen und gehen.«

»Zum Beispiel in der Armee?«

»Die sind alle verschwunden. Papa Doc traut der Armee nicht. Der Stabschef versteckt sich, glaube ich, in der venezolanischen Gesandtschaft. Der General hat sich in Santo Domingo in Sicherheit gebracht. Einige Oberste sind noch in der dominikanischen Gesandtschaft übrig und drei Oberste und zwei Majore im Gefängnis – wenn sie noch am Leben sind. Hatten Sie zu einem von ihnen eine Empfehlung?«

»Nicht eben das«, sagte er, aber er schien beunruhigt.

»Es ist besser, solche Schreiben erst vorzuweisen, wenn man weiß, daß der Mann noch am Leben ist.«

»Ich habe ein paar Zeilen vom haitischen Generalkonsul in New York, der mich empfiehlt . . .«

»Wir sind drei Tage unterwegs, vergessen Sie das nicht. In dieser Zeit kann eine Menge passieren. Der Generalkonsul hat vielleicht um Asyl angesucht . . .«

Er sagte genau wie der Zahlmeister: »Ich frage mich nur, was Sie zurückführt, unter diesen Umständen.«

Die Wahrheit war weniger ermüdend als Erfindung, und es war schon spät. »Ich bin draufgekommen, daß ich mich danach sehnte«, sagte ich. »Sicherheit kann einem ebenso auf die Nerven gehen wie Gefahr.«

Er sagte: »Ja. Ich dachte immer, ich hätte im Krieg meine volle Ration Gefahr gehabt.«

»In welcher Einheit haben Sie gedient?«

Er grinste mich an: Ich hatte meine Karten allzu deutlich auf den Tisch gelegt. »Ach, ich war selbst damals eine Art Herumtreiber«, sagte er. »Mal da, mal dort. Sagen Sie mir, was für ein Bursche ist unser Botschafter?«

»Wir haben keinen. Vor mehr als einem Jahr wurde er ausgewiesen.«

»Dann also der Geschäftsträger.«

»Er tut, was er kann. Wenn er's kann.«

»Wir fahren anscheinend einem seltsamen Land entgegen.«

Er ging zur Luke, als erwarte er, über die letzten zweihundert Meilen Meer hinweg die Küste sehen zu können, aber da war nichts außer dem Licht der Kabine, das auf der Fläche der dunklen Dünung lag wie gelbes Öl. »Nicht gerade ein Touristen-Paradies heutzutage?«

»Nein. Das war es eigentlich nie.«

»Aber vielleicht diese oder jene Möglichkeit für einen Menschen mit Phantasie?«

»Hängt davon ab.«

»Wovon?«

»Was für Skrupel Sie haben.«

»Skrupel?« Er blickte hinaus in die wogende Nacht und schien die Frage mit einiger Sorgfalt zu erwägen. »Ach ja . . . Skrupel sind teuer . . . Warum, glauben Sie, hat der Nigger wirklich geweint?«

»Keine Ahnung.«

»Das war ein merkwürdiger Abend. Hoffentlich machen wir's das nächste Mal besser.«

»Das nächste Mal?«

»Ich meinte, wenn dieses Jahr zu Ende geht. Wo wir auch sein mögen.« Er trat von der Luke fort und sagte: »Na schön, Zeit für Äuglein-zu, nicht? Und Smith? Was glauben Sie, führt der im Schilde?«

»Warum sollte er was im Schilde führen?«

»Sie mögen recht haben. Hören Sie nicht auf mich. Ich gehe jetzt. Die Reise ist vorüber. Jetzt kann man aus der Sache nicht mehr raus.« Und dann sagte er noch, die Hand an der Tür: »Ich hab versucht, ein bißchen aufzumischen, aber es war kein Erfolg. Äuglein-zu ist die Antwort auf alles, meinen Sie nicht? Mir scheint's wenigstens so.«

Zweites Kapitel

Ich kehrte ohne viel Hoffnung in ein Land der Furcht und Enttäuschung zurück, dennoch erfüllte mich jetzt, da die »Medea« einfuhr, jeder vertraute Zug mit einer Art Glücksgefühl. Die gewaltige Masse des Kenscoff, der über der Stadt hing, war wie gewöhnlich zur Hälfte in tiefem Schatten. Die späte Sonne funkelte gläsern auf den neuen Gebäuden in der Nähe des Hafens, die man im sogenannten modernen Stil für irgendeine internationale Ausstellung erbaut hatte. Ein steinerner Kolumbus sah uns zu, wie wir einfuhren – dort hatten Martha und ich einander immer des Nachts getroffen, bis das Ausgehverbot uns in verschiedene Gefängnisse einschloß, mich in mein Hotel und sie in ihre Botschaft, und dies auch noch ohne ein funktionierendes Telefon, über das wir uns hätten verständigen können. Sie hatte im Dunkeln im Wagen ihres Mannes gesessen und die Scheinwerfer angedreht, sobald sie meinen Humber hörte. Ich überlegte mir, ob sie sich im vergangenen Monat, als das Ausgehverbot aufgehoben wurde, ein anderes Rendezvous ausgesucht hatte, und ich fragte mich, mit wem. Daß sie einen Ersatzmann gefunden hatte, bezweifelte ich nicht. Niemand baut heutzutage auf Treue.

Ich war in zu viele schwierige Gedanken versunken, um an meine Mitreisenden zu denken. Von der britischen Botschaft wartete keinerlei Nachricht auf mich; ich nahm also an, daß augenblicklich alles in Ordnung war. An der Einwanderungs- und Zollstelle herrschte die übliche Verwirrung. Wir waren das einzige Schiff, trotzdem war der Schuppen voll: Träger, Taxifahrer, die seit Wochen keine Kunden gehabt hatten, Polizei und gelegentlich ein Tonton Macoute, mit seiner schwarzen Brille und seinem weichen Hut, und Bettler, überall Bettler. Sie sickerten durch jeden Spalt wie Wasser in der Regenzeit. Ein Mann ohne Beine saß unter dem Zolltisch wie ein Kaninchen in seinem Bau und verständigte sich durch Zeichen.

Eine bekannte Gestalt bahnte sich den Weg zu mir. Gewöhnlich machte er das Flugfeld unsicher, und ich hatte nicht erwartet, ihn hier zu sehen. Er war Journalist, jedermann als Petit Pierre bekannt – ein Mestize in einem Land, wo die Mischlinge jene Aristokraten darstellen, die darauf warten, daß die Schinderkarren rollen. Manche sagten ihm nach, er habe Beziehungen zu den Tontons – wie wäre er sonst Mißhandlungen oder Ärgerem entgangen? Und doch gab es Stellen in seiner Klatsch-Rubrik, die von einer seltsamen satirischen Keckheit zeugten – vielleicht verließ er sich darauf, daß die Polizei nicht zwischen den Zeilen las.

Er ergriff mich bei der Hand, als wären wir die besten

Freunde, und sprach mich auf englisch an: »Da ist ja Mr. Brown, Mr. Brown!«

»Wie geht es Ihnen, Petit Pierre?«

Er kicherte zu mir hinauf, wobei er sich auf die Schuhspitzen stellte, denn er war von winziger Gestalt. Er war genau, wie ich ihn im Gedächtnis hatte: voll Heiterkeit. Selbst diese Tageszeit gab ihm Anlaß zu Humor. Er hatte die schnellen Bewegungen eines Äffchens und schien sich auf einem Seil von Gelächter von Wand zu Wand zu schwingen. Ich hatte mir stets vorgestellt, daß er einmal, wenn jener Tag kam, der bei seinem unsicheren und herausfordernden Lebensunterhalt unweigerlich kommen mußte, seinem Scharfrichter ins Gesicht lachen würde, wie es angeblich die Chinesen tun.

»Schön, Sie zu sehen, Mr. Brown. Wie geht's den strahlenden Lichtern am Broadway? Marilyn Monroe, massenweise guter Bourbon Whisky. Flüsterkneipen ...« Er hinkte ein wenig hinter der Zeit her, denn seit dreißig Jahren war er nicht weiter außer Landes gewesen als in Kingston auf Jamaika. »Geben Sie mir Ihren Paß, Mr. Brown. Wo sind Ihre Gepäckscheine?«

Er schwenkte sie über dem Kopf, drängte sich durch die Menge und regelte alles, denn er kannte jeden Menschen. Selbst der Zollbeamte ließ mein Gepäck ungeöffnet durch. Petit Pierre wechselte einige Worte mit einem Tonton Macoute an der Tür und hatte, als ich ins Freie trat, bereits ein Taxi für mich gefunden. »Setzen Sie sich, setzen Sie sich, Mr. Brown. Ihr Gepäck kommt gleich.«

»Wie steht's hier?« fragte ich.

»Wie gewöhnlich. Alles ruhig.«

»Kein Ausgehverbot?«

»Weshalb sollten wir Ausgehverbot haben, Mr. Brown?«

»Die Zeitungen haben von Rebellen im Norden berichtet.«

»Die Zeitungen? Amerikanische Zeitungen? Sie glauben doch nicht, was in den Zeitungen steht, wie?« Er steckte den Kopf durch die Taxitür und sagte mit seiner seltsamen Heiterkeit: »Sie können sich gar nicht vorstellen, Mr. Brown, wie froh ich bin, Sie wiederzusehen.« Fast glaubte ich es ihm.

»Warum nicht? Gehöre ich nicht hierher?«

»Natürlich gehören Sie hierher, Mr. Brown. Sie sind ein treuer Freund Haitis.« Wieder kicherte er. »Trotzdem – viele treue Freunde haben uns kürzlich verlassen.« Er senkte seine Stimme nur um einen Ton. »Die Regierung hat sich gezwungen gesehen, einige leere Hotels zu übernehmen.«

»Danke für die Warnung.«

»Es wäre unrecht gewesen, den Besitz verfallen zu lassen.«

»Ein netter Einfall. Wer wohnt jetzt drin?«

Er kicherte. »Gäste der Regierung.«

»Haben die jetzt Gäste?«

»Es war eine polnische Mission da, aber die ist recht rasch wieder abgereist. Da ist Ihr Gepäck, Mr. Brown.«

»Kann ich bis zum Trianon kommen, bevor die Lichter ausgehen?«

»Ja – wenn Sie direkt hinfahren.«

»Wohin denn sollte ich fahren?«

Petit Pierre lachte und sagte: »Lassen Sie mich mitkommen. Es gibt jetzt Straßensperren zwischen Port-au-Prince und Pétionville.«

»Also gut. Steigen Sie ein. Alles in der Welt, nur keine Unannehmlichkeiten«, sagte ich.

»Was haben Sie in New York gemacht, Mr. Brown?«

Ich antwortete wahrheitsgetreu: »Jemanden zu finden versucht, der mein Hotel kauft.«

»Kein Glück gehabt?«

»Nicht das geringste.«

»Kein Unternehmungsgeist in einem so großen Land?«

»Ihr habt seine Militärmission ausgewiesen. Ihr habt den Botschafter abberufen lassen. Auf viel Vertrauen könnt ihr dort nicht rechnen, nicht? Mein Gott, das hatte ich ganz vergessen. An Bord unseres Schiffes ist ein Präsidentschaftskandidat!«

»Ein Präsidentschaftskandidat? Das hätte man mir sagen müssen.«

»Kein sehr erfolgreicher.«

»Immerhin ein Präsidentschaftskandidat. Wozu kommt er hierher?«

»Er hat eine Empfehlung an den Wohlfahrtsminister.«

»Doktor Philipot? Aber Doktor Philipot . . .«

»Irgendwas passiert?«

»Sie wissen ja, die Politik! Es ist in allen Ländern dasselbe.«

»Doktor Philipot ist weg?«

»Man hat ihn eine Woche nicht gesehen. Es heißt, er ist auf Urlaub.« Petit Pierre berührte die Schulter des Taxifahrers. »Halt, *mon ami.*« Wir waren noch nicht einmal bei der Kolumbus-Statue, und die Dunkelheit fiel rasch. Er sagte: »Mr. Brown, ich glaube, ich geh lieber zurück und suche ihn. Sie wissen, wie es in Ihrem eigenen Land ist – man muß vermeiden, einen falschen Eindruck zu erwecken. Für mich wär's auch nicht gut, mit einer Empfehlung an Mr. Macmillan nach England zu kommen.« Im Abgang winkte er mir zu. »Ich komm bald vorbei, auf einen Whisky. Ich bin so froh, so froh, Sie wiederzusehen, Mr. Brown.« Er verschwand mit jener euphorischen Miene, die durch nichts gerechtfertigt war. Wir fuhren weiter. Ich fragte den Fahrer, der wahrscheinlich ein Agent der Tontons war: »Werden wir zum Trianon kommen, bevor die Lichter ausgehen?« Er zuckte die Achseln. Es war nicht an ihm, Informationen preiszugeben. Die Lichter brannten noch im Ausstellungsgebäude, das jetzt der Außenminister benützte, und beim Kolumbus-Denkmal war ein Peugeot geparkt. Natürlich gab es eine Menge Peugeots in Port-au-Prince, und ich konnte einfach nicht glauben, daß sie so grausam oder so geschmacklos sein konnte, denselben Platz für ein Rendezvous zu wählen. Trotzdem sagte ich dem Chauffeur: »Ich steige hier aus. Bringen Sie mein Gepäck hinauf zum Trianon. Joseph wird Sie bezahlen.« Ich hätte kaum unvorsichtiger sein können. Der kommandierende Oberst der Tontons Macoute würde bestimmt am nächsten Morgen genau wissen, wo ich ausgestiegen war. Als einzige Vorsorge achtete ich darauf, daß der Mensch wirklich davonfuhr. Ich beobachtete die Rücklichter, bis sie außer Sicht waren. Dann ging ich auf Kolumbus und den geparkten Wagen zu. Ich kam von hinten und sah das CD auf dem Nummernschild. Es war Marthas Wagen, und sie war allein.

Ich beobachtete sie eine Weile, ohne gesehen zu werden. Es fiel mir ein, daß ich dort warten konnte, einige Meter entfernt, bis ich den Mann sah, mit dem sie sich verabredet hatte. Dann drehte sie den Kopf und starrte in meine Richtung; sie wußte, daß jemand sie beobachtete. Sie ließ das Fenster einen Zentimeter breit herunter und fragte auf französisch, so scharf, als wäre ich einer der unzähligen Bettler am Hafen: »Wer sind Sie?« Dann schaltete sie die Scheinwerfer an. »Ach Gott – du bist also zurückgekommen«, sagte sie in einem Ton, den sie bei einem Rückfallfieber hätte anwenden können.

Sie machte die Tür auf, und ich stieg zu ihr ein. In ihrem Kuß konnte ich Angst und Unsicherheit spüren. »Warum bist du zurückgekommen?« fragte sie.

»Wahrscheinlich hast du mir gefehlt.«

»Mußtest du erst fortlaufen, um das zu merken?«

»Ich hatte gehofft, es könnte sich etwas ändern, wenn ich wegfahre.«

»Es hat sich nichts geändert.«

»Was machst du hier?«

»Man kann sich hier besser nach dir sehnen als anderswo.«

»Du hast nicht etwa auf jemanden gewartet?«

»Nein.« Sie nahm einen meiner Finger und drehte ihn herum, bis er weh tat. »Ein paar Monate kann ich artig sein, weißt du. Außer im Traum. Im Traum war ich dir untreu.«

»Auch ich war dir treu – auf meine Art.«

»Erzähl mir jetzt nicht«, sagte sie, »was deine Art ist. Sei einfach still. Sei hier.«

Ich gehorchte. Ich war halb glücklich, halb elend, denn es war nur allzu klar, daß sich eines nicht geändert hatte, außer daß sie mich jetzt, da ich ohne Wagen war, nach Hause bringen und das Risiko auf sich nehmen mußte, in der Nähe des Trianon gesehen zu werden: neben dem Kolumbus würden wir uns nicht gute Nacht sagen. Selbst während ich sie besaß, prüfte ich sie. Sie hätte doch gewiß nicht die Stirn, sich mit mir einzulassen, wenn sie einen anderen Mann zum Rendezvous erwartete – und dann sagte ich mir, das sei kein richtiger Test, sie hatte die Stirn zu allem und jedem. Es war nicht Mangel an Mut, was sie an ihren Gatten fesselte. Sie stieß einen Schrei aus, den ich wiedererkannte, und schlug die Hand vor den Mund. Ihr Körper verlor seine Straffheit, sie war wie ein müdes Kind, das auf meinen Knien rastete. Sie sagte: »Ich hab vergessen, das Fenster zuzumachen.«

»Fahren wir lieber zum Trianon hinauf, bevor die Lichter ausgehen.«

»Hast du jemanden gefunden, der das Haus kauft?«

»Nein.«

»Da bin ich froh.«

In der Parkanlage stand der Brunnen mit der Musikfontäne schwarz, ohne Wasser und schweigend da. Kreisrunde Glühbirnen flimmerten die nächtliche Botschaft: *»Je suis le drapeau Haïtien, Uni et Indivisible. François Duvalier.«*

Wir fuhren an den geschwärzten Balken des Hauses vorbei, das die Tontons zerstört hatten, und den Hügel gegen Pétionville hinauf. Auf halbem Weg war eine Straßensperre. Ein Mann in einem zerrissenen Hemd, grauer Hose und mit einem alten weichen Hut, den jemand schon auf den Müll geworfen haben mußte, kam an das Tor, das Gewehr an der Mündung hinter sich herschleifend. Er befahl uns, auszusteigen und uns durchsuchen zu lassen. »Ich steige aus«, sagte ich, »aber diese Dame gehört zum Diplomatischen Corps.«

»Mach keinen Wirbel, Liebes«, sagte sie. »So was wie Privilegien gibt es jetzt nicht.« Sie ging voran auf die Straße, die Hände über dem Kopf, und schenkte dem Milizsoldaten ein Lächeln, das mir höchst mißfiel.

Ich sagte zu ihm: »Sehen Sie nicht das CD am Wagen?«

»Und kannst du nicht sehen«, sagte sie, »daß er nicht lesen kann?« Er tastete meine Hüften ab und strich mit den Händen zwischen meinen Beinen hoch. Dann öffnete er den Kofferraum des Wagens. Es war keine sehr geübte Durchsuchung und bald vorüber. Er machte einen Weg durch die Sperre frei und ließ uns durch. »Ich mag nicht, daß du allein zurückfährst«, sagte ich. »Ich werde dir einen meiner Burschen mitgeben – wenn mir noch einer geblieben ist.« Dann stieg, nachdem ich eine halbe Meile weitergefahren war, der alte Verdacht wieder in mir auf. Sind Ehegatten bekanntlich blind für Untreue, dann hat ein Liebhaber vermutlich den entgegengesetzten Fehler – er sieht sie überall. »Sag mir, was hast du wirklich gemacht, dort beim Denkmal?«

»Sei doch kein Narr heut abend«, sagte sie. »Ich bin glücklich.«

»Ich hab dir nie geschrieben, ich würde zurückkommen.«

»Es war ein Ort, wo ich an dich denken konnte, mehr nicht.«

»Scheint ein sonderbarer Zufall, daß du gerade heut abend ...«

»Glaubst du, es war der einzige Abend, an dem ich mir die Mühe machte, an dich zu denken?« Sie fuhr fort: »Luis hat mich einmal gefragt, warum ich jetzt, nachdem das Ausgehverbot aufgehoben wurde, abends nicht lieber zu meinen Gin-Rummy-Partien gehe. Da nahm ich mir am nächsten Abend den Wagen, wie gewöhnlich. Ich hatte niemanden zu besuchen und nichts zu tun, so fuhr ich zum Denkmal.«

»Und Luis ist zufrieden?«

»Er ist immer zufrieden.«

Plötzlich gingen um uns, über uns und unter uns die Lichter aus. Bloß um den Hafen und die Regierungsgebäude lag noch ein Leuchten.

»Hoffentlich hat Joseph für meine Rückkehr noch etwas Öl bewahrt«, sagte ich. »Hoffentlich ist er eine kluge und keine törichte Jungfrau.«

»Ist er eine Jungfrau?«

»Nun, er ist keusch. Seit die Tontons Macoute ihn herumgeknufft haben.«

Wir kamen auf die steile Zufahrtsstraße, die von Palmen und Bougainvillea gesäumt war. Ich fragte mich immer, weshalb der ursprüngliche Besitzer das Hotel Trianon genannt hatte. Kein Name hätte weniger dazu gepaßt. Die Architektur des Hotels war weder klassisch in der Art des achtzehnten Jahrhunderts noch luxuriös im Stil des zwanzigsten. Mit seinen Türmchen und Balkonen und hölzernen Verzierungen aus Gitterwerk wirkte es nachts wie ein verwunschenes Haus auf einer Charles-Addams-Zeichnung im ›New Yorker‹. Man erwartete, daß eine Hexe oder ein irrsinniger Butler einem die Tür auftat, hinter sich eine Fledermaus, die vom Lüster herabhing. Im Sonnenschein aber, oder wenn zwischen den Palmen die Lichter brannten, sah es zerbrechlich und altväterisch und hübsch und lächerlich aus, eine Illustration aus einem Märchenbuch. Das Haus war mir ans Herz gewachsen, und ich war irgendwie froh, daß ich keine Käufer gefunden hatte. Ich glaubte wirklich, es könnte mir, wenn ich es nur noch ein paar Jahre behalten dürfte, ein Heim bedeuten. Man brauchte Zeit für ein Heim, ganz wie man Zeit brauchte, um aus einer Geliebten eine Gattin zu machen. Selbst der gewaltsame Tod meines Partners hatte meine besitzgierige Liebe nicht ernstlich gestört. Ich hätte bloß, wie Frère Laurent in der französischen Fassung von ›Romeo und Julia‹ bemerkt, in einem Satz, an den mich zu erinnern ich allen Grund hatte:

»Le remède au chaos
N'est pas dans ce chaos.«

Das Remedium hatte in dem Erfolg bestanden, für den ich meinem Partner nicht verpflichtet war: in den Stimmen vom Schwimmbad herüber, in dem Klirren der Eiswürfel von der Bar, wo Joseph seinen berühmten Rum-Punsch mixte, in den vorfahrenden Taxis aus der Stadt, in dem Lärm beim Lunch auf der Veranda, und nachts in dem Trommler und den Tänzerinnen, mit Baron Samedi, einer grotesken Figur in einem Ballett, der in seinem Zylinder unter den beleuchteten Palmen grazil dahinsteppte. Für kurze Zeit hatte ich all das gehabt.

Wir fuhren im Dunkel vor, und ich küßte Martha wieder: es war immer noch ein Verhör. Ich konnte einfach an Treue, die drei einsame Monate währte, nicht glauben.

Vielleicht hatte sie sich – und dieser Gedanke war weniger unerfreulich als ein anderer – wieder ihrem Mann zugewandt. Ich preßte sie an mich und fragte: »Wie geht es Luis?«

»Gleich«, sagte sie. »Immer gleich.« Und doch dachte ich daran, daß sie ihn einmal geliebt haben mußte. Das ist eine der Qualen unerlaubter Liebe: selbst die hingebendste Umarmung der Geliebten ist nur ein weiterer Beweis, daß Liebe nicht dauert. Ich war Luis zum zweiten Mal begegnet, als ich bei einer Cocktail-Party auf der Botschaft einer seiner dreißig Gäste war. Es erschien mir unmöglich, daß der Botschafter – dieser beleibte Herr gegen Fünfzig, dessen Haar glänzte wie ein geputzter Schuh – nicht merkte, wie oft unsere Augen einander über das volle Zimmer hinweg trafen, die verstohlene Berührung ihrer Hand nicht sah, mit der sie an mir vorüberstrich. Aber Luis wahrte den Schein unzweifelhafter Überlegenheit: das war seine Botschaft, das war seine Frau, das waren seine Gäste. Die Streichholzschachteln trugen seine Anfangsbuchstaben eingepreßt, selbst die Banderolen seiner Zigarren. Ich erinnere mich, wie er einmal ein Cocktailglas ans Licht hob und mir die zarte Gravierung einer Stiermaske zeigte: »Ich habe sie eigens für mich in Paris entwerfen lassen«, sagte er. Er hatte ein starkes Eigentumsgefühl, aber vielleicht hatte er nichts dagegen, zu verleihen, was ihm gehörte.

»Hat Luis dich getröstet, während ich fort war?«

»Nein«, sagte sie, und ich verfluchte mich, in meiner Feigheit die Frage so formuliert zu haben, daß ihre Antwort doppelsinnig bleiben konnte. Sie sagte noch: »Niemand hat mich getröstet«, da begann ich sofort an all die Bedeutungen des Wortes »Trost« zu denken, aus denen sie sich eine aussuchen konnte, die ihren Wahrheitsdrang befriedigte. Denn sie besaß einen gewissen Wahrheitsdrang.

»Du hast ein anderes Parfum.«

»Luis hat es mir zum Geburtstag geschenkt. Deines war aus.«

»Dein Geburtstag. Ich hab ganz vergessen ...«

»Macht nichts.«

»Joseph braucht lange«, sagte ich. »Er muß den Wagen gehört haben.«

Sie sagte: »Luis ist gut zu mir. Du bist der einzige, der mich herumknufft. Wie die Tontons Macoute den Joseph.«

»Was meinst du damit?«

Alles war wie früher. Nach zehn Minuten hatten wir einander in den Armen gelegen, und nach einer halben Stunde hatten wir zu streiten begonnen. Ich stieg aus und ging in der Dunkelheit die Stufen hinauf. Oben stolperte ich beinahe über meine Koffer, die der Chauffeur dort hingestellt haben mußte, und rief: »Joseph! Joseph!«, aber niemand antwortete. Die Veranda erstreckte sich zu beiden Seiten, doch es war kein Tisch zum Abendessen gedeckt. Durch die offene Tür des Hotels konnte ich die Bar sehen, im Licht einer winzigen Ölfunzel, wie man sie neben ein Kinderbett oder ein Krankenlager stellt. Das war mein Luxushotel – ein Lichtkreis, der kaum eine halbleere Flasche Rum, zwei Hocker und eine Sodawasserflasche berührte, die im Schatten kauerte wie ein langschnäbeliger Vogel. Wieder rief ich: »Joseph! Joseph!«, und wieder antwortete niemand. Ich ging über die Stufen zum Wagen zurück und sagte zu Martha: »Wart einen Augenblick!«

»Stimmt etwas nicht?«

»Ich kann Joseph nicht finden.«

»Ich sollte langsam nach Hause.«

»Allein kannst du nicht fahren. Sei doch nicht so ungeduldig. Luis kann einen Augenblick warten.«

Ich stieg wieder die Stufen zum Hotel Trianon hinan. »Ein Zentrum intellektuellen Lebens in Haiti. Ein Luxushotel, das dem Gourmet ebensoviel bietet wie dem Freund von Folklore. Versuchen Sie unsere Spezialgetränke aus dem feinsten Haiti-Rum, baden Sie in unserem luxuriösen Schwimmbad, lauschen Sie der Musik der Haiti-Trommel und sehen Sie unsere Tänzer und Tänzerinnen. Mischen Sie sich unter die Elite des intellektuellen Lebens in Haiti, unter die Musiker, Dichter, Maler, die im Hotel Trianon einen gesellschaftlichen Mittelpunkt gefunden haben ...« Die Werbebroschüre war einmal beinahe wahr gewesen.

Ich griff unter den Bartisch und fand eine elektrische Taschenlampe. Ich ging durch die Halle in mein Büro, wo der Schreibtisch mit alten Rechnungen und Bestätigungen bedeckt war. Ich hatte keinen Gast erwartet, aber selbst Joseph war nicht da. Was für eine Heimkehr, dachte ich, was für eine Heimkehr! Unter dem Büro lag das Schwimmbad. Zu dieser Stunde hätten die Cocktailgäste aus den anderen Hotels der Stadt eintreffen sollen. In unserer guten Zeit tranken nur wenige anderswo als im Trianon, außer denen, die Rundfahrten gebucht hatten und alles abklapperten. Die Amerikaner tranken stets trockene Martinis. Um Mitternacht schwammen gewöhnlich ein paar von ihnen nackt im Bassin. Eines Nachts hatte ich um zwei Uhr früh aus dem Fenster geschaut. Ein großer gelber Mond stand am Himmel, und ein Mädchen tat es im Schwimmbad. Sie hielt die Brüste an den Rand gedrückt, und ich konnte den Mann hinter ihr nicht sehen. Sie merkte nicht, daß ich sie beobachtete, sie merkte überhaupt nichts. In dieser Nacht dachte ich, bevor ich einschlief: jetzt hab ich's geschafft.

Ich hörte Schritte im Garten, die aus der Richtung des Schwimmbeckens kamen, die unregelmäßigen Schritte eines Hinkenden. Joseph hatte seit seinem Zusammenstoß mit den Tontons Macoute stets gehinkt. Ich wollte ihm eben über die Veranda entgegengehen, als ich noch einmal auf meinen Schreibtisch blickte. Etwas fehlte dort. Alle Rechnungen lagen da, die sich in meiner Abwesenheit angesammelt hatten; wo aber war der kleine Briefbeschwerer aus Messing in Gestalt eines Sarges mit den eingravierten Buchstaben R. I. P., den ich mir selbst einmal in Miami zu Weihnachten geschenkt hatte? Er war ohne Wert, er hatte mich zwei Dollar und fünfundsiebzig Cent gekostet, aber er gehörte mir, er machte mir Spaß, und jetzt war er nicht mehr da. Warum müssen sich die Dinge in unserer Abwesenheit ändern? Selbst Martha hatte ein anderes Parfum. Je unausgeglichener das Leben ist, desto weniger will man, daß sich die kleinen Einzelheiten ändern.

Ich ging Joseph über die Veranda entgegen. Ich konnte sehen, wie sein Licht sich den gewundenen Weg vom Schwimmbad heraufschlängelte.

»Sind Sie's, Monsieur Brown?« rief er nervös herauf.

»Natürlich bin ich's. Warum warst du nicht da, als ich ankam? Warum hast du meine Koffer stehengelassen . . .?«

Er stand unter mir und blickte mit einem angewiderten Ausdruck in seinem schwarzen Gesicht zu mir herauf.

»Madame Pineda hat mich hergebracht. Ich will, daß du mit ihr zur Stadt fährst. Du kannst mit dem Autobus zurückkommen. Ist der Gärtner da?«

»Er ist fort.«

»Der Koch?«

»Er ist fort.«

»Mein Briefbeschwerer? Was ist mit meinem Briefbeschwerer geschehen?«

Er sah mich an, als verstünde er mich nicht.

»Waren gar keine Gäste hier, seit ich wegfuhr?«

»Nein, Monsieur. Nur . . .«

»Nur was?«

»Vor vier Nächten – Doktor Philipot, er kommt her. Er sagt, sag's niemand.«

»Was hat er gewollt?«

»Ich sag ihm, er nicht hierbleiben. Ich sag ihm, die Tontons Macoute suchen ihn hier.«

»Was hat er gemacht?«

»Er bleibt, trotzdem. Dann Koch geht fort und Gärtner geht fort. Sie sagen, sie kommen zurück, wenn er fortgegangen. Er sehr krank. Darum bleibt. Ich sag, gehen in die Berge, aber er sagt, er nicht kann gehen, nicht gehen. Seine Füße sehr arg geschwollen. Ich sag ihm, er gehen, bevor Sie zurück.«

»Eine feine Wirtschaft, in die man da zurückkommt«, sagte ich. »Ich werde mit ihm reden. In welchem Zimmer ist er denn?«

»Wie ich den Wagen höre, ruf ich zu ihm – Tonton, rasch fort. Er sehr müde. Er nicht will gehen. Er sagt: Ich alter Mann. Ich sag ihm, Monsieur Brown, er ist ruiniert, wenn Sie hier gefunden. Für Sie egal, sag ich, wenn Tonton Sie auf Straße finden, aber Monsieur Brown, er ruiniert, wenn Sie hier erwischt. Ich sag ihm, ich geh und sprech mit Ihnen. Er dann davon, rasch rasch. Aber es war nur dummer Taximann mit die Koffer ... Darum ich lauf hin, ihm sagen.«

»Was sollen wir mit ihm machen, Joseph?« Doktor Philipot war kein übler Mensch, verglichen mit anderen Regierungsfunktionären. Er hatte sogar im ersten Jahr seiner Amtszeit einen Versuch unternommen, die Lebensbedingungen im Elendsviertel am Meer zu verbessern; am Ende der Rue Desaix hatte man eine Wasserpumpe errichtet, sein Name war schon auf einer Blechplatte eingestanzt, aber die Rohre waren nie angeschlossen worden, weil die Unternehmer den entsprechenden Profitanteil nicht bekommen hatten.

»Wie ich in sein Zimmer komme, er nicht mehr dort.«

»Glaubst du, er hat sich in die Berge geschlagen?«

»Nein, Monsieur Brown, nicht die Berge«, sagte Joseph. Er stand unter mir, mit gesenktem Kopf. »Ich glaube, er gegangen, sehr böse Sache tun.« Und mit leiser Stimme fügte er die Inschrift auf meinem Briefbeschwerer hinzu: *»Requiescat In Pace«*, denn Joseph war ein ebenso guter Katholik wie Wudu-Anhänger. »Bitte, Monsieur Brown, mit mir kommen.«

Ich folgte ihm den Weg entlang bis zum Schwimmbad, wo ich das hübsche Mädchen in der Liebesumarmung gesehen hatte, einmal, in einer anderen Epoche, im goldenen Zeitalter. Es war jetzt leer von Wasser. Meine Taschenlampe beleuchtete den nackten Boden und einen Haufen Blätter.

»Andere Seite«, sagte Joseph; er war stehengeblieben, trat nicht näher. Doktor Philipot mußte sich zu dem schmalen Schattenschacht hinbegeben haben, den das Sprungbrett warf, und lag jetzt dort unten in gekrümmter Stellung, die Knie ans Kinn gezogen, ein Fötus in mittleren Jahren, in seinem guten grauen Anzug, korrekt gekleidet für die Beerdigung. Er hatte sich zuerst die Handgelenke und dann den Hals durchschnitten, um ganz sicherzugehen. Über seinem Kopf lag der schwarze Schatten des Einlaufrohrs. Wir mußten nur das Wasser andrehen, um das Blut fortzuwaschen; er war so rücksichtsvoll wie möglich gewesen. Er konnte nicht länger als ein paar Minuten tot sein. Meine ersten Gedanken waren egoistisch: man kann dir keinen Vorwurf machen, wenn sich ein Mensch in deinem Schwimmbad umbringt. Es war direkt von der Straße aus leicht zugänglich, ohne daß man ins Haus gehen mußte. Früher waren häufig Bettler hergekommen und hatten versucht, den schwimmenden Gästen wertlose Holzschnitzereien anzuhängen.

Ich fragte Joseph: »Ist Doktor Magiot noch in der Stadt?« Er nickte.

»Geh zu Madame Pineda draußen im Wagen und bitte sie, dich auf dem Weg zur Botschaft zu seinem Haus zu bringen. Erzähl ihr nicht den Grund. Bring ihn hierher zurück – wenn er kommen will.« Meiner Ansicht nach war er der einzige Arzt in der Stadt, der den Mut aufbrachte, nach einem Feind des Barons zu sehen, selbst wenn der mausetot war. Bevor Joseph sich jedoch auf den Weg machen konnte, hörte man Schritte und die unverkennbare Stimme von Mrs. Smith. »Die New Yorker Zollbehörden könnten von den Leuten hier einiges lernen. Man war sehr höflich zu uns beiden. Bei den Weißen findet man nie solche Höflichkeit wie bei den Farbigen.«

»Gib acht, meine Liebe, da ist ein Loch auf dem Weg.«

»Ich sehe gut genug. Es gibt nichts Besseres für das Augenlicht als rohe Mohrrüben, Mrs. . .«

»Pineda.«

»Mrs. Pineda.«

Martha bildete die Nachhut mit einer Taschenlampe. Mr. Smith sagte: »Wir fanden diese liebe Dame draußen im Wagen. Sonst schien niemand da zu sein.«

»Verzeihung. Ich hatte ganz vergessen, daß Sie hier absteigen wollten.«

»Ich dachte, Mr. Jones kommt auch. Wir ließen ihn aber bei einem Polizeibeamten zurück. Hoffentlich hat er keine Unannehmlichkeiten.«

»Joseph, richte die John Barrymore-Suite her. Sieh zu, daß Mr. und Mrs. Smith genügend Petroleumlampen haben. Ich muß wegen der Lampen um Verzeihung bitten. Sie werden jeden Augenblick wieder angehen.«

»Das macht uns Spaß«, sagte Mr. Smith, »es ist wie ein Abenteuer.«

Wenn der Geist, wie manche glauben, noch ein bis zwei Stunden über dem Leichnam schwebt, den er verlassen hat – welche Banalitäten ist er verurteilt mitanzuhören, während er in verzweifelter Hoffnung darauf harrt, daß irgendein tiefer Gedanke ausgesprochen werde, irgendeine Äußerung, die dem Leben, aus dem er entwichen ist, Würde verleiht. Ich sagte zu Mrs. Smith: »Hätten Sie etwas dagegen, heute nur Eier zu essen? Morgen werde ich alles so einrichten, wie es Ihnen recht ist. Leider hat mich gestern mein Koch im Stich gelassen.«

»Machen Sie sich keine Mühe mit Eiern«, sagte Mr. Smith. »Ehrlich gesagt, sind wir etwas dogmatisch, was Eier betrifft. Aber wir haben unser eigenes Hefrol.«

»Und ich habe mein Barmenol«, sagte Mrs. Smith.

»Bloß ein wenig heißes Wasser«, sagte Mr. Smith. »Mrs. Smith und ich sind sehr anpassungsfähig. Sie brauchen sich unseretwegen keine Sorgen zu machen. Sie haben da ein schönes Schwimmbad.« Um ihnen die Ausmaße des Bassins zu zeigen, begann Martha den Strahl ihrer Lampe gegen das Sprungbrett und das tiefe Ende zu lenken. Ich nahm ihr die Lampe rasch aus der Hand und richtete sie auf den verzierten Turm und einen Balkon, der die Palmen überragte. Da oben, wo Joseph die Zimmer herrichtete, leuchtete bereits ein Licht. »Dort ist Ihre Suite«, sagte ich. »Die John Barrymore-Suite. Sie können ganz Port-au-Prince überblicken, den Hafen, den Palast, den Dom.«

»Hat John Barrymore wirklich dort gewohnt?« fragte Mr. Smith. »In diesem Zimmer?«

»Es war vor meiner Zeit, aber ich kann Ihnen seine Alkoholrechnungen zeigen.«

»Ein großes Talent zugrunde gerichtet«, bemerkte er traurig.

Es wollte mir nicht aus dem Sinn, daß jeden Augenblick die Stromsperre zu Ende sein und überall in Port-au-Prince das Licht angehen würde. Manchmal war es bis zu drei Stunden abgedreht, manchmal kaum eine einzige – es gab da keine Sicherheit. Ich hatte Joseph gesagt, daß während meiner Abwesenheit das Geschäft weitergehen solle wie üblich, denn wer wußte, ob sich nicht ein paar Journalisten hier einige Tage aufhalten wollten, um eine Reportage über ein Land zu schreiben, das sie zweifellos »Die Alptraum-Republik« nennen würden. Vielleicht bedeutete für Joseph »das Geschäft geht weiter« auch Glühbirnen in den Palmen und Glühbirnen rings um das Schwimmbad. Ich wollte nicht, daß der Präsidentschaftskandidat unter dem Sprungbrett eine zusammengerollte Leiche sehe – nicht an seinem ersten Abend. Das war nicht meine Vorstellung von Gastfreundschaft. Und hatte er nicht von einem Empfehlungsbrief an den Wohlfahrtsminister erzählt?

Joseph erschien eben auf dem Weg. Ich trug ihm auf, die Smiths in ihr Zimmer zu führen und dann mit Mrs. Pineda hinunter in die Stadt zu fahren.

»Unser Gepäck steht auf der Veranda«, sagte Mrs. Smith.

»Sie werden es schon in Ihrem Zimmer finden. Es bleibt nicht mehr lange dunkel, das verspreche ich Ihnen. Sie müssen uns vergeben. Wir sind ein sehr armes Land.«

»Wenn ich an all die Lichtverschwendung am Broadway denke«, sagte Mrs. Smith, und zu meiner Erleichterung begannen sie den Weg hinanzusteigen, wobei ihnen Joseph leuchtete. Ich blieb am seichten Ende des Schwimmbeckens stehen, doch jetzt, da meine Augen sich an das Dunkel gewöhnt hatten, glaubte ich die Leiche ausnehmen zu können; es war wie ein Haufen Erde.

Martha sagte: »Stimmt etwas nicht?« und leuchtete mir mit der Taschenlampe ins Gesicht.

»Ich hatte noch keine Zeit, mich umzusehen. Borg mir einen Augenblick die Lampe.«

»Was hat dich hier unten aufgehalten?«

Ich ließ das Licht über die Palmen gleiten, weit fort von dem Bassin, als wollte ich die Beleuchtungsanlagen inspizieren. »Ich habe mit Joseph gesprochen. Gehen wir jetzt hinauf, ja?«

»Um in die Smiths hineinzurennen? Da bleib ich lieber hier. Ein komischer Gedanke, daß ich noch nie hier gewesen bin. In deinem Heim.«

»Nein, wir waren immer sehr vorsichtig.«

»Du hast dich nicht nach Angel erkundigt.«

»Verzeih.«

Angel war ihr Sohn, das unerträgliche Kind, das sein Teil dazu beitrug, uns auseinanderzuhalten. Er war zu dick für sein Alter, er hatte braune Knopfaugen wie sein Vater, er lutschte Bonbons, er bemerkte alles und erhob Ansprüche – immerfort Ansprüche auf die ausschließliche Aufmerksamkeit seiner Mutter. Er schien die Zärtlichkeit aus unserer Beziehung zu saugen, wie er den flüssigen Inhalt aus einem Bonbon sog, mit einem langen, schlürfenden Atemzug. Die Hälfte unserer Gespräche drehte sich um ihn. »Ich muß jetzt gehen. Ich habe Angel versprochen, ihm vorzulesen.« »Ich kann dich heute abend nicht sehen. Angel möchte ins Kino gehen.« »Mein Herz, ich bin heute so müde – Angel hatte sechs Freunde zum Tee.«

»Wie geht es also Angel?«

»Er war krank, während du fort warst, Grippe.«

»Aber es geht ihm schon viel besser?«

»O ja, viel besser.«

»Gehen wir.«

»Luis erwartet mich nicht so früh. Angel auch nicht. Jetzt bin ich da. Wenn schon, denn schon.«

Ich sah auf das Zifferblatt meiner Uhr. Es war beinahe acht Uhr dreißig. Ich sagte: »Die Smiths . . .«

»Die haben mit ihrem Gepäck zu tun. Worüber machst du dir Sorgen, mein Herz?«

Ich sagte matt: »Ich habe einen Briefbeschwerer verloren.«

»Einen sehr wertvollen Briefbeschwerer?«

»Nein – aber wenn ein Briefbeschwerer verlorengegangen ist, was dann noch?«

Plötzlich leuchteten überall die Lampen auf. Ich nahm ihren Arm, riß sie herum und zog sie den Weg hinauf. Mr. Smith trat auf seinen Balkon und rief uns zu: »Glauben Sie, daß Mrs. Smith eine zweite Bettdecke haben könnte, falls es kühl wird?«

»Ich lasse eine hinaufschicken, aber es wird nicht kühl werden.«

»Wirklich eine schöne Aussicht von hier oben.«

»Ich werde die Lichter im Garten ausdrehen, dann sehen Sie noch mehr.«

Der Kontrollschalter war in meinem Büro, und wir hatten es beinahe erreicht, als Mr. Smith' Stimme nochmals ertönte: »Mr. Brown, da schläft jemand in Ihrem Schwimmbad.«

»Wird wohl ein Bettler sein.«

Mrs. Smith mußte neben ihn getreten sein, denn jetzt vernahm ich auch ihre Stimme: »Wo denn, mein Lieber?«

»Dort unten.«

»Der arme Kerl. Am liebsten möchte ich hinuntergehen und ihm etwas Geld geben.«

Ich war versucht, auszurufen: »Geben Sie ihm Ihr Empfehlungsschreiben. Es ist der Wohlfahrtsminister.«

»Das würde ich nicht tun, Liebste. Du würdest den Armen nur aufwecken.«

»Einen merkwürdigen Ort hat er sich ausgesucht.«

»Wahrscheinlich, weil es dort kühl ist.«

Ich kam zur Bürotür und drehte die Gartenlampen ab. Ich hörte Mr. Smith sagen: »Schau, dort, Liebste. Das weiße Haus mit der Kuppel. Das muß der Palast sein.«

Martha sagte: »Ein Bettler schläft im Schwimmbad?«

»Das kommt vor.«

»Ich habe ihn gar nicht bemerkt. Was suchst du?«

»Meinen Briefbeschwerer. Warum sollte sich jemand meinen Briefbeschwerer nehmen?«

»Wie hat er ausgesehen?«

»Ein kleiner Sarg, mit R. I. P. eingraviert. Ich hab ihn für die weniger dringende Post benützt.«

Sie lachte und hielt mich fest und küßte mich. Ich ging darauf ein, so gut ich konnte, aber die Leiche im Schwimmbad schien unsere Tätigkeit in eine Komödie zu verwandeln. Die Leiche Doktor Philipots gehörte einer tragischeren Sphäre an; wir waren nur eine Nebenhandlung, die zwischendurch etwas auflockernd wirkte. Ich hörte Joseph in der Bar umhergehen und rief ihm zu: »Was tust du da?« Mr. Smith hatte ihm offenbar auseinandergesetzt, was er brauchte: zwei Tassen, zwei Löffel, einen Krug heißen Wassers. »Nimm noch eine Decke mit hinauf«, sagte ich, »und dann setz dich in Trab, in die Stadt.«

»Wann sehe ich dich wieder?« fragte Martha.

»Am selben Ort, zur selben Zeit.«

»Es hat sich nichts geändert, oder?« fragte sie mich ängstlich.

»Nein, nichts«, doch mein Ton hatte eine gewisse Schärfe, die ihr auffiel.

»Tut mir leid, aber trotzdem bist du ja zurückgekommen.«

Als sie endlich mit Joseph wegfuhr, ging ich zum Schwimmbad zurück und setzte mich in der Dunkelheit an seinen Rand. Ich fürchtete, die Smiths würden herunterkommen und Konversation machen, aber ich hatte kaum einige Minuten beim Bassin gewartet, als ich das Licht in der John Barrymore-Suite ausgehen sah. Sie hatten wohl ihr Hefrol und Barmenol zu sich genommen und sich jetzt zu ihrem ungestörten Schlummer niedergelegt. Die Festlichkeit der vergangenen Nacht hatte sie bis spät wach gehalten, und es war ein langer Tag gewesen. Ich fragte mich, was wohl aus Jones geworden war. Er hatte die Absicht geäußert, im Trianon abzusteigen. Ich dachte auch an Mr. Fernandez und seine geheimnisvollen

Tränen. Alles in der Welt – nur nicht an den Wohlfahrtsminister denken, der zusammengekrümmt unter dem Sprungbrett lag.

Weit oben im Gebirge, jenseits des Kenscoff, schlug eine Trommel und zeigte den Schauplatz einer Wudu-Tonelle an. Es geschah nicht häufig, daß man unter der Herrschaft Papa Docs die Trommeln hörte. Etwas tappte durch die Nacht, und als ich meine Taschenlampe darauf richtete, sah ich einen mageren, halbverhungerten Hund beim Sprungbrett aufgepflanzt. Er schaute mich aus Triefaugen an und wedelte mit hoffnungslosem Schweif, als wollte er mich um Erlaubnis bitten, hinunterzuspringen und das Blut zu lecken. Ich verscheuchte ihn. Vor ein paar Jahren hatte ich drei Gärtner, zwei Köche, Joseph, einen zweiten Barkellner, vier Burschen, zwei Mädchen und einen Chauffeur beschäftigt, und in der Saison – die Saison war jetzt noch gar nicht vorbei – hätte ich weitere Hilfskräfte aufgenommen. Beim Schwimmbad hätte es heute abend ein Kabarett gegeben, und in den Pausen zwischen der Musik hätte ich das beständige Summen der fernen Straßen wie von einem geschäftigen Bienenstock gehört. Jetzt vernahm man, obschon das Ausgehverbot aufgehoben war, keinen einzigen Laut, und ohne Mond bellte nicht einmal ein Hund. Es war, als hätte sich auch mein Erfolg unhörbar verflüchtigt. Er hatte nicht sehr lang angehalten, aber ich konnte mich kaum beklagen. Ich hatte zwei Gäste im Hotel Trianon, ich hatte meine Geliebte wiedergefunden, und zum Unterschied zu Monsieur le Ministre war ich noch am Leben. Ich machte es mir am Rand des Schwimmbades so bequem wie möglich und begann mein langes Warten auf Doktor Magiot.

Drittes Kapitel

I

Von Zeit zu Zeit war ich in meinem Leben genötigt worden, ein *Curriculum vitae* vorzulegen. Das begann gewöhnlich so: Geboren in Monte Carlo im Jahr 1906, von britischen Eltern. Erzogen im Jesuitenkollegium von Mariae Heimsuchung. Zahlreiche Preise für lateinische Poesie und Prosa-Aufsätze. Zu frühem Zeitpunkt mit der kaufmännischen Lehrbahn begonnen ... Natürlich stellte ich die Einzelheiten dieser Laufbahn je nach dem Empfänger des Lebenslaufes verschieden dar.

Wieviel war selbst in diesen anfänglichen Mitteilungen ausgelassen oder von zweifelhafter Richtigkeit! Meine Mutter war bestimmt keine Britin, und ich weiß bis zum heutigen Tag nicht, ob sie Französin war – vielleicht war sie eine der seltenen Monegassinnen. Der Mann, den sie zu meinem Vater auserkoren hatte, verließ Monte Carlo vor meiner Geburt. Vielleicht war sein Name wirklich Brown. In dem Namen Brown lag eine gewisse Wahrscheinlichkeit – zumeist war sie nicht so bescheiden in ihrer Wahl. Als ich sie das letzte Mal sah, wie sie in Port-au-Prince im Sterben lag, trug sie den Namen einer Comtesse de Lascot-Villiers. Sie hatte Monte Carlo (und übrigens auch ihren Sohn) bald nach dem Waffenstillstand von 1918 eilig verlassen, ohne die Rechnungen in meinem Internat zu bezahlen. Aber die Gesellschaft Jesu ist an unbezahlte Rechnungen gewöhnt; sie betätigt sich eifrig am Rande der Aristokratie, wo ungedeckte Schecks fast so üblich sind wie Ehebrüche, und so erhielt mich das Institut denn auch weiterhin. Ich war ein Vorzugsschüler; man erwartete halb und halb von mir, daß sich mit der Zeit herausstellen würde, ich hätte eine Berufung.

Fast glaubte ich es selbst; das Gefühl, berufen zu sein, umhing mich wie eine Grippe, ein Miasma von Unwirklichkeit, mit Untertemperatur am kühlen, vernünftigen Morgen, aber Fieberhitze bei Nacht. Wie andere Jungen mit dem Dämon der Masturbation rangen, rang ich mit dem Glauben. Es kommt mir seltsam vor, jetzt an meine lateinischen Verse und Prosaarbeiten zu denken – all dieses Wissen ist so völlig verschwunden wie mein Vater. Bloß eine Zeile ist mir beharrlich im Kopf geblieben – eine Erinnerung an alte Träume und Wünsche: *»Exegi monumentum aere perennius«* ... Ich sagte es vor mich hin, fast vierzig Jahre später, als ich am Sterbetag meiner Mutter beim Schwimmbad des Hotels Trianon in Pétionville stand und zu dem phantastischen holzgeschnitzten Maßwerk vor den Palmen und den tintenschwarzen Gewitterwolken hinaufblickte, die über den Kenscoff wehten. Das Haus war zur Hälfte mein Eigentum, und ich wußte, es würde mir bald ganz gehören. Ich war bereits der Besitzer, ein Mann mit Grundbesitz. Ich weiß noch, wie ich dachte: »Ich werde es zum beliebtesten Touristenhotel im Karibischen Archipel machen«, und es wäre mir vielleicht gelungen, wenn nicht ein wahnsinniger Arzt zur Macht gekommen wäre und unsere Nächte mit den Dissonanzen der Gewalt erfüllt hätte anstatt mit Jazzmusik.

Es war nicht eben die Laufbahn eines Hoteliers, so habe ich bereits angedeutet, welche die Jesuiten von mir erwartet hatten. Jene andere aber war durch eine Schüleraufführung von ›Romeo und Julia‹ in einer sehr förmlichen französischen Übersetzung endgültig zerstört worden. Mir hatte man die Rolle des Bruders Lorenzo zugeteilt, und einige Stellen, die ich zu lernen hatte, sind mir bis heute im Gedächtnis geblieben, ich weiß nicht, warum. Sie klingen nicht eben dichterisch. *»Accorde-moi de discuter sur ton état.«* Bruder Lorenzo war imstande, selbst die Tragödie der beiden unseligen Liebenden prosaisch erscheinen zu lassen. *»J'apprends que tu dois, et rien ne peut le reculer, Etre mariée à ce comte jeudi prochain.«*

Die Rolle muß den guten Patres unter diesen Umständen passend und weder zu aufreibend noch zu aufregend erschienen sein; ich glaube aber, daß meine Berufungsgrippe beinahe schon vorbei war: die endlosen Proben, die ständige Anwesenheit der Liebenden und die Sinnlichkeit ihrer Leidenschaft, wenn auch noch so gedämpft durch die französische Übersetzung, führten zu meinem Ausbruch. Ich sah wesentlich älter aus als meine Jahre, und wenn der Regisseur schon keinen Schauspieler aus mir machen konnte, hatte er mich wenigstens zur Genüge in die Geheimnisse der Maskenbildung eingeweiht. Ich »borgte« mir den Paß eines der jungen Laien-Professoren für englische Literatur und erschlich mir eines Nachmittags den Eintritt ins Kasino. Dort gewann ich in dem überraschend kurzen Zeitraum von fünfundvierzig Minuten durch eine unwahrscheinliche Serie von Neunzehnern und Zéros den Gegenwert von dreihundert Pfund, und eine knappe Stunde später verlor ich, unerfahren und unerwartet, meine Unschuld in einem Schlafzimmer des Hôtel de Paris.

Meine Lehrmeisterin war zumindest fünfzehn Jahre älter als ich, doch in meinem Geiste hat sie sich ihr Alter bewahrt, und ich selbst bin älter geworden. Wir trafen uns im Kasino; als sie mich vom Glück verfolgt sah – ich machte meine Einsätze über ihre Schulter –, begann sie ihre Jetons neben die meinen zu legen. Wenn ich an jenem Nachmittag über dreihundert Pfund gewann, so gewann sie vielleicht nahezu hundert, und an diesem Punkt gebot sie mir Einhalt und mahnte mich zur Vorsicht. Ich bin überzeugt, sie dachte gar nicht daran, mich zu verführen. Zwar lud sie mich ein, im Hotel mit ihr Tee zu trinken, aber sie hatte meine Maskierung besser durchschaut als die Kasinobeamten, und auf der Treppe wandte sie sich mir wie eine Mitverschworene zu und flüsterte: »Wie sind Sie hereingekommen?« Ich weiß, ich war in diesem Augenblick nicht mehr für sie als ein abenteuerlustiges Kind, das sie amüsiert hatte.

Ich versuchte nicht einmal, Komödie zu spielen. Ich zeigte ihr meinen falschen Paß, und sie half mir im Badezimmer ihres Appartements, die Spuren der Schminke zu verwischen, die an jenem Winternachmittag im Schein der Lampen wie echte Falten gewirkt hatten. Ich sah Bruder Lorenzo Runzel um Runzel im Spiegel über dem Bord verschwinden, auf dem sie ihre Toilettewässer, ihre Augenbrauenstifte und ihre Pomadentöpfe aufbewahrte. Wir hätten zwei Schauspieler sein können, die eine Garderobe teilten.

Im Internat wurde der Tee auf langen Tischen serviert, an deren Ende jeweils ein Samowar stand. Lange Brotlaibe, drei für jeden Tisch, waren mit mageren Portionen von Butter und Marmelade bereitgelegt; das Porzellan war derb, um dem Zugriff der Schuljugend zu widerstehen, und der Tee war stark. Im Hôtel de Paris erstaunte mich die Zerbrechlichkeit der Tassen, die silberne Teekanne, die dreieckigen pikanten Brötchen, die mit Schlagsahne gefüllten Éclairs. Ich verlor meine Schüchternheit. Ich erzählte von meiner Mutter, meinen lateinischen Aufsätzen, von ›Romeo und Julia‹. Vielleicht ohne böse Absicht zitierte ich Catull, um mit meiner Beschlagenheit zu prahlen.

Ich weiß nicht mehr, welcher Ablauf der Ereignisse schließlich zu dem ersten langen, erwachsenen Kuß auf dem Sofa führte. Sie war verheiratet, so erzählte sie mir wohl, mit einem Direktor der Banque de l'Indochine, und ich hatte die Vorstellung von einem Mann, der mit einer Messingschaufel Münzen in eine Lade schöpft. Er war gerade in Saigon, und sie verdächtigte ihn, dort eine annamitische Freundin auszuhalten. Es war kein langes Gespräch; bald war ich wieder dort, wo meine Studien begonnen hatten, und lernte die erste Liebeslektion in einem großen weißen Bett mit geschnitzten Ananasfrüchten auf den Pfosten, in einem kleinen weißen Zimmer. Was für eine Menge von Einzelheiten aus diesen Stunden mir nach mehr als vierzig Jahren noch in Erinnerung ist! Man sagt von Schriftstellern, die ersten zwanzig Lebensjahre enthielten all ihre Erfahrung, der Rest sei Beobachtung – aber ich glaube, das gilt nicht minder für uns alle.

Sonderbares passierte, als wir auf dem Bett lagen. Sie hatte mich etwas schüchtern, verängstigt, schwierig gefunden. Ihre Finger hatten keinen Erfolg, sogar ihre Lippen hatten in ihrem Dienst versagt, da kam plötzlich vom Hafen unter dem Hügel eine Seemöwe ins Zimmer geflogen. Einen Augenblick lang schien der Raum umfangen von der Spannweite ihrer weißen Schwingen. Meine Partnerin stieß einen Schreckensschrei aus und verkroch sich: jetzt war sie es, die sich ängstigte. Ich streckte die Hand aus, um sie zu beruhigen. Der Vogel ließ sich auf einer Truhe unter einem goldgerahmten Spiegel nieder, stand dort auf seinen langen stelzenartigen Beinen und sah uns an. Er schien in dem Zimmer so völlig daheim zu sein wie eine Katze, und ich erwartete jeden Augenblick, daß er anfangen würde, sein Gefieder zu putzen. Meine neue Freundin zitterte ein wenig vor Angst, und plötzlich fand ich mich fest wie einen Mann und nahm sie so gelassen und mit solchem Selbstvertrauen, als wären wir seit langem ein Liebespaar gewesen. Während dieser Minuten sah keiner von uns die Möwe davonfliegen, und doch wird mir immer scheinen, als hätte ich ihren Flügelschlag auf meinem Rücken gespürt, als sie wieder davonsegelte, hinüber zum Hafen und zur Bucht.

Das war alles: der Sieg im Kasino, und in dem weißgoldenen Zimmer ein paar weitere triumphale Minuten – die einzige meiner Liebesaffären, die ohne Schmerz oder Reue endete. Denn sie war nicht einmal die Ursache meines Abganges vom Internat; der war die Folge meiner eigenen Unüberlegtheit: ich hatte während der Messe einen Roulettejeton für fünf Francs, den ich einzulösen vergessen hatte, in den Klingelbeutel fallen lassen. Ich meinte, mich besonders großzügig zu erweisen, denn im allgemeinen spendete ich zwanzig Sous, aber jemand ertappte mich und verpetzte mich beim Studiendekan. In dem darauffolgenden Verhör wurde die letzte Spur meiner Berufung hinweggefegt. Ich schied von den Patres unter beiderseitigen Höflichkeitsbezeugungen; wenn sie Enttäuschung empfanden, dann wohl auch eine gewisse widerwillige Achtung vor mir – mein Streich war des Internates nicht unwürdig. Ich hatte mein kleines Vermögen erfolgreich unter der Matratze versteckt; nachdem ihnen versichert worden war, daß ein Onkel väterlicherseits mir unter Zusage weiterer Unterstützung und eines Postens in seiner Firma das Geld zur Reise nach England geschickt hatte, ließen sie mich ohne Bedauern ziehen. Ich sagte, ich würde die Schuld meiner Mutter an sie zurückzahlen, sobald ich genug verdient hatte (ein Versprechen, das sie ein wenig verlegen entgegennahmen, weil sie offenbar bezweifelten, daß es je eingelöst werden würde), und versicherte ihnen auch, daß ich ganz bestimmt mit einem gewissen Pater Thomas Capriole S. J. in der Farm Street, einem alten Freund des Rektors, in Verbindung treten würde (ein Versprechen, von dem sie annahmen, ich würde es halten). Was den Brief des imaginären Onkels betraf, so war mir seine Abfassung sehr leicht gefallen. Wenn ich die Behörden des Kasinos hintergehen konnte, fürchtete ich nicht, vor den Patres von Mariae Heimsuchung zu versagen, und keiner von ihnen dachte auch nur daran, den Umschlag sehen zu wollen. Ich machte mich auf meine Englandfahrt in jenem internationalen Expreßzug, der in der kleinen Station unter dem Kasino hält. Es war mein letzter Blick auf die Barocktürme, die meine Kindheit überragt hatten – eine Vision vom Leben der Erwachsenen, von dem Palast des Zufalls, wo alles in der Welt geschehen konnte, wie ich selbst zur Genüge bewiesen hatte.

2

Ich würde mein Thema überschreiten, wollte ich jede Phase meines Weges vom Kasino von Monte Carlo bis zu jenem anderen Kasino in Port-au-Prince nacherzählen, wo ich mich wieder im Besitz von Geld fand und auch verliebt in eine Frau – ein nicht weniger unwahrscheinliches Zusammentreffen als die Begegnung auf dem Atlantik von drei Menschen namens Smith, Brown und Jones.

In der langen Zwischenpause hatte ich von der Hand in den Mund gelebt, abgesehen von einer Periode der Ruhe und Respektabilität, die mit dem Krieg eingezogen war, und nicht alle meine Berufe waren dazu geeignet, in mein *Curriculum vitae* aufgenommen zu werden. Die erste Arbeit, die ich dank meiner guten Französischkenntnisse erhielt (mein Latein erwies sich als besonders nutzlos), war in einem kleinen Restaurant in Soho, wo ich ein halbes Jahr als Kellner diente. Ich habe weder diesen noch meinen Aufstieg ins Trocadero, den ich einem gefälschten Zeugnis von Fouquet in Paris verdankte, je erwähnt. Nach einigen Jahren im Trocadero avancierte ich zum Berater eines kleinen Lehrbücherverlags, der eine Reihe von französischen Klassikern mit Fußnoten eines gewissenhaften Säuberers anstößiger Stellen herausgab. Diese Episode fand ihren Platz in meinem *Cur-*

riculum. Andere, die darauf folgten, nicht. Tatsächlich wurde ich durch die Sicherheit meiner Stellung während des Krieges ein wenig verwöhnt, denn ich amtierte im Politischen Nachrichtendienst des Außenministeriums, überwachte die Formulierung unserer Propaganda für das besetzte Frankreich und hatte sogar eine Romanschriftstellerin zur Sekretärin. Als der Krieg vorüber war, wollte ich etwas Besseres als meine alte Existenz von der Hand in den Mund, kehrte aber dennoch ein paar Jahre zu dieser Art Leben zurück, bis mir schließlich eines Tages – südlich von Piccadilly, vor einer jener Kunstgalerien, wo man minderwertige Bilder irgendeines unbekannten holländischen Malers des siebzehnten Jahrhunderts sehen kann, oder vielleicht vor einer im Handel noch eine Stufe tiefer rangierenden Galerie, wo eine Vorliebe für Darstellungen jovialer Kardinäle beim Genuß ihres Fasttags-Lachses auf geheimnisvolle Weise befriedigt wird – ein Einfall kam. Da stand ein Mann in mittleren Jahren in einem doppelreihigen blauen Anzug mit einer Uhrkette, ein Mann fern von künstlerischen Interessen, hätte ich gesagt, und starrte die Bilder an. Und plötzlich war mir, als wüßte ich genau, was in seinem Kopf vorging. »Vorigen Monat wurde bei Sotheby ein Bild für hunderttausend Pfund versteigert. Ein Bild kann ein Vermögen darstellen – wenn man genug davon versteht oder auch nur was riskiert«, und er starrte wie gebannt auf einige Kühe auf einer Wiese, als verfolge er einen kleinen Elfenbeinball, der im Rouletterad läuft. Bestimmt starrte er die Kühe auf der Wiese an, nicht die Kardinäle. Unter gar keinen Umständen konnte man sich die Kardinäle bei einer Auktion im Hause Sotheby vorstellen. Eine Woche nach jener Vision südlich von Piccadilly setzte ich den Großteil dessen, was ich mir in mehr als dreißig Jahren zusammengetragen hatte, auf eine Karte und investierte es in einen Wohnwagen mit Anhänger und etwa zwanzig nicht allzu teure Drucke – sie reichten von einem Henri Rousseau bis zu einem Jackson Pollock. Ich hängte sie auf die eine Seite meines Wohnwagens unter Angabe der Beträge, die sie bei der Versteigerung erzielt hatten, und des Datums der Verkäufe. Dann besorgte ich mir einen jungen Kunststudenten, der imstande war, mir sehr rasch eine Anzahl grober Nachahmungen zu liefern, die er jeweils mit einem anderen Namen signierte – häufig saß ich neben ihm, während er arbeitete, und probierte auf einem Zettel Unterschriften aus. Trotz der Vorbilder Pollocks und Moores, die bewiesen, daß auch ein angelsächsischer Name seinen Wert haben konnte, waren die meisten doch von Ausländern. Ich erinnere mich an Msloz nur deshalb, weil seine Arbeiten absolut unverkäuflich waren; schließlich mußten wir seine Unterschrift übermalen und sie durch den Namen Weill ersetzen. Ich war zu der Erkenntnis gelangt, daß der Käufer als minimalste Gegenleistung verlangte, einen Namen aussprechen zu können – »Kürzlich hab ich einen neuen Weill erworben« –, und selbst ich konnte Msloz bestenfalls so aussprechen, daß es wie »Schlatz« klang, ein Name, der wahrscheinlich unbewußten Kaufwiderstand erregte.

So fuhr ich denn mit meinem Wagen von einer Provinzstadt in die andere und ließ mich dann in einer wohlsituierten Vorstadt eines Industriezentrums nieder. Sehr bald fand ich heraus, daß Wissenschaftler und Frauen wenig Wert für mich hatten: Wissenschaftler verstehen zuviel, und nur wenige Hausfrauen wagen gern einen Einsatz ohne Aussicht auf greifbares Bargeld, wie eine Lotterie ihn gewährt. Ich brauchte Spielernaturen, denn der Witz meiner Ausstellung bestand darin: »Hier auf dieser Seite der Galerie können Sie die Bilder sehen, die während der letzten zehn Jahre die höchsten Preise erzielt haben. Hätten Sie geahnt, daß diese ›Radfahrer‹ von Léger, dieser ›Stationsvorstand‹ von Rousseau ein Vermögen wert seien? Hier auf der anderen Seite haben Sie die Chance, deren Nachfolger zu erraten und ebenfalls ein Vermögen zu erwerben. Verlieren Sie, dann haben Sie zumindest etwas an der Wand, worüber Sie mit Ihren Nachbarn reden können. Sie kommen in den Ruf, ein fortschrittlicher Kunstmäzen zu sein, und es kostet Sie nicht mehr als . . .« Meine Preise schwankten zwischen zwanzig und fünfzig Pfund, je nach Lage und Kundschaft; ich habe sogar einmal eine sehr weit von Picasso entfernte Frau mit zwei Köpfen um hundert Pfund verkauft.

Als mein junger Mann immer gewandter wurde, malte er mir an einem Vormittag wohl ein halbes Dutzend verschiedener Bilder, und für jedes davon zahlte ich ihm zweieinhalb Pfund. Ich beraubte niemanden: er war mit fünfzehn Pfund für die Arbeit eines Vormittags äußerst zufrieden. Ich unterstützte sogar ein aufstrebendes Talent, und sicherlich verlief manche Abendeinladung in der Provinz viel munterer, weil an der Wand irgendeine haarsträubende Geschmacklosigkeit hing. Einmal verkaufte ich einen nachgeahmten Pollock an einen Menschen, der Walt-Disney-Zwerge in seinem Garten, rund um die Sonnenuhr und zu beiden Seiten des bunten Fliesenweges, aufgestellt hatte. Habe ich ihm etwas angetan? Er konnte sich die Ausgabe leisten. Er sah durchaus robust aus, aber Gott allein mochte wissen, welche Verirrungen in seinem Sexual- oder Geschäftsleben Dopey und die anderen Zwerglein wettzumachen hatten.

Bald nach meinem Erfolg mit Dopeys Eigentümer erhielt ich den Appell meiner Mutter – wenn man es einen Appell nennen kann. Er kam in Gestalt einer Ansichtskarte, auf der die zerstörte Zitadelle des Roi Christophe auf dem Cap Haitien zu sehen war. Auf die Rückseite schrieb sie ihren Namen, der mir neu war, ihre Adresse und zwei Sätze: »Fühle mich selbst ein wenig als Ruine.

Wäre nett, Dich wiederzusehen, wenn Du einmal herkommst.« Nach »Maman« – was ich anfangs, als ich ihre Schrift nicht erkannte, nicht unpassend für »Manon« las – hatte sie in Klammern hinzugefügt: »Comtesse de Lascot-Villiers«. Die Karte hatte viele Monate gebraucht, um mich zu finden.

Ich hatte meine Mutter seit dem letzten Mal in Paris im Jahr 1934 nicht gesehen und während des Krieges nichts von ihr gehört. Es mag wohl sein, daß ich ihrer Einladung nicht gefolgt wäre, hätten mich nicht zwei Dinge dazu bewogen: Noch nie war sie einem mütterlichen Flehen so nahe gekommen, und außerdem war es wirklich an der Zeit, mit meiner Wandergalerie Schluß zu machen, denn eine Sonntagszeitung war hinter dem Ursprung meiner Bilder her. Ich hatte mehr als tausend Pfund auf der Bank. Ich verkaufte Wohnwagen, Warenlager und Reproduktionen für fünfhundert Pfund an einen Mann, der nie ›The People‹ las, und begab mich auf dem Luftweg nach Kingston, wo ich mich erfolglos nach geschäftlichen Möglichkeiten umsah, bevor ich ein zweites Flugzeug nach Port-au-Prince bestieg.

3

Port-au-Prince war noch vor wenigen Jahren eine ganz andere Stadt. Es war wohl genauso korrumpiert, es war sogar noch schmutziger; es besaß genausoviele Bettler, aber die Bettler hatten zumindest Chancen, denn es gab auch Touristen. Wenn einem heute ein Mensch sagt: »Ich verhungere«, dann glaubt man ihm. Ich fragte mich, was meine Mutter wohl im Hotel Trianon tue, ob sie dort von einer Pension des Grafen lebe, ob es überhaupt je einen Grafen gegeben habe, oder ob sie vielleicht Haushälterin sei. Als ich sie 1934 zuletzt gesehen hatte, war sie bei einem der kleineren *couturiers* als *vendeuse* angestellt gewesen. Es hatte in der Vorkriegszeit als schick gegolten, eine Engländerin zu beschäftigen, und so nannte sie sich Maggie Brown (vielleicht war ihr ehelicher Name wirklich Brown).

Aus Vorsicht hatte ich mein Gepäck nach dem El Rancho geschafft, einem amerikanischen Luxushotel. Ich wollte es bequem haben, solange mein Geld reichte, und über das Trianon konnte mir auf dem Flughafen kein Mensch etwas sagen. Als ich zwischen den Palmen hinauffuhr, sah es recht verkommen aus: die Bougainvillea hätte gestützt werden müssen, und es gab mehr Gras als Kies auf dem Weg. Ein paar Leute tranken auf der Terrasse, darunter auch Petit Pierre, von dem ich freilich bald erfahren sollte, daß er seine Getränkerechnung ausschließlich mit seiner Feder bestritt. Ein junger wohlgekleideter Neger trat mir auf den Stufen entgegen und fragte mich, ob ich ein Zimmer brauche. Ich sagte, ich sei gekommen, um »Madame la Comtesse« zu besuchen – ich konnte den Doppelnamen nicht im Gedächtnis behalten und hatte die Ansichtskarte in meinem Hotelzimmer vergessen. »Leider ist sie krank. Werden Sie erwartet?«

Ein sehr junges amerikanisches Paar kam in Schwimmkleidung vom Bad herauf. Der Mann hielt die Schulter des Mädchens umschlungen. »He, Marcel«, sagte er, »zwei von eurem Spezial.«

»Joseph«, rief der Neger, »zwei Rum-Punsch für Mr. Nelson.« Er wandte sich wieder mit seiner Frage an mich.

»Sagen Sie ihr, Mr. Brown ist hier.«

»Mr. Brown?«

»Ja.«

»Ich will nachsehen, ob sie wach ist.« Er zögerte. »Sie kommen aus England?«

»Ja.«

Joseph trat mit den beiden Rum-Punsch aus der Bar. Zu jener Zeit hinkte er noch nicht.

»Mr. Brown aus England?« fragte Marcel nochmals.

»Ja, Mr. Brown aus England.« Er ging zögernd die Treppe hinauf. Die Fremden auf dem Balkon beobachteten mich neugierig, ausgenommen das junge Paar – sie tauschten eifrig Kirschen mit den Lippen. Die Sonne war nahe daran, hinter dem krummen Rücken des Kenscoff unterzugehen.

Petit Pierre fragte: »Sie kommen aus England?«

»Ja.«

»Aus London?«

»Ja.«

»War es in London sehr kalt?«

Es war wie ein Verhör der Geheimpolizei, aber in jenen Tagen gab es keine Geheimpolizei.

»Es regnete, als ich abfuhr.«

»Wie gefällt es Ihnen bei uns, Mr. Brown?«

»Ich bin erst seit zwei Stunden hier.« Am nächsten Tag erklärte sich mir sein Interesse: in der Klatschrubrik des Lokalblatts stand ein Absatz über mich.

»Dein Rückenschwimmen wird immer besser«, sagte der junge Mann zu seinem Mädchen.

»Ach, Chick, ist das dein Ernst?«

»Mein voller Ernst, Honey.«

Ein Neger kam die Stufen auf halbem Wege herauf und bot uns zwei scheußliche Holzschnitzereien an. Niemand schenkte ihm die geringste Beachtung, und er stand da, hielt sie vor sich hin und sagte nichts. Ich merkte nicht einmal, wann er wieder ging.

»Joseph, was gibt's zum Abendessen?« rief das Mädchen.

Ein Mann schritt den Balkon entlang, eine Gitarre in der Hand. Er setzte sich neben das Paar an einen Tisch und begann zu spielen. Auch ihm schenkte niemand die geringste Beachtung. Mir begann die Sache etwas peinlich zu werden. Ich hatte im Haus meiner Mutter einen herzlicheren Empfang erwartet.

Ein großer älterer Neger mit dem Gesicht eines Römers, geschwärzt vom Ruß der Städte, und mit graubestäubtem Haar kam die Treppe herab, gefolgt von Marcel. Er sagte: »Mr. Brown?«

»Ja.«

»Ich bin Doktor Magiot. Möchten Sie einen Augenblick in die Bar kommen?«

Wir traten in die Bar. Joseph mixte neue Rum-Punsch für Petit Pierre und seine Gesellschaft. Ein Koch in hoher weißer Mütze steckte den Kopf durch die Tür und zog sich zurück, als er Doktor Magiot sah. Ein sehr hübsches Halbblut-Dienstmädchen brach ihre Unterhaltung mit Joseph ab und trat auf die Terrasse, um die Tische mit Leinentüchern zu decken.

Doktor Magiot sagte: »Sie sind der Sohn von Madame la Comtesse?«

»Ja.« Mir kam vor, als hätte ich seit meiner Ankunft nichts getan als Fragen beantwortet.

»Ihre Mutter hat es natürlich sehr eilig, Sie zu sehen, aber ich möchte Sie zuerst mit gewissen Tatsachen bekannt machen. Aufregung ist gefährlich für sie. Bitte gehen Sie sanft mit ihr um. Nicht allzu gefühlvoll.«

Ich lächelte. »Wir waren nie allzu gefühlvoll. Was ist denn los, Herr Doktor?«

»Sie hatte schon die zweite *crise cardiaque.* Erstaunlich, daß sie noch am Leben ist. Eine ganz außergewöhnliche Frau.«

»Sollen wir nicht vielleicht ... einen Spezialisten ...«

»Sie brauchen keine Angst zu haben, Mr. Brown. Ich bin Herzspezialist. Sie werden bis New York niemand Zuständigeren finden als mich. Ich bezweifle sogar, ob es in New York jemanden gibt.« Er prahlte nicht; er erklärte es nur, denn er war daran gewöhnt, daß die Weißen ihm nicht glaubten. »Ich wurde in Paris unter Chardin ausgebildet«, sagte er.

»Keine Hoffnung?«

»Einen dritten Anfall kann sie kaum überleben. Gute Nacht, Mr. Brown. Bleiben Sie nicht zu lang bei ihr. Ich bin froh, daß Sie kommen konnten. Ich fürchtete schon, sie hätte niemanden, den man herbeirufen kann.«

»Sie hat mich nicht eben herbeirufen lassen.«

»Vielleicht können Sie und ich einmal zusammen zu Abend essen. Ich kenne Ihre Mutter seit vielen Jahren. Ich habe große Achtung vor ihr ...« Er verbeugte sich vor mir, wie etwa ein römischer Imperator eine Audienz beendet hätte. Er war keineswegs herablassend. Er kannte seinen genauen Wert. »Gute Nacht, Marcel.« Vor Marcel verbeugte er sich überhaupt nicht. Ich bemerkte, daß sogar Petit Pierre ihn vorübergehen ließ, ohne ihn zu grüßen oder auszufragen. Ich schämte mich bei dem Gedanken, daß ich einem Mann seiner Qualitäten ein Konsilium vorgeschlagen hatte.

Marcel sagte: »Wollen Sie hinaufkommen, Mr. Brown?«

Ich folgte ihm. An den Wänden hingen Bilder haitischer Maler: in hölzernen Gesten festgehaltene Gestalten inmitten heller und starker Farben – ein Hahnenkampf, eine Wudu-Zeremonie, schwarze Wolken über dem Kenscoff, Bananenbäume aus stürmischem Grün, die blauen Speere des Zuckerrohrs, goldener Mais. Marcel öffnete die Tür, ich trat ein und erblickte zu meinem Schrecken das Haar meiner Mutter in einem haitischen Rot, wie es in der Natur niemals vorgekommen war, über das Kopfkissen gebreitet. Es flutete üppig an ihren beiden Seiten über das große Doppelbett herab.

»Mein Liebes«, sagte sie, als wäre ich vom anderen Ende der Stadt zu ihr auf Besuch gekommen, »wie nett von dir, hereinzuschauen.« Ich küßte sie auf ihre breite Stirn, die weiß war wie eine gekalkte Wand, und etwas von dem Weiß blieb an meinen Lippen haften. Ich war mir bewußt, daß Marcel uns beobachtete. »Und wie geht es England?« fragte sie mich, als erkundige sie sich nach einer entfernten Schwiegertochter, aus der sie sich nicht sehr viel machte.

»Es hat geregnet, als ich abfuhr.«

»Dein Vater konnte sein eigenes Klima nie ertragen«, bemerkte sie.

Sie hätte überall als eine Frau in den hohen Vierzig gelten können, und ich konnte ihr nichts von einer Krankheit anmerken, außer einer Spannung der Haut um den Mund, die ich Jahre danach auch im Fall des Arzneimittel-Reisenden feststellte.

»Marcel, einen Stuhl für meinen Sohn.« Er zog widerstrebend einen von der Wand heran, doch als ich mich daraufsetzte, war ich genauso weit von ihr wie früher, weil das Bett so breit war. Es war ein schamloses Bett, für einen einzigen Zweck gebaut, mit einem goldverzierten Fußende, das eher zu einer Kurtisane aus einem historischen Roman paßte als zu einer alten Frau, die im Sterben lag.

Ich fragte sie: »Gibt es den Grafen wirklich, Mutter?«

Sie lächelte mich vielsagend an. »Er gehört einer fernen Vergangenheit an«, erwiderte sie, und ich wußte nicht recht, ob sie diesen Satz als Nachruf gemeint hatte oder nicht. »Marcel«, fuhr sie fort, »dummer Junge, du kannst uns ruhig allein lassen. Ich hab dir ja gesagt: es ist mein Sohn.« Als die Tür sich geschlossen hatte, erklärte sie befriedigt: »Er ist von grotesker Eifersucht.«

»Wer ist er?«

»Er hilft mir, das Hotel zu führen.«

»Er ist nicht zufällig der Graf?«

»Méchant«, erwiderte sie automatisch. Sie hatte wirk-

lich von diesem Bett – oder war es von dem Grafen? – die Formen des leichtlebigen, aufgeklärten achtzehnten Jahrhunderts angenommen.

»Warum sollte er dann eifersüchtig sein?«

»Vielleicht denkt er, du bist gar nicht mein Sohn.«

»Du willst sagen, er ist dein Liebhaber.« Ich fragte mich, was mein unbekannter Vater, dessen Name – so glaubte ich wenigstens – Brown gewesen war, von seinem schwarzhäutigen Nachfolger gehalten hätte.

»Warum lächelst du, mein Liebes?«

»Du bist eine wunderbare Frau, Mutter.«

»Ich habe eben am Schluß ein bißchen Glück.«

»Du meinst Marcel?«

»Ach nein. Der ist ein braver Junge – mehr nicht. Ich meine das Hotel. Das ist der erste Besitz, den ich jemals hatte. Es gehört mir völlig. Keine Hypothek. Sogar die Einrichtung ist bezahlt.«

»Und die Bilder?«

»Sind natürlich zu verkaufen. Ich nehme eine Kommission.«

»Hatten es dir etwa die Alimente vom Grafen ermöglicht ...«

»Ach nein, nichts dergleichen. Vom Grafen hatte ich nie etwas außer seinem Titel, und ich habe nie im Gotha nachgesehen, ob es den auch wirklich gibt. Nein, das war wirklich ein reiner kleiner Glücksfall. Ein gewisser Monsieur Dechaux, der in Port-au-Prince lebte, machte sich Sorgen wegen seiner Steuern, und da ich damals als Sekretärin für ihn arbeitete, erlaubte ich ihm, dieses Hotel auf meinen Namen zu schreiben. Natürlich hinterließ ich ihm das Haus in meinem Testament, und da ich über sechzig und er erst fünfunddreißig war, kam ihm diese Abmachung durchaus sicher vor.«

»Er hat dir vertraut?«

»Er tat ganz recht daran, mir zu vertrauen, mein Liebes. Aber er tat unrecht daran, zu versuchen, auf unseren Straßen hier einen Mercedes-Sportwagen zu fahren. Es war ein glücklicher Zufall, daß er nur sich selbst umgebracht hat.«

»Und so hast du's übernommen?«

»Er wäre darüber sehr glücklich gewesen. Mein Liebes, du kannst dir gar nicht vorstellen, wie er seine Frau haßte. Eine große fette Negerin ohne jede Erziehung. Sie hätte das Hotel niemals richtig führen können. Nach seinem Tod mußte ich natürlich mein Testament ändern – dein Vater, wenn er noch am Leben ist, hätte vielleicht die nächsten Erbansprüche gehabt. Übrigens habe ich den Patres von Mariae Heimsuchung meinen Rosenkranz und mein Gebetbuch vermacht. Ich war nie ganz zufrieden damit, wie ich mich zu ihnen benahm, aber ich war damals finanziell sehr im Druck. Dein Vater war ein bißchen ein Schwein, Gott hab ihn selig.«

»Dann ist er also tot?«

»Ich habe allen Grund, es anzunehmen, aber keinen Beweis. Die Leute leben heutzutage so lange. Armer Mann.«

»Ich habe mit deinem Arzt gesprochen.«

»Doktor Magiot? Wäre ich ihm nur begegnet, als er jünger war! Das ist ein richtiger Mann, was?«

»Er sagt, wenn du dich ruhig verhältst . . .«

»Da liege ich ja schon flach im Bett«, rief sie mit einem vielsagenden und flehentlichen Lächeln. »Ich kann ihm doch nicht mehr zuliebe tun, oder? Weißt du, daß der liebe Mensch mich gefragt hat, ob ich einen Priester sehen möchte? Ich sagte ihm: ›Aber, Doktor, eine lange Beichte wäre jetzt wirklich zu aufregend für mich – mit all diesen Erinnerungen?‹ Liebes, könntest du nicht zur Tür gehen und sie ein klein wenig öffnen?«

Ich gehorchte ihr. Der Gang war leer. Von unten hörte man Besteck klirren, und eine Stimme sagte: »Ach, Chick, glaubst du, ich könnte es wirklich?«

»Danke, mein Liebes. Ich wollte nur ganz sicher sein... Während du noch stehst, könntest du mir meine Bürste geben? Dank dir nochmals von Herzen. Wie nett ist das doch für eine alte Frau, einen Sohn um sich zu haben...« Sie hielt inne. Ich glaube, sie erwartete von mir, daß ich höflich wie ein Gigolo die Tatsache ihres Alters bestritt. »Ich wollte mit dir über mein Testament sprechen«, fuhr sie in einem Ton leichter Enttäuschung fort und strich sich dabei mit der Bürste wieder und immer wieder durch ihr unwahrscheinlich volles Haar.

»Solltest du dich jetzt nicht ausruhen? Der Arzt sagte mir, ich solle nicht zu lange bleiben.«

»Man hat dir hoffentlich ein nettes Zimmer gegeben? Manche Zimmer sind noch etwas kahl. Wegen Mangels an Bargeld.«

»Ich habe mein Gepäck im El Rancho gelassen.«

»Aber du mußt doch hier wohnen, mein Liebes. El Rancho – das geht nicht – für den Kasten noch Reklame zu machen.« Sie gebrauchte diesen absprechenden Ausdruck. »Schließlich – das war's, was ich dir sagen mußte – wird dieses Hotel eines Tages dir gehören. Ich wollte dir nur erklären – die Gesetze sind so verwickelt, man muß vorsichtig sein –, daß ich es in der Form von Aktien besitze und daß ich Marcel ein Drittel davon hinterlassen habe. Er wird dir sehr nützlich sein, wenn du ihn richtig behandelst, und ich mußte doch etwas für den Jungen tun, nicht wahr? Er war wirklich immer mehr als bloß Hoteldirektor. Verstehst du? Du bist mein Sohn, natürlich verstehst du.«

»Ich verstehe.«

»Ich bin so froh, daß du da bist. Ich wollte auch keinen einzigen falschen Schritt... Man darf in Haiti nie einen Advokaten unterschätzen, wenn es um ein Testament geht... Ich werde Marcel sagen, daß du die tatsächliche

Leitung sofort übernimmst. Nur sei taktvoll, sei ein braver Junge. Marcel ist sehr empfindlich.«

»Und du, Mutter, halt dich jetzt still. Wenn du kannst, denk nicht mehr an Geschäfte. Versuche zu schlafen.«

»Man sagt, wer tot ist, der ist ungefähr so still, wie man nur sein kann. Ich seh nicht ein, warum ich den Tod vorwegnehmen soll. Der dauert schon lange genug.«

Wieder drückte ich meine Lippen auf die weißgekalkte Wand. Sie schloß die Augen mit einer etwas künstlichen Liebesgebärde, und ich schlich mich davon und zur Tür hinaus. Als ich diese sehr leise öffnete, um meine Mutter nicht zu stören, hörte ich ein Kichern vom Bett. »Du bist wirklich ein Sohn von mir«, sagte sie. »Was für eine Rolle spielst du jetzt?« Das waren die letzten Worte, die sie mir je sagte, und ich weiß bis heute nicht, was sie eigentlich damit meinte.

Ich nahm ein Taxi zum El Rancho und blieb über das Abendessen. Das Hotel war überfüllt, beim Schwimmbad war ein Buffet mit haitischen Spezialitäten errichtet, die sorgsam dem amerikanischen Geschmack angepaßt waren, ein knochiger Mann mit einem keilförmigen Hut vollführte blitzschnelle Wirbel auf einer Haiti-Trommel, und es war wohl damals, an meinem ersten Abend dort, daß in mir der Ehrgeiz erwachte, das Trianon zum Erfolg zu führen. Im Augenblick war es noch zu deutlich ein zweitklassiges Hotel. Ich konnte mir die kleinen Reisebüros vorstellen, die es in ihr Rundreiseprogramm aufnahmen. Ich hatte meine Zweifel, ob der Gewinn für Marcel und mich überhaupt ausreichen könnte. Ich war entschlossen, Erfolg zu haben, möglichst großen Erfolg; eines Tages würde ich das Vergnügen haben, meinen Überschuß an Gästen mit besten Empfehlungen hinauf ins El Rancho zu schicken. Und das Sonderbare daran war, daß mein Traum auf kurze Zeit Wirklichkeit wurde. Im Laufe von drei Saisons war ich imstande, das schäbige

Hotel zum tollsten Anziehungspunkt von Port-au-Prince zu machen, und im Laufe von weiteren drei Saisons sah ich es wieder sterben, so daß es jetzt oben in der John Barrymore-Suite nur die Smiths gab und unten im Schwimmbad Monsieur le Ministre, tot.

Ich zahlte meine Rechnungen und nahm ein Taxi zurück, den Hügel hinunter, und betrat das Haus, das ich bereits als mein ausschließliches Eigentum anzusehen begonnen hatte. Morgen wollte ich mit Marcel die Abrechnung prüfen, mit dem Personal sprechen, die Sache in die Hand nehmen. Ich plante bereits, wie ich Marcel am besten auszahlen könnte, doch das mußte warten, bis das Schicksal meiner Mutter erfüllt war. Man hatte mir ein großes Zimmer auf demselben Treppenabsatz wie das ihre gegeben. Die Möbel, so hatte sie gesagt, waren bezahlt, aber der Bodenbelag mußte erneuert werden, die Bretter waren verbogen und knarrten unter den Tritten, und das einzig Wertvolle in dem Zimmer war das Bett, ein schönes großes viktorianisches Bett – meine Mutter hatte ein Auge für Betten – mit großen Messingknäufen. Zum ersten Mal, seit ich mich erinnern konnte, hatte ich mich in einem Bett schlafen gelegt, für das ich nicht, das Frühstück inbegriffen, bezahlt hatte oder das ich nicht wenigstens schuldig geblieben war wie im Internat von Mariae Heimsuchung. Es war eine seltsam üppige Empfindung, und ich schlief gut, bis mich eine rauh-hysterische altmodische Klingel weckte, während ich eben – weiß Gott, warum – vom Boxeraufstand träumte.

Es schellte und schellte, und jetzt dachte ich an Feueralarm. Ich zog meinen Schlafrock an und öffnete die Tür. Zugleich öffnete sich auf demselben Absatz eine andere Tür, und ich sah Marcel erscheinen, mit einem halb verschlafenen Ausdruck auf seinem breiten, flachen Negergesicht. Er trug einen seidenen Schlafanzug in hellrotem Scharlach und hielt sich gerade lang genug auf, um mich das Monogramm über der Tasche sehen zu lassen: ein M, mit einem Y verschlungen. Ich fragte mich, was das Ypsilon bedeuten sollte, bis mir der Taufname meiner Mutter einfiel: Yvette. War der Schlafanzug eine Liebesgabe? Ich bezweifelte es. Viel wahrscheinlicher, daß das Monogramm eine Herausforderung seitens meiner Mutter darstellte. Sie hatte sehr guten Geschmack, und Marcels Figur war schön genug, um sie in scharlachrote Seide zu hüllen; und sie war nicht so kleinlich, sich darum zu kümmern, was ihre zweitklassigen Touristen sich für Gedanken machten.

Er sah, daß ich ihn betrachtete, und sagte in entschuldigendem Ton: »Sie braucht mich.« Dann ging er langsam, anscheinend widerstrebend, an ihre Tür. Ich stellte fest, daß er nicht anklopfte, bevor er eintrat.

Ich hatte einen seltsamen Traum, als ich wieder einschlief – seltsamer als der Boxeraufstand. Ich ging im Mondschein einen See entlang und war wie ein Ministrant gekleidet – ich spürte, wie das ruhige, stille Wasser mich magnetisch anzog, so daß jeder meiner Schritte näher an den Rand führte, bis die Oberteile meiner schwarzen Stiefel bereits untergetaucht waren. Dann blies ein Wind, und die Brandung erhob sich über dem See wie eine kleine Sturzflut, doch statt auf mich zuzukommen, schlug sie die entgegengesetzte Richtung ein und riß das Wasser in einem langen Rückzug mit sich, so daß ich fand, ich wandle auf trockenen Kieseln und der See sei bloß noch ein fahler Abglanz am fernen Horizont der Wüste aus kleinen Steinen, an denen ich mich durch ein Loch in meinen Stiefeln wundgerieben hatte. Ich erwachte von einem Aufruhr, der im ganzen Hotel die Stockwerke und Treppen erschütterte: Madame la Comtesse, meine Mutter, war tot.

Ich reiste mit wenig Gepäck, mein europäischer Anzug war zu warm für dieses Klima, und ich besaß nur eine Auswahl hellfarbiger Sporthemden, um damit in das Sterbezimmer zu gehen. Dasjenige, das ich mir aussuchte, hatte ich in Jamaika gekauft, es war scharlachrot und mit Buchstaben bedruckt, die einem Buch aus dem achtzehnten Jahrhundert über die Wirtschaftslage der Inseln entnommen waren. Meine Mutter war inzwischen herausgeputzt worden, sie lag auf dem Rücken, in einem rosafarbenen durchsichtigen Nachthemd, und hatte auf den Lippen ein zweideutiges Lächeln geheimer oder sogar sinnlicher Befriedigung. Doch ihr Puder hatte sich in der Hitze ein wenig verklebt, und ich konnte mich nicht überwinden, die harten Flocken zu küssen. Marcel stand am Bett, korrekt in Schwarz gekleidet, und sein Gesicht triefte von Tränen wie ein schwarzes Dach in einem Regenguß. Ich hatte ihn bisher einfach als die letzte Ausschweifung meiner Mutter angesehen, doch es war kein Gigolo, der mir jetzt in einem gequälten Ton sagte: »Es war nicht meine Schuld, Sir. Wieder und immer wieder hab ich ihr gesagt: ›Nein, du bist noch nicht kräftig genug. Wart noch ein wenig. Alles wird viel schöner sein, wenn du wartest.‹«

»Und was sagte sie?«

»Nichts. Sie schlug bloß die Laken zurück. Und wenn ich sie so sehe, ist es immer dasselbe.« Er wandte sich zum Gehen und schüttelte dabei den Kopf, als wollte er den Regen aus den Augen kriegen, dann kam er rasch zurück, warf sich am Bett auf die Knie und drückte den Mund auf das Tuch, wo es durch ihren Bauch gerundet wurde. Er kniete dort in seinem schwarzen Anzug wie ein Negerpriester bei einem obszönen Ritus. Ich war es, nicht er, der jetzt das Zimmer verließ, und ich war es auch, der in die Küche ging und das Personal dazu anhielt, den Gästen ihr Frühstück zu bereiten (selbst der Koch war durch Tränen stark behindert), und ich war es schließlich, der Doktor Magiot anrief. (In diesen Tagen funktionierte häufig noch das Telefon.)

»Sie war eine großartige Frau«, sagte mir Doktor Magiot später, und alles, was ich in meiner Verwirrung erwidern konnte, war: »Ich habe sie kaum gekannt.«

Am nächsten Tag durchsuchte ich ihre Papiere nach dem Testament. Sie war nicht eben ordentlich gewesen: ihre Schreibtischladen enthielten wahllos Rechnungen und Empfangsbestätigungen in keiner erkennbaren Reihenfolge. Sogar die Jahre waren durcheinander gebracht. Manchmal stieß ich in einem Haufen quittierter Rechnungen auf etwas, das man einst ein *billet-doux* genannt hatte. Eines davon war auf englisch auf die Rückseite einer Speisekarte geschrieben: »Yvette, komm heute nacht zu mir. Ich sterbe langsam. Ich sehne mich nach dem *coup-de-grâce.«* War es von einem Hotelgast? Ich fragte mich, ob sie es wegen der Speisekarte aufgehoben hatte oder wegen der Botschaft, denn es war ein ganz besonderes Menu anläßlich einer Feier für den 14. Juli. In einer anderen Lade, die sonst hauptsächlich Tuben mit Klebstoff, Reißnägel, Haarklipse, Füllungen für Füllfedern und Büroklammern enthielt, lag ein Sparschweinchen aus Porzellan. Das Schweinchen war leicht, doch es klapperte trotzdem. Ich wollte es nicht aufbrechen, aber es erschien mir dumm, es einfach ungesehen auf den wachsenden Abfallhaufen zu werfen. Als ich es auseinanderbrach, fand ich einen Roulettejeton aus Monte Carlo für fünf Francs gleich jenem, den ich vor vielen Jahrzehnten in die Sammelbüchse geworfen hatte, und eine glanzlose Medaille an einem Bändchen. Ich konnte mir nicht erklären, was das war; aber als ich es später Doktor Magiot zeigte, erkannte er es. »Eine Medaille der *Résistance«*, sagte er, und damals fügte er hinzu: »Sie war eine großartige Frau.«

Eine Medaille der *Résistance* . . . Ich hatte während der Jahre der Besetzung keine Verbindung mit meiner Mutter. Hatte sie sich den Orden wirklich verdient, hatte sie ihn gestohlen, hatte man ihn ihr als Liebespfand geschenkt? Doktor Magiot hegte keinerlei Zweifel, aber mir fiel es schwer, mir meine Mutter als Heldin vorzustellen, obschon ich keinen Augenblick bezweifelte, daß sie diese Rolle gespielt haben könnte, genauso wie sie dem englischen Touristen die *grande amoureuse* vorgespielt haben mochte. Sie hatte die Patres von Mariae Heimsuchung von ihrer moralischen Korrektheit überzeugt, selbst vor dem zwielichtigen Hintergrund Monte Carlos. Ich wußte sehr wenig von ihr, doch genug, um eine erstklassige Komödiantin in ihr zu erkennen.

Ihre Rechnungen mochten in Unordnung sein, jedoch in ihrem Testament war alles im klaren. Es war eindeutig und genau, unterzeichnet von der Comtesse de Lascot-Villiers und von Doktor Magiot als Zeuge. Sie hatte ihr Hotel in eine Aktiengesellschaft umgewandelt und eine Aktie nominell Marcel übermacht, eine zweite Doktor Magiot und eine dritte ihrem Anwalt namens Alexandre Dubois. Sie besaß die übrigen siebenundneunzig Aktien sowie die drei übermachten Papiere, die an dem Schriftstück sauber angenadelt waren. Der Gesellschaft gehörte alles bis auf den letzten Löffel und die letzte Gabel, und mir waren fünfundsechzig Aktien hinterlassen und Marcel dreiunddreißig. Ich war praktisch der Eigentümer des Trianon. Ich konnte sofort damit beginnen, den Traum der vergangenen Nacht zu verwirklichen, oder wenigstens nur mit so viel Aufschub, wie ihn die rasche Bestattung meiner Mutter – eine durch das Klima vorgeschriebene Eile – mit sich brachte.

Bei diesen Vorbereitungen erwies sich Doktor Magiot als unbezahlbar; sie wurde noch am selben Nachmittag auf den kleinen Friedhof im Bergdorf am Hang des Kenscoff überführt, wo sie nach dem vorgeschriebenen katholischen Ritus mitten unter den kleinen Grüften beigesetzt wurde, und Marcel weinte schamlos an ihrem Grab, das aussah wie eines der Bohrlöcher, wie man sie in den Straßen der Stadt aushebt, um Röhren zu legen, denn ringsum standen jene Häuschen, welche die Haitianer ihren Toten erbauen; zu Allerseelen lassen sie dort Brot und Wein zurück. Noch während Schaufeln Erde feierlich auf den Sarg fielen, dachte ich daran, wie ich Marcel am besten loswerden konnte. Wir hatten dort in der Finsternis der tintenschwarzen Wolken gestanden, die sich immer um diese Stunde um das Gebirge zusammenziehen, und nun brachen sie mit wütender Wucht über uns herein, und wir rannten zu unseren Taxis, der Priester an der Spitze und die Totengräber als Nachhut. Damals wußte ich es noch nicht, aber jetzt weiß ich, daß die Totengräber vor dem nächsten Morgen ja doch nicht wiedergekommen wären, um den Sarg meiner Mutter zuzuschaufeln, denn niemand will des Nachts auf einem Friedhof arbeiten, es sei denn ein Gespenst, das sein Grab auf das Geheiß eines *»houngan«* verlassen hat, um während der Stunden der Dunkelheit umzugehen.

Doktor Magiot lud mich an jenem Abend in sein Haus zum Essen ein und gab mir obendrein eine ganze Menge guter Ratschläge, über die mich hinwegzusetzen ich so unklug war, weil ich dachte, er könnte die Absicht haben, das Hotel einem anderen Klienten zuzuschanzen. Die eine Aktie, die er in der Gesellschaft meiner Mutter besaß, machte mich bereits mißtrauisch, obwohl ich die signierte Übertragung in Händen hielt.

Er wohnte am unteren Abhang von Pétionville in einem dreistöckigen Haus, das mit seinem Turm und seinen vergitterten Balkonen aussah wie eine Miniaturausgabe meines eigenen Hotels. Im Garten wuchs eine vertrocknete, stachlige Norfolk-Tanne, wie eine Illustration zu einem viktorianischen Roman, und der einzige moderne Gegenstand in dem Zimmer, wo wir uns nach dem Essen niedersetzten, war das Telefon. Es war, als habe man es in einem museal eingerichteten Raum übersehen. Die schwere Draperie der roten Vorhänge, die Wolldecken auf den Jourtischchen, mit Quasten an jedem Zipfel, die Porzellan-Nippes auf dem Kaminaufsatz, darunter zwei Hunde mit dem gleichen sanften Blick wie Doktor Magiot, die Porträts der Eltern des Arztes (kolorierte Fotografien auf mauvefarbiger Seide aufgezogen und in ovalen Rahmen), der gefältelte Ofenschirm vor dem unnötigen Kamin zeugten alle von einer vergangenen Epoche; die belletristischen Werke im verglasten Bücherschrank (Doktor Magiot bewahrte die medizinische Literatur in seinem Ordinationszimmer auf) waren in altmodisches Kalbleder gebunden. Ich sah sie mir an, nachdem er hinausgegangen war, um sich »die Hände zu waschen«, wie er es vornehm auf englisch umschrieb. Da gab es ›Les Misérables‹ in drei Bänden, ›Les Mystères de Paris‹, deren letzter Band fehlte, mehrere von Gaboriaus *romans policiers,* Renans ›Vie de Jésus‹, und etwas überraschend unter solchen Gefährten ›Das Kapital‹ von Marx, in genau das gleiche Kalbleder gebunden, so daß es aus der Entfernung von ›Les Misérables‹ nicht zu unterscheiden war. Die Lampe an Doktor Magiots Seite hatte einen rosafarbenen Schirm und brannte klugerweise Petroleum, denn selbst in jenen Tagen hatte der elektrische Strom seine Launen.

»Sie beabsichtigen wirklich, das Hotel zu übernehmen?« fragte mich Doktor Magiot.

»Warum nicht? Ich habe einige Erfahrung mit Restaurants. Ich sehe große Möglichkeiten zur Verbesserung. Meine Mutter war nicht auf Luxuskundschaft eingestellt.«

»Luxuskundschaft?« wiederholte Doktor Magiot, »damit kann man hier kaum rechnen.«

»Manche Hotels tun das.«

»Die guten Jahre werden nicht ewig dauern. In kurzer Zeit kommen hier die Wahlen . . .«

»Es macht wohl nicht viel aus, wer gewinnt, oder?«

»Nicht für die Armen. Aber vielleicht für die Touristen.« Er stellte eine geblümte Untertasse auf den Tisch neben mir – ein Aschenbecher hätte nicht zu dem Stil dieses Zimmers gepaßt, wo in den alten Zeiten kein Mensch geraucht hatte. Er behandelte die Untertasse mit Sorgfalt, als wäre sie aus wertvollem Porzellan. Er war sehr groß und sehr schwarz, doch es eignete ihm unendliche Zartheit – ich war überzeugt, daß er selbst ein lebloses Ding wie einen widerspenstigen Stuhl niemals unsanft behandeln würde.

Nichts konnte gegen einen Menschen vom Berufe Doktor Magiots rücksichtsloser sein als ein Telefon. Als es jedoch einmal während unseres Gespräches klingelte, nahm er den Hörer so behutsam ab, als höbe er das Handgelenk einer Patientin.

Doktor Magiot sagte: »Sie haben doch vom Roi Christophe gehört?«

»Natürlich.«

»Solche Zeiten könnten leicht wiederkehren. Vielleicht grausamer und sicherlich gemeiner. Gott bewahre uns vor einem kleinen Christophe.«

»Niemand könnte es sich leisten, die amerikanischen Touristen abzuschrecken. Ihr braucht doch die Dollars.«

»Wenn Sie uns einmal besser kennen, werden Sie begreifen, daß wir hier nicht von Geld leben, sondern von Schulden. Man kann es sich immer leisten, einen Gläubiger umzubringen, aber niemand bringt einen Schuldner um.«

»Wovor fürchten Sie sich?«

»Vor einem kleinen Landarzt. Sein Name wird Ihnen nichts bedeuten. Ich kann nur hoffen, daß Sie ihn nicht eines Tages in Leuchtbuchstaben über der Stadt sehen werden. Wenn dieser Tag kommt, dann bringe ich mich in Sicherheit, verlassen Sie sich drauf.« Das war der erste

Irrtum in Doktor Magiots Prophezeiung. Er unterschätzte seinen eigenen Trotz oder seinen eigenen Mut. Sonst hätte ich später nicht auf ihn gewartet, am Rande des leeren Schwimmbeckens, in dem der frühere Minister so stumm dalag wie ein Stück Fleisch in einem Metzgerladen.

»Und Marcel?« fragte er mich. »Was haben Sie vor, mit Marcel zu tun?«

»Ich habe mich noch nicht entschlossen. Morgen muß ich mit ihm sprechen. Sie wissen doch, daß ein Drittel des Hotels ihm gehört?«

»Sie haben ganz vergessen – ich war Testamentszeuge.«

»Es fiel mir ein, er könnte bereit sein, seine Aktien zu verkaufen. Ich besitze kein Bargeld, aber wahrscheinlich könnte ich mir etwas von der Bank leihen.«

Doktor Magiot legte seine großen rosa Handflächen auf die Knie seines schwarzen feierlichen Anzugs und beugte sich zu mir vor, als wollte er mir ein Geheimnis zuflüstern. Er sagte: »Ich würde Ihnen das Gegenteil raten. Lassen Sie ihn Ihre Aktien kaufen. Machen Sie's ihm leicht und geben Sie's ihm billig. Er ist aus Haiti. Er kann von sehr wenig leben. Er kann überleben.« Aber auch hier erwies sich Doktor Magiot wieder als ein schlechter Prophet. Er sah die Zukunft seines Landes klarer als das Schicksal der Einzelmenschen, aus denen es bestand.

Ich sagte lächelnd: »O nein. Ich habe mich in das Trianon verliebt. Sie werden sehen – ich werde dableiben und am Leben bleiben.«

Ich wartete noch zwei Tage, bevor ich mit Marcel sprach, inzwischen aber hatte ich eine Unterredung mit dem Bankdirektor. Die beiden letzten Saisons in Port-au-Prince waren gut gewesen. Ich legte ihm meine Pläne für das Hotel vor, und der Bankdirektor, ein Europäer, machte keine Schwierigkeiten und streckte mir den Betrag vor, den ich brauchte. Der einzige Punkt, in dem er sich als schwierig erwies, war der Rückzahlungstermin. »Sie verlangen also tatsächlich, daß ich ihn in drei Jahren zurückzahle?«

»Ja.«

»Warum?«

»Nun ja, sehen Sie, vorher sind diese Wahlen ...«

Ich hatte Marcel seit dem Leichenbegängnis kaum gesehen. Joseph, der Barkellner, kam wegen der Anordnungen zu mir, auch der Koch und der Gärtner; Marcel hatte kampflos abgedankt; doch ich bemerkte, daß er, wenn ich ihm auf der Treppe begegnete, stark nach Rum roch; also hatte ich ein Glas Rum für ihn bereit, als wir endlich zu einer Aussprache kamen. Er hörte wortlos zu und nahm ohne Widerspruch entgegen, was ich zu sagen hatte. Was ich ihm anbot, war nach haitischen Begriffen ein Haufen Geld, und ich bot es ihm in Dollar und nicht in Gourdes an, obschon es andererseits nur die Hälfte des Nominalwertes seiner Aktien darstellte. Aus psychologischen Gründen hatte ich das Geld in Hundertdollarscheinen bei mir. »Zählen Sie lieber nach«, sagte ich zu ihm, doch er steckte den Betrag in die Tasche, ohne ihn nachzuzählen. »Und jetzt«, sagte ich, »wenn Sie hier unterschreiben wollen«, und er unterschrieb, ohne zu lesen, was er unterschrieben hatte. So leicht war das alles. Überhaupt keine Szene.

»Ich brauche Ihr Zimmer«, sagte ich, »ab morgen.« War ich schroff zu ihm? Was mich teilweise beeinflußte, war die peinliche Notwendigkeit, mit dem Liebhaber meiner Mutter ein Geschäft zu machen, und auch ihm muß es peinlich gewesen sein, ihrem Sohn gegenüberzusitzen, einem Mann, der viel älter war als er selbst. Knapp bevor er das Zimmer verließ, sprach er von ihr: »Ich tat, als hörte ich die Klingel nicht«, sagte er, »aber sie schellte und schellte. Ich dachte, sie brauchte irgendwas.«

»Aber sie brauchte bloß Sie.«

Er sagte: »Ich schäme mich.«

Ich konnte mich doch kaum mit ihm über die gewaltige Wirkung der Sexualwünsche meiner Mutter unterhalten ... Ich sagte: »Sie haben Ihren Rum nicht ausgetrunken.« Er leerte sein Glas. Er sagte: »Wenn sie mit mir böse war oder wenn sie mich liebte, nannte sie mich: ›Du großes schwarzes Tier‹. Genau so komme ich mir jetzt vor: wie ein großes schwarzes Tier.« Er verließ das Zimmer, die eine Hinterbacke gewaltig aufgeschwollen von Hundertdollarnoten, und eine Stunde später sah ich ihn den Weg mit einem alten Pappkoffer in der Hand hinuntergehen. In seinem Zimmer hatte er den scharlachroten Schlafanzug aus Seide mit dem Monogramm YM zurückgelassen.

Danach hörte ich eine ganze Woche lang nichts von ihm. Ich hatte in dem Hotel sehr viel zu tun. Der einzige, der seine Arbeit verstand, war Joseph (ich machte ihn später für seinen Rum-Punsch berühmt); und ich kann nur annehmen, daß unsere Gäste von daheim so sehr daran gewöhnt waren, schlecht zu essen, daß sie die Gerichte des Kochs als einen unvermeidlichen Teil des menschlichen Lebens über sich ergehen ließen. Er servierte allzu durchgebratene Steaks und Eis-Creme. Ich lebte fast gänzlich von Grapefruits, an denen er nicht viel verderben konnte. Die Saison war fast zu Ende, und ich sehnte mich danach, daß der letzte Gast abreise, damit ich den Koch endlich loswerden könnte. Nicht, daß ich gewußt hätte, wo ich einen Nachfolger für ihn finden konnte – es war nicht leicht, in Port-au-Prince gute Köche aufzutreiben.

Eines Abends verspürte ich den dringenden Wunsch, das Hotel zu vergessen, weshalb ich mich ins Kasino begab. Zu jener Zeit, bevor Doktor Duvalier zur Macht gekommen war, gab es genug Touristen, um drei Roulette-

Tische zu besetzen. Man konnte die Musik aus dem Nachtlokal unten hören, und gelegentlich schleppte eine Dame im Abendkleid, des Tanzens müde, ihren Partner an den Tisch. Die Frauen von Haiti sind wohl die schönsten auf Erden, und es gab hier Gesichter und Gestalten, die in einer Hauptstadt des Westens ihren Besitzerinnen ein Vermögen eingebracht hätten. Für mich lag hier, wie immer in einem Kasino, eine Ahnung in der Luft, es könnte alles passieren. »Der Mensch hat nur eine Unschuld zu verlieren«, und die meine verlor ich in Monte Carlo an jenem Winternachmittag.

Ich hatte schon einige Minuten gespielt, bevor ich bemerkte, daß Marcel an demselben Tisch saß. Ich wäre weggegangen, aber ich hatte schon einmal *en plein* gewonnen. Nun habe ich den Aberglauben, daß in jeder Nacht nur ein einziger Tisch Glück bringt, und heute nacht hatte ich meinen Glückstisch gefunden, denn nach zwanzig Minuten stand ich bereits mit fünfzig Dollar im Gewinn. Ich fing den Blick einer jungen Europäerin gegenüber auf. Sie lächelte und begann meinen Einsätzen zu folgen, wobei sie zu ihrem Begleiter, einem dicken Menschen mit einer ungeheuren Zigarre, etwas sagte; er fütterte sie mit Spielmarken und spielte selbst nie. Mein Glückstisch war für Marcel jedoch ein Unglückstisch. Manchmal setzten wir auf dieselbe Nummer, dann verlor ich. Ich begann zu warten, bis er gesetzt hatte, bevor ich selbst setzte, und das Mädchen sah, worauf ich aus war, und folgte mir. Es war, als ob wir im Schritt tanzten – wie im malaiischen Ron-Ron, ohne einander zu berühren. Ich war zufrieden, denn sie war hübsch, und ich erinnerte mich an Monte Carlo. Was den dicken Mann betraf, so hob ich mir diese Sorge für später auf. Vielleicht war auch er ein Mitglied der Banque de l'Indochine.

Marcel spielte nach einem verrückten System. Es war, als langweile ihn das Spiel, und je rascher er verlor, desto rascher konnte er vom Tisch aufstehen. Dann sah er mich, und nachdem er den Rest seiner Spielmarken zusammengehäufelt hatte, legte er sie alle auf Zéro, das schon mehr als dreißig Runden nicht gekommen war. Er verlor natürlich, wie man immer bei einem verzweifelten Einsatz verliert, und schob seinen Stuhl zurück. Ich beugte mich mit einer Zehndollar-Marke zu ihm hinüber. »Nehmen Sie etwas von meinem Glück«, sagte ich.

Versuchte ich, ihn zu demütigen, ihn daran zu erinnern, daß er meiner Mutter ausgehaltener Liebhaber gewesen war? Ich weiß das jetzt nicht mehr; sollte es aber mein Motiv gewesen sein, dann ging es gründlich daneben. Er nahm die Spielmarke und erwiderte mit großer Höflichkeit in seinem gepflegten Französisch: *»Tout ce que j'ai eu de chance dans ma vie m'est venue de votre famille.«* Wieder setzte er auf Zéro, und Zéro kam – ich war ihm nicht gefolgt. Er gab mir meine Spielmarke zurück und sagte: »Verzeihen Sie. Ich muß jetzt gehen. Ich habe ein großes Bedürfnis nach Schlaf.« Ich sah ihn den Saal verlassen. Er konnte jetzt mehr als dreihundert Dollar einwechseln. Ich hatte ihn nicht mehr auf dem Gewissen. Und wenn er auch gewiß sehr schwarz und sehr groß war, so schien es mir doch ungerecht, ihn, wie meine Mutter es getan hatte, ein Tier zu nennen.

Irgendwie war dem Saal aller Ernst entzogen, nachdem er gegangen war. Wir waren jetzt alle nur Kroppzeug: wir spielten zum Spaß, riskierten nichts und gewannen nichts außer dem Preis von ein paar Getränken. Ich erhöhte meinen Gewinn auf dreihundertfünfzig Dollar und ließ ihn dann auf zweihundert sinken, bloß um des Vergnügens willen, den Menschen mit der Zigarre ebenfalls ein wenig verlieren zu sehen. Dann hörte ich auf. Als ich meine Jetons eintauschte, fragte ich den Kassierer, wer das Mädchen war.

»Madame Pineda«, sagte er, »eine deutsche Dame.«

»Ich mag die Deutschen nicht«, sagte ich enttäuscht.

»Ich auch nicht.«

»Wer ist der dicke Herr?«

»Ihr Mann – der Botschafter.« Er nannte einen kleinen südamerikanischen Staat, den ich jedoch im nächsten Augenblick vergaß. Einst hatte ich die südamerikanischen Republiken durch ihre Briefmarken voneinander unterscheiden können, aber meine Markensammlung war im Kollegium von Mariae Heimsuchung als Geschenk für den Jungen zurückgeblieben, den ich für meinen besten Freund hielt (seinen Namen habe ich längst vergessen).

»Auch Botschafter mag ich nicht sehr«, sagte ich zum Kassierer. »Sie sind ein notwendiges Übel«, erwiderte er und zahlte mir die Dollarnoten aus.

»Sie glauben, daß das Übel notwendig ist? Dann sind Sie ein Manichäer wie ich.« Unsere theologische Diskussion konnte sich nicht weiter entwickeln, weil er nicht im Internat von Mariae Heimsuchung erzogen worden war, und auf jeden Fall unterbrach uns jetzt die Stimme der jungen Frau: »Auch Ehemänner.«

»Was ist mit Ehemännern?«

»Ein notwendiges Übel«, sagte sie und legte ihre Jetons dem Kassierer auf den Tisch.

Wir bewundern die Eigenschaften, die für uns außer Reichweite sind; ich bewunderte Loyalität, und so hätte ich sie in diesem Augenblick beinahe für immer stehengelassen. Ich weiß nicht, was mich zurückhielt. Vielleicht entdeckte ich in ihrer Stimme eine andere Eigenschaft, die ich bewundernswert finde: Verzweiflung. Verzweiflung und Wahrheit sind eng verwandt – einer verzweifelten Beichte kann man gewöhnlich trauen, und ganz wie es nicht jedem gegeben ist, auf dem Totenbett eine Beichte abzulegen, so ist auch die Fähigkeit zur Verzweiflung nur sehr wenigen gegeben, und ich gehörte nicht dazu. Sie aber besaß sie, und das entschuldigte sie in meinen Augen. Ich hätte lieber meinem ersten Impuls folgen und mich entfernen sollen, dann hätte ich mich von einer Menge Unglück entfernt. Statt dessen wartete ich auf sie an der Tür zum Saal, während sie ihren Gewinn einsteckte.

Sie war in dem gleichen Alter wie die Frau, die ich in Monte Carlo gekannt hatte, doch die Zeit hatte unsere Lebensalter vertauscht. Die erste Frau war alt genug gewesen, um meine Mutter zu sein, und jetzt war ich alt genug, um jener Fremden Vater zu sein. Sie war sehr dunkel und klein und nervös – ich hätte sie nie für eine Deutsche gehalten. Sie kam auf mich zu und zählte ihre Dollar, um ihre Schüchternheit zu verbergen. Sie hatte einen verzweifelten Angelwurf gemacht und wußte jetzt mit dem Fisch, der angebissen hatte, nichts anzufangen.

Ich fragte: »Wo ist Ihr Mann?«

»Im Wagen«, sagte sie, und als ich hinaussah, bemerkte ich zum ersten Mal den Peugeot mit dem CD am Nummernschild. Am Vordersitz hinter dem Lenkrad saß der große Mann und rauchte seine lange Zigarre. Seine Schultern waren breit und platt. Man hätte ein Plakat daran aufhängen können. Sie sahen aus wie eine Mauer, die eine Sackgasse abschließt.

»Wann kann ich Sie wiedersehen?«

»Hier. Draußen am Parkplatz. In Ihr Hotel kann ich nicht kommen.«

»Sie wissen also, wer ich bin?«

»Auch ich frage herum«, sagte sie.

»Morgen abend?«

»Um zehn. Ich muß um eins zurück sein.«

»Und jetzt – wird er wissen wollen, was Sie aufhielt?«

»Er hat unendliche Geduld«, sagte sie. »Das ist eine Eigenschaft der Diplomaten. Er wartet und spricht erst, wenn die politische Situation reif ist.«

»Warum müssen Sie dann um eins zurück sein?«

»Ich habe ein Kind. Gegen eins wacht es immer auf und ruft nach mir. Es ist eine Gewohnheit – eine schlechte Gewohnheit. Es hat Alpträume. Von einem Räuber im Haus.«

»Ihr einziges Kind?«

»Ja.«

Sie berührte meinen Arm. In diesem Augenblick streckte der Botschafter im Wagen die rechte Hand aus und drückte auf die Hupe, zweimal, aber nicht allzu ungeduldig. Er wandte nicht einmal den Kopf, sonst hätte er uns gesehen.

»Sie sind abberufen«, sagte ich, und mit meinem ersten Anspruch auf sie fielen die Schatten anderer Ansprüche auf mich. »Es ist wohl fast ein Uhr.« Sie fügte rasch hinzu: »Ich habe Ihre Mutter gekannt. Ich mochte sie gern. Sie war so echt.«

Sie ging hinaus zu dem Wagen. Ihr Mann öffnete ihr die Tür, ohne sich umzuwenden, und sie setzte sich ans Lenkrad; das Ende seiner Zigarre glühte neben ihrer Wange wie ein Warnlicht am Rande einer Straße, die repariert wird.

Ich fuhr ins Hotel zurück, und Joseph kam mir auf der Treppe entgegen. Er sagte, Marcel sei vor einer halben Stunde zurückgekommen und habe um ein Zimmer für die Nacht gebeten.

»Nur für heute nacht?«

»Er sagt, er morgen geht.«

Er hatte im voraus bezahlt und den Betrag hingelegt, dessen Höhe ihm genau bekannt war, hatte sich zwei Flaschen Rum hinaufschicken lassen und gefragt, ob er das Zimmer von Madame la Comtesse haben könnte.

»Er hätte sein altes Zimmer haben können.« Aber dann fiel mir ein, daß dort der neue Gast war – ein amerikanischer Professor.

Ich machte mir keine übermäßigen Sorgen. In gewisser Hinsicht war ich gerührt. Ich war froh, daß meine Mutter ihrem Liebhaber und der Frau im Kasino, deren Vornamen zu erfragen ich vergessen hatte, so liebenswert erschienen war. Ich selbst hätte sie wohl ebenfalls geliebt, wenn sie mir auch nur den Schimmer einer Möglichkeit dazu gegeben hätte. Vielleicht schwebte mir die Hoffnung vor, ihre Beliebtheit – ein großer Vorteil im Geschäftsleben – könnte auf mich übergegangen sein – wie zwei Drittel des Hotels.

4

Ich war fast eine halbe Stunde verspätet, als ich den Wagen mit dem Kennzeichen CD vor dem Kasino fand. Eine Menge von Dingen hatte mich aufgehalten, und ich war eigentlich gar nicht in der Stimmung, überhaupt zu kommen. Ich konnte mir nicht einreden, daß ich in Señora Pineda verliebt war. Ein wenig Lüsternheit und ein wenig Neugierde waren alles, was ich zu fühlen meinte, und während ich in die Stadt fuhr, zählte ich auf, was gegen sie sprach: daß sie eine Deutsche war, daß sie den ersten Schritt getan hatte, daß sie die Frau eines Botschafters war. (Sicherlich würde ich in ihrer Konversation die Lüster und die Cocktail-Gläser klirren hören.) Sie öffnete mir die Wagentür. »Ich hatte Sie fast aufgegeben«, sagte sie.

»Verzeihung. Es ist alles Mögliche passiert.«

»Da Sie jetzt hier sind, fahren wir lieber weg. Nach elf Uhr, wenn die offiziellen Diners vorüber sind, beginnen unsere Kollegen einzutreffen.«

Sie legte den ersten Gang ein. »Wohin fahren wir?« fragte ich.

»Ich weiß nicht.«

»Warum haben Sie mich gestern abend angesprochen?«

»Ich weiß nicht.«

»Sie sind meiner Glückssträhne gefolgt?«

»Ja. Wahrscheinlich war ich neugierig, wie der Sohn Ihrer Mutter aussieht. Hier gibt's ja nie was Neues.«

Vor uns lag der Hafen, vorübergehend in Scheinwerferlicht getaucht. Zwei Frachtdampfer wurden entladen. Unter Säcken gebeugte Gestalten zogen in langer Prozession vorüber. Sie warf den Wagen in einem Halbkreis herum und fuhr ihn zu einem Flecken tiefen Schattens dicht neben dem weißen Kolumbus-Denkmal. »Keiner von uns kommt nachts hierher«, sagte sie, »deshalb kommen auch keine Bettler.«

»Und die Polizei?«

»Das CD hat seinen Wert.«

Ich fragte mich, welcher von uns beiden sich des anderen bediente. Ich hatte seit einigen Monaten mit keiner Frau etwas zu tun gehabt, und sie – sie war offenbar an dem toten Punkt der meisten Ehen angelangt. Aber ich war von den Ereignissen des Tages entkräftet, ich wünschte, ich wäre nicht gekommen, und mußte immerzu daran denken, daß sie eine Deutsche war, obschon zu jung, um selbst irgendeine Schuld zu tragen. Wir beide hatten nur einen einzigen Grund, hier zu sein, und dennoch taten wir nichts. Wir saßen da und starrten auf die Statue, die auf Amerika starrte.

Um der lächerlichen Situation zu entgehen, legte ich meine Hand auf ihr Knie. Die Haut fühlte sich kalt an; sie trug keine Strümpfe. Ich sagte: »Wie heißt du?«

»Martha.« Sie wandte sich während des Redens um, und ich küßte sie ungeschickt und verfehlte ihren Mund.

Sie sagte: »Wir müssen ja nicht unbedingt, weißt du. Wir sind erwachsen.« Und plötzlich war ich wieder im Hotel de Paris und kraftlos, und kein Vogel kam, mich auf seinen weißen Schwingen zu retten.

»Ich möchte nur reden«, belog sie mich zart.

»Ich sollte meinen, du hättest in der Botschaft genug Möglichkeit zu reden.«

»Gestern abend – wär's in Ordnung gewesen, wenn ich in dein Hotel hätte kommen können?«

»Gott sei Dank hast du's nicht getan«, sagte ich. »Es gab schon genug Unannehmlichkeiten.«

»Was für Unannehmlichkeiten?«

»Sprechen wir jetzt nicht davon.« Um meinen Mangel an Gefühl zu verbergen, benahm ich mich wieder grob. Ich zog sie hinter dem Lenkrad hervor und zerrte sie auf meine Schenkel, so daß sie sich dabei ihr Bein an dem eingebauten Radio verletzte und vor Schmerz aufschrie.

»Verzeihung!«

»Schon gut.«

Sie machte es sich bequemer, sie legte die Lippen an meinen Hals, aber ich spürte nichts: nichts regte sich in mir, und ich überlegte, wie lange sie ihre Enttäuschung beherrschen würde, falls sie überhaupt enttäuscht war. Dann vergaß ich sie einen langen Augenblick völlig. Da stand ich wieder in der Mittagsglut, klopfte an die Tür des ehemaligen Zimmers meiner Mutter und bekam keine Antwort. Ich klopfte und klopfte und dachte dabei, Marcel läge wahrscheinlich im Schlaf der Volltrunkenen.

»Erzähl mir von den Unannehmlichkeiten«, sagte sie. Plötzlich begann ich zu sprechen. Ich erzählte ihr, wie erst der Zimmerkellner Angst bekommen hatte und dann Joseph, und wie ich endlich, als auf mein Klopfen keine Antwort kam, den Hauptschlüssel benützen wollte und feststellte, daß die Tür verriegelt war. Ich mußte die Scheidewand zwischen zwei Balkonen niederreißen und von dem einen auf den anderen klettern – glücklicherweise waren die Gäste zum Riff schwimmen gegangen. Ich fand Marcel an seinem eigenen Gürtel vom Mittellüster herab hängen: er mußte über große Entschlußkraft verfügt haben, denn er hätte nur ein paar Zentimeter auszuschwingen brauchen, um mit den Zehen auf den verzierten Fußenden des großen Bettes meiner Mutter aufzusetzen. Der Rum war bis auf einen kleinen Rest in der zweiten Flasche ausgetrunken, und in einen an mich adressierten Umschlag hatte er gesteckt, was von den dreihundert Dollar übrig war. »Du kannst dir denken«, sagte ich, »was ich seitdem zu tun hatte. Mit der Polizei – mit den Gästen. Der amerikanische Professor war vernünftig, aber da war ein englisches Paar, die sagten, sie würden das ihrem Reisebüro melden. Offenbar wird ein Hotel durch einen Selbstmord in eine niedrigere Preiskategorie versetzt. Kein sehr aussichtsreicher Anfang.«

»Das war ein furchtbarer Schock«, sagte sie.

»Ich hab ihn nicht gekannt oder mir was aus ihm gemacht, aber es war wirklich ein Schock. Offenbar muß ich das Zimmer durch einen Priester oder einen *houngan* ausräuchern lassen. Ich weiß nicht recht, durch wen. Und der Lüster muß vernichtet werden. Darauf besteht das Personal.«

Es erwies sich als Erleichterung, daß ich darüber reden konnte. Und mit dem Reden kam die Begierde. Ihr Nakken lag an meinem Mund und ein Bein war quer über das Radio gespreizt. Sie erzitterte, ihre Hand riß sich los, fiel unglücklicherweise auf den Rand des Lenkrades und betätigte die Hupe. Diese heulte langgezogen auf, wie ein verwundetes Tier oder ein im Nebel verlorenes Schiff, bis das Zittern aufhörte.

Wir saßen in derselben verkrampften Stellung schweigend da, wie zwei Teile einer Maschine, die ein Konstrukteur nicht völlig ineinanderzufügen vermocht hat. Das war der Augenblick, sich Lebewohl zu sagen und zu gehen: je länger wir blieben, desto größere Anforderungen mußte die Zukunft an uns stellen. Im Schweigen beginnt das Vertrauen, wächst die Zufriedenheit. Ich wurde mir bewußt, einen Augenblick geschlafen und sie beim Erwachen auch im Schlaf gefunden zu haben. Geteilter Schlaf war ein Band zuviel. Ich sah auf die Uhr. Es war lange vor Mitternacht. Die Kräne schwangen über die Frachtdampfer, und der lange Zug von Arbeitern bewegte sich vom Schiff zum Lagerhaus, wie Kapuzinermönche, unter die Kapuzen der Säcke gebeugt. Ein Bein schmerzte mich. Ich rückte es zurecht und weckte sie.

Sie machte sich frei und fragte schnell: »Wie spät ist es?«

»Zwanzig vor zwölf.«

»Ich träumte, wir hätten eine Panne und es sei ein Uhr früh«, sagte sie.

Ich fühlte mich in meine Grenzen verwiesen: die Stunden zwischen zehn und eins. Es war ein erschreckender Gedanke, wie rasch Eifersucht entsteht – ich kannte sie kaum vierundzwanzig Stunden und nahm ihr schon die Ansprüche anderer Menschen übel.

»Was ist denn?« fragte sie.

»Ich hab mir überlegt, wann wir einander wiedersehen.«

»Morgen zur gleichen Zeit. Hier. Hier ist es so gut wie anderswo, nicht? Nimm einen anderen Taxifahrer, das ist alles.«

»Es war nicht eben ein ideales Bett.«

»Wir gehen auf den Rücksitz. Dort wird's schon in Ordnung sein«, sagte sie mit einer Präzision, die mich deprimierte.

So begann denn unser Verhältnis, und so ging es mit geringen Abweichungen weiter: zum Beispiel tauschte sie ein Jahr später ihren Peugeot gegen ein neueres Modell ein. Es gab Gelegenheiten – einmal war ihr Mann zur Berichterstattung heimberufen worden –, dem Wagen zu entgehen; einmal verbrachten wir mit Hilfe einer Freundin zusammen zwei Tage in Cap Haitien, aber dann reiste die Freundin ab. Manchmal kam mir vor, als seien wir weniger Liebende als gemeinsame Verschwörer, in der Ausübung eines Verbrechens aneinandergekettet. Und wie Verschwörer waren wir uns der Detektive auf unseren Spuren wohl bewußt. Einer von ihnen war das Kind.

Ich ging zu einer Cocktail-Party auf die Botschaft. Es bestand kein Grund, mich nicht einzuladen, denn in dem halben Jahr seit unserem ersten Treffen war ich zu einem angesehenen Mitglied der Auslandskolonie geworden. Mein Hotel hatte bescheidenen Erfolg – obwohl ich damit nicht zufrieden war und immer noch von jenem erstklassigen Koch träumte. Ich war dem Botschafter zum erstenmal begegnet, als er einen meiner Gäste, einen Landsmann, nach einem Diner auf der Botschaft in mein Hotel zurückbrachte. Er ließ sich eins von Josephs Getränken anbieten und lobte es; der Schatten seiner langen Zigarre lag eine Zeitlang über meiner Terrasse wie ein ausgestreckter Zeigefinger. Ich habe nie einen Menschen das Wort »mein« häufiger gebrauchen gehört. »Nehmen Sie eine von meinen Zigarren.« »Bitte, geben Sie meinem Chauffeur etwas zu trinken.« Wir sprachen von den kommenden Wahlen. »Meiner Meinung nach wird der Doktor siegen. Er hat die Unterstützung Amerikas. Das ist meine Information.« Er lud mich »zu meiner nächsten Cocktail-Party« ein.

Warum hatte ich etwas gegen ihn? Ich war in seine Frau nicht verliebt. Ich hatte sie »gekriegt«, das war alles. So schien es mir zumindest damals. War es deshalb, weil er im Laufe unseres Gesprächs herausbekommen hatte, ich sei bei den Patres von Mariae Heimsuchung erzogen worden, und sich als verwandte Seele gebärdete – »Ich war im St.-Ignatius-Kollegium« – in Paraguay, Uruguay – was liegt schon daran?

Ich erfuhr später, daß die Cocktail-Party, zu der ich in angemessener Zeit gebeten wurde, zu den zweitrangigen gehörte; die erstrangigen, bei denen Kaviar serviert wurde, waren für die Diplomatie reserviert – Botschafter, Gesandte, Botschaftsräte –, während die drittrangigen reine »Pflichteinladungen« waren. Es galt als Auszeichnung, zu den Gästen der zweiten Kategorie zu zählen, denn es hieß, da kämen auch Leute zum reinen Vergnügen hin. Es gab darunter eine Anzahl reicher Haitianer mit Frauen von erlesener Schönheit. Noch war die Zeit nicht für sie gekommen, das Land zu fliehen oder des Nachts hinter versperrten Türen in ihren Häusern zu hocken, aus Angst davor, was ihnen in den dunklen Straßen nach dem Ausgehverbot zustoßen mochte.

Der Botschafter stellte mich »meiner Frau« vor – wieder »mein« –, und sie geleitete mich an die Bar, um mir etwas zu trinken anzubieten. »Morgen abend?« fragte ich, und sie runzelte die Stirn und verzog die Lippen, um anzudeuten, daß ich nicht sprechen dürfe – daß wir beobachtet würden. Aber es war nicht ihr Mann, den sie fürchtete. Er war damit beschäftigt, »meine« Sammlung von Hyppolites Bildern einem seiner Gäste zu zeigen, ging dabei von Bild zu Bild und erklärte eins nach dem anderen, als gehörten selbst deren Vorwürfe ihm.

»Dein Mann kann uns doch nicht hören in all dem Lärm.«

»Siehst du nicht«, sagte sie, »daß er jedes Wort belauscht?« Doch dieser »er« war nicht ihr Mann. Ein kleines Wesen, kaum einen Meter hoch, mit dunklen scharfen Augen, bahnte sich mit der Frechheit eines Zwerges einen Weg zu uns, indem es die Knie der Gäste auseinander schob, als wären sie Unterholz in einem Wald, der ihm gehörte. Ich bemerkte, daß der Junge seine Augen auf ihren Mund gerichtet hielt, als läse er die Worte von ihren Lippen ab.

»Mein Sohn Angel«, stellte sie vor, und seitdem hieß er in meinen Gedanken, nach der englischen Aussprache seines Namens, in einer Art von Gotteslästerung immer der »Engel«.

Nachdem er sich einmal an ihre Seite durchgekämpft hatte, ließ er sie kaum wieder los, sprach freilich kein einziges Wort – er war zu sehr damit beschäftigt, zuzuhören, indes seine kleine stählerne Hand wie die Hälfte einer Handschelle die ihre umklammert hielt. Ich war meinem wahren Rivalen begegnet. Als wir einander das nächstemal trafen, berichtete sie mir, er habe sie eingehend über mich ausgefragt.

»Wittert er etwas?«

»In seinem Alter? Er ist doch kaum fünf.«

Ein Jahr verging, und wir fanden Möglichkeiten, ihn zu überlisten, doch seine Ansprüche auf sie blieben bestehen. Ich entdeckte, daß sie mir unentbehrlich war, aber wenn ich sie drängte, ihren Mann zu verlassen, stand ihr das Kind im Weg. Sie konnte nichts tun, was sein Glück gefährdete. Ihren Mann würde sie morgen verlassen, doch wie könnte sie es überleben, wenn er ihr Angel entzöge? Und mir schien, als gliche der Sohn von Monat zu Monat mehr seinem Vater. Er hatte jetzt eine gewisse Art, »meine« Mutter zu sagen; einmal sah ich ihn mit einer langen Schokolade-Zigarre im Mund; auch nahm er schnell an Gewicht zu. Es war, als hätte der Vater seinem eigenen Dämon Fleisch und Blut verliehen, um sich zu sichern, daß unsere Affäre nicht zu weit gehe, über die Grenzen der Vernunft hinaus.

Es gab eine Zeit, da hatten wir ein Zimmer über einem syrischen Laden genommen, um uns dort zu treffen. Der Ladenbesitzer, der Hamit hieß, war vollkommen zuverlässig – es war kurz nachdem der Doktor zur Macht gekommen war, und der Schatten der Zukunft lag, allen sichtbar, über uns, schwarz wie die Wolke über dem Kenscoff. Jede Art Verbindung zu einer ausländischen Botschaft hatte Wert für einen Staatenlosen, denn wer wußte, zu welcher Stunde er um politisches Asyl würde ansuchen müssen? Wir hatten zwar beide den Laden genau untersucht, waren jedoch leider nicht daraufgekommen, daß es in einer Ecke hinter den Arzneimitteln einige Regale mit Spielzeug von besserer Qualität gab, als man es sonst finden konnte, und daß überdies unter den Lebensmitteln gelegentlich – denn Luxusimporte hatten noch nicht gänzlich aufgehört – eine Dose von Bourbon-Keksen aufzutreiben war, Angels Lieblingsnascherei zwischen den Mahlzeiten. Dies führte zu unserem ersten großen Streit.

Wir hatten einander bereits dreimal in dem Zimmer des Syrers getroffen: es enthielt ein Messingbett unter einem malvenfarbenen Überwurf, vier harte, gerade Stühle an der Wand und eine Anzahl handkolorierter Fotografien von Familiengruppen. Es war wohl das Fremdenzimmer, das man in jungfräulichem Zustand für irgendeinen wichtigen Besucher aus dem Libanon bereitgehalten hatte, der niemals gekommen war und jetzt gewiß nicht mehr kam. Das vierte Mal wartete ich zwei Stunden, und Martha erschien nicht. Ich ging durch den Laden hinaus, und der Syrer sprach mich diskret an. »Sie haben Madame Pineda verfehlt«, sagte er, »sie war mit ihrem kleinen Jungen da.«

»Ihrem kleinen Jungen?«

»Sie haben ein Spielzeug-Auto und eine Dose Bourbon-Kekse gekauft.«

Später am Abend rief sie mich an. Ihre Stimme klang atemlos und verängstigt, und sie sprach sehr rasch. »Ich bin im Postamt«, sagte sie, »ich habe Angel im Wagen gelassen.«

»Mit seinen Bourbon-Keksen?«

»Bourbon-Keksen? Woher weißt du das? Mein Herz, ich konnte nicht kommen. Als ich den Laden betrat, fand ich dort Angel mit dem Kindermädchen. Ich mußte so tun, als sei ich gekommen, um ihm etwas zu kaufen, zur Belohnung, weil er so brav war.«

»War er denn brav?«

»Nicht besonders. Das Kindermädchen sagte, sie hätten mich letzte Woche aus dem Laden treten gesehen – wirklich gut, daß wir nie zusammen fortgehen –, und er wollte wissen, wo ich gewesen war. So hat er auch die Kekse entdeckt, die er so gern mag.«

»Die Bourbon-Kekse.«

»Ja. Ach, jetzt kommt er ins Postamt und sucht mich. Heut abend. Am selben Ort.« Das Telefon verstummte.

So trafen wir uns denn wieder im Peugeot beim Kolumbus-Denkmal. Diesmal kam es zu keinen Zärtlichkeiten. Wir stritten. Ich sagte ihr, Angel sei ein verwöhntes Kind, und sie gab es zu; aber als ich behauptete, er spioniere ihr nach, wurde sie zornig, und als ich meinte, er werde so dick wie sein Vater, wollte sie mich ohrfeigen. Ich packte sie am Handgelenk, und sie warf mir vor, ich schlage sie. Dann lachten wir überreizt, doch der Streit brodelte weiter wie eine Suppe auf dem Herd.

Ich sagte sehr vernünftig: »Du solltest dich lieber so oder so entscheiden. Dieses Leben kann nicht ewig weitergehen.«

»Du willst also, daß ich dich verlasse?«

»Natürlich nicht.«

»Aber ich kann ohne Angel nicht leben. Es ist nicht seine Schuld, daß ich ihn verwöhnt habe. Er braucht mich. Ich kann sein Glück nicht zerstören.«

»In zehn Jahren wird er dich überhaupt nicht mehr brauchen. Dann wird er sich zu Mère Catherine fortschleichen oder mit einem deiner Dienstmädchen schlafen. Nur wirst du nicht hier sein, sondern in Brüssel oder Luxemburg – aber auch dort gibt's Bordelle für ihn.«

»Zehn Jahre ist eine lange Zeit.«

»Und du wirst langsam in die Jahre kommen, und ich

werde alt sein – zu alt, um mir noch was draus zu machen. Du wirst mit zwei dicken Männern weiterleben ... und natürlich mit einem guten Gewissen. Das wirst du dir gerettet haben.«

»Und du? Erzähl mir ja nicht, daß nicht alle möglichen Weiber dich dann auf alle möglichen Arten getröstet haben werden.«

Unsere Stimmen erhoben sich immer mehr in die Dunkelheit unter der Statue. Wie alle solche Streitereien führte es zu nichts als zu einer Wunde, die leicht heilt. Es gibt so viele Stellen für verschiedene Wunden, bevor wir eine alte Kruste aufbrechen müssen. Ich stieg aus ihrem Wagen und ging zu meinem hinüber. Ich setzte mich ans Lenkrad und begann zu wenden. Ich sagte mir, das sei das Ende – das Spiel sei den Einsatz nicht wert – sollte sie doch bei dem scheußlichen Kind bleiben – bei Mère Catherine gab es genug anziehendere Frauen – und überhaupt war sie eine Deutsche. Als mein Wagen neben dem ihren stand, rief ich ihr bösartig zu: »Adieu, Frau Pineda«, und dann sah ich sie weinend über das Lenkrad gebeugt. Ich mußte ihr wohl einmal Lebewohl sagen, um zu entdecken, daß ich es ohne sie nicht aushielt.

Als ich neuerlich zu ihr einstieg, hatte sie ihre Selbstbeherrschung bereits wiedererlangt. »Es wird nichts draus«, sagte sie, »heute nacht.«

»Nein.«

»Sollen wir einander morgen wiedersehen?«

»Natürlich.«

»Hier? Wie gewöhnlich?«

»Ja.«

Sie sagte: »Ich wollte dir etwas mitteilen. Eine Überraschung für dich. Etwas, was du furchtbar gern hättest.«

Einen Augenblick dachte ich, sie wolle vor mir kapitulieren und mir versprechen, Mann und Kind zu verlassen. Ich legte ihr den Arm um die Schultern, um sie in ihrem großen Entschluß zu unterstützen, da sagte sie: »Du brauchst doch einen guten Koch, nicht?«

»Ach – ja. Ja. Das stimmt.«

»Wir haben einen wunderbaren Koch, und er geht weg. Ich habe absichtlich einen Streit vom Zaun gebrochen und ihn entlassen. Er gehört dir, wenn du ihn haben willst.« Ich glaube, sie war durch mein Schweigen neuerlich verletzt. »Nun, glaubst du jetzt, daß ich dich liebe? Mein Mann wird wütend sein. Er hat immer gesagt, Pierre sei der einzige Koch in Port-au-Prince, der ein richtiges Soufflé machen kann.« Gerade noch rechtzeitig hielt ich mich davor zurück, zu sagen: »Und Angel? Der ißt doch auch recht gern.«

»Du hast mein Glück gemacht«, sagte ich statt dessen. Und was ich sagte, war beinahe wahr – das *Trianon Soufflé au Grand Marnier* war eine Weile lang berühmt, bis der Terror begann, die amerikanische Mission abreiste, der britische Botschafter ausgewiesen wurde, der Nuntius aus Rom nicht mehr zurückkehrte und das Ausgehverbot zwischen uns eine Trennungsmauer errichtete, schlimmer als jeder Streit; bis auch ich endlich mit dem letzten Delta-Flugzeug nach New Orleans abflog. Joseph war einem Verhör durch die Tontons Macoute mit knapper Not entronnen, und ich hatte Angst. Man war hinter mir her, dessen war ich mir gewiß. Vielleicht gelüstete es Fat Gracia, den Führer der Tontons, nach meinem Hotel. Nicht einmal Petit Pierre kam mehr vorbei um seinen freien Trunk. Wochenlang war ich mit dem verwundeten Joseph, dem Koch, dem Zimmermädchen und dem Gärtner allein. Das Hotel hätte neu gestrichen und repariert werden müssen, aber wozu all die Arbeit ohne Aussicht auf Gäste? Bloß die John Barrymore-Suite wurde noch gehegt und gepflegt wie ein Grab.

Von unserer Liebesbeziehung war wenig übrig, das die Angst und Langeweile hätte wettmachen können. Das

Telefon funktionierte nicht mehr: es stand auf meinem Schreibtisch wie ein Überbleibsel aus besseren Zeiten. Das Ausgehverbot hinderte uns, einander abends zu treffen, und am Tage war immer Angel da. Ich glaubte, der Liebe wie der Politik zu entkommen, als ich endlich mein Ausreisevisum erhielt, nach zehnstündigem Warten auf der Polizei, wo ein scharfer Geruch nach Urin in der Luft hing und die Polizisten mit einem befriedigten Lächeln aus den Zellen zurückkamen. Ich erinnere mich an einen Priester, der den ganzen Tag in einer weißen Soutane dasaß, und an seine versteinerte Haltung langer, unbeirrbarer Geduld, während er in seinem Brevier las. Sein Name wurde niemals aufgerufen. Hinter seinem Kopf an der gelblich-braunen Wand waren Schnappschüsse von dem toten Abtrünnigen Barbot angeheftet und von seinen besiegten Kameraden, die vor einem Monat in einer Hütte am Stadtrand durch Maschinengewehrsalven erledigt worden waren. Als mir der Polizeikommissar endlich das Visum gab, vielmehr durch den Schalter schob wie eine Brotrinde einem Bettler, sagte jemand zu dem Priester, das Kommissariat werde jetzt für die Nacht geschlossen. Ich nehme an, daß er am nächsten Tag wiederkam. Er konnte sein Brevier ebensogut hier lesen wie anderswo, denn keiner von denen, die eintraten und wieder gingen, wagte mit ihm zu reden, seit der Erzbischof im Exil und der Präsident exkommuniziert war.

Wie herrlich schien mir doch die Stadt, als ich sie verließ und durch die freie und klare Luft auf sie niederblickte, bevor das Flugzeug in die Gewitterwolken eintauchte, die wie gewöhnlich über dem Kenscoff dräuten. Der Hafen erschien winzig klein, verglichen mit dem riesigen faltigen Ödland dahinter, den dürren, menschenleeren Bergen, die sich wie das Rückgrat eines vorsintflutlichen, aus der Kreide gegrabenen Tieres im Dunst gegen Cap Haitien und die dominikanische Grenze hin erstreckten. Ich würde schon irgendeinen Hasardeur ausfindig machen, der mir mein Hotel abkaufte, sagte ich mir, und dann so unbelastet sein wie an dem Tag, da ich nach Pétionville hinauffuhr und meine Mutter auf dem großen Bordellbett ausgestreckt fand. Ich war froh und glücklich, das Land zu verlassen, flüsterte ich dem schwarzen Gebirge zu, das unter mir kreiste; ich bewies es durch ein Lächeln der adretten amerikanischen Stewardeß, die mir einen Bourbon-Highball brachte, und dem Piloten, der herauskam, um uns seinen Fahrtbericht zu geben.

Es dauerte vier Wochen, bis mir eines Morgens die Verzweiflung entgegenstarrte, als ich in meinem Zimmer mit Klimaanlage in der 44. Straße West in New York erwachte, nach einem Traum von verschlungenen Gliedmaßen in einem Peugeot und von einer Statue, die aufs Meer hinaussah. Da wußte ich, daß ich früher oder später zurückkehren mußte, wenn mein Trotz verraucht war, mein Handel fehlgeschlagen hatte und mir ein halber Brotlaib, in Angst verzehrt, um so viel besser erscheinen würde als gar kein Brot.

Viertes Kapitel

I

Doktor Magiot hockte lange Zeit über der Leiche des früheren Ministers. Im Schatten meiner Taschenlampe sah er wie ein Zauberer aus, der den Tod austreibt. Ich zögerte, seine Riten zu unterbrechen, befürchtete aber auch, die Smiths könnten in ihrem Appartement im Turm aufwachen; darum sprach ich endlich und unterbrach seine Gedankenkette. »Sie können es doch nur als Selbstmord auslegen«, sagte ich.

»Die können es auslegen, wie es ihnen paßt«, erwiderte er. »Machen Sie sich nichts vor.« Er begann den Inhalt der linken Tasche des Ministers zu entleeren, die durch die Stellung der Leiche zugänglich war, und sagte: »Er war einer von den Besseren.« Wie ein Bankbeamter die Geldscheine auf Fälschungen überprüft, sah er sich aufmerksam jedes Stückchen Papier an, indem er es dicht vor die Augen und seine großen gerundeten Brillen hielt, die er bloß zum Lesen trug. »Wir haben zusammen in Paris Anatomie studiert. Aber in jenen Tagen war sogar Papa Doc ein ganz guter Mensch. Ich erinnere mich an Duvalier während der Typhusepidemie in den zwanziger Jahren ...«

»Was suchen Sie?«

»Alles, was ihn mit Ihnen verbinden könnte. Für diese Insel hier gilt das katholische Gebet: ›Der Teufel geht umher wie ein brüllender Löwe und sucht, wen er verschlinge.‹«

»Sie hat er nicht verschlungen?«

»Lassen Sie ihm Zeit ...« Er steckte das Notizbuch in die Tasche. »Wir haben nicht die Möglichkeit, all das jetzt zu prüfen.« Dann kehrte er die Leiche auf die andere Seite. Sie war, selbst für Doktor Magiot, schwer von der Stelle zu rücken. »Ich bin froh, daß Ihre Mutter damals starb. Sie hatte schon genug ertragen. Ein Hitler ist genug für ein Leben.« Wir sprachen flüsternd, aus Angst, die Smiths zu stören. »Ein Kaninchenfuß, als Talisman«, sagte er. Er steckte das Ding zurück. »Und hier ist etwas Schweres.« Er zog meinen sargförmigen Briefbeschwerer aus Messing mit dem R. I. P. heraus. »Ich wußte nicht, daß er Humor hatte.«

»Der gehört mir. Er muß ihn aus meinem Büro genommen haben.«

»Stellen Sie ihn an denselben Platz zurück.«

»Soll ich Joseph um die Polizei schicken?«

»Nein, nein. Wir können die Leiche nicht hierlassen.«

»Man kann mir doch aus einem Selbstmord keinen Vorwurf machen.«

»Man kann Ihnen vorwerfen, daß er sich Ihr Haus als Versteck ausgesucht hat.«

»Warum hat er's wirklich getan? Ich kannte ihn gar nicht. Einmal bin ich ihm auf einem Empfang begegnet. Das ist alles.«

»Die Botschaften werden streng bewacht. Er glaubte wahrscheinlich an Ihren englischen Wahlspruch: ›Eines Engländers Haus ist seine Burg.‹ Er hatte so wenig Hoffnung, daß er in einem Sprichwort Zuflucht suchte.«

»Scheußliche Sache, so was in der ersten Nacht daheim vorzufinden.«

»Ja, das glaub ich gern. Tschechow schrieb einmal: ›Selbstmord ist ein unerwünschtes Phänomen.‹«

Doktor Magiot stand auf und blickte auf den Leichnam hinab. Ein Farbiger hat einen Sinn für große Augenblicke, der durch seine westliche Erziehung nicht verdorben ist: die Erziehung ändert nur dessen Ausdrucksform. Doktor Magiots Urgroßvater hätte vielleicht aus seinem Sklavenkerker ein Klagegeheul an die mitleidlosen Sterne gerichtet. Doktor Magiot hielt eine kurze Ansprache über den Toten hinweg. »Wie groß eines Menschen Angst vor dem Leben auch sein mag«, sagte er, »der Selbstmord bleibt eine mutige Tat, die wohlerwogene Handlung eines Mathematikers. Der Selbstmörder urteilt nach den Gesetzen der Wahrscheinlichkeit – so und so viel zu eins, daß das Leben elender sein wird als das Sterben. Sein Sinn für Mathematik ist stärker als sein Selbsterhaltungstrieb. Aber bedenken Sie, wie sehr dieser Trieb im letzten Moment bemüht sein muß, Gehör zu finden, wie viele Ausflüchte völlig unwissenschaftlicher Natur er vorbringen muß.«

»Ich dachte, Sie als Katholik würden Selbstmörder unbedingt verdammen ...«

»Ich bin kein ausübender Katholik, und Sie denken jedenfalls an theologische Verzweiflung. In dieser Verzweiflung hier lag keine Theologie. Der arme Kerl hatte gegen eine Vorschrift verstoßen. Er aß Fleisch an einem Freitag. In seinem Fall führte der Selbsterhaltungstrieb kein Gebot Gottes als Ausrede an, die Tat zu unterlassen.« Er sagte: »Sie müssen herunterkommen und ihn an den Beinen nehmen. Wir müssen ihn hier wegschaffen.« Der Vortrag war zu Ende, die Leichenrede gehalten.

Es war ein Trost, sich den breiten starken Händen Doktor Magiots zu überlassen. Ich war wie ein Patient, der die für eine Kur erforderlichen strikten Vorschriften widerspruchslos auf sich nimmt. Wir hoben den Wohlfahrtsminister aus dem Schwimmbad und trugen ihn auf den Weg, wo Doktor Magiots Wagen unbeleuchtet stand. »Wenn Sie zurückkommen«, sagte Doktor Magiot, »müssen Sie das Wasser aufdrehen und das Blut fortwaschen.«

»Ich werde aufdrehen, aber ob das Wasser kommt ...«

Wir setzten ihn auf den Rücksitz. In Detektivromanen ist es immer so leicht, einen Leichnam wie einen Betrunkenen herzurichten, aber dieses tote Ding war unverkennbar tot – das Blut hatte zu fließen aufgehört, doch ein einziger Blick in den Wagen hätte genügt, die ungeheure Wunde wahrzunehmen. Zum Glück wagte niemand, nachts die Straßen zu benützen; das waren die Stunden, in denen nur Zombie-Geister am Werk waren oder die Tontons Macoute. Was die Tontons betraf: die waren zweifellos unterwegs; wir hörten das Herannahen ihres Wagens – kein anderer Wagen konnte so spät ausgefahren sein –, bevor wir das Ende meiner Auffahrt erreicht hatten. Wir löschten unsere Scheinwerfer und warteten. Der Wagen fuhr langsam von der Stadt bergan; wir konnten die Stimmen der Insassen über das Mahlen des dritten Ganges hinweg miteinander streiten hören. Ich hatte den Eindruck, es sei ein alter Wagen, der die Steigung den langen Hang nach Pétionville hinauf niemals schaffen würde. Was sollten wir tun, wenn er gerade vor dem Eingang zur Auffahrt seinen Geist aufgab? Die Leute würden bestimmt um Hilfe und ein paar Gratisgetränke ins Hotel kommen, wie spät es auch sein mochte. Es schien uns eine lange Zeit zu dauern, bis das Geräusch des Motors am Weg vorbeikam und verklang.

Ich fragte Doktor Magiot: »Wohin bringen wir ihn?«

»Wir können weder bergauf noch bergab weit fahren«, sagte er, »ohne zu einer Sperre zu kommen. Das ist die Straße nach Norden, und die Miliz wagt aus Angst vor Inspektion nicht zu schlafen. Darauf sind die Tontons jetzt wahrscheinlich aus. Sie werden bis zum Polizeiposten am Kenscoff fahren, wenn der Wagen nicht zusammenbricht.«

»Sie selbst mußten doch an einer Straßensperre vorbei, um herzukommen. Wie haben Sie erklärt ...?«

»Ich sagte, eine Frau sei im Kindbett erkrankt. Es ist ein zu häufiger Fall, als daß der Mann es melden würde, wenn ich Glück habe ...«

»Und wenn er es meldet?«

»Dann sag ich, daß ich die Hütte nicht finden konnte.«

Wir fuhren auf die Landstraße hinaus. Doktor Magiot stellte die Scheinwerfer wieder an. »Wenn jemand außer Haus ist und uns sieht«, sagte er, »wird er uns für die Tontons halten.«

Die Wahl unseres Ortes war durch die Sperre bergan und die Sperre bergab stark beschränkt. Wir fuhren zweihundert Meter hügelauf – »Das wird beweisen, daß er am Trianon vorbeikam: er war also nicht auf dem Weg dorthin« – und bogen in den zweiten Weg zur Linken ein. Es war eine Gegend mit kleinen Häusern und vernachlässigten Gärten. Hier hatten in der alten Zeit geltungsbedürftige, aber erfolglose Leute gewohnt: sie waren auf dem Weg nach Pétionville, aber dort nicht völlig angelangt: der Anwalt für aussichtslose Fälle, der verkrachte Astrologe und der Arzt, der seinen Rum den Patienten vorzog. Doktor Magiot wußte genau, welche von ihnen noch in ihren Häusern wohnten und welche geflohen waren, um den Zwangsanleihen zu entgehen, die des Nachts von den Tontons Macoute zum Bau der neuen Stadt Duvalierville eingehoben wurden. Ich selbst hatte hundert Gourdes beigetragen. Mir erschienen die Häuser und Gärten alle gleich unbewohnt und vernachlässigt.

»Hier hinein«, sagte Doktor Magiot. Er fuhr den Wagen einige Meter von der Straße fort. Wir ließen die Scheinwerfer brennen, denn wir hatten keine Hand frei, um eine Taschenlampe zu halten. Die Lichter erhellten ein zerbrochenes Schild, auf dem nur noch stand: »... pont. Ein Blick in die Zukunft mit ...«

»Er ist also fort«, sagte ich.

»Gestorben.«

»Eines natürlichen Todes?«

»Gewaltsame Tode sind hier natürlich. Er starb an seiner Umgebung.«

Wir zogen die Leiche Doktor Philipots aus dem Wagen und schleppten sie hinter eine wuchernde Bougainvillea, wo man sie von der Straße nicht sehen konnte. Doktor Magiot wand sich ein Taschentuch um die rechte Hand und nahm ein kleines Küchenmesser zum Schneiden von Steaks aus der Tasche des Toten. Sein Auge war beim Schwimmbad schärfer gewesen als das meine. Er legte das Messer ein paar Zentimeter entfernt neben die linke Hand des Ministers. Er sagte: »Doktor Philipot war Linkshänder.«

»Sie wissen auch alles.«

»Vergessen Sie nicht, wir haben zusammen Anatomie studiert. Sie müssen sich ein neues Steakmesser kaufen.«

»Hatte er Familie?«

»Eine Frau und einen zwölfjährigen Jungen. Er dachte wohl, auch für sie wäre sein Selbstmord sicherer.«

Wir stiegen wieder in den Wagen und fuhren auf die Straße zurück. Beim Eingang zu meiner Auffahrt stieg ich aus. »Jetzt hängt alles vom Personal ab«, sagte ich.

»Die werden Angst haben, den Mund aufzumachen«, sagte Doktor Magiot. »Hierzulande kann es einem Zeugen genau so schlecht ergehen wie dem Angeklagten.«

2

Mr. und Mrs. Smith kamen zum Frühstück auf die Terrasse herunter. Es war fast das erstemal, daß ich ihn ohne Reisedecke über dem Arm sah. Sie hatten gut geschlafen und aßen die Grapefruit, den Toast und die Marmelade mit Appetit; ich fürchtete, sie würden irgendein sonderbares Getränk mit einem von einer Werbefirma erfundenen Namen verlangen, doch sie gaben sich mit Kaffee zufrieden und rühmten sogar dessen Qualität.

»Ich bin nur einmal aufgewacht«, sagte Mr. Smith, »da war mir, als hörte ich Stimmen. Ist vielleicht Mr. Jones angekommen?«

»Nein.«

»Komisch. Sein letztes Wort zu mir am Zoll war: ›Wir sehen uns heute abend bei Mr. Brown.‹«

»Wahrscheinlich wurde er in ein anderes Hotel entführt.«

»Ich hatte gehofft, mich vor dem Frühstück noch kurz eintauchen zu können«, sagte Mrs. Smith, »aber ich fand Joseph beim Säubern des Schwimmbads. Er scheint hier alle Arbeit zu machen.«

»Ja, er ist unbezahlbar. Das Bad wird sicher vor dem Mittagessen für Sie bereit sein.«

»Und der Bettler?« fragte Mr. Smith.

»Ach, der ist vor Tagesanbruch fort.«

»Hoffentlich nicht mit leerem Magen.« Er lächelte mich an, als wollte er sagen: Ich mache nur einen Scherz, ich weiß, Sie sind ein gutherziger Mann.

»Joseph hat sich bestimmt darum gekümmert.«

Mr. Smith nahm ein Stück Toast. Er sagte: »Ich glaube, Mrs. Smith und ich sollten uns heute früh in das Gästebuch der Botschaft eintragen.«

»Das wäre klug.«

»Ich halte es bloß für eine Höflichkeit. Später kann ich vielleicht dem Wohlfahrtsminister mein Empfehlungsschreiben vorlegen.«

»An Ihrer Stelle würde ich auf der Botschaft nachfragen, ob nicht irgendeine Änderung eingetreten ist. Das heißt, wenn der Brief eine persönliche Adresse trägt.«

»An einen Doktor Philipot, glaube ich.«

»Ich würde jedenfalls nachfragen. Die Dinge ändern sich hier sehr rasch.«

»Ich nehme doch an, daß mich auch sein Nachfolger empfangen wird? Der Vorschlag, mit dem ich hierhergekommen bin, wäre für jeden Minister, der mit Volksgesundheit zu tun hat, von großem Interesse.«

»Ich glaube, Sie haben mir nie erzählt, was Sie planen . . .«

»Ich komme als Repräsentant«, sagte Mr. Smith.

»Der Vegetarier von Amerika«, ergänzte Mrs. Smith. »Der wahren Vegetarier.«

»Gibt es auch falsche Vegetarier?«

»Natürlich. Es gibt sogar solche, die befruchtete Eier essen.«

»Häretiker und Schismatiker haben jede große Bewegung der Menschheitsgeschichte gespalten«, sagte Mr. Smith voll Trauer.

»Und was gedenken die Vegetarier hier zu tun?«

»Außer der Verteilung von Gratisliteratur – natürlich ins Französische übersetzt – haben wir vor, im Herzen der Hauptstadt ein Zentrum vegetarischer Küche zu errichten.«

»Das Herz der Hauptstadt ist ein Elendsviertel.«

»Also die richtige Stelle. Wir möchten, daß der Präsident und einige seiner Minister an der Eröffnungsfeier teilnehmen und dort das erste vegetarische Mahl verzehren. Als Beispiel für das Volk.«

»Er hat aber Angst, den Palast zu verlassen.«

Mr. Smith lachte höflich über meine Worte, die er für eine malerische Übertreibung hielt. Mrs. Smith sagte: »Du kannst von Mr. Brown nicht allzuviel Unterstützung erwarten. Er ist keiner von uns.«

»Aber, aber, Liebste, Mr. Brown hat sich nur einen kleinen Scherz mit uns erlaubt. Vielleicht könnte ich nach dem Frühstück meine Botschaft anrufen.«

»Das Telefon funktioniert nicht. Aber ich kann Joseph mit ein paar Zeilen hinschicken.«

»Nein, in diesem Fall nehmen wir ein Taxi. Wenn Sie uns ein Taxi verschaffen können.«

»Ich werde Joseph um eins schicken.«

»Der ist wirklich ein Faktotum«, sagte Mrs. Smith streng zu mir, als wäre ich ein Plantagenbesitzer aus den Südstaaten. Ich sah Petit Pierre den Weg heraufkommen und verließ sie.

»Ach, Mr. Brown«, rief Petit Pierre, »ich wünsche Ihnen einen sehr, sehr guten Morgen.« Er schwenkte ein Exemplar des Lokalblattes und sagte: »Sie werden gleich sehen, was ich über Sie geschrieben habe. Wie geht es Ihren Gästen? Sie haben hoffentlich gut geschlafen.« Er stieg die Treppe herauf, verbeugte sich vor den Smiths an ihrem Tisch und sog den süßen Blumenduft von Port-au-Prince ein, als wäre er hier ein Fremder. »Was für eine Aussicht«, sagte er. »Die Bäume, die Blumen, die Bucht, der Palast.« Er kicherte. »Ferne leiht dem Anblick Zauber. Mr. William Wordsworth.«

Petit Pierre war nicht der Aussicht wegen gekommen, das wußte ich genau; auch konnte er zu dieser Tageszeit kaum wegen eines Gratisgläschens gekommen sein. Wahrscheinlich wollte er eine Information erhalten oder vielleicht selbst erteilen. Seine muntere Art verhieß nicht unbedingt gute Nachrichten, denn Petit Pierre war immer munter. Es war, als habe er sich durch den Wurf einer Münze für eine der zwei möglichen Haltungen in Port-au-Prince entschieden, der rationalen und der irrationalen: Verzweiflung oder Heiterkeit. Papa Docs Kopf war nach unten gefallen, und er hatte die Heiterkeit der Verzweiflung gewählt.

»Lassen Sie mal sehen, was Sie geschrieben haben«, sagte ich.

Ich schlug die Zeitung bei der Klatschrubrik auf, die stets auf Seite vier erschien, und las, daß sich unter den zahlreichen vornehmen Fremden, die gestern mit der »Medea« eingetroffen waren, auch der Honourable Mr. Smith befunden hatte, der bei den amerikanischen Präsidentschaftswahlen im Jahr 1948 von Mr. Truman knapp geschlagen worden war. Er war von seiner eleganten und liebenswürdigen Gattin begleitet, die unter glücklicheren Umständen Amerikas *First Lady* geworden wäre, eine Zierde des Weißen Hauses. Unter den vielen anderen Ankömmlingen befand sich der beliebte Besitzer jenes geistigen Mittelpunktes, des Hotels Trianon, der von einer Geschäftsreise nach New York heimkehrte ... Später sah ich mir die erste Nachrichtenseite an. Der Unterrichtsminister verkündete einen Sechsjahresplan zur Ausrottung des Analphabetentums im Norden – warum gerade im Norden? Einzelheiten wurden nicht gemeldet. Vielleicht verließ er sich auf einen ausreichenden Hurrikan. Hurrikan Hazel hatte im Jahr 1951 ein beträchtliches Maß von Analphabetentum im Inneren des Landes eliminiert – eine Liste der Opfer war nie bekanntgegeben worden. Auch stand hier ein kurzer Absatz über eine Gruppe von Rebellen, welche die dominikanische Grenze überschritten hatten: sie waren zurückgeworfen worden, und man hatte zwei Gefangene gemacht, die mit amerikanischen Waffen ausgerüstet waren. Hätte der Präsident nicht mit der amerikanischen Mission gestritten, dann hätte man die Waffen wahrscheinlich auf tschechische oder kubanische Herkunft zurückgeführt.

Ich sagte: »Man hört Gerüchte über einen neuen Wohlfahrtsminister.«

»Gerüchten soll man niemals trauen«, sagte Petit Pierre.

»Mr. Smith hat eine Empfehlung an Doktor Philipot. Ich möchte nicht, daß er einen falschen Schritt unternimmt.«

»Vielleicht sollte er ein paar Tage warten. Es heißt, Doktor Philipot ist in Cap Haitien – oder sonstwo im Norden.«

»Wo die Kämpfe im Gang sind?«

»Ich glaube nicht, daß dort wirklich viel gekämpft wird.«

»Was für eine Art Mensch ist Doktor Philipot?« Mich reizte die Neugierde, etwas mehr über einen Mann zu erfahren, der durch seinen Tod in meinem Schwimmbad gleichsam zu einem entfernten Verwandten geworden war.

»Ein Mann«, sagte Petit Pierre, »der sehr an seinen Nerven leidet.«

Ich faltete die Zeitung zusammen und gab sie ihm zurück. »Ich sehe, Sie erwähnen die Ankunft unseres Freundes Jones nicht.«

»Ach ja, Jones. Wer ist eigentlich Major Jones?« Jetzt war ich überzeugt, er sei eher gekommen, um Informationen zu erhalten, als sie zu erteilen.

»Ein Mitreisender. Mehr weiß ich nicht.«

»Er behauptet, mit Mr. Smith befreundet zu sein.«

»Dann muß es wohl stimmen.«

Petit Pierre schob mich unmerklich die Terrasse entlang, bis wir um die Ecke und den Smiths aus den Augen waren. Seine weißen Manschetten fielen ein gutes Stück aus den Rockärmeln auf seine schwarzen Hände. »Wenn Sie offen zu mir wären«, sagte er, »könnte ich vielleicht von einigem Nutzen sein.«

»Offen, worüber?«

»Über Major Jones.«

»Ich wollte, Sie würden ihn nicht ›Major‹ nennen. Irgendwie paßt es nicht zu ihm.«

»Glauben Sie vielleicht, er ist kein . . .«

»Ich weiß nichts von ihm. Überhaupt nichts.«

»Er wollte in Ihrem Hotel absteigen.«

»Er scheint irgendwo anders Unterkunft gefunden zu haben.«

»Ja. Auf der Polizei.«

»Warum, um Himmels willen . . .?«

»Ich glaube, man hat etwas Belastendes in seinem Gepäck gefunden. Keine Ahnung, was.«

»Weiß es die Britische Botschaft?«

»Nein. Aber ich glaube nicht, daß die viel helfen kann. Diese Sachen nehmen ihren Lauf. Man mißhandelt ihn nicht.«

»Was würden Sie raten, Petit Pierre?«

»Es ist wahrscheinlich ein Mißverständnis – dann besteht aber immer noch das Problem des *amour-propre.* Der Polizeichef leidet erheblich unter *amour-popre.* Wenn Mr. Smith vielleicht mit Doktor Philipot darüber spräche, könnte Doktor Philipot mit dem Innenminister sprechen. Major Jones würde dann nur eine Geldstrafe wegen eines rein technischen Vergehens erhalten.«

»Was ist denn sein Vergehen?«

»Diese Frage ist an sich rein technisch«, sagte er.

»Aber Sie sagten doch eben, Doktor Philipot sei im Norden.«

»Richtig. Vielleicht sollte Mr. Smith eher den Außenminister aufsuchen.« Stolz wedelte er mit seiner Zeitung. »Der wird schon wissen, wie wichtig Mr. Smith ist, denn zweifellos hat er meinen Artikel gelesen.«

»Ich werde sofort unseren Geschäftsträger aufsuchen.«

»Das ist die falsche Methode«, sagte Petit Pierre. »Es ist viel leichter, die gekränkte Eigenliebe des Polizeichefs zu besänftigen, als den Nationalstolz. Die haitische Regierung nimmt Proteste von Ausländern nicht entgegen.«

Das war ungefähr der gleiche Rat, den mir etwas später an diesem Morgen der Geschäftsträger gab. Er war ein großer, hohlbrüstiger Mann mit sensitiven Zügen, die mich das erstemal, als ich ihm begegnet war, an Robert Louis Stevenson gemahnten. Er sprach sehr stockend und mit dem belustigten Ausdruck eines Menschen, der sich geschlagen gibt – die Lebensbedingungen in Port-au-Prince hatten ihn geschlagen, nicht die Tuberkulose. Er besaß den Mut und den Humor der Besiegten. So trug er zum Beispiel ein Paar schwarzer Brillen in der Tasche und setzte sie auf, wann immer er ein Mitglied der Tontons Macoute sah, die jene Brillen als Uniform benützten, um Schrecken zu verbreiten. Er sammelte Bücher über die karibische Flora, doch er hatte alle außer den gewöhnlichsten nach Hause geschickt, ganz wie er seine Kinder heimgeschickt hatte, weil immer die Gefahr eines plötzlichen Brandes bestand, dem mit einem Benzinkanister nachgeholfen worden war.

Er hörte mich ohne Unterbrechung oder Ungeduld an, während ich ihm von Jones' mißlicher Lage und Petit Pierres Rat erzählte. Ich bin überzeugt, er hätte auch nicht mehr Staunen an den Tag gelegt, wenn ich ihm von dem toten Wohlfahrtsminister in meinem Schwimmbad berichtet hätte und von der Art und Weise, wie ich mich der Leiche entledigte, aber er wäre mir wohl im geheimen dankbar gewesen, daß ich ihn nicht mit hineingezogen hatte. Als ich mit meiner Geschichte fertig war, sagte er: »Ich habe aus London ein Kabel über Jones bekommen.«

»Ganz wie der Kapitän der »Medea«. Sein Kabel kam von der Reederei in Philadelphia. Es war ziemlich unbestimmt.«

»Meines war sozusagen vorsichtig. Ich sollte meine Hilfe nicht übertreiben. Wahrscheinlich wurde irgendwo mal ein Konsulat hereingelegt.«

»Immerhin – ein britischer Untertan im Gefängnis . . .?«

»Ach, ganz meine Meinung, das geht etwas zu weit. Nur müssen wir bedenken, nicht wahr, daß selbst diese Dreckskerle mit gutem Grund gehandelt haben könnten. Offiziell werde ich vorsichtig vorgehen – wie das Kabel mir nahelegt. Zuerst einmal eine formelle Anfrage.« Er machte eine Handbewegung über den Schreibtisch hin und lachte. »Ich werde mir nie abgewöhnen, nach einem Telefon zu greifen.«

Er war der vollendete Zuschauer – ein Zuschauer, wie jeder Schauspieler manchmal von ihm träumen muß: intelligent, aufmerksam, belustigt und kritisch gerade in dem richtigen Maß, entsprechend einer Lektion, die er in so vielen, guten und schlechten Aufführungen unbedeutender Stücke gelernt hatte. Aus irgendeinem Grund fielen mir meiner Mutter Worte an mich ein, als ich sie zum letzten Mal gesehen hatte: »Was für eine Rolle spielst du denn jetzt?« Vermutlich spielte ich wirklich eine Rolle – die Rolle eines Engländers, der sich über das Schicksal eines Landsmannes Sorgen macht, eines verantwortungsbewußten Geschäftsmannes, der seine Pflicht klar erkannt hat und gekommen ist, um sich mit dem Vertreter seines Souveräns zu beraten. Vorübergehend vergaß ich die verschlungenen Beine im Peugeot. Sicher hätte es der Geschäftsträger mißbilligt, daß ich einem Mitglied des Diplomatischen Corps Hörner aufsetzte. Diese Tat gehörte zu sehr in den Bereich der Farce.

Er sagte: »Ich bezweifle, daß meine Nachforschungen viel helfen werden. Der Innenminister wird mir erklären, die Sache sei in den Händen der Polizei. Er wird mir wahrscheinlich einen Vortrag über die Trennung der juridischen und exekutiven Gewalt halten. Habe ich Ihnen je von meinem Koch erzählt? Es passierte, während Sie weg waren. Ich gab ein Diner für meine Kollegen, und mein Koch war plötzlich verschwunden. Nichts war eingekauft worden. Man hatte ihn auf der Straße am Weg zum Markt hoppgenommen. Meine Frau mußte die Konserven öffnen, die wir für den Notfall bereithalten. Ihrem Señor Pineda hat das Soufflé aus Konservenlachs nicht sehr geschmeckt.« Warum sagte er ›meinem‹ Señor Pineda? »Später erfuhr ich, daß mein Koch in einer Polizeizelle saß. Er wurde am nächsten Tag freigelassen, als es zu spät war. Man hatte ihn ausgefragt, was für Gäste ich empfing. Ich legte natürlich Protest beim Innenminister ein. Ich sagte, man hätte mich verständigen sollen, dann hatte ich dafür gesorgt, daß er zu einer passenden Stunde auf die Polizei kommt. Der Innenminister sagte einfach, der Mann sei Haitianer, und er könne mit einem Haitianer anfangen, was er wolle.«

»Aber Jones ist Engländer.«

»Das nehme ich an; trotzdem habe ich meine Zweifel, ob unsere Regierung heutzutage eine Fregatte schicken würde. Natürlich bemühe ich mich zu helfen, soweit es in meinen Kräften steht, aber ich halte Petit Pierres Rat für ganz gut. Versuchen Sie es zuerst auf andere Weise. Wenn es Ihnen nicht gelingt, werde ich selbstverständlich protestieren – morgen früh. Ich habe das Gefühl, das ist nicht die erste Polizeizelle, die Major Jones von innen sieht. Wir dürfen die Situation nicht übertreiben.« Ich kam mir ein wenig vor wie der König im Schauspiel, dem Hamlet vorwirft, er übertreibe seine Rolle.

Als ich ins Hotel zurückkam, war das Schwimmbad voll, der Gärtner tat, als sei er eifrig an der Arbeit, indem er mit dem Rechen ein paar Blätter von der Wasseroberfläche fischte, ich hörte die Stimme des Kochs aus der Küche, alles war wieder nahezu normal. Ich hatte sogar Gäste, denn dort im Bassin, den Rechen des Gärtners geschickt vermeidend, schwamm Mr. Smith; er trug ein Paar dunkelgrauer Schwimmhosen aus Kunststoff, die sich hinter ihm im Wasser aufblähten und ihm die riesigen Hinterbacken eines prähistorischen Tieres verliehen. Er schwamm im Bruststil langsam auf und ab und grunzte rhythmisch. Als er mich sah, erhob er sich aus dem Wasser wie eine mythische Figur. Seine Brust war mit langen Strähnen weißen Haares bedeckt.

Ich setzte mich neben das Bassin und rief Joseph zu, er solle einen Rum-Punsch und ein Coca-Cola bringen. Ich fühlte mich nicht ganz behaglich, als Mr. Smith, bevor er herauskam, zum tiefen Ende hinpaddelte – er kam so dicht an der Stelle vorbei, wo der Wohlfahrtsminister gestorben war. Ich dachte an das Schloß Holyrood und den untilgbaren Fleck, den Rizzios Blut hinterlassen hatte. Mr. Smith schüttelte sich und setzte sich neben mich. Mrs. Smith erschien auf dem Balkon der John Barrymore-Suite und rief zu ihm herunter: »Trockne dich ab, Liebster, sonst erkältest du dich!«

»Die Sonne wird mich schnell genug trocknen, Liebste«, rief Mr. Smith zurück.

»Leg dir das Handtuch um die Schultern, sonst kriegst du Sonnenbrand!«

Mr. Smith gehorchte. Ich sagte: »Mr. Jones ist von der Polizei verhaftet worden.«

»Meine Güte. Was Sie nicht sagen! Was hat er angestellt?«

»Er hat nicht unbedingt etwas angestellt.«

»Hat er mit einem Anwalt gesprochen?«

»Das ist hier nicht möglich. Die Polizei würde das nicht gestatten.«

Mr. Smith sah mich starrköpfig an. »Die Polizei ist überall gleich. Bei uns daheim passiert das oft genug«, sagte er. »Im Süden. Farbige ins Gefängnis geworfen, Rechtsbeistand verweigert. Aber zweimal Unrecht ergibt noch kein Recht.«

»Ich war auf der Botschaft. Man glaubt dort, es wird nicht viel zu machen sein.«

»So – das ist aber wirklich ein Skandal«, sagte Mr. Smith. Es bezog sich auf die Haltung der Botschaft, nicht auf den Umstand von Jones' Verhaftung.

»Petit Pierre meint, im Augenblick wäre es am besten, wenn Sie eingreifen, vielleicht den Außenminister aufsuchen.«

»Ich will für Mr. Jones tun, was ich kann. Offensichtlich liegt ein Irrtum vor. Aber warum meint dieser Petit Pierre, ich könnte irgendwelchen Einfluß haben?«

»Sie sind Präsidentschaftskandidat gewesen«, sagte ich, während Joseph die Gläser brachte.

»Ich will tun, was ich kann«, wiederholte Mr. Smith und brütete über seiner Coca-Cola. »Ich war von Mr. Jones sehr angetan. (Ich weiß wirklich nicht, warum ich es nicht über mich bringe, ihn Major zu nennen – schließlich gibt es in allen Armeen ein paar gute Menschen.) Er erschien mir als der beste Typ eines Briten. Irgendwo muß ein blödsinniger Irrtum begangen worden sein.«

»Ich will Ihnen keine Unannehmlichkeiten mit den Behörden machen.«

»Ich habe keine Angst vor Unannehmlichkeiten mit irgendwelchen Behörden«, sagte Mr. Smith.

3

Der Amtssitz des Außenministers war eins von den Ausstellungsgebäuden in der Nähe des Hafens und des Kolumbus-Denkmals. Wir gingen an der Musikfontäne vorbei, die jetzt niemals spielte, an dem öffentlichen Park mit seinem Bourbonen-Motto *»Je suis le drapeau Haitien, Uni et Indivisible. François Duvalier«* und kamen schließlich zu dem modernen Gebäude aus Zement und Glas, dem breiten Treppenhaus, dem großen Vorraum voll bequemer Lehnsessel, der mit Wandgemälden haitischer Künstler geschmückt war. Es hatte so wenig Beziehung zu den Bettlern auf dem Post-Platz und den Elendsvierteln ringsum wie Roi Christophes Palast »Sans Souci«, doch es würde eine viel weniger pittoreske Ruine bilden, wenn die Silberkugel einmal ihr Ziel getroffen hatte.

Im Vorraum saßen mehr als ein Dutzend Bürger, fett und wohlbestallt. Die Frauen, in Blitzblau und Giftgrün herausgeputzt, schwatzten fröhlich miteinander, als wären sie beim Frühstückskaffee, und nahmen jeden Neuankömmling scharf ins Auge. Selbst ein Bittsteller betrug sich in diesem Raum wie eine wichtige Persönlichkeit, und die Luft war erfüllt von dem langsamen Tippen von Schreibmaschinen. Zehn Minuten nach unserem Eintreffen schritt Señor Pineda gewichtig, mit der Sicherheit diplomatischer Privilegien, durch den Raum. Er rauchte eine Zigarre, sah niemanden an und ging, ohne auch nur um Erlaubnis zu bitten, durch eine der Türen, die sich auf eine innere Galerie auftaten.

»Das Privatbüro des Ministers«, erklärte ich. »Die südamerikanischen Botschafter sind noch *persona grata.* Besonders Pineda. Er hat keinen einzigen politischen Flüchtling in der Botschaft. Noch nicht.«

Wir warteten dreiviertel Stunden, doch Mr. Smith zeigte

sich nicht ungeduldig. »Es scheint sehr gut organisiert zu sein«, sagte er einmal, als die Bittsteller nach einem kurzen Gespräch mit einem Beamten um zwei vermindert worden waren. »Ein Minister muß geschützt werden.«

Endlich ging Pineda durch den Warteraum ab – er rauchte immer noch eine Zigarre, eine neue. Das Zigarrenband war noch daran: er entfernte die Bänder nie, weil sie sein Monogramm trugen.

Diesmal verbeugte er sich vor mir als einem Bekannten – einen Augenblick dachte ich, er würde stehenbleiben und mich ansprechen; seine Verbeugung mußte die Aufmerksamkeit des jungen Mannes erregt haben, der ihn bis zum Treppenabsatz begleitete, denn dieser kam jetzt zurück und fragte uns höflich, was wir wünschten.

»Den Außenminister«, sagte ich.

»Er ist dringend mit den ausländischen Botschaftern beschäftigt. Es ist viel zu besprechen. Sie wissen doch, daß er morgen zu den Vereinten Nationen abreist.«

»Dann, glaube ich, sollte er Mr. Smith sofort empfangen.«

»Mr. Smith?«

»Haben Sie die heutige Zeitung nicht gelesen?«

»Wir hatten sehr viel zu tun.«

»Mr. Smith kam gestern an. Er ist Präsidentschaftskandidat.«

»Präsidentschaftskandidat?« sagte der junge Mann ungläubig.

»In Haiti?«

»Er hat Geschäfte in Haiti – aber das geht Ihren Präsidenten an. Jetzt möchte er gern den Außenminister sprechen, vor dessen Abreise nach New York.«

»Bitte warten Sie einen Augenblick.« Er trat in eines der Büros am Innenhof und kam eine Minute später mit einer Zeitung in der Hand eilends wieder heraus. Er klopfte an die Tür des Außenministers und trat ein.

»Sie wissen doch, Mr. Brown, daß ich nicht mehr Präsidentschaftskandidat bin. Wir machten unsere Geste einmal und nicht wieder.«

»Das braucht man hier nicht lange zu erklären, Mr. Smith. Schließlich gehören Sie bereits zur Geschichte.« Ich konnte es diesen ehrlichen hellblauen Augen ansehen, daß ich ein wenig zu weit gegangen war. Ich fügte hinzu: »Eine Geste wie die Ihre steht ein für allemal da, um von jedermann verstanden zu werden.« Ich konnte nicht genau sagen, wo sie stand. »Sie gilt in diesem Jahr ebenso wie in der Vergangenheit.«

Der junge Mann war neben uns getreten – die Zeitung hatte er zurückgelassen. »Wenn Sie mir folgen wollen . . .«

Der Außenminister bleckte seine Zähne mit großer Liebenswürdigkeit. Ich sah die Zeitung auf seinem Schreibtisch in der Ecke liegen. Die Handfläche, die er uns entgegenstreckte, war groß, viereckig, rosarot und feucht. Er sagte uns in ausgezeichnetem Englisch, wie sehr es ihn interessiert habe, von Mr. Smith' Ankunft zu lesen, und wie er kaum hoffen konnte, die Ehre zu haben, da er morgen nach New York abreise . . . Die amerikanische Botschaft habe kein Wort verlauten lassen, sonst hätte er natürlich eine Zeit vereinbart . . .

Da der Präsident der Vereinigten Staaten es für richtig befunden hatte, sagte ich, seinen Botschafter abzuberufen, ziehe Mr. Smith es vor, seinen Besuch inoffiziell zu gestalten.

Der Außenminister sagte, er verstehe, was ich meine. Zu Mr. Smith gewendet, fügte er hinzu: »Ich höre, Sie werden den Präsidenten aufsuchen . . .«

»Mr. Smith hat noch nicht um Audienz angesucht. Er wollte zuerst Sie sprechen – bevor Sie in New York landen.«

»Ich muß vor den Vereinten Nationen Protest erheben«, sagte der Minister voll Stolz. »Nehmen Sie eine Zigarre, Mr. Smith?« Er bot ihm sein Lederetui an, und Mr. Smith bediente sich. Ich stellte fest, daß das Band Señor Pinedas Monogramm trug.

»Protest?« fragte Mr. Smith.

»Die Überfälle aus der Dominikanischen Republik. Die Rebellen sind mit amerikanischen Waffen ausgerüstet. Wir haben Beweise.«

»Was für Beweise?«

»Zwei Mann wurden gefangen; sie trugen Revolver, die in den Vereinigten Staaten hergestellt waren.«

»Leider kann man solche Dinger überall auf der Welt kaufen.«

»Ghana hat mir seine Unterstützung zugesagt. Und ich hoffe, daß auch andere afro-asiatische Länder ...«

»Mr. Smith ist in einer ganz anderen Angelegenheit gekommen«, unterbrach ich. »Ein guter Freund von ihm, der mit ihm reiste, wurde gestern von der Polizei verhaftet.«

»Ein Amerikaner?«

»Ein Engländer namens Jones.«

»Hat die Britische Botschaft Erkundigungen eingezogen? Das ist eigentlich eine Sache für den Innenminister.«

»Aber ein Wort von Ihnen, Exzellenz ...«

»Ich kann mich nicht in ein anderes Ressort einmischen. Es tut mir leid. Mr. Smith wird das verstehen.«

Mr. Smith fiel in unser Gespräch mit einer Grobheit ein, die ich an ihm bisher nicht kannte. »Sie können doch feststellen, wie die Anklage lautet, oder nicht?«

»Anklage?«

»Anklage.«

»Ach – Anklage!«

»Richtig«, sagte Mr. Smith, »Anklage.«

»Es muß nicht unbedingt eine Anklage vorliegen. Sie setzen das Schlimmste voraus.«

»Warum ihn also gefangenhalten?«

»Ich weiß nichts von dem Fall. Ich nehme an, etwas soll untersucht werden.«

»Dann muß er einem Richter vorgeführt und nach Kautionsstellung freigelassen werden. Ich werde gern eine Kaution in jeder vernünftigen Höhe stellen.«

»Kaution?« sagte der Minister. »Kaution?« Er wandte sich mit einer hilfesuchenden Geste seiner Zigarre an mich. »Was ist Kaution?«

»Eine Art Geschenk an den Staat, falls ein Gefangener sich zur Verhandlung nicht einfindet. Es kann ein ganz ansehnlicher Betrag sein«, sagte ich verlockend.

»Sie haben wohl von *Habeas Corpus* gehört«, sagte Mr. Smith.

»Ja, ja. Natürlich. Aber ich habe so viel von meinem Latein vergessen. Virgil. Homer. Ich bedaure oft, daß mir keine Zeit mehr zum Studium bleibt.«

Ich sagte zu Mr. Smith: »Die Grundlage des Rechtes ist hier angeblich der *Code Napoléon.*«

»Der *Code Napoléon?*«

»Es bestehen gewisse Unterschiede zum angelsächsischen Recht. *Habeas Corpus* ist einer davon.«

»Gewiß muß doch gegen einen Menschen die Anklage erhoben werden.«

»Ja. Zu irgendeinem Zeitpunkt.« Ich sprach rasch auf französisch zu dem Minister. Mr. Smith verstand wenig Französisch, obwohl Mrs. Smith bis zur vierten Lektion in Hugos Lehrbuch vorgedrungen war. Ich sagte: »Ich glaube, hier wurde ein politischer Fehler gemacht. Der Präsidentschaftskandidat ist ein persönlicher Freund dieses Mr. Jones. Sie sollten ihn nicht vor den Kopf stoßen, so kurz vor Ihrem Besuch in New York. Sie kennen die Bedeutung, die in demokratischen Ländern auf ein gutes Einvernehmen mit der Opposition gelegt wird. Ich meine, falls die Sache nicht von wirklich großer Wichtigkeit ist, sollten Sie Mr. Smith seinen Freund besuchen lassen.

Sonst wird er zweifellos glauben, er sei – vielleicht – schlecht behandelt worden.«

»Spricht Mr. Smith Französisch?«

»Nein.«

»Sehen Sie, es besteht immer die Möglichkeit, daß die Polizei ihre Instruktionen überschritten haben mag. Ich möchte nicht, daß Mr. Smith einen schlechten Eindruck von unserem Polizeiverfahren erhält.«

»Könnten Sie nicht zuerst einen zuverlässigen Arzt hinschicken – um ihn etwas in Ordnung zu bringen?«

»Natürlich wäre da nichts wirklich zu verbergen. Es kommt nur vor, daß sich ein Gefangener manchmal schlecht aufführt. Ich bin sicher, selbst in Ihrem Land . . .«

»Dann können wir uns darauf verlassen, daß Sie Ihrem Kollegen ein paar Worte sagen? Ich würde vorschlagen, daß Mr. Smith einen kleinen Betrag – in Dollar natürlich, nicht in Gourdes – bei Ihnen hinterlegt, für irgendwelche Schäden, die Mr. Jones einem Polizisten zugefügt haben könnte.«

»Ich will tun, was ich kann. Solange der Präsident nicht verwickelt ist. In dem Fall kann keiner von uns etwas tun.«

»Nein.«

Über seinem Kopf hing das Porträt von Papa Doc – das Porträt des Baron Samedi. Im schweren schwarzen Frack der Friedhöfe blickte er aus kurzsichtigen und ausdruckslosen Augen durch die dicken Linsen seiner Brille auf uns herab. Einem Gerücht zufolge beobachtete er zuweilen persönlich das langsame Sterben eines Tonton-Opfers. Seine Augen veränderten dann wohl ihren Ausdruck nicht. Wahrscheinlich war sein Interesse am Tod rein medizinisch.

»Geben Sie mir zweihundert Dollar«, sagte ich zu Mr. Smith. Er nahm zwei Hundertdollar-Scheine aus seiner

Brieftasche. Ich sah, daß er in der anderen Tasche eine Fotografie seiner in ihre Reisedecke gehüllten Frau trug. Ich legte die Banknoten auf den Tisch des Ministers; mir schien, er betrachtete sie mit einem leicht abschätzigen Blick, doch ich konnte wirklich nicht glauben, daß Mr. Jones viel mehr wert war als das. An der Tür wandte ich mich um: »Und Doktor Philipot«, fragte ich, »ist er im Augenblick hier? Ich möchte gern etwas über mein Hotel mit ihm besprechen – einen Kanalisationsplan.«

»Ich glaube, er ist im Süden, in Les Cayes, wegen eines Projekts für ein Krankenhaus.« Haiti war ein gutes Land für Projekte. Projekte bedeuteten immer Geld für die Projektemacher, solange sie nicht in Angriff genommen wurden.

»Wir werden also von Ihnen hören?«

»Natürlich. Natürlich. Aber ich kann nichts versprechen.« Er war jetzt ein wenig brüsk. Ich habe häufig festgestellt, daß eine Bestechungssumme (es war natürlich keine direkte Bestechung) diese Folge hat – sie verändert die Beziehung. Ein Mensch, der einen anderen bestechen will, verliert etwas von seiner Würde: ist der Betrag einmal angenommen, dann wird er der Schwächere, wie ein Mann, der eine Frau bezahlt. Vielleicht hatte ich einen Fehler gemacht. Vielleicht hätte ich Mr. Smith als unbestimmte Drohung bestehen lassen sollen. Der Erpresser behält seine Überlegenheit.

4

Gleichwohl erwies sich der Minister als ein Mann, der zu seinem Wort steht: nach angemessener Zeit wurde uns gestattet, den Gefangenen zu besuchen.

Am nächsten Nachmittag auf der Polizei war der Kommissar die wichtigste Figur, viel wichtiger als der Sekretär des Ministers, der uns dorthin begleitete. Dieser versuchte vergeblich den Blick des großen Mannes auf sich zu lenken, und mußte mit all den anderen Bittstellern vor dem Schalter warten, bis er drankam. Mr. Smith und ich saßen unter den Schnappschüssen von den toten Rebellen, die nach all diesen Monaten immer noch an der Wand dahinwelkten. Mr. Smith sah sie an und blickte rasch wieder fort. In einem kleinen Raum uns gegenüber saß ein großer Neger in einem eleganten Zivilanzug; er hatte die Füße auf dem Schreibtisch und starrte uns ununterbrochen durch seine dunklen Gläser an. Vielleicht war es meine Angst, die ihm einen Ausdruck abstoßender Grausamkeit verlieh.

»Er wird sich noch an uns erinnern«, sagte Mr. Smith lächelnd.

Der Mann wußte, daß wir von ihm gesprochen hatten. Er drückte auf eine Klingel auf seinem Schreibtisch, und ein Polizist trat ein. Ohne seine Füße zu bewegen oder seinen Blick von uns abzuwenden, stellte er eine Frage, und der Polizist sah uns an und antwortete, und das lange Starren ging weiter. Ich wandte den Kopf ab, doch nach einer kleinen Weile blickte ich unweigerlich wieder in die zwei schwarzen runden Linsen. Sie waren wie Ferngläser, durch welche er die Lebensgewohnheiten zweier unbedeutender Tiere beobachtete.

»Ein scheußlicher Kerl«, sagte ich voll Unbehagen. Dann bemerkte ich, daß Mr. Smith auf ihn zurückstarrte. Der schwarzen Gläser wegen konnte man nicht sagen, wie oft der Mann zwinkerte; er hätte ebensogut die Augen schließen und sie ausruhen können, ohne daß wir es wußten, dennoch war es Mr. Smith' blauer, mitleidloser Blick, der schließlich obsiegte. Der Mann stand auf und schloß die Tür seines Büros. »Bravo«, sagte ich.

»Auch ich werde mich an ihn erinnern«, sagte Mr. Smith.

»Er leidet wahrscheinlich an zuviel Magensäure.«

»Das ist höchst wahrscheinlich, Mr. Brown.«

Wir mußten über eine halbe Stunde dort gesessen haben, bevor der Sekretär des Außenministers die Aufmerksamkeit auf sich lenkte. In einer Diktatur kommen und gehen die Minister; in Port-au-Prince hatten bloß der Polizeichef, das Haupt der Tontons Macoute, und der Kommandant der Palastwache einige Beständigkeit – sie allein konnten ihren Untergebenen Sicherheit bieten. Der Sekretär des Ministers wurde von dem Kommissar wie ein kleiner Junge entlassen, der zum Einkaufen ausgeschickt wird, und ein Korporal führte uns den langen Gang die Zellen entlang, die wie eine Menagerie rochen.

Jones saß auf einem umgestürzten Eimer neben einem Strohsack. Sein Gesicht war kreuz und quer mit Pflastern bedeckt und sein rechter Arm mit einer Schlinge am Körper befestigt. Man hatte ihn so gut wie möglich in Ordnung gebracht, aber auf sein linkes Auge hätte man noch rohes Fleisch auflegen sollen. Seine zweireihige Weste sah durch einen kleinen rostroten Blutfleck noch auffallender aus als sonst. »Sieh mal an«, so begrüßte er uns mit frohem Lächeln, »wer da kommt!«

»Sie haben sich wohl Ihrer Festnahme widersetzt«, sagte ich.

»Das sagen die«, erwiderte er munter. »Haben Sie eine Zigarette?«

Ich gab ihm eine.

»Sie haben nicht zufällig eine Filter?«

»Nein.«

»Na schön, einem geschenkten Gaul ... Heute früh war mir schon, als habe die Sache eine Wendung zum Besseren genommen. Zu Mittag hat man mir Bohnen gegeben, und ein Arzt kam und bearbeitete mich.«

»Wie lautet Ihre Anklage?« fragte Mr. Smith.

»Anklage?« Er schien über das Wort genauso erstaunt wie der Außenminister.

»Was sollen Sie denn angestellt haben, Mr. Jones?«

»Ich hatte kaum die Möglichkeit, irgendwas anzustellen. Ich bin nicht mal bis zum Zoll gekommen.«

»Aber es muß doch ein Grund vorliegen? Vielleicht eine Verwechslung?«

»Man hat mir das noch nicht sehr genau erklärt.« Er berührte sein Auge mit Vorsicht. »Ich sehe wohl ein wenig mitgenommen aus?«

»Soll das ein Bett sein?« fragte Mr. Smith empört.

»Ich habe an übleren Orten geschlafen.«

»Wo? Man kann sich kaum denken . . .«

Er sagte unbestimmt und nicht eben überzeugend: »Ach, im Krieg, wissen Sie.« Dann fügte er hinzu: »Ich glaube, der Fehler war, daß ich die falsche Empfehlung hatte. Ich weiß, Sie haben mich gewarnt, aber ich dachte, Sie übertreiben – wie der Zahlmeister.«

»Von wem hatten Sie die Empfehlung?« fragte ich.

»Von jemandem, den ich in Léopoldville traf.«

»Was haben Sie denn in Léopoldville gemacht?«

»Es war vor mehr als einem Jahr. Ich komme ziemlich viel herum.« Ich hatte den Eindruck, daß die Zelle bedeutungslos für ihn war, wie einer der unzähligen Flughäfen auf einer langen Route.

»Wir müssen Sie hier herausbekommen«, sagte Mr. Smith. »Mr. Brown hat Ihren Botschafter informiert. Wir haben beide mit dem Außenminister gesprochen. Wir haben Kaution für Sie gestellt.«

»Kaution?« Er hatte mehr Sinn für Realität als Mr. Smith. Er sagte: »Ich will Ihnen sagen, was Sie für mich tun können, wenn Sie nichts dagegen haben. Natürlich zahle ich's Ihnen später zurück. Geben Sie dem Kommissar im Hinausgehen zwanzig Dollar.«

»Natürlich«, sagte Mr. Smith, »wenn Sie glauben, daß es irgendwas hilft.«

»Ach, es wird schon helfen. Dann ist da noch etwas – ich

muß die Sache mit meinem Empfehlungsschreiben in Ordnung bringen. Haben Sie ein Stück Papier und eine Feder?«

Mr. Smith stellte sie ihm zur Verfügung, und Jones begann zu schreiben. »Sie haben nicht vielleicht einen Umschlag?«

»Leider nicht.«

»Dann formuliere ich es lieber etwas anders.« Er zögerte einen Augenblick und fragte mich dann: »Was heißt Fabrik auf französisch?«

»Usine.«

»Ich war nie sehr gut in Fremdsprachen, aber etwas Französisch hab ich aufgeschnappt.«

»In Léopoldville?«

»Geben Sie das dem Kommissar und bitten Sie ihn, es weiterzuleiten.«

»Kann er lesen?«

»Ich glaube schon.« Er stand auf, gab die Feder zurück und sagte höflich, wie um uns zu verabschieden: »Nett von euch Leutchen, gekommen zu sein.«

»Haben Sie eine andere Verabredung?« fragte ich ihn ironisch.

»Ehrlich gesagt, machen sich diese Bohnen bemerkbar. Ich habe eine Verabredung mit dem Eimer. Wenn einer von Ihnen noch etwas Papier ubrig hat . . .«

Wir brachten zusammen drei alte Umschläge auf, eine bestätigte Rechnung, ein bis zwei Seiten aus Mr. Smith' Notizbuch und einen Brief an mich, den ich zerrissen zu haben glaubte; er war von einem Grundstücksmakler in New York, der bedauerte, augenblicklich leider keine Klienten zu haben, die an dem Ankauf von Hotels in Port-au-Prince interessiert seien.

»Was der Bursche für Schwung hat!« rief Mr. Smith draußen auf dem Korridor. »Das hat euch Leute sicher durch den ›Blitz‹ geführt. Den kriege ich hier heraus, und wenn ich zum Präsidenten selbst gehen muß.«

Ich blickte auf das Stück Papier in meiner Hand. Ich kannte den Namen, der da stand. Es war der eines Offiziers bei den Tontons Macoute. Ich sagte: »Ich weiß nicht, ob wir uns noch weiter auf die Sache einlassen sollen.«

»Wir haben uns schon auf sie eingelassen«, sagte Mr. Smith voll Stolz, und ich wußte, daß seine Gedanken auf große Begriffe gerichtet waren, die ich nicht anzuerkennen vermochte, wie Menschheit, Gerechtigkeit und die Suche nach dem Glück. Nicht umsonst war er Präsidentschaftskandidat gewesen.

Fünftes Kapitel

I

Anderntags wurde ich durch alle möglichen Dinge von Jones abgelenkt, aber Mr. Smith vergaß ihn wohl keinen Augenblick. Ich sah ihn um sieben Uhr früh im Schwimmbad auf und ab ziehen, doch half ihm diese langsame Bewegung – vom tiefen Ende zum seichten und wieder zurück – vermutlich beim Nachdenken. Nach dem Frühstück schrieb er eine Reihe von Briefen, die Mrs. Smith mit zwei Fingern auf einer kleinen Corona für ihn abtippte, und expedierte sie dann durch Joseph in einem Taxi. Ein Brief ging an seine Botschaft, ein anderer an den neuen Wohlfahrtsminister, dessen Ernennung an jenem Morgen in Petit Pierres Zeitung bekanntgegeben worden war. Für einen Mann seines Alters hatte er eine ungeheure Energie, und ich bin sicher, daß ihm der Gedanke an Jones, der in seiner Zelle auf dem Eimer saß, nie aus dem Sinn kam, während er sich mit dem vegetarischen Zentrum beschäftigte, das eines Tages den haitischen Volkscharakter von Übersäuerung und Leidenschaft befreien sollte. Gleichzeitig plante er einen Artikel über seine Reisen, den er der Zeitung seiner Heimatstadt versprochen hatte – es erübrigt sich, zu erwähnen, daß es ein demokratisches, negerfreundliches und dem Vegetarismus wohlgeneigtes Blatt war. Am Vortag hatte er mich gebeten, sein Manuskript auf Fehler bezüglich Tatsachen hin zu prüfen. »Meine Ansichten behalte ich mir natürlich vor«, fügte er mit dem verschrobenen Lächeln eines Pioniers hinzu.

Meine erste Ablenkung kam früh, bevor ich noch aufgestanden war: Joseph klopfte an die Tür, um mir zu sagen, daß man entgegen aller Wahrscheinlichkeit Doktor Philipots Leiche bereits gefunden hatte; infolgedessen hatten mehrere Leute ihre Häuser verlassen und in der venezolanischen Botschaft Zuflucht gesucht, darunter ein dort zuständiger Polizeichef, ein Vize-Postmeister und ein Lehrer (niemand wußte, welche Beziehungen sie zu dem früheren Minister unterhalten hatten). Es hieß, Doktor Philipot habe sich umgebracht, aber natürlich wußte niemand, wie die Behörden seinen Tod auslegen würden – vielleicht als politischen Mord, der von der Dominikanischen Republik aus angestiftet worden war? Es hieß, der Präsident sei wütend. Er hatte Doktor Philipot, der sich kürzlich eines Abends, wie man sagte, unter dem Einfluß von Rum über die medizinischen Kenntnisse Papa Docs lustig gemacht habe, unbedingt in die Hände bekommen wollen. Ich schickte Joseph auf den Markt, um alle erreichbare Information zu sammeln.

Meine zweite Ablenkung war die Nachricht, daß Angel, das Kind, an Mumps erkrankt war – er leide starke Schmerzen, schrieb mir Martha (und ich konnte den Wunsch nach einer weiteren Steigerung nicht unterdrükken). Sie fürchtete sich, die Botschaft zu verlassen, für den Fall, daß er nach ihr verlangte, und so war es ihr unmöglich, mich heute abend, wie besprochen, beim Kolumbus-Denkmal zu treffen. Es bestehe aber kein Grund, schrieb sie, warum ich nach meiner langen Abwesenheit nicht in der Botschaft vorsprechen sollte – es würde ganz natürlich aussehen. Viele Leute legten jetzt, da das Ausgehverbot aufgehoben war, besonderen Wert darauf, sich dort zu zeigen, sofern sie der Aufmerksamkeit des Polizisten am Tor entgehen konnten – und der trank gewöhnlich um neun in der Küche einen Rum. Sie nahm an, man treffe allseits Vorbereitungen für den Fall, daß man eines Tages eilig politisches Asyl in der Botschaft suchen müsse. Am Schluß des Briefes schrieb sie noch: »Luis wird sich freuen. Er ist besonders an Dir interessiert« – ein Satz, den man zweifach auslegen konnte.

Joseph kam nach dem Frühstück zu mir ins Büro, als ich gerade Mr. Smith' Artikel las, um mir die ganze Geschichte von der Entdeckung der Leiche Doktor Philipots zu erzählen, soweit sie jetzt den Budenbesitzern am Markt, wenn auch noch nicht der Polizei, bekannt war. Eine Chance von tausend zu eins hatte die Polizei zu der Leiche geführt, von der Doktor Magiot und ich angenommen hatten, sie würde wochenlang im Garten des ehemaligen Astrologen versteckt bleiben. Eine groteske Chance: die Geschichte machte es schwer für mich, Mr. Smith' Manuskript genügend Aufmerksamkeit zu schenken. Einer der Milizsoldaten an der Straßensperre unterhalb des Hotels hatte an einer Bäuerin Gefallen gefunden, die früh an jenem Morgen auf dem Weg zum großen Markt in Kenscoff war. Er wollte sie nicht vorbeilassen und behauptete, sie habe etwas unter ihren vielen Unterröcken verborgen. Sie erbot sich, ihm zu zeigen, was sie dort hatte, und sie gingen zusammen den Seitenpfad hinunter in den verlassenen Garten des ehemaligen Astrologen. Sie hatte es eilig, den langen Weg nach Kenscoff hinter sich zu bringen, ging also rasch auf die Knie, lüftete die Unterröcke, bettete den Kopf auf den Boden und starrte auch schon in die aufgerissenen, verglasten Augen des ehemaligen Wohlfahrtsministers. Sie erkannte ihn, weil er in der Zeit, bevor er zu politischer Macht gekommen war, ihre Tochter bei einer schwierigen Niederkunft betreut hatte.

Der Gärtner stand draußen vor dem Fenster, darum versuchte ich, nicht allzu großes Interesse an Josephs Bericht an den Tag zu legen. Statt dessen blätterte ich eine Seite in Mr. Smith' Artikel um. »Mrs. Smith und ich«, so schrieb er da, »verließen Philadelphia mit großem Bedauern, nachdem wir bei den Henry S. Ochs' eingeladen waren, die vielen Lesern um ihrer gastfreundlichen Neujahrsgesellschaften willen noch in Erinnerung sein werden, aus der Zeit, da sie in der Chestnut Avenue Nr. 3275 wohnten; aber der Schmerz, unsere guten Freunde verlassen zu haben, wurde bald von dem Vergnügen abgelöst, neue Freundschaften auf dem Dampfschiff »Medea« zu schließen ...«

»Warum sind sie denn zur Polizei gegangen?« fragte ich. Es wäre nur natürlich gewesen, wenn das Paar sich nach der Entdeckung fortgeschlichen und nichts weiter gesagt hätte.

»Sie so laut schreit, der andere Milizsoldat kommt.«

Ich überschlug eine oder zwei Seiten von Mr. Smith' Manuskript und kam zur Ankunft der »Medea« in Port-au-Prince. »Eine schwarze Republik – und eine schwarze Republik mit einer Geschichte, einer Kunst und einer Literatur! Es war mir, als sähe ich vor mir die Zukunft all der neuen afrikanischen Republiken, nachdem sie ihre Kinderkrankheiten hinter sich gebracht haben.« (Ich bin sicher, er hatte nicht die Absicht, pessimistisch zu erscheinen.) »Gewiß muß selbst hier noch eine ganze Menge getan werden. Haiti hat Erfahrungen mit der Monarchie, der Demokratie und der Diktatur gemacht, aber wir dürfen eine farbige Diktatur nicht so beurteilen wie eine weiße. Haitis Geschichte besteht erst seit wenigen Jahrhunderten, und wenn wir nach zweitausend Jahren Fehler begangen haben, um wieviel mehr Recht haben diese Leute auf ähnliche Fehler und darauf, vielleicht mehr aus ihnen zu lernen als wir? Es gibt hier Armut, es gibt Bettler auf den Straßen, es gibt einige Beweise für die Willkür der Polizei« – (er hatte Mr. Jones in seiner Zelle nicht vergessen) –, »aber ich frage mich, ob ein Farbiger, der zum ersten Mal in New York an Land geht, mit der gleichen Höflichkeit und freundlichen Hilfe aufgenommen würde, wie Mrs. Smith und ich sie im Einwanderungsamt von Port-au-Prince erfuhren.« Es kam mir vor, als läse ich von einem anderen Land.

Ich sagte zu Joseph: »Was machen sie mit der Leiche?«

Die Polizei wolle sie behalten, sagte er, aber die Kühlanlage in der Totenkammer funktioniere nicht.

»Weiß Madame Philipot schon davon?«

»O ja, sie hat ihn bei Monsieur Hercule Duponts Leichenbestattung. Ich glaube, man begräbt ihn, rasch, rasch.«

Ich konnte nicht umhin, für Doktor Philipots letzte Riten einige Verantwortung zu empfinden – schließlich war er in meinem Hotel gestorben. »Laß mich wissen, was geplant wird«, sagte ich zu Joseph und wandte mich wieder Mister Smith' Geschichte zu.

»Daß ich als unbekannter Ausländer an meinem ersten Tag in Port-au-Prince ein Interview mit dem Außenminister erhielt, war ein weiteres Beispiel für das erstaunliche Entgegenkommen, auf das ich hier überall gestoßen bin. Der Außenminister war im Begriff, nach New York abzureisen, um dort an einer Sitzung der Vereinten Nationen teilzunehmen, schenkte mir aber trotzdem eine halbe Stunde seiner wertvollen Zeit und ermöglichte es mir durch sein persönliches Eingreifen bei dem Innenminister, einen Engländer im Gefängnis aufzusuchen, einen Mitreisenden auf der »Medea«, der unglückseligerweise auf Grund eines bürokratischen Mißgriffs – wie er auch in älteren Ländern als Haiti vorkommen kann – von den Behörden beanstandet worden war. Ich verfolge diesen Fall, habe aber keine Angst vor dem Ergebnis. Zwei Eigenschaften, die ich bei meinen farbigen Freunden stets tief verwurzelt gefunden habe – mögen sie in der relativen Freiheit New Yorks leben oder unter der unverhüllten Tyrannei von Tennessee –, sind ihre Achtung vor der Gerechtigkeit und ihr Gefühl für Menschenwürde.« Wenn man Mr. Churchills Prosaschriften liest, merkt man, daß sich hier ein Redner an ein historisches Parlament wendet; als ich Mr. Smith las, mußte ich an einen Vortrag im Rathaussaal einer Provinzstadt denken. Ich fühlte mich umgeben von wohlwollenden Damen mittleren Alters; sie trugen alle Hüte und hatten fünf Dollar für irgendein gutes Werk bezahlt.

»Ich freue mich darauf«, fuhr Mr. Smith fort, »den neuen Wohlfahrtsminister kennenzulernen und mit ihm das Thema zu erörtern, das die Leser dieser Zeitung schon seit langem als meine kleine Marotte kennen – die Schaffung eines vegetarischen Zentrums. Leider befindet sich Doktor Philipot, der frühere Minister, an den ich ein persönliches Empfehlungsschreiben von einem haitischen Diplomaten bei den Vereinten Nationen besitze, im Augenblick nicht in Port-au-Prince, aber ich kann meinen Lesern versichern, daß meine Begeisterung mich alle Hindernisse überwinden lassen und, wenn nötig, bis zum Präsidenten selbst führen wird. Ich kann bei ihm auf freundliche Anteilnahme rechnen, denn er hatte sich, bevor er die politische Laufbahn einschlug, besondere Lorbeeren als Arzt während der großen Typhus-Epidemie verdient. Wie Mr. Kenyatta, der Premierminister von

Kenia, hat er seine Schlagkraft auch als Anthropologe bewiesen.« (»Schlagkraft« war noch eine Untertreibung – ich dachte an Josephs verkrüppelte Beine.)

Am späteren Vormittag trat Mr. Smith schüchtern bei mir ein, um zu hören, was ich von seinem Artikel halte. »Er dürfte den Behörden gefallen«, sagte ich.

»Sie werden ihn nie lesen. Das Blatt hat außerhalb Wisconsins keine Verbreitung.«

»Ich würde nicht damit rechnen, daß sie ihn nicht lesen. Heutzutage werden hier nicht viele Briefe ins Ausland geschickt. Man kann sie leicht zensurieren, wenn man will.«

»Sie meinen, man wird ihn öffnen?« fragte er ungläubig, fügte aber rasch hinzu: »Nun schön, man weiß, daß so etwas sogar in den Vereinigten Staaten passiert.«

»Wenn ich Sie wäre – bloß zur Vorsicht –, würde ich jeden Hinweis auf Doktor Philipot unterlassen.«

»Ich habe doch nichts Unrechtes gesagt.«

»Man dürfte in seinem Fall jetzt etwas empfindlich sein. Sie müssen wissen: er hat sich umgebracht.«

»Ach, der arme, arme Mann«, rief Mr. Smith aus. »Was, um Himmels willen, kann ihn dazu getrieben haben?«

»Angst.«

»Hat er etwas Böses getan?«

»Wer hat das nicht? Er hat schlecht vom Präsidenten geredet.« Die alten blauen Augen wendeten sich ab. Er war entschlossen, einem Fremden gegenüber keine Zweifel zu zeigen – einem weißen Mitmenschen von der Sklavenhalter-Rasse. Er sagte: »Ich möchte seine Witwe sehen – vielleicht kann ich irgendwie helfen. Mrs. Smith und ich sollten zumindest Blumen schicken.« Wie sehr er auch seine Schwarzen liebte, er lebte in einer Welt der Weißen; er kannte keine andere.

»Das täte ich nicht an Ihrer Stelle.«

»Warum nicht?«

Ich verzweifelte an der Möglichkeit, es ihm zu erklären. In diesem Augenblick, wie das Pech es wollte, trat Joseph ein. Die Leiche habe die Bestattungsfirma des Monsieur Dupont bereits verlassen; man schaffe den Sarg zur Beisetzung nach Pétionville hinauf und sei an der Straßensperre unterhalb des Hotels angelangt.

»Die scheinen es eilig zu haben.«

»Sie sehr besorgt«, erklärte Joseph.

»Jetzt ist doch keine Angst mehr nötig«, sagte Mr. Smith.

»Außer vor der Hitze«, meinte ich.

»Ich werde mich dem Leichenzug anschließen«, sagte Mister Smith.

»Lassen Sie sich's nur ja nicht einfallen.«

Plötzlich merkte ich, welchen Zorn diese blauen Augen auszustrahlen vermochten. »Mr. Brown, Sie sind nicht mein Aufpasser. Ich werde jetzt Mrs. Smith rufen, und wir beide werden ...«

»Lassen Sie wenigstens Ihre Frau daheim. Wissen Sie wirklich nicht, welche Gefahr ...« Und bei diesem gefährlichen Wort »Gefahr« kam Mrs. Smith herein.

»Was für eine Gefahr?« wollte sie wissen.

»Liebste, der arme Doktor Philipot, an den wir eine Empfehlung hatten, hat sich umgebracht.«

»Warum?«

»Die Gründe scheinen nicht klar zu sein. Man schafft ihn zur Bestattung nach Pétionville. Ich glaube, wir sollten mit im Leichenzug gehen. Joseph, bitte, *s'il vous plaît,* ein Taxi ...«

»Von welcher Gefahr haben Sie gesprochen?« fragte Mrs. Smith.

»Begreift denn keiner von Ihnen, was für ein Land das ist? Hier kann alles passieren.«

»Mr. Brown findet, Liebste, ich solle allein hingehen.«

»Ich finde, keiner von Ihnen sollte hingehen«, sagte ich. »Es wäre Wahnsinn.«

»Aber – Mr. Smith hat es Ihnen doch gesagt – wir hatten ein Empfehlungsschreiben an Doktor Philipot. Er ist der Freund eines Freundes.«

»Es wird als politische Geste aufgefaßt werden.«

»Mr. Smith und ich haben uns nie vor politischen Gesten gefürchtet. Liebster, ich habe ein dunkles Kleid ... gib mir zwei Minuten Zeit.«

»Er kann Ihnen nicht mal eine Minute geben«, sagte ich. »Horchen Sie!« Selbst in meinem Büro konnten wir den Klang von Stimmen auf dem Hügel hören, aber es kam mir nicht wie der Lärm bei einem gewöhnlichen Begräbnis vor. Weder war das die wilde Musik bäuerlicher Pompes funèbres noch der nüchterne Ernst einer bürgerlichen Beisetzung. Die Stimmen klagten nicht; sie stritten, sie schrien. Der Schrei einer Frau erhob sich über dem Getöse. Bevor ich versuchen konnte, sie aufzuhalten, rannten Mr. und Mrs. Smith meine Zufahrtstraße hinunter. Der Präsidentschaftskandidat lag ein wenig voran. Vielleicht hielt er die Spitze, weil es sich so gehörte, nicht weil er der bessere Läufer war, denn Mrs. Smith war bestimmt besser in Form. Ich folgte ihnen langsam und mit einigem Widerstreben.

Das Hotel Trianon hatte Doktor Philipot im Leben und im Tode Schutz gewährt, aber wir waren ihn immer noch nicht los; dicht am Eingang zu meiner Auffahrt sah ich den Leichenwagen. Er hatte hier offenbar umgedreht, um Pétionville aufzugeben und den Rückzug in die Stadt anzutreten. Eine der hungrigen, herrenlosen Katzen, die sich am Ende dieser Straße häufig herumtrieben, war aus Angst vor der Invasion oben auf den Leichenwagen gesprungen, wo sie mit gekrümmtem Buckel zitternd hockte, wie vom Blitz getroffen. Niemand versuchte, sie wegzujagen – die Haitianer mochten wohl geglaubt haben, in ihr stecke die Seele des früheren Ministers.

Madame Philipot, die ich einmal bei einem Empfang auf einer Botschaft getroffen hatte, stand vor dem Leichenwagen und wollte den Fahrer am Kehrtmachen hindern. Sie war eine schöne Frau – noch keine Vierzig – mit olivenfarbener Haut, und sie stand mit ausgebreiteten Armen da wie ein schlechtes patriotisches Denkmal für einen vergessenen Krieg. Mr. Smith wiederholte immer und immer wieder: »Was ist da los?« Der Fahrer des Leichenwagens – ein schwarzes und kostspieliges Gefährt, mit den Emblemen des Todes verziert – drückte auf die Hupe; bisher hatte ich nie gewußt, daß Leichenwagen Hupen besitzen. Zwei Männer in schwarzen Anzügen, zu seinen beiden Seiten, stritten mit ihm; sie waren einem verfallenen Taxi entstiegen, das auch in meiner Zufahrt parkte, und auf der Straße stand ein zweites Taxi, in Richtung bergauf nach Pétionville, darin saß ein kleiner Junge, das Gesicht gegen das Fenster gepreßt. Das war der ganze Leichenzug.

»Was geht hier vor?« rief Mr. Smith in seiner Verzweiflung, und die Katze fauchte ihn vom Glasdach an.

Madame Philipot schrie dem Chauffeur *»Salaud«* und *»Cochon«* zu, dann richtete sie ihre Augen wie dunkle Blumen auf Mr. Smith. Sie hatte sein Englisch verstanden.

»Vous êtes américain?«

Mr. Smith erwiderte, indem er seine Französischkenntnisse fast bis zur äußersten Grenze anspannte: *»Oui.«*

»Dieses *cochon*, dieser *salaud*«, rief Madame Philipot und stand noch immer dem Leichenwagen im Weg. »Er will in die Stadt zurückfahren.«

»Warum denn?«

»Die Miliz an der Sperre weiter oben will uns nicht durchlassen.«

»Aber warum, warum?« wiederholte Mr. Smith voll Staunen, und die beiden Männer, die ihr Taxi auf meinem Weg zurückgelassen hatten, begannen entschlossen bergab zur Stadt zu gehen. Sie trugen Zylinder.

»Man hat ihn ermordet«, sagte Madame Philipot, »und jetzt will man ihm nicht einmal erlauben, sich auf unserem eigenen Stück Erde begraben zu lassen.«

»Das muß ein Mißverständnis sein«, sagte Mr. Smith. »Ganz gewiß.«

»Ich habe diesem *salaud* gesagt, er soll durch die Sperre fahren. Sollen sie doch schießen. Sollen sie auch noch seine Frau und sein Kind umbringen.« Mit unlogischer Verachtung setzte sie hinzu: »Wahrscheinlich haben sie überhaupt gar keine Kugeln für ihre Gewehre.«

»Maman, Maman«, rief das Kind aus dem Taxi.

»Chéri?«

»Tu m'as promis une glace à la vanille.«

»Attends un petit peu, chéri.«

Ich sagte: »Dann sind Sie durch die erste Sperre gekommen, ohne untersucht zu werden?«

»Ja, ja. Sie verstehen – mit etwas Geld.«

»Und oben auf der Straße wollte man kein Geld annehmen?«

Sie sagte: »Ach, er hatte seine Befehle. Er hatte Angst.«

»Das muß ein Mißverständnis sein«, sagte ich und wiederholte damit Mr. Smith' Worte, aber im Gegensatz zu ihm meinte ich die Bestechung, die oben abgelehnt worden war.

»Sie leben doch hier. Glauben Sie das wirklich?« Sie wandte sich an den Fahrer und sagte: »Also los. Die Straße hinauf. *Salaud.*« Die Katze, als bezöge sie die Beschimpfung auf sich, sprang auf den nächsten Baum; ihre Krallen scharrten an der Rinde, bis sie Halt fanden. Sie fauchte uns alle noch einmal voll hungrigen Hasses über die Schulter an und ließ sich dann in die Bougainvillea fallen.

Die beiden Männer in Schwarz kamen langsam über den Berg herauf. Sie blickten eingeschüchtert drein. Ich hatte inzwischen Zeit, mir den Sarg anzusehen – er war luxuriös, würdig des Leichenwagens, trug aber nur einen einzigen Kranz und eine einzige Schleife: dem früheren Minister war eine Beerdigung bestimmt, die fast so einsam war wie sein Tod. Die beiden Männer, die nun wieder bei uns standen, waren voneinander kaum zu unterscheiden, außer daß der eine um etwa einen Zentimeter kleiner war als der andere – vielleicht lag es auch nur an seinem Hut. Der Größere erklärte: »Wir waren bei der unteren Straßensperre, Madame. Die sagten dort, wir können mit dem Sarg nicht zurückkommen. Nicht ohne Bewilligung der Behörden.«

»Welcher Behörden?« fragte ich.

»Des Wohlfahrtsministers.«

Wie ein Mann blickten wir auf den schönen Sarg mit seinen gleißenden Messinggriffen.

»Da ist der Wohlfahrtsminister«, sagte ich.

»Nicht seit heute früh.«

»Sind Sie Monsieur Hercule Dupont?«

»Ich bin Monsieur Clément Dupont. Das ist Monsieur Hercule.« Monsieur Hercule lüftete seinen Zylinder und verbeugte sich tief.

»Was geht vor?« fragte Mr. Smith. Ich sagte es ihm.

»Das ist doch lächerlich«, unterbrach mich Mr. Smith. »Muß der Sarg hier so lange warten, bis irgendein idiotisches Mißverständnis beseitigt ist?«

»Ich fürchte fast, es war kein Mißverständnis.«

»Was sonst könnte es sein?«

»Rache. Es ist ihnen nicht gelungen, ihn lebendig zu fangen«, sagte ich zu Madame Philipot. »Die werden gleich kommen. Das ist sicher. Sie sollten lieber mit dem Kind ins Hotel gehen.«

»Und meinen Mann allein auf der Straße lassen? Nein.«

»Schicken Sie wenigstens Ihr Kind hin, Joseph wird ihm ein Vanilleeis geben.«

Die Sonne stand beinahe senkrecht über uns: Lichtpfeile schossen da und dort vom Glas des Wagens und dem hellen Messing des Sarges. Der Chauffeur stellte den Motor ab, und wir hörten, wie die Stille sich plötzlich weithin ausbreitete, bis zu einer Stelle am Stadtrand, wo ein Hund vor sich hin heulte.

Madame Philipot öffnete die Tür des Taxis und hob den kleinen Jungen heraus. Er war schwärzer als sie, und das Weiß seiner Augen war riesig wie zwei Eier. Sie sagte ihm, er solle Joseph suchen und sich ein Eis geben lassen, aber er wollte nicht gehen. Er klammerte sich an ihr schwarzes Kleid.

»Mrs. Smith«, sagte ich, »bringen Sie ihn ins Hotel.«

Sie zögerte und meinte: »Ich glaube, wenn es zu Unannehmlichkeiten kommt, sollte ich lieber bei Madame Phili – Phili – bleiben – willst du ihn nicht hinbringen, Liebster?«

»Und dich im Stich lassen, Liebste?« sagte Mr. Smith. »Nein.«

Ich hatte die Taxifahrer nicht beachtet, die regungslos im Schatten der Bäume saßen. Jetzt erwachten beide gleichzeitig zum Leben, als hätten sie während unseres Gesprächs Signale miteinander getauscht. Der eine fuhr seinen Wagen aus meiner Auffahrt hinaus, der andere wendete und folgte ihm. Mit knirschenden Gängen rasten beide nebeneinander wie klapprige Rennfahrer hinab gegen Port-au-Prince. Wir hörten die Taxis an der Straßensperre halten und dann wieder losfahren und in der Stille verhallen.

Monsieur Hercule Dupont räusperte sich. Er sagte: »Sie haben ganz recht, Monsieur Clément und ich werden das Kind hinbringen . . .« Jeder ergriff eine Hand, doch der kleine Junge versuchte, sich loszureißen.

»Geh doch, *chéri*«, sagte seine Mutter, »und hol dir ein Vanilleeis.«

»Avec de la crême au chocolat?«

»Oui, oui, bien sûr, avec de la crême au chocolat.«

Die drei waren ein seltsamer Zug, wie sie die Auffahrt unter den Palmen und zwischen der Bougainvillea hinaufgingen, bejahrte Zwillinge in Zylindern, in ihrer Mitte das Kind. Das Hotel Trianon war keine Botschaft, doch wahrscheinlich nahmen die Brüder Dupont an, es sei der nächstbeste Aufenthaltsort – ausländisches Eigentum. Auch der Fahrer des Leichenwagens, den wir ganz vergessen hatten, kletterte unvermittelt vom Sitz und lief den anderen nach. Madame Philipot, die Smiths und ich waren allein mit dem Leichenwagen und Sarg, und lauschten schweigend dem anderen Schweigen auf der Straße.

»Was geschieht jetzt?« fragte Mr. Smith nach einer Weile.

»Das liegt nicht bei uns. Wir warten. Das ist alles.«

»Worauf?«

»Auf sie.«

Unsere Lage gemahnte mich an jenen Kindheitsalptraum, wenn etwas langsam aus einem Wandschrank herauszutreten beginnt. Keinem von uns lag daran, den anderen ins Gesicht zu schauen und dort seine eigenen Angstträume widergespiegelt zu sehen; so blickten wir statt dessen durch die Glaswand des Leichenwagens auf den neuen glänzenden Sarg mit den Messinggriffen, der an all dem Ärger schuld war. Weit fort, in dem Land, zu dem der bellende Hund gehörte, nahm ein Wagen die erste Steigung des langen Abhanges. »Sie kommen«, sagte ich. Madame Philipot lehnte die Stirn an das Glas des Leichenwagens, und der Wagen fuhr langsam den Hügel bergan auf uns zu.

»Ich wollte, Sie gingen ins Hotel«, sagte ich zu ihr. »Es wäre besser für uns, wenn wir alle hineingingen.«

»Ich verstehe nicht«, sagte Mr. Smith. Er streckte die Hand aus und packte seine Frau am Handgelenk.

Der Wagen war an der Sperre unten stehengeblieben – wir konnten den Motor laufen hören; dann kam er langsam im ersten Gang herauf, und nun war er zu sehen, ein großer Cadillac aus den Tagen der amerikanischen Hilfsaktion für die Armen von Haiti. Er blieb vor uns stehen, und vier Männer stiegen aus. Sie trugen weiche Hüte und sehr dunkle Sonnenbrillen; sie hatten Revolver umgeschnallt, doch nur einer von ihnen nahm sich die Mühe, den Revolver herauszuziehen, und er richtete seinen Revolver nicht auf uns. Er trat an die Seite des Leichenwagens und begann, damit methodisch das Glas zu zerschlagen. Madame Philipot rührte sich nicht und sagte nichts, und ich konnte nichts dagegen tun. Mit vier Revolvern kann man sich auf keine Debatte einlassen. Wir waren Zeugen, aber es gab keinen Gerichtshof, der jemals unsere Aussage hören würde. Die Glaswand des Wagens war jetzt zerschlagen, doch der Führer brach mit seinem Revolver auch noch die angeschlagenen Ecken heraus. Er hatte keine Eile und wollte nicht, daß sich jemand die Hand verletze.

Mrs. Smith sprang plötzlich vor und packte den Tonton Macoute an der Schulter. Er wandte den Kopf, und ich erkannte ihn. Er war der Kerl, den Mr. Smith auf dem Polizeikommissariat so lange angestarrt hatte, bis er fortsah. Er befreite sich aus ihrem Griff und stieß ihr seine behandschuhte Hand fest und wohlgezielt ins Gesicht, so daß sie in die Bougainvillea-Büsche zurücktaumelte. Ich mußte meine Arme um Mr. Smith legen und ihn zurückhalten.

»Das kann man meiner Frau nicht antun«, schrie er über meine Schulter.

»O doch, man kann.«

»Lassen Sie mich los«, brüllte er und versuchte, sich zu

befreien. Ich habe niemals einen Menschen so plötzlich verwandelt gesehen. »Schwein«, brüllte er. Das war der ärgste Ausdruck, den er finden konnte, doch der Tonton Macoute sprach kein Englisch. Mr. Smith drehte und wand sich und hätte sich fast von mir befreit. Er war ein kräftiger alter Mann.

»Es würde niemandem etwas nützen, wenn man Sie erschießt«, sagte ich. Mrs. Smith saß zwischen den Büschen; endlich einmal in ihrem Leben sah sie erstaunt aus.

Sie hoben den Sarg aus dem Leichenwagen und trugen ihn zu ihrem Auto. Sie zwängten ihn in den Kofferraum, doch er ragte etwa einen Meter breit hervor; sie banden ihn also mit einem Strick fest und ließen sich dabei Zeit. Kein Grund zur Eile: sie waren sicher; sie waren das Recht. Madame Philipot ging mit einer Demut, die uns beschämte – aber es gab ja keine Wahl außer Demut oder Gewalt, und nur Mrs. Smith hatte es mit der Gewalt versucht –, hinüber zu dem Cadillac und flehte sie an, sie auch mitzunehmen. Ich entnahm es ihren Gesten; sie sprach zu leise, als daß ich hätte hören können, was sie sagte. Vielleicht bot sie ihnen Geld für ihren Toten an: in einer Diktatur besitzt man nichts, nicht einmal einen toten Gatten. Sie schlugen ihr die Tür vor der Nase zu und fuhren die Straße hinauf; dabei ragte der Sarg aus dem Kofferraum hervor wie eine Kiste Obst auf dem Weg zum Markt. Dann fanden sie einen Platz zum Wenden und kamen zurück. Mrs. Smith hatte sich wieder erhoben; wir standen in einer kleinen Gruppe und sahen schuldig drein. Ein unschuldiges Opfer sieht fast immer schuldig aus, wie der Sündenbock in der Wüste. Sie hielten den Wagen an, und der Offizier – ich nahm an, er sei der Offizier, denn die schwarzen Brillen und die weichen Hüte und die Revolver waren ihre einzige Uniform – schlug die Wagentür auf und winkte mich heran. Ich bin kein Held. Ich gehorchte und ging über die Straße zu ihm hinüber.

»Dieses Hotel gehört Ihnen, nicht wahr?«

»Ja.«

»Sie waren gestern auf dem Polizeikommissariat?«

»Ja.«

»Das nächstemal, wenn Sie mich sehen, starren Sie mich nicht an. Ich mag nicht, daß man mich anstarrt. Wer ist der alte Mann?«

»Der Präsidentschaftskandidat«, sagte ich.

»Was meinen Sie damit? Präsidentschaftskandidat – wo?«

»In den Vereinigten Staaten von Amerika.«

»Erlauben Sie sich keine Scherze mit mir.«

»Ich scherze nicht. Sie haben wohl die Zeitungen nicht gelesen.«

»Wozu ist er hergekommen?«

»Wie soll ich das wissen? Gestern hat er mit dem Außenminister gesprochen. Vielleicht hat er ihm den Grund gesagt. Er hofft, auch den Präsidenten zu sprechen.«

»In den Vereinigten Staaten sind jetzt keine Wahlen. Soviel weiß ich.«

»Es gibt dort keinen Präsidenten auf Lebenszeit wie hier. Dort sind alle vier Jahre Wahlen.«

»Was wollte er denn mit dieser – Kiste Abfall?«

»Er war bei der Bestattung seines Freundes Philipot.«

»Ich handle auf Befehl«, sagte er mit einem Anflug von Schwäche. Ich konnte verstehen, weshalb diese Leute dunkle Brillen trugen – sie waren auch nur Menschen, durften aber keine Furcht zeigen: das könnte den Terror bei den anderen beenden. Die Tontons Macoute im Wagen starrten mich ausdruckslos an wie schwarze Fetzenpuppen.

Ich sagte: »In Europa haben wir eine Menge Leute aufgehängt, die auf Befehl handelten. In Nürnberg.«

»Ich kann's nicht leiden, wie Sie mit mir reden«, sagte er. »Sie sind nicht aufrichtig. Sie haben eine niederträchtige Art. Sie haben doch einen Angestellten namens Joseph, nicht wahr?«

»Ja.«

»Ich erinnere mich gut an ihn. Ich habe mich einmal mit ihm beschäftigt.« Er verlieh dieser Tatsache Nachdruck. »Das ist also Ihr Hotel. Sie verdienen sich damit Ihr Leben.«

»Nicht mehr.«

»Der alte Mann wird bald wieder abreisen, aber Sie werden dableiben.«

»Es war ein Fehler von Ihnen, seine Frau zu schlagen«, sagte ich. »So etwas vergißt er nicht.« Er schlug die Tür wieder zu, und sie fuhren in dem Cadillac wieder bergab; wir konnten das Ende des Sarges auf uns deuten sehen, bis sie um die Ecke waren; dann erhöhte der Wagen seine Geschwindigkeit und raste gegen Port-au-Prince. Wohin in Port-au-Prince? Wem nützte schon die Leiche eines früheren Ministers? Ein Leichnam konnte nicht einmal mehr leiden. Doch Unvernunft kann schreckenerregender sein als Vernunft.

»Schändlich. Es ist schändlich«, sagte endlich Mr. Smith. »Ich werde den Präsidenten anrufen. Den Menschen hole ich mir . . .«

»Das Telefon funktioniert nicht.«

»Er hat meine Frau geschlagen.«

»Es ist nicht das erste Mal, Liebster«, sagte sie. »Und er hat mich auch nur gestoßen. In Nashville war es ärger.«

»In Nashville war es was anderes«, erwiderte er mit Tränen in der Stimme. Er hatte die Menschen um ihrer Hautfarbe willen geliebt und war tiefer von ihnen verraten worden als solche, die hassen. Er setzte hinzu: »Es tut mir leid, Liebste, daß ich Kraftausdrücke gebraucht habe ...« Er nahm ihren Arm, und Madame Philipot und ich folgten ihnen den Weg hinauf. Die Duponts saßen mit dem kleinen Jungen auf der Terrasse, und alle drei aßen Vanilleeis mit Schokoladen-Sauce. Ihre Zylinder standen neben ihnen wie kostspielige Aschenbecher.

Ich sagte ihnen: »Der Leichenwagen ist gerettet. Sie haben nur das Glas zerschlagen.«

»Vandalen«, sagte Monsieur Hercule, und Monsieur Clément legte ihm die beruhigende Hand des Leichenbestatters auf den Arm. Madame Philipot war jetzt ganz ruhig und tränenlos. Sie setzte sich neben ihr Kind und half ihm beim Verzehren seiner Eiscreme. Die Vergangenheit war vergangen, und die Zukunft saß hier neben ihr. Ich hatte das Gefühl, man würde, wenn die Zeit einmal gekommen war, nicht verabsäumen, ihn daran zu erinnern. Sie sprach nur noch einmal, bevor sie in dem Taxi fortfuhr, das Joseph ihr geholt hatte. »Eines Tages wird jemand eine Silberkugel finden.«

Die Duponts, für die kein Taxi da war, verließen uns in ihrem Leichenwagen, und ich blieb mit Joseph allein. Mr. Smith hatte Mrs. Smith in die John Barrymore-Suite gebracht, damit sie sich dort ausruhe. Er umflatterte sie, und sie ließ ihn gewähren. Ich sagte zu Joseph: »Was nützt ihnen denn ein Toter im Sarg? Haben sie vielleicht Angst, daß die Leute ihm Blumen aufs Grab legen? Das ist unwahrscheinlich. Er war kein böser Mensch, aber so gut war er auch wieder nicht. Die Wasserpumpen für die Elendsviertel sind nie weiter gediehen – da war wohl etwas von dem Geld in seine eigene Tasche geflossen.«

»Die Leute haben große Angst«, sagte Joseph, »wenn erfahren. Sie Angst, der Präsident nimmt auch ihre Leichen, wenn sterben.«

»Was macht ihnen das? Es bleibt ja nichts übrig als Haut und Knochen, und wozu braucht der Präsident denn überhaupt Leichen?«

»Die Leute sehr ungebildet«, sagte Joseph. »Sie glauben, der Präsident behalten Doktor Philipot im Keller im Palast und lassen arbeiten die ganze Nacht. Der Präsident großer Wudumann.«

»Baron Samedi?«

»Ungebildete Menschen sagen ja.«

»So daß ihn nachts niemand angreifen kann, weil die Zombie-Geister da sind und ihn beschützen? Die sind wohl besser als Wachsoldaten, besser als die Tontons Macoute?«

»Auch die Tontons Macoute Zombie-Geister. Das sagen ungebildete Menschen.«

»Aber was glaubst du, Joseph?«

»Ich ungebildeter Mensch, Sir«, sagte Joseph.

Ich ging nach oben zur John Barrymore-Suite und überlegte mir, während ich hinaufstieg, wo sie die Leiche hinwerfen würden – es gab eine Menge unfertiger Baustellen, und ein Gestank mehr fiel in Port-au-Prince niemandem auf. Ich klopfte an die Tür, und Mrs. Smith sagte: »Herein!«

Mr. Smith hatte einen kleinen tragbaren Paraffinbrenner auf der Kommode angezündet und kochte etwas Wasser ab. Daneben standen Tasse und Untertasse und ein Pappkarton mit der Aufschrift »Hefrol«. Er sagte: »Ich habe Mrs. Smith dazu gebracht, einmal nicht ihr Barmenol zu sich zu nehmen. Hefrol ist viel beruhigender.« An der Wand hing ein großes Porträt von John Barrymore, der mit noch mehr posiertem Aristokratenhochmut als sonst auf uns herabsah. Mrs. Smith lag auf dem Bett.

»Wie geht es Ihnen, Mrs. Smith?«

»Ausgezeichnet«, sagte sie betont.

»Ihrem Gesicht ist nichts anzusehen«, sagte Mr. Smith erleichtert.

»Ich sage dir doch die ganze Zeit, er hat mich nur gestoßen.«

»Eine Frau stößt man nicht.«

»Ich glaube, er hat nicht einmal sofort begriffen, daß ich eine Frau bin. Ich war – sozusagen – auf ihn losgegangen, das gebe ich zu.«

»Sie sind eine tapfere Frau, Mrs. Smith«, sagte ich.

»Lächerlich. Ich kann nur ein Paar billiger Sonnenbrillen durchschauen.«

»Sie hat das Herz einer Tigerin, wenn sie gereizt ist«, sagte Mr. Smith und rührte sein Hefrol um.

»Wie werden Sie den Vorfall in Ihrem Artikel behandeln?« fragte ich ihn.

»Ich habe mir das sehr genau überlegt«, sagte Mr. Smith. Er nahm einen Löffel Hefrol, um zu kosten, ob es die richtige Temperatur hatte. »Ich glaube, noch eine Minute, Liebste. Es ist noch etwas zu heiß. Ach ja, der Artikel. Es wäre unaufrichtig, scheint mir, den Vorfall ganz wegzulassen, trotzdem können wir kaum damit rechnen, daß die Leser die Sache richtig sehen. Mrs. Smith wird in Wisconsin sehr geachtet und geliebt, aber auch dort wird man Leute bereit finden, eine solche Geschichte auszunützen, um die Leidenschaften in der Rassenfrage zu entflammen.«

»Den weißen Polizeioffizier in Nashville hat keiner je erwähnt«, sagte Mrs. Smith. »Der hat mir zu einem blauen Auge verholfen.«

»Nach genauer Prüfung der Sachlage«, sagte Mr. Smith, »habe ich also beschlossen, den Artikel zu vernichten. Die Leute daheim werden eben auf Nachrichten von uns warten müssen – das ist alles. Vielleicht könnte ich den Vorfall später einmal erwähnen, in einem Vortrag, wenn Mrs. Smith gesund und munter an meiner Seite steht, um zu beweisen, daß es nicht sehr ernst war.« Er kostete noch einen Löffel Hefrol. »Jetzt, glaube ich, ist es kalt genug, Liebste.«

2

Ich ging an jenem Abend mit Widerstreben auf die Botschaft. Ich hätte es vorgezogen, Marthas übliche Umgebung nicht zu kennen. Dann wäre sie, wenn sie nicht bei mir war, in einem Vakuum verschwunden, wo ich sie vergessen konnte. Nun wußte ich genau, wohin sie ging, wenn ihr Wagen vom Kolumbus-Denkmal wegfuhr. Ich kannte die Vorhalle, die sie durchschritt, mit dem angeketteten Buch, in das die Besucher ihre Namen eintrugen, und den Salon, in den sie sodann trat, mit den tiefen Sesseln und Sofas und dem Glitzern der Lüster und der großen Fotografie des Generals Sowieso, ihres vergleichsweise wohlwollenden Präsidenten, der jeden Besucher, selbst mich, zu einem offiziellen Besucher machte. Zumindest war ich froh, daß ich nicht ihr Schlafzimmer gesehen hatte.

Als ich um halb neun eintraf, war der Botschafter allein – ich hatte ihn noch nie allein gesehen: er schien ein anderer Mensch. Er saß auf dem Sofa und blätterte im ›Paris-Match‹ wie ein Mann im Wartezimmer eines Zahnarztes. Ich erwog, mich selbst schweigend hinzusetzen und ›Jours de France‹ zur Hand zu nehmen, doch er kam mir mit seinem Gruß zuvor. Er zwang mich sogleich, etwas zu trinken, eine Zigarre anzunehmen ... Vielleicht war er ein einsamer Mensch. Was machte er, wenn es keine offizielle Gesellschaft gab und seine Frau mit mir verabredet war? Martha hatte gesagt, daß er mich mochte – dieser Gedanke half mir, ihn als Menschen zu sehen. Er erschien traurig und niedergeschlagen. Er schleppte sein Gewicht an Fleisch langsam wie eine schwere Last zwischen dem Tisch mit den Getränken und dem Sofa hin und her. Er sagte: »Meine Frau ist oben und liest meinem Jungen vor. Sie wird gleich da sein. Sie sagte schon, daß Sie vielleicht vorbeikämen.«

»Ich hatte gezögert, Sie aufzusuchen – Sie müssen doch froh sein, manchmal einen Abend für sich zu haben.«

»Ich bin immer froh, meine Freunde zu sehen«, sagte er und verfiel in Schweigen. Ich fragte mich, ob er etwas von unserer Beziehung ahnte oder gar wußte.

»Es tut mir leid, zu hören, daß Ihr Junge Mumps hat.«

»Ja. Er ist noch in der schmerzhaften Phase. Fürchterlich, nicht wahr, ein Kind leiden zu sehen.«

»Wahrscheinlich. Ich hatte nie ein Kind.«

»Ach.«

Ich blickte auf das Porträt des Generals. Mir war, als sollte ich wenigstens in einer kulturellen Mission hier sein. Er trug eine Reihe Orden und hielt die Hand am Knauf seines Säbels. »Wie fanden Sie New York?« fragte der Botschafter.

»Eigentlich unverändert.«

»Ich würde New York gern sehen. Ich kenne nur den Flughafen.«

»Vielleicht schickt man Sie eines Tages nach New York.« Es war ein unüberlegtes Kompliment; er hatte wenig Aussicht auf einen solchen Posten, wenn er in seinem Alter – das ich auf fast fünfzig schätzte – so lange in Port-au-Prince steckengeblieben war.

»O nein«, sagte er ernst, »dort kann ich nie hin. Sie verstehen – meine Frau ist Deutsche.«

»Ich weiß – aber heute ist das doch . . .«

Er sagte, als sei es ein natürliches Ereignis in unserer Art Welt: »Ihr Vater wurde in der amerikanischen Zone gehenkt. Während der Besetzung.«

»Ich verstehe.«

»Ihre Mutter brachte sie nach Südamerika. Sie hatten dort Verwandte. Natürlich war sie damals ein Kind.«

»Aber sie weiß es?«

»O ja. Sie weiß es. Es ist kein Geheimnis. Sie erinnert

sich mit zärtlichen Gefühlen an ihn, aber die Behörden hatten allen Grund ...«

Ich fragte mich, ob die Welt je wieder mit solcher Gelassenheit durch den Weltraum segeln würde, wie sie es vor hundert Jahren zu tun schien. Auch die Menschen der viktorianischen Zeit hatten ihr Gerippe im Schrank – aber wer schert sich heutzutage um ein bloßes Gerippe? Haiti war keine Ausnahme in einer sonst vernünftigen Welt: es war eine kleine Scheibe Alltäglichkeit, auf gut Glück abgeschnitten. Baron Samedi spukte auf allen unseren Friedhöfen herum. Ich erinnerte mich an den Gehenkten im Tarock. Es muß ein wenig seltsam sein, dachte ich mir, einen Sohn namens Angel zu haben, dessen Großvater gehenkt wurde. Und dann fragte ich mich, wie ich da empfinden würde ... Wir nahmen es nie sehr ernst mit Schutzmitteln, es konnte leicht geschehen, daß mein Kind – auch der Enkel einer Tarockkarte wäre.

»Schließlich sind die Kinder unschuldig«, sagte er. »Martin Bormanns Sohn ist jetzt Priester im Kongo.«

Warum aber, fragte ich mich, hatte er mir diese Tatsache über Martha mitgeteilt? Früher oder später verspürt man immer den Bedarf nach einer Waffe gegen die Geliebte; er hatte mir ein Messer zugesteckt, das ich gegen seine Frau richten konnte, wenn der Augenblick des Zornes kam.

Der Diener öffnete die Tür und ließ noch einen Besucher ein. Ich verstand den Namen nicht, doch als er über den Teppich heranwatschelte, erkannte ich den Syrer, von dem wir vor einem Jahr ein Zimmer gemietet hatten. Er lächelte mich wie ein Mitverschwörer an und sagte: »Natürlich kenne ich Mr. Brown gut. Ich wußte gar nicht, daß Sie zurück sind. Und wie fanden Sie New York?«

»Irgendwelche Neuigkeiten aus der Stadt, Hamit?« fragte der Botschafter.

»Die Venezolanische Botschaft hat einen neuen Flüchtling.«

»Eines Tages werden sie wohl alle zu mir kommen«, sagte der Botschafter, »aber das Unglück macht gesellig.«

»Heute früh ist eine schreckliche Sache passiert, Exzellenz. Man hat Doktor Philipots Leichenzug angehalten und den Sarg gestohlen.«

»Ich habe Gerüchte gehört. Ich hatte sie nicht geglaubt.«

»Sie sind wahr«, sagte ich. »Ich war dabei. Ich habe alles mitan –«

»Monsieur Henri Philipot«, kündigte der Diener an, und ein junger Mann, nach einer Kinderlähmung leicht hinkend, kam durch das Schweigen auf uns zu. Ich erkannte ihn. Er war der Neffe des früheren Ministers, und ich war ihm in glücklicheren Tagen begegnet, in einer kleinen Gruppe von Schriftstellern und Malern, die sich regelmäßig im Trianon versammelte. Ich erinnerte mich, daß er ein paar von seinen Gedichten vorgelesen hatte – wohlgesetzt, melodisch, ein wenig dekadent und *vieux jeu,* mit Nachklängen Baudelaires. Wie weit entfernt schienen jetzt diese Zeiten. Das einzige, was noch an sie gemahnte, war Josephs Rum-Punsch.

»Ihr erster Flüchtling, Exzellenz«, sagte Hamit. »Ich hatte Sie fast schon erwartet, Monsieur Philipot.«

»O nein«, sagte der junge Mann, »das nicht. Noch nicht. Ich höre, man muß sich verpflichten, wenn man ein Asyl in Anspruch nimmt, sich jeder politischen Betätigung zu enthalten.«

»Was für eine politische Betätigung haben Sie denn vor?« fragte ich.

»Ich lasse etwas Familiensilber einschmelzen.«

»Das verstehe ich nicht«, sagte der Botschafter. »Nehmen Sie eine von meinen Zigarren, Henri. Es sind echte Havannas.«

»Meine liebe und schöne Tante spricht von einer Silberkugel. Aber eine Kugel kann danebengehen. Ich glaube, wir brauchen eine ganze Menge. Außerdem haben wir es mit drei Teufeln zu tun, und nicht mit einem. Papa Doc, dem Führer der Tontons Macoute und dem Oberst der Palastgarde.«

»Es ist nur gut«, sagte der Botschafter, »daß man mit amerikanischer Hilfe Waffen und nicht Mikrophone gekauft hat.«

»Wo waren Sie heute morgen?« fragte ich.

»Ich kam zu spät zum Begräbnis aus Cap Haitien. Vielleicht war das mein Glück. Ich wurde bei jeder Straßensperre aufgehalten. Man hat wohl meinen Landrover für den ersten Panzer einer Invasionsarmee gehalten.«

»Wie geht es dort oben?«

»Nur zu ruhig. Die Gegend ist voll von Tontons Macoute. Wenn's nach den Sonnenbrillen ginge, könnte man geradeso in Beverly Hills sein.«

Martha trat ein, während er sprach, und es ärgerte mich, daß sie sich zuerst an ihn wandte, obwohl ich es auch für klug hielt, mich zuerst zu übersehen. Mir schien, als begrüße sie ihn um eine Spur zu herzlich. »Henri«, sagte sie, »ich bin froh, daß Sie hier sind. Ich habe mich um Sie geängstigt. Bleiben Sie ein paar Tage bei uns.«

»Ich muß bei meiner Tante bleiben, Martha.«

»Bringen Sie sie auch her. Und das Kind.«

»Dazu ist es noch nicht an der Zeit.«

»Lassen Sie es nicht zu spät werden.« Sie wandte sich mir zu, mit einem hübschen, nichtssagenden Lächeln, wie sie es vielleicht für zweite Sekretäre bereithielt, und sagte: »Wir sind eine drittrangige Botschaft, nicht wahr, solange wir nicht ein paar eigene Flüchtlinge haben.«

»Wie geht's Ihrem Jungen?« erkundigte ich mich. Meine Frage sollte ebenso bedeutungslos sein wie ihr Lächeln.

»Die Schmerzen haben sich gebessert. Er möchte Sie sehr gern sehen.«

»Warum denn?«

»Er will immer unsere Freunde sehen. Er fühlt sich sonst verlassen.«

Henri Philipot sagte: »Wenn wir nur weiße Söldner hätten, wie Tschombe sie hatte. Wir Haitianer haben vierzig Jahre lang nur mit Messern und zerbrochenen Flaschen gekämpft. Wir brauchen ein paar Mann mit Guerilla-Erfahrung. Wir haben genauso hohe Berge wie die auf Kuba.«

»Aber keine Wälder«, sagte ich, »zum Versteck. Eure Bauern haben sie zerstört.«

»Wir haben uns trotzdem lange gegen die amerikanischen Marinesoldaten gehalten.« Voll Bitterkeit fügte er hinzu: »Ich sage ›wir‹, aber ich gehöre einer späteren Generation an. In meiner Generation haben wir malen gelernt – Sie müssen wissen, Benoits Bilder werden vom Museum für Moderne Kunst angekauft (sie kosten natürlich viel weniger als ein europäischer Primitiver). Unsere Romanschriftsteller werden in Paris verlegt – und jetzt leben sie auch dort.«

»Und Ihre Gedichte?«

»Die waren ganz melodisch, nicht wahr, aber sie haben den Doktor an die Macht gesungen. Aus allen unseren Negativen ist dieses eine große schwarze Positiv entstanden. Ich habe sogar für ihn gestimmt. Wissen Sie, daß ich nicht die blasseste Ahnung habe, wie man ein leichtes Maschinengewehr bedient? Verstehen Sie etwas davon?«

»Das ist eine einfache Waffe. Sie lernen es in fünf Minuten.«

»Dann lehren Sie es mich doch.«

»Zuerst brauchten wir das MG.«

»Lehren Sie mich's mit Diagrammen und leeren Streichholzschachteln, vielleicht treibe ich's dann eines Tages auf.«

»Ich kenne jemanden, der sich besser zum Lehrer eignen würde als ich, aber im Moment ist er im Gefängnis.« Ich erzählte ihm von ›Major‹ Jones.

»Er wurde also geprügelt?« fragte er befriedigt.

»Ja.«

»Das ist gut. Weiße reagieren schlecht auf Prügel.«

»Er scheint es sehr leicht genommen zu haben. Ich hatte beinahe den Eindruck, er sei daran gewöhnt.«

»Und Sie glauben, er hat wirkliche Erfahrung?«

»Er erzählte mir, er habe in Burma gekämpft. Aber ich habe nur sein Wort dafür.«

»Sie glauben es nicht?«

»Irgend etwas an ihm erscheint mir nicht ganz glaubwürdig. Als ich mit ihm sprach, fiel mir die Zeit ein, als ich noch jung war und ein Restaurant in London überredete, mich anzustellen, weil ich Französisch konnte. Ich sagte, ich sei Kellner bei Fouquet gewesen. Die ganze Zeit wartete ich darauf, daß jemand meinen Bluff aufdekken würde, aber niemand tat es. Ich verkaufte mich rasch, wie Ausschußware, deren Fehler mit dem Preiszettel überklebt ist. Und dann, vor gar nicht so langer Zeit, verkaufte ich mich wieder, genauso erfolgreich, als Kunstkenner – da hat auch niemand meinen Bluff aufgedeckt. Ich frage mich manchmal, ob Jones nicht das gleiche Spiel spielt. Ich erinnere mich, wie ich ihn mir auf der Überfahrt von Amerika eines Abends – es war nach dem Schiffskonzert – ansah und mich fragte: Sind wir nun beide Komödianten, du und ich?«

»Das kann man von den meisten von uns sagen. War ich vielleicht kein Komödiant, mit meinen Versen, die nach den ›Fleurs du Mal‹ rochen und die ich auf eigene

Kosten auf handgeschöpftem Papier drucken ließ? Ich schickte sie an die führenden französischen Zeitschriften. Das war ein Fehler. Mein Bluff wurde aufgedeckt. Ich habe keine einzige Kritik gelesen – außer der von Petit Pierre. Mit demselben Geld hätte ich mir vielleicht ein MG kaufen können.« (MG war für ihn jetzt ein magisches Wort.)

Der Botschafter sagte: »Lassen Sie mal, Kopf hoch, wir wollen alle miteinander Komödianten sein. Nehmen Sie eine von meinen Zigarren. Bedienen Sie sich an meiner Bar. Mein Whisky ist gut. Vielleicht ist sogar Papa Doc ein Komödiant.«

»O nein«, sagte Philipot. »Der ist echt. Schrecken ist immer echt.«

Der Botschafter sagte: »Wir dürfen uns nicht allzusehr darüber beklagen, daß wir Komödianten sind. Es ist ein ehrenwerter Beruf. Wären wir bloß gute Komödianten, dann bekäme die Welt zumindest ein Gefühl für Stil. Wir haben versagt – das ist alles. Wir sind nur schlechte Komödianten, wir sind keine schlechten Menschen.«

»Um Himmels willen«, sagte Martha auf englisch, als spräche sie direkt zu mir, »ich bin keine Komödiantin.« Wir hatten sie ganz vergessen. Sie trommelte mit den Händen auf den Rücken des Sofas und schrie die anderen jetzt auf französisch an: »Ihr redet so viel daher. Solchen Blödsinn. Mein Kind hat eben erbrochen. Ihr könnt es noch an meinen Händen riechen. Er hat vor Schmerz geschrien. Ihr sprecht darüber, wie man eine Rolle spielt. Ich spiele gar keine Rolle. Ich mache etwas. Ich hole eine Schüssel. Ich hole Aspirin. Ich wische ihm den Mund ab. Ich nehme ihn in mein Bett.«

Sie stand neben dem Sofa und begann zu weinen. »Mein Liebes«, sagte der Botschafter ganz verlegen. Ich konnte nicht einmal zu ihr hingehen oder sie allzu vertraut ansehen: Hamit beobachtete mich, ironisch und verständnisvoll. Ich erinnerte mich der Flecken, die wir auf seinen Leintüchern zurückgelassen hatten, und fragte mich, ob er diese selbst gewechselt hatte. Er wußte von so vielen Intimitäten wie der Hund einer Hure.

»Sie beschämen uns alle«, sagte Philipot.

Sie wandte sich ab und ging, doch sie verlor ihren Absatz am Rand des Teppichs, strauchelte und kam auf der Schwelle beinahe zu Fall. Ich folgte ihr und stützte ihren Ellbogen mit meiner Hand. Ich wußte, daß Hamit mich beobachtete, doch der Botschafter, falls er überhaupt etwas bemerkte, gab uns Deckung: »Sag Angel, ich komme in einer halben Stunde hinauf, um ihm gute Nacht zu sagen.« Ich schloß die Tür hinter mir. Sie hatte den Schuh ausgezogen und bemühte sich, den Absatz wieder daran zu befestigen. Ich nahm ihn ihr aus der Hand.

»Da kann man nichts machen«, sagte ich. »Hast du kein anderes Paar?«

»Zwanzig andere Paare. Glaubst du, er weiß es?«

»Vielleicht. Ich weiß es nicht.«

»Wird es das leichter machen?«

»Ich weiß nicht.«

»Vielleicht werden wir nicht mehr Komödie spielen müssen.«

»Du hast doch gesagt, du bist keine Komödiantin.«

»Da hab ich wohl übertrieben? Aber das ganze Gerede hat mich geärgert. Es machte jeden von uns so schäbig und nutzlos und voller Mitleid mit sich selbst. Vielleicht sind wir das alles, aber wir müssen doch nicht darin schwelgen. Ich tue doch wenigstens was, auch wenn es was Schlechtes ist. Ich hab dir nie vorgemacht, daß ich dich nicht haben möchte. Ich hab dir an dem ersten Abend nicht vorgemacht, daß ich dich liebe.«

»Liebst du mich?«

»Ich liebe Angel«, sagte sie abwehrend; in ihren Strümpfen ging sie die breite viktorianische Treppe hinauf. Wir kamen zu einem langen Gang mit numerierten Zimmern.

»Ihr habt eine Menge Platz für Flüchtlinge.«

»Ja.«

»Such jetzt ein Zimmer für uns.«

»Zu gefährlich.«

»Es ist so sicher wie im Wagen. Und was macht es schon aus, wenn er es weiß . . .?«

»›In meinem eigenen Haus‹, würde er sagen, genau wie du sagen würdest ›in unserem Peugeot‹. Männer messen den Betrug immer nach der Elle. Du hättest weniger dagegen, nicht wahr, wenn es der Cadillac von jemand anderem wäre?«

»Wir vertrödeln die Zeit. Er hat uns eine halbe Stunde gegeben.«

»Du hast gesagt, du willst Angel besuchen.«

»Dann nachher . . .!«

»Vielleicht – ich weiß nicht. Laß mich nachdenken.«

Sie öffnete die dritte der Türen, und ich befand mich dort, wo ich nie hatte sein mögen: in dem Schlafzimmer, das sie mit ihrem Mann teilte. Die Betten waren beide Doppelbetten; ihre rosafarbenen Laken schienen den Raum wie ein Teppich auszufüllen. Zwischen den Fenstern stand ein großer Spiegel, in dem er sie betrachten konnte, wie sie zu Bett ging. Jetzt, da ich angefangen hatte, den Mann gern zu haben, sah ich keinen Grund, warum nicht auch Martha ihn gern haben sollte. Er war dick, doch es gibt Frauen, die dicke Männer lieben, wie sie Bucklige oder Einbeinige lieben. Er war besitzgierig, doch es gibt Frauen, die an der Sklaverei Genuß finden.

Angel saß aufrecht vor zwei rosa Kissen; der Mumps hatte sein dickes Gesicht noch wesentlich dicker gemacht. Ich sagte: »Hallo!« Ich weiß nicht, wie man zu Kindern spricht. Er hatte die braunen ausdruckslosen

Augen der Südländer wie sein Vater – nicht die blauen Sachsenaugen des Gehenkten. Die hatte Martha.

»Ich bin krank«, sagte er im Ton moralischer Überlegenheit.

»Das sehe ich.«

»Ich schlafe hier mit meiner Mutter. Mein Vater schläft im Ankleidezimmer. Bis das Fieber vorüber ist. Ich habe eine Temperatur von . . .«

Ich sagte: »Womit spielst du denn da?«

»Mit einem Puzzle.« Dann sagte er zu Martha: »Ist sonst niemand unten?«

»Monsieur Hamit ist da und Henri.«

»Ich möchte, daß sie auch kommen und mich besuchen.«

»Vielleicht hatten sie noch nie Mumps. Vielleicht fürchten sie sich vor der Ansteckung.«

»Hat Monsieur Brown Mumps gehabt?«

Martha zögerte, und er nahm ihr Zögern zur Kenntnis wie ein Anwalt im Kreuzverhör. Ich sagte: »Ja.«

»Spielt Monsieur Brown Karten?« fragte er, scheinbar ohne Zusammenhang.

»Nein. Das heißt – ich weiß es nicht«, sagte sie, als fürchte sie eine Falle.

»Ich mag Kartenspielen nicht«, sagte ich.

»Meine Mutter schon, früher mal. Fast jeden Abend ist sie ausgegangen, um Karten zu spielen – bis Sie wegfuhren.«

»Wir müssen jetzt gehen«, sagte Martha. »Papa kommt in einer halben Stunde herauf, um gute Nacht zu sagen.«

Er hielt mir sein Puzzle hin und sagte: »Machen Sie das.«

Es war eine jener kleinen viereckigen verglasten Schachteln, die das Bild eines Clowns enthalten, mit zwei leeren Höhlen an Stelle seiner Augen und zwei Kügelchen aus Quecksilber, die man in die Löcher schütteln muß. Ich drehte und wendete es nach allen Seiten; ich brachte eine Kugel an ihren Platz, und wenn ich dann versuchte, die andere einzupassen, rollte die erste wieder heraus. Das Kind sah mir mit Verachtung und Abneigung zu.

»Tut mir leid. Ich bin nicht gut in solchen Dingen. Ich kann's nicht.«

»Sie bemühen sich nicht genug«, sagte er. »Machen Sie weiter.« Ich konnte spüren, wie die Zeit, die mir noch allein mit Martha blieb, verrann wie Sand in einer Uhr, und ich mochte fast glauben, er spüre es auch. Die teuflischen Kügelchen jagten einander um die Ecken der Schachtel, sie liefen über die Augenlöcher, ohne hineinzufallen; sie verkrochen sich in den Winkeln. Es gelang mir mit einer leichten Senkung, sie langsam auf die Löcher zurollen zu lassen, aber bei dem leisesten Versuch, die Schachtel noch schiefer zu neigen und sie dadurch hinzulenken, liefen sie an den unteren Rand. Alles mußte von vorn anfangen – ich bewegte die Schachtel überhaupt kaum mehr, außer durch mein nervöses Zittern.

»Ich hab eine hineingebracht.«

»Das ist nicht genug«, sagte er unerbittlich.

Ich warf ihm die Schachtel wieder hin. »Also gut. Zeig du's mir.«

Er grinste mich heimtückisch und unfreundlich an. Er nahm die Schachtel und schien sie, während er sie über seiner Linken hielt, überhaupt kaum zu bewegen. Eine Quecksilberkugel schien sogar gegen die Senkung anzusteigen, zögerte am Rand einer Höhle und fiel hinein.

»Eine«, sagte er.

Die andere Kugel lief gerade auf das andere Auge los, streifte das Loch, drehte sich und fiel hinein. »Zwei«, sagte er.

»Was hast du denn in deiner linken Hand?«

»Nichts.«

»Dann zeig mir das Nichts.«

Er öffnete die Faust und zeigte mir einen kleinen, dort versteckten Magneten. »Versprich mir, daß du's niemand sagst«, verlangte er.

»Und wenn ich nicht will?«

Wir hätten Erwachsene sein können, die über ein Kartenkunststück stritten. Er sagte: »Ich kann ein Geheimnis für mich behalten, wenn du es kannst.« Seine braunen Augen gaben nichts weiter zu erkennen.

»Ich verspreche es«, sagte ich.

Martha küßte ihn, strich seine Kissen glatt, bettete ihn flach und knipste die kleine Nachttischlampe an. »Kommst du bald ins Bett?« fragte er.

»Wenn meine Gäste fort sind.«

»Wann wird das sein?«

»Woher soll ich das wissen?«

»Du kannst immer sagen, daß ich krank bin. Ich könnte ja wieder erbrechen. Das Aspirin wirkt nicht. Ich habe Schmerzen.«

»Lieg nur still. Mach die Augen zu. Papa kommt bald herauf. Dann werden sie wohl alle weggehen, und ich kann ins Bett.«

»Du hast mir nicht gute Nacht gesagt«, warf er mir vor.

»Gute Nacht.« Ich legte ihm eine falsche Freundschaftshand auf den Kopf und kraulte sein sprödes, trokkenes Haar. Meine Hand roch nachher wie eine Maus.

Im Gang sagte ich zu Martha: »Sogar er scheint es zu wissen.«

»Wie wäre das möglich?«

»Was hat er damit gemeint: Geheimnisse für sich behalten?«

»Das ist ein Spiel, das die Kinder spielen.« Aber wie schwer war es, ihn als Kind zu betrachten!

Sie sagte: »Er hatte große Schmerzen. Findest du nicht, daß er sehr brav ist?«

»Ja. Natürlich. Sehr brav.«

»Ganz wie ein Erwachsener?«

»O ja. Ich habe mir das auch gedacht.«

Ich nahm sie am Handgelenk und zerrte sie den Gang hinunter. »Wer schläft in diesem Zimmer?«

»Niemand.«

Ich öffnete die Tür und zog sie hinein. Martha sagte: »Nein. Siehst du denn nicht, daß es unmöglich ist?«

»Ich war ein Vierteljahr fort, und wir waren seither nur einmal beisammen.«

»Ich hab dich nicht nach New York geschickt. Spürst du denn nicht, daß ich nicht in der Stimmung bin, heute abend?«

»Du hast mich gebeten, heut abend zu kommen.«

»Ich wollte dich sehen. Das ist alles. Nicht mit dir schlafen.«

»Du liebst mich nicht, wie?«

»Du solltest solche Fragen nicht stellen.«

»Warum?«

»Weil ich dich dasselbe fragen könnte.«

Ich fand ihre Antwort berechtigt, das ärgerte mich, und der Ärger vertrieb die Begierde.

»Wieviele Abenteuer hast du in deinem Leben gehabt?«

»Vier«, sagte sie, ohne eine Sekunde zu überlegen.

»Und ich bin das vierte?«

»Ja. Wenn du dich ein Abenteuer nennen willst.«

Viele Monate später, als die Geschichte vorüber war, begriff und achtete ich ihre Offenheit. Sie spielte keine Rolle. Sie beantwortete genau, was ich gefragt hatte. Sie behauptete nie, etwas zu mögen, was sie nicht mochte, oder etwas zu lieben, das ihr gleichgültig war. Wenn ich nicht vermocht hatte, sie zu begreifen, lag es daran, daß ich nicht die richtigen Fragen an sie zu stellen vermochte, mehr nicht. Es stimmte, daß sie keine Komödiantin war.

Sie hatte sich die Tugend der Unschuld bewahrt, und ich weiß jetzt, warum ich sie damals liebte. Schließlich ist die einzige Eigenschaft außer der Schönheit, die mich bei einer Frau anzieht, dieses unklare Ding: Güte. Die Frau in Monte Carlo hatte ihren Mann mit einem Schuljungen betrogen, aber ihr Motiv war großzügig gewesen. Auch Martha betrog ihren Mann, doch nicht Marthas Liebe zu mir fesselte mich an sie, falls sie mich überhaupt liebte, sondern ihre blinde, selbstlose Neigung zu ihrem Kind. Bei Güte kann man sich geborgen fühlen; warum genügte mir die Güte nicht, warum mußte ich immer die falschen Fragen an sie stellen?

»Warum soll nicht eines der Abenteuer andauern?« fragte ich, indem ich sie freiließ.

»Wie kann ich das sagen?«

Ich erinnerte mich an den einzigen richtigen Brief, den ich je von ihr bekommen hatte, von ein paar kurzen Nachrichten über Verabredungen abgesehen, die zweideutig abgefaßt waren, für den Fall, daß sie in falsche Hände fielen. Er war aus der Zeit, da ich in New York wartete, und ich mußte ihr vorwurfsvoll, mißtrauisch, eifersüchtig geschrieben haben. (Ich hatte mir ein Callgirl in der 56. Straße East gesucht und nahm darum als selbstverständlich an, daß sie sich entsprechenden Ersatz für die leeren Monate verschafft hatte.) Sie schrieb mir voll Zärtlichkeit, ganz ohne Groll zurück. Vielleicht werden, wenn man seinen Vater um scheußlicher Verbrechen willen am Galgen verliert, alle unsere kleinen Beschwerden auf ihr richtiges Ausmaß reduziert. Sie schrieb über Angel, und wie gut er in Mathematik sei, sie schrieb sehr viel über Angel und seine Alpträume – »Ich bleibe jetzt fast jede Nacht bei ihm zu Hause« – und plötzlich begann ich mich zu fragen, was sie denn tat, wenn sie nicht zu Hause war, mit wem sie die Abendstunden verbrachte. Es war nutzlos, mir einzureden, daß sie bei ihrem Mann war oder im Kasino, wo ich sie kennengelernt hatte.

Dann plötzlich schrieb sie, als wüßte sie, welchen Weg meine Gedanken gehen würden, etwa in diesem Sinn: »Vielleicht ist das Sexualleben die große Prüfung. Wenn wir danach noch Milde übrig haben für jene, die wir lieben, und Zuneigung für jene, die wir betrogen haben, dann brauchen wir uns keine großen Sorgen zu machen über das Gute und das Böse in uns. Aber Eifersucht, Mißtrauen, Grausamkeit, Rache, Vorwürfe . . . dann versagen wir. Das Unrecht liegt in jenem Versagen, selbst wenn wir die Opfer und nicht die Täter sind. Tugend ist keine Ausrede.«

Damals fand ich in ihren Worten eine Anmaßung, einen Mangel an Aufrichtigkeit. Ich war zornig über mich selbst, und so war ich auch zornig über sie. Ich zerriß den Brief trotz seiner Zärtlichkeit, obschon er der einzige war, den ich besaß. Ich dachte, sie halte mir eine Strafpredigt, weil ich an jenem Nachmittag zwei Stunden in dem Appartement in der 56. Straße East verbracht hatte, wenngleich sie es unmöglich hatte wissen können. Aus diesem Grund besitze ich jetzt auch unter all den elsternhaft zusammengetragenen Souvenirs – dem Briefbeschwerer aus Miami, der Eintrittskarte aus Monte Carlo – keine einzige Zeile von ihrer Hand. Und doch kann ich mich an ihre Schrift, diese kindische Schrift mit den vielen Rundungen, sehr deutlich erinnern, auch wenn ich mich an den Ton ihrer Stimme nicht erinnern kann.

»Schön«, sagte ich, »gehen wir also wieder hinunter.« Das Zimmer, in dem wir standen, war kalt und unbewohnt, die Bilder an den Wänden waren wahrscheinlich von einem Ministerium für öffentliche Bauten ausgesucht worden.

»Geh du nur. Ich möchte diese Leute nicht sehen.«

»Am Kolumbus-Denkmal, wenn er sich erholt hat?«

»Am Kolumbus.«

Gerade, als ich nichts mehr erwartete, legte sie mir die Arme um den Hals. Sie sagte: »Armes Herz. Was für eine Heimkehr.«

»Es ist nicht deine Schuld.«

Sie sagte: »Machen wir's. Machen wir's rasch.« Sie lag am Bettrand und zog mich an sich, und ich hörte Angels Stimme weiter unten im Gang rufen: »Papa. Papa.«

»Hör nicht drauf«, sagte sie. Sie hatte die Knie angezogen, und ich wurde an Doktor Philipots Leiche unter dem Sprungbrett gemahnt: Geburt, Liebe und Tod ähneln einander sehr in ihren Positionen. Ich fand, daß ich nichts machen konnte, absolut nichts, kein weißer Vogel flog herein, um meinen Stolz zu retten. Statt dessen waren die Schritte des Botschafters zu hören, der die Treppe heraufkam.

»Sorg dich nicht!« sagte sie. »Hierher kommt er nicht.« Aber nicht der Botschafter hatte mich abgekühlt. Ich stand auf, und sie sagte: »Macht nichts. Es war eine schlechte Idee von mir, das ist alles.«

»Am Kolumbus?«

»Nein. Ich werde was Besseres finden. Ich schwör's dir.«

Sie ging vor mir aus dem Zimmer und rief: »Luis.«

»Ja, Liebste?« Er kam zur Tür ihres Schlafzimmers, in der Hand Angels Geduldsspiel.

»Ich zeige eben Mr. Brown die Zimmer hier oben. Er sagt, wir könnten ein paar Flüchtlinge gebrauchen.« Ihre Stimme hatte keinen einzigen falschen Ton; sie war vollkommen gelöst, und ich dachte an ihren Zorn, als wir von Komödianten gesprochen hatten, obwohl sie sich jetzt als der beste Komödiant von uns allen erwies. Ich spielte meine Rolle weniger gut; in meiner Stimme lag eine Trockenheit, die meine Angst verriet. Ich sagte: »Ich muß jetzt gehen.«

»Warum? Es ist noch ganz früh«, sagte Martha. »Wir haben Sie so lange nicht gesehen, nicht wahr, Luis?«

»Ich muß zu einer Verabredung«, erwiderte ich ihr, ohne zu wissen, daß ich die Wahrheit sprach.

3

Der lange, lange Tag war noch nicht vorbei: bis Mitternacht lag noch eine Stunde oder eine Ewigkeit. Ich nahm den Wagen und fuhr am Meeresufer entlang, über eine Straße voller Schlaglöcher. Nur sehr wenige Menschen waren zu sehen; vielleicht hatten sie nicht begriffen, daß das Ausgehverbot aufgehoben war, oder sie fürchteten eine Falle. Zu meiner Rechten lag eine Reihe von Holzhütten in kleinen eingezäunten Erdmulden; ein paar Palmen wuchsen da, und zwischen ihnen glitzerten Wassertümpel wie Brucheisen auf einem Abfallhaufen. Da und dort brannte eine Kerze über einer kleinen Gruppe von Menschen, die über ihren Rum gebeugt waren wie Trauergäste über einen Sarg. Manchmal hörte man unterdrückte Musik. Ein alter Mann tanzte mitten auf der Straße; ich mußte scharf bremsen und anhalten. Er trat heran und kicherte mich durch die Glasscheibe an – wenigstens gab es in jener Nacht einen furchtlosen Menschen in Port-au-Prince. Ich verstand nicht, was er in seinem Dialekt sagen wollte, und fuhr weiter. Es war zwei Jahre oder noch länger her, daß ich bei Mère Catherine gewesen war, doch heute nacht bedurfte ich ihrer Dienste. Meine Impotenz lag mir in den Gliedern wie ein Fluch, den nur eine Hexe bannen konnte. Ich dachte an das Mädchen in der 56. Straße East, und als ich dann widerstrebend an Martha dachte, entfachte sich mein Zorn. Wenn sie sich mir gegeben hätte, als ich sie wollte, würde all das nicht passieren.

Kurz bevor man zu Mère Catherine kam, gabelte sich die Straße – der Asphalt, wenn man ihn so nennen konnte, war plötzlich zu Ende (das Geld war ausgegangen oder jemand hatte seinen Anteil nicht bekommen). Zur Linken lag die große Ausfallstraße nach dem Süden, nahezu unwegbar außer für Geländewagen. Ich war überrascht, hier eine Straßensperre zu finden, denn niemand erwartete eine Invasion aus dem Süden. Während man mich gründlicher untersuchte als sonst, stand ich unter einem großen Plakat, auf dem stand: »USA – Haiti. Gemeinsamer Fünfjahresplan. Überlandstraße Süd«, doch die Amerikaner waren abgezogen, und von dem ganzen Fünfjahresplan war nichts geblieben als die Tafel, über die versumpften Tümpel, die Rillen in der Straße, die Steine und das Skelett eines Baggers, den aus dem Schlamm zu retten niemand eingefallen war.

Nachdem sie mich hatten gehen lassen, schlug ich den Weg zur Rechten ein und kam zu Mère Catherines Behausung. Alles lag so still, daß ich mich fragte, ob es sich überhaupt lohne, auszusteigen. Eine lange niedrige Hütte, die wie ein Stall in Boxen aufgeteilt war, war hier das Liebesquartier. Ich konnte in dem Hauptgebäude, wo Mère Catherine ihre Gäste empfing und bewirtete, ein Licht brennen sehen, aber man vernahm weder Musik noch Tanzen. Einen Augenblick lang wurde die Treue zu einer Verlockung, und ich wollte wieder wegfahren. Doch ich hatte mein Leiden allzuweit über die schlechte Straße hergebracht, um meine Absicht fallenzulassen, und ich näherte mich vorsichtig über den dunklen Hof dem Lichtschein, und haßte mich selbst, während ich es tat. Dummerweise hatte ich den Wagen gegen die Hütte gekehrt, so daß ich im Dunkeln war, und sehr bald stolperte ich über einen Jeep, der unbeleuchtet dastand; ein Mann schlief am Lenkrad. Wieder kehrte ich beinahe um, denn es gab in Port-au-Prince nur wenige

Jeeps, die nicht den Tontons Macoute gehörten, und wenn die Tontons Macoute mit Mère Catherines Mädchen eine Nacht verjubelten, dann war für andere Kunden kein Platz.

In meinem Selbsthaß war ich jedoch halsstarrig und ging weiter. Mère Catherine hörte mich stolpern und kam mir auf der Schwelle entgegen, in der Hand eine Petroleumlampe. Sie hatte das Gesicht einer gutmütigen Kinderfrau aus dem tiefen Süden und einen winzigen, zarten Körper, der einst schön gewesen sein mußte. Ihr Gesicht wurde von der Natur nicht Lügen gestraft, denn sie war die gütigste Frau, die ich in Port-au-Prince kannte. Sie tat, als kämen ihre Mädchen aus guten Familien, als hülfe sie ihnen bloß dabei, sich ein wenig Taschengeld zu verdienen, und man konnte es fast glauben, denn sie hatte sie ein tadelloses Benehmen in der Öffentlichkeit gelehrt. Bevor die Kundschaft in den Boxen war, hatten auch sie sich anständig aufzuführen; sah man den Paaren beim Tanze zu, dann mochte man fast glauben, der Schlußfeier einer Klosterschule beizuwohnen. Vor drei Jahren war ich einmal Zeuge gewesen, wie sie sich in den Kampf stürzte, um ein Mädchen vor Brutalität zu schützen. Ich trank eben ein Glas Rum, als ich einen Schrei aus dem sogenannten Stall vernahm; doch bevor ich noch wußte, was tun, hatte Mère Catherine schon eine Axt aus der Küche geholt und war hinausgesegelt wie die kleine *Revenge*, die sich anschickt, gegen eine ganze Flotte anzukämpfen. Ihr Gegner war mit einem Messer bewaffnet, doppelt so groß wie sie und vom Rum besoffen. (Er mußte eine Flasche in seiner Hüfttasche gehabt haben, denn Mère Catherine hätte ihm niemals gestattet, sich in einem solchen Zustand mit einem Mädchen abzusondern.) Bei ihrem Auftauchen wandte er sich zur Flucht, und als ich später wegging, erblickte ich sie durch das Küchenfenster: sie hatte das Mädchen auf den Knien und sang ihm in einem mir unverständlichen Dialekt etwas vor wie einem Kinde, indes es an ihrer kleinen knochigen Schulter schlief.

Mère Catherine flüsterte mir warnend zu: »Die Tontons sind hier.«

»Alle Mädchen besetzt?«

»Nein, aber das Mädchen, das Sie mögen, ist beschäftigt.«

Ich war zwei Jahre nicht da gewesen, doch sie erinnerte sich noch, und was weit bemerkenswerter war: das Mädchen war noch immer bei ihr – es mußte jetzt an die achtzehn sein. Ich hatte es gar nicht erwartet und war nun doch enttäuscht. Im Alter gibt man alten Freunden den Vorzug, sogar in einem Bordell.

»Sind sie in gefährlicher Laune?« fragte ich sie.

»Ich glaube nicht. Sie sind als Bedeckung für irgendein hohes Tier hier. Der ist eben mit Tin Tin.«

Fast wäre ich wieder gegangen, doch mein Zorn auf Martha wühlte wie eine Krankheit in mir.

»Ich komme herein«, sagte ich. »Ich bin durstig. Gib mir einen Rum mit Coca.«

»Coca ist aus.« Ich hatte vergessen, daß die amerikanische Hilfe vorbei war.

»Dann Rum mit Soda.«

»Ich habe noch ein paar Flaschen Seven-Up.«

»Sehr gut. Seven-Up.«

An der Saaltür schlief ein Tonton Macoute auf einem Stuhl; die Sonnenbrille war ihm in den Schoß gefallen, und er sah ganz harmlos aus. Der Latz seiner grauen Flanellhose stand offen; es fehlte ihm ein Knopf. Im Saal drinnen herrschte völlige Stille. Durch die offene Tür sah ich eine Gruppe von vier Mädchen, die in weißen Musselin mit Ballonröcken gekleidet waren. Sie sogen schweigend Orangeade durch Strohhalme. Eines von ihnen nahm sein leeres Glas und entfernte sich in schönem

Gang, der Musselin schwang hin und her: eine Bronzestatuette von Dégas.

»Gar keine Kunden?«

»Die sind alle fort, als die Tontons Macoute kamen.«

Ich ging hinein, und dort, an einem Tisch an der Wand, die Augen auf mich gerichtet, als wäre ich ihnen keinen Augenblick entkommen, saß der Tonton Macoute, den ich auf der Polizei gesehen und der das Glas des Leichenwagens zerschlagen hatte, um den Sarg des früheren Ministers herauszuholen. Sein weicher Hut lag auf dem Stuhl; er trug einen gestreiften Schmetterlingsbinder. Ich verbeugte mich vor ihm und ging auf einen anderen Tisch zu. Ich hatte Angst vor ihm und überlegte, wer es wohl sein mochte – ein noch wichtigerer Bursche als dieser arrogante Offizier –, dem Tin Tin jetzt ihre Tröstungen angedeihen ließ. Um ihretwillen hoffte ich, daß er nicht ein noch üblerer Bursche war.

Der Offizier sagte: »Ich scheine Ihnen überall zu begegnen.«

»Ich versuche, nicht aufzufallen.«

»Was wollen Sie hier heute abend?«

»Einen Rum mit Seven-Up.«

Zu Mère Catherine, die meine Bestellung auf einem Tablett hereinbrachte, sagte er: »Du hast behauptet, du hättest kein Seven-Up mehr.« Ich bemerkte, daß auf dem Tablett, neben meinem Glas, eine leere Sodawasserflasche stand. Der Tonton Macoute nahm mein Getränk und kostete es. »Das ist Seven-Up. Du kannst diesem Mann Rum mit Soda bringen. Wir brauchen den ganzen Seven-Up, der noch übrig ist, für meinen Freund, wenn er zurückkommt.«

»Es ist so dunkel in der Bar. Ich muß die Flasche verwechselt haben.«

»Du mußt unterscheiden lernen zwischen deinen wichtigen Kunden und . . .« er zögerte und entschloß sich dann, halbwegs höflich zu sein, »... den weniger wichtigen. Sie können sich setzen«, sagte er zu mir.

Ich wandte mich ab.

»Sie können sich hierher setzen. Setzen Sie sich.«

Ich gehorchte. Er sagte: »Wurden Sie an der Straßenkreuzung angehalten und durchsucht?«

»Ja.«

»Und hier an der Tür? Wurden Sie an der Tür angehalten?«

»Von Mère Catherine, ja.«

»Von einem meiner Leute?«

»Er hat geschlafen.«

»Geschlafen?«

»Ja.«

Ich zauderte keinen Augenblick, den Mann zu verpetzen. Sollten doch die Tontons Macoute einander vernichten. Ich war erstaunt, als er nichts sagte und auch nicht zur Tür ging. Er starrte bloß mit seinen schwarzen, undurchsichtigen Linsen ausdruckslos durch mich hindurch. Er hatte etwas beschlossen, wollte mich aber seinen Beschluß nicht wissen lassen. Mère Catherine brachte mir mein Getränk. Ich kostete es. Der Rum war immer noch mit Seven-Up gemischt. Sie war ein tapferes Weib.

Ich sagte: »Sie scheinen heut abend eine Menge Vorsichtsmaßnahmen zu treffen.«

»Ich bin verantwortlich für einen sehr wichtigen Ausländer. Ich muß für seine Sicherheit Vorsichtsmaßnahmen treffen. Er wollte herkommen.«

»Ist er auch bei der kleinen Tin Tin sicher? Haben Sie eine Wache im Schlafzimmer, Herr Hauptmann? Oder sind Sie Kommandant?«

»Mein Name ist Hauptmann Concasseur. Sie haben Humor. Ich schätze Humor. Ich bin für Scherze. Die haben ihren Wert in der Politik. Scherze sind ein Ventil für die Feigen und Machtlosen.«

»Sie sagten, ein wichtiger Ausländer, Herr Hauptmann? Heute früh hatte ich den Eindruck, daß Sie Ausländer nicht leiden könnten.«

»Meine persönliche Meinung von jedem weißen Mann ist sehr niedrig. Ich gebe zu, daß ich Anstoß an der Farbe nehme, weil sie mich an Exkremente erinnert. Aber ein paar von euch akzeptieren wir – wenn ihr euch dem Staat nützlich erweist.«

»Sie meinen – dem Doktor?«

Mit einem kleinen Anflug von Ironie zitierte er: *»Je suis le drapeau Haïtien, Uni et Indivisible.«* Er tat einen Schluck Rum. »Natürlich sind manche Weiße erträglicher als andere. Die Franzosen haben zumindest eine gemeinsame Kultur mit uns. Ich bewundere den General. Der Präsident hat ihm geschrieben und sich erboten, in die *Communauté de l'Europe* einzutreten.«

»Hat er eine Antwort bekommen?«

»Solche Dinge brauchen ihre Zeit. Es gibt da Bedingungen, über die wir noch sprechen müssen. Wir verstehen uns auf Diplomatie. Wir machen keine Fehler wie die Amerikaner oder – die Engländer.«

Der Name Concasseur verfolgte mich. Irgendwo hatte ich ihn schon einmal gehört. Die erste Silbe paßte gut zu ihm, und vielleicht hatte er den ganzen Namen angenommen, wie auch die Namen Stalin und Hitler angenommen waren.

»Haiti gehört von Rechts wegen zu jeder Dritten Kraft«, sagte Hauptmann Concasseur. »Wir sind das wahre Bollwerk gegen den Kommunismus. Kein Castro kann hier durchdringen. Wir haben eine loyale Bauernschaft.«

»Oder eine eingeschüchterte.« Auch ich tat einen Schluck Rum; das Trinken half mir, seine Frechheit zu ertragen. »Ihr wichtiger Besucher läßt sich Zeit.«

»Er sagte mir, er hätte lange Zeit keine Frauen gehabt.«

Er fuhr Mère Catherine an: »Ich will Bedienung, Bedienung«, und stampfte auf. »Warum tanzt niemand?«

»Ein Bollwerk der freien Welt«, sagte ich.

Die vier Mädchen erhoben sich vom Tisch, und eines stellte das Grammophon an. Sie begannen miteinander zu tanzen, in einem graziösen, langsamen, altmodischen Stil. Ihre Ballonröcke schwangen wie silberne Weihrauchfässer und enthüllten schlanke Beine von der Farbe junger Rehe; sie lächelten einander lieblich an und hielten sich in einigem Abstand voneinander. Sie waren schön und einförmig wie Vögel mit gleichem Gefieder. Es war fast nicht zu glauben, daß sie käuflich waren. Wie jeder andere Mensch.

»Natürlich zahlt die freie Welt besser«, sagte ich. »Und in Dollar.«

Hauptmann Concasseur sah, wohin ich blickte; nichts entging ihm durch seine schwarze Brille. Er sagte: »Ich will Sie auf eine Frau einladen. Das kleine Mädchen dort, mit der Blume im Haar, Louise. Sie guckt uns nicht an. Sie ist jetzt schüchtern, weil sie glaubt, ich könnte eifersüchtig werden. Eifersüchtig auf eine *putain!* Wie lächerlich! Sie wird Sie sehr gut bedienen, wenn ich es ihr sage.«

»Ich brauche keine Frau.« Ich vermochte seine scheinbare Großzügigkeit zu durchschauen. Man wirft einem Weißen eine Hure vor wie einem Hund den Knochen.

»Warum sind Sie dann hergekommen?«

Er war berechtigt, diese Frage zu stellen. Ich konnte bloß erwidern »Ich habe es mir überlegt« und sah dabei den Mädchen zu, wie sie sich drehten, einer besseren Umgebung wert, als es dieser Holzverschlag, die Rum-Bar und die alten Plakate für Coca-Cola waren.

Ich fragte: »Haben Sie niemals Angst vor den Kommunisten?«

»Ach, von denen droht keine Gefahr. Die Amerikaner würden Marinetruppen landen, wenn sie je zu einer Bedrohung würden. Natürlich haben auch wir ein paar Kommunisten in Port-au-Prince. Ihre Namen sind bekannt. Sie sind ungefährlich. Sie treffen sich in kleinen Ausbildungsgruppen und lesen Marx. Sind Sie Kommunist?«

»Wie könnte ich? Ich bin Eigentümer des Hotels Trianon. Ich hänge von amerikanischen Touristen ab. Ich bin Kapitalist.«

»Dann sind Sie also einer von uns«, sagte er, so höflich er überhaupt konnte, »abgesehen von Ihrer Hautfarbe natürlich.«

»Beleidigen Sie mich nicht zu sehr.«

»Ach – Sie können doch nichts für Ihre Hautfarbe«, sagte er.

»Ich meinte, sagen Sie nicht, daß ich einer von Ihnen bin. Wenn ein kapitalistischer Staat allzu abstoßend wird, schwebt er in Gefahr, sogar die Loyalität der Kapitalisten einzubüßen.«

»Ein Kapitalist wird immer loyal sein, wenn man ihm einen Schnitt von fünfundzwanzig Prozent gewährt.«

»Ein wenig Menschlichkeit ist auch vonnöten.«

»Sie sprechen wie ein Katholik.«

»Ja. Vielleicht. Ein Katholik, der seinen Glauben verloren hat. Aber besteht nicht die Gefahr, daß eure Kapitalisten ebenfalls ihren Glauben verlieren?«

»Sie verlieren ihr Leben, aber nie ihren Glauben. Ihr Geld ist ihr Glaube. Sie wachen darüber bis zum Ende und hinterlassen es ihren Kindern.«

»Und dieser wichtige Mann – ist das ein loyaler Kapitalist oder ein Politiker der Rechten?« Während er sein Eis im Glas klirren ließ, glaubte ich mich zu erinnern, wo ich den Namen Hauptmann Concasseur schon einmal gehört hatte. Petit Pierre hatte von ihm gesprochen, mit einem gewissen Maß von ängstlicher Scheu. Er hatte alle Bagger und Pumpen einer amerikanischen Bewässerungsgesellschaft abgezogen, nachdem die Angestellten evakuiert worden waren und Amerika seinen Botschafter abberufen hatte, und sie zur Arbeit an einem eigenen phantastischen Projekt im Gebirgsdorf Kenscoff eingesetzt. Er war nicht weit gekommen, denn die Arbeiter hatten ihn am Ende eines Monats im Stich gelassen, weil sie nicht bezahlt worden waren; es hatte auch geheißen, er habe sich vor dem Chef der Tontons Macoute nicht genügend reinwaschen können, denn dieser hatte vergeblich mit einem angemessenen Schnitt gerechnet. So stand Concasseurs Narrenturm am Abhang des Kenscoff – vier Zementsäulen und ein Boden aus Zement, der in der Hitze und im Regen bereits Sprünge bekommen hatte. Vielleicht war der wichtige Mann, der sich jetzt in einer Box mit Tin Tin vergnügte, ein Finanzmann, der ihm aus der Patsche helfen sollte. Aber welchem Finanzier, falls er bei Trost war, würde es einfallen, in diesem Land, aus dem alle Touristen geflohen waren, Geld herzuleihen, damit am Abhang des Kenscoff eine Eisbahn gebaut werden konnte?

»Wir brauchen Techniker, sogar weiße Techniker«, sagte Concasseur.

»Roi Christophe hat sich ohne sie beholfen.«

»Wir sind moderner als Christophe.«

»Eine Eisbahn statt eines Schlosses?«

»Ich glaube, ich habe Sie lange genug ertragen«, sagte Hauptmann Concasseur, und ich wußte, daß ich zu weit gegangen war. Ich hatte seine offene Wunde berührt, und ich bekam ein wenig Angst. Hätte ich Martha haben können, was für ein anderer Abend wäre das gewesen! Jetzt läge ich in meinem eigenen Bett in tiefem Schlaf, unbesorgt um Politik und die Korruption der Macht. Der Hauptmann nahm den Revolver aus dem Halfter und legte ihn neben sein leeres Glas auf den Tisch. Das Kinn fiel ihm auf das weiß-blau gestreifte Hemd. Er saß in düsterem Schweigen da, als wäge er die Vorteile und Nachteile eines raschen Schusses zwischen die Augen sorgsam gegeneinander ab. Ich sah keine Nachteile, von seinem Standpunkt aus.

Mère Catherine trat hinter mich und stellte zwei Glas Rum auf den Tisch. Sie sagte: »Ihr Freund ist seit mehr als einer halben Stunde bei Tin Tin. Es ist Zeit ...«

»Man muß ihm so viel Zeit lassen, wie er braucht«, sagte Hauptmann Concasseur. »Er ist ein wichtiger Mann. Ein sehr wichtiger Mann.« Kleine Speichelblasen sammelten sich in seinen Mundwinkeln wie Gift. Er berührte den Revolver mit den Fingerspitzen und sagte: »Eine Eisbahn ist sehr modern.« Seine Finger spielten mit dem Rum und dem Revolver. Ich war froh, als er das Glas hob. Er sagte: »Eine Eisbahn ist schick. *Très snob.*«

Mère Catherine sagte: »Sie haben für eine halbe Stunde bezahlt.«

»Meine Uhr geht anders«, sagte der Hauptmann. »Sie verlieren nichts. Es sind keine anderen Kunden da.«

»Monsieur Brown ist da.«

»Nicht heut abend«, sagte ich. »Es brächte mich in Verlegenheit, einen so wichtigen Gast abzulösen.«

»Warum bleiben Sie dann da?« fragte der Hauptmann.

»Ich bin durstig. Und neugierig. Es kommt nicht oft vor in Haiti, daß man wichtige Besucher hat. Wird er Ihre Eisbahn finanzieren?« Der Hauptmann sah seinen Revolver an, doch die spontane Regung, die den Augenblick ernster Gefahr bedeutet hatte, war vorbei. Nur gewisse Anzeichen, wie von einer Krankheit, waren zurückgeblieben: ein Blutaustritt in den gelben Augäpfeln, die leicht ins Vertikale verrutschte gestreifte Schleife. Ich sagte: »Sie würden doch nicht wollen, daß Ihr wichtiger ausländischer Gast hereinkommt und die Leiche eines Weißen vorfindet. Das wäre schlecht fürs Geschäft.«

»So was kann immer noch später erledigt werden . . .«, sagte er mit düsterer Wahrheitsliebe; dann tat sich in seinem Gesicht ein außerordentliches Lächeln auf wie ein Sprung im Zement einer Eisbahn, ein Lächeln der Höflichkeit, ja der Unterwürfigkeit. Er stand auf, und ich wandte mich um, weil ich dicht hinter mir die Saaltür aufgehen hörte, und sah Tin Tin, ganz in Weiß, ebenfalls mit einem demütigen Lächeln, wie eine Braut an der Kirchentür. Aber Concasseur und sie lächelten nicht einander an; ihr Lächeln galt dem Gast von großer Wichtigkeit, an dessen Arm sie eingetreten war. Es war Mr. Jones.

4

»Jones«, rief ich aus. Auf seinem Gesicht waren noch Kampfspuren zu erkennen, doch sie waren jetzt säuberlich mit Heftpflaster bedeckt.

»Na, wenn das nicht Brown ist«, rief er. Er trat an mich heran und schüttelte mir mit großer Wärme die Hände. »Wie schön, jemanden aus der alten Runde wiederzusehen«, sagte Jones, als wären wir Veteranen bei einem Regimentstreffen, die einander seit dem vorletzten Krieg nicht begegnet waren.

»Sie haben mich ja erst gestern gesehen«, sagte ich und stellte eine leichte Verlegenheit bei ihm fest – wenn eine Unannehmlichkeit vorüber war, vergaß Jones sie so schnell wie möglich. Er erklärte Hauptmann Concasseur: »Mr. Brown und ich waren Passagiere auf der »Medea«. Und wie geht es Mr. Smith?«

»Ganz wie gestern, als er Sie besuchte. Er hat sich Sorgen um Sie gemacht.«

»Um mich? Ja warum denn?« Dann sagte er: »Verzeihen Sie. Ich habe Ihnen meine junge Freundin noch nicht vorgestellt.«

»Tin Tin und ich kennen einander gut.«

»Das ist schön, sehr schön. Setz dich, liebes Kind, und jetzt wollen wir uns ein Schnäpschen genehmigen.« Er stellte einen Stuhl für sie bereit, nahm dann meinen Arm und zog mich abseits. Er sagte leise: »Sie müssen wissen, diese ganze Geschichte gehört jetzt der Vergangenheit an.«

»Ich bin froh, daß Sie glücklich draußen sind.«

Er erklärte unbestimmt: »Das hat mein Brieflein bewirkt. Ich dachte es mir. Ich machte mir nie richtige Sorgen. Beiderseitige Irrtümer. Ich wollte nur nicht, daß die Mädchen es erfahren.«

»Die wären voller Mitgefühl. Aber weiß er's denn nicht?«

»Doch, aber er muß den Mund halten. Ich hätte Ihnen morgen erzählt, wie sich alles entwickelt hat, aber heute abend mußte ich mich dringend etwas austollen. Sie kennen also Tin Tin?«

»Ja.«

»Ein süßes Ding. Ich bin froh, daß ich sie ausgesucht hatte. Der Hauptmann wollte, ich sollte das Mädchen mit der Blume nehmen.«

»Ich glaube, Sie hätten den Unterschied gar nicht bemerkt. Mère Catherine hat immer Süßigkeiten für Feinschmecker auf dem Lager. Was machen Sie mit ihm?«

»Wir haben Geschäfte miteinander.«

»Nicht etwa eine Eisbahn?«

»Nein. Warum eine Eisbahn?«

»Seien Sie vorsichtig, Jones. Er ist gefährlich.«

»Sorgen Sie sich nicht um mich«, sagte Jones. »Ich kenne die Welt.« Mère Catherine kam vorbei: ihr Tablett war mit Rum und dem wahrscheinlich letzten Seven-Up beladen, und Jones nahm hastig ein Glas. »Morgen versorgt man mich mit einem Transportmittel. Ich besuche Sie, wenn ich erst meinen Wagen habe.« Er winkte Tin

Tin zu; dem Hauptmann rief er *»Salut«* hinüber. »Mir gefällt's hier«, sagte er. »Ich bin auf die Füße gefallen.«

Ich verließ den Saal, den Mund verklebt von zuviel Seven-Ups, und rüttelte im Vorbeigehen den Wachtposten an der Schulter – warum sollte ich nicht jemandem eine Wohltat erweisen? Ich tastete mich an dem Geländewagen vorbei zu meinem Wagen, hörte Schritte hinter mir und wich seitlich aus. Es hätte der Hauptmann sein können, um die Ehre seiner Eisbahn zu retten, aber es war bloß Tin Tin.

Sie flüsterte: »Ich hab ihnen gesagt, ich will nur *faire pipi.«*

»Wie geht's dir, Tin Tin?«

»Sehr gut. Und dir ...«

»Ça marche.«

»Warum wartest du nicht ein bißchen in deinem Wagen? Die werden bald gehen. Der Engländer ist *tout-à-fait épuisé.«*

»Daran zweifle ich nicht, aber ich bin müde. Ich muß gehen. Tin Tin, hat er sich anständig zu dir benommen?«

»O ja. Ich mochte ihn. Ich mochte ihn sehr gern.«

»Was mochtest du so an ihm?«

»Er hat mich zum Lachen gebracht«, sagte sie. Das war ein Satz, der mir unter anderen Umständen auf beunruhigende Weise wiederholt werden sollte. Ich hatte im Wirrwarr meines Lebens viele Künste gelernt, aber nicht die Kunst des Lachens.

Zweiter Teil

Erstes Kapitel

1

Jones entschwand eine Zeitlang unseren Blicken so vollständig wie die Leiche des ehemaligen Wohlfahrtsministers. Niemand sollte je erfahren, was mit dieser Leiche geschah, obwohl der Präsidentschaftskandidat mehr als einen Versuch machte, es herauszubekommen. Er drang bis ins Amtszimmer des neuen Ministers vor, wo er rasch und höflich empfangen wurde. Petit Pierre hatte sein Bestes getan, um seinen Ruhm als »Trumans Gegner« zu verbreiten, und der Minister hatte von Truman gehört.

Er war ein kleiner dicker Mann, der aus irgendeinem Grund die Krawattennadel einer amerikanischen Studentenvereinigung trug; seine Zähne waren sehr groß und weiß und voneinander getrennt wie Grabsteine, die für einen viel weiträumigeren Kirchhof bestimmt sind. Über seinen Schreibtisch wehte ein sonderbarer Geruch, als wäre eines der Gräber offengeblieben. Ich hatte Mr. Smith begleitet, für den Fall, daß man einen Übersetzer brauchte, doch der neue Minister sprach gut Englisch, mit einem leichten amerikanischen Akzent, durch den der Schlips der Studentenverbindung teilweise erklärt wurde. (Später erfuhr ich, er habe eine Weile in der amerikanischen Botschaft als Laufjunge gedient. Er wäre ein seltenes Beispiel für wohlverdienten Aufstieg gewesen, hätte er nicht in der Zwischenzeit auch bei den Tontons

Macoute gedient, wo er Oberst Gracia – bekannt als »Fat Gracia« – besonders zugeteilt war.)

Mr. Smith entschuldigte sich dafür, daß sein Empfehlungsschreiben an Doktor Philipot gerichtet war.

»Armer Philipot«, sagte der Minister, und ich fragte mich, ob wir nun endlich die offizielle Version über dessen Ende erfahren würden.

»Was ist mit ihm geschehen?« fragte Mr. Smith mit bewundernswerter Direktheit.

»Das werden wir wahrscheinlich niemals wissen. Er war ein seltsamer, launenhafter Mensch, und ich muß Ihnen gestehen, Professor, seine Abrechnungen waren nicht eben in Ordnung. Es gab etwas mit einer Wasserpumpe in der Desaixstraße.«

»Wollen Sie sagen, er habe Selbstmord begangen?« Ich hatte Mr. Smith unterschätzt. In einer guten Sache konnte er Schlauheit entwickeln, und jetzt spielte er seine Karten gut verdeckt aus.

»Vielleicht; vielleicht fiel er auch der Rache des Volkes zum Opfer. Wir Haitianer haben eine Tradition, Tyrannen auf unsere eigene Art aus dem Weg zu räumen, Herr Professor.«

»War Doktor Philipot ein Tyrann?«

»Die Leute in der Desaixstraße wurden schändlich um ihr Wasser betrogen.«

»Und die Pumpe wird jetzt fertiggestellt?«

»Es wird eines meiner ersten Projekte sein.« Er wies handwedelnd auf die Regale mit den Akten hinter seinem Rücken hin. »Aber wie Sie sehen, habe ich viele Sorgen.« Ich bemerkte, daß die Stahlklammern an vielen seiner »Sorgen« in einer langen Folge von Regenzeiten verrostet waren; eine »Sorge« wurde nicht umgehend erledigt.

Mr. Smith schlug geschickt von neuem los: »Doktor Philipot wird also immer noch vermißt?«

»Wie es in Ihren Kriegsberichten hieß: ›Vermißt, vermutlich gefallen.‹«

»Ich habe aber seinem Leichenbegängnis beigewohnt«, sagte Mr. Smith.

»Seinem was?«

»Seinem Leichenbegängnis.«

Ich beobachtete den Minister. Er legte keinerlei Verlegenheit an den Tag. Er gab ein kurzes Bellen von sich, das ein Lachen sein sollte (ich mußte an eine französische Bulldogge denken), und sagte: »Es gab kein Leichenbegängnis.«

»Es wurde unterbrochen.«

»Herr Professor, Sie können sich nicht vorstellen, welch gewissenlose Propaganda von unseren Gegnern verbreitet wird.«

»Ich bin kein Professor, und ich habe den Sarg mit eigenen Augen gesehen.«

»Der Sarg war mit Steinen gefüllt, Herr Professor – verzeihen Sie, Mr. Smith.«

»Mit Steinen?«

»Mit Ziegeln, genau gesagt, aus Duvalierville herübergeschafft, wo wir unsere schöne neue Stadt aufbauen. Gestohlenen Ziegeln. Ich möchte Ihnen gern Duvalierville zeigen, an einem Ihrer freien Vormittage. Es ist unser Gegenstück zu Brasilia.«

»Seine Frau war aber dabei.«

»Arme Frau, sie wurde – hoffentlich unschuldig – von skrupellosen Männern mißbraucht. Die Leichenbestatter wurden verhaftet.«

Ich mußte ihm höchste Schlagfertigkeit und Phantasie zubilligen. Mr. Smith war vorübergehend zum Schweigen gebracht. »Wann kommen sie vor Gericht?« fragte ich.

»Die Untersuchung wird eine Zeit dauern. Es ist eine weitverzweigte Verschwörung.«

»Dann ist es also nicht wahr, was die Leute glauben –

daß Doktor Philipots Leiche sich im Palast befindet und dort als Zombie-Geist am Werk ist?«

»Das ist doch alles Wudu-Gerede, Mr. Brown. Zum Glück hat unser Präsident das Land vom Wudu-Kult befreit.«

»Dann hat er mehr erreicht, als den Jesuiten gelungen ist.«

Mr. Smith unterbrach uns ungeduldig. Er hatte in Doktor Philipots Sache sein Bestes getan; jetzt sollte seine Mission ungeteilte Aufmerksamkeit erfahren. Er wollte sich den Minister um keinen Preis durch Nebensächlichkeiten wie Zombie-Geister und Wudu zum Feind machen. Der Minister hörte ihn mit großer Höflichkeit an, wobei er gleichzeitig mit einem Bleistift herumkritzelte. Vielleicht war es gar kein Zeichen von Unaufmerksamkeit, denn ich bemerkte, daß sein Gekritzel die Form unzähliger Prozentzeichen und Kreuze annahm – soweit ich sehen konnte, gab es keine Minus-Zeichen.

Mr. Smith sprach von einem Gebäude, das Restaurant, Küche, Bibliothek und Vortragssaal enthalten sollte. Womöglich sollte genügend Raum für Erweiterungen bestehen. Eines Tages mochten sogar ein Theater und ein Kino dazukommen; seine Organisation könne bereits Dokumentarfilme beistellen, und er hoffe, daß sich vielleicht bald, falls man Gelegenheit zu Aufführungen habe, eine Schule vegetarischer Dramatiker herausbilden würde. »In der Zwischenzeit«, sagte er, »können wir immer auf Bernard Shaw zurückgreifen.«

»Es ist ein gewaltiges Projekt«, sagte der Minister.

Mr. Smith war jetzt seit einer Woche in der Republik. Er hatte die Entführung von Doktor Philipots Leiche mit angesehen; ich hatte ihn durch die ärgsten Elendsviertel der Stadt gefahren. An diesem Morgen hatte er gegen meinen Rat darauf bestanden, selbst auf das Postamt zu gehen, um Marken zu kaufen. In der Menge hatte ich ihn vorübergehend verloren, und als ich ihn wiederfand, war er nicht in der Lage gewesen, sich dem Schalter auch nur einen Fußbreit zu nähern. Zwei einarmige und drei einbeinige Männer hatten ihn umzingelt. Zwei versuchten, ihm schmutzige alte Umschläge zu verkaufen, die aus dem Verkehr gezogene haitische Briefmarken enthielten; die anderen bettelten unverhüllter. Ein Mann, der überhaupt keine Beine besaß, hatte sich zwischen seinen Knien niedergelassen und entfernte ihm die Schuhbänder, als Vorbereitung zum Schuhputz. Andere, die merkten, daß sich eine Menge angesammelt hatte, schlugen sich zu ihr durch. Ein junger Bursche mit einem Loch dort, wo seine Nase sein sollte, duckte sich und versuchte, sich rüde einen Weg zu jenem zentralen Anziehungspunkt zu bahnen. Ein Mann ohne Hände hob seine rosigglänzenden Stümpfe über die Köpfe der Menge, um dem Fremden sein Gebrechen zu zeigen. Die Szene war typisch für das Postamt, nur daß Fremde jetzt eine Seltenheit waren. Ich mußte mich zu ihm durchkämpfen, dabei traf meine Hand einmal auf einen steifen, unmenschlichen Stumpf, wie ein Stück harten Gummis. Ich drängte ihn beiseite und fühlte zugleich Empörung über mich selbst, als hätte ich das Elend an sich zurückgestoßen. Ja, es kam mir sogar der Gedanke: »Was würden die Patres von Mariae Heimsuchung zu mir sagen?« So tief sind Zucht und Mythos der Kindheit in uns verankert. Ich brauchte fünf Minuten, um Mr. Smith zu befreien, und er hatte seine Schuhbänder eingebüßt. Wir mußten sie in Hamits Laden ersetzen, ehe wir dem Wohlfahrtsminister unsere Aufwartung machten. Mr. Smith sagte dem Minister: »Das Zentrum würde natürlich nicht auf einer Gewinnbasis geführt werden; aber ich rechne damit, daß wir einen Bibliothekar, einen Sekretär, einen Buchhalter, einen Koch und Kellner anstellen – und eines Tages natürlich auch Platzanweiserinnen für das Kino ... zumindest zwanzig Personen. Die Vorführungen würden als Kulturfilme gratis sein. Was das Theater betrifft – nun, wir dürfen nicht zu weit in die Zukunft schauen. Alle vegetarischen Produkte würden zum Selbstkostenpreis geliefert, und die Literatur für die Bibliothek wäre auch umsonst.«

Ich lauschte ihm mit Staunen. Der Traum war unversehrt. Die Wirklichkeit konnte Mr. Smith nichts anhaben. Sogar die Szene im Postamt hatte seine Vision nicht besudelt. Die Haitianer, frei von überschüssiger Magensäure, Armut und Leidenschaft, würden sich bald fröhlich über ihre Nußkoteletts beugen.

»Ihre neue Stadt, Duvalierville«, sagte Mr. Smith, »könnte vielleicht einen ausgezeichneten Sitz darstellen. Ich bin kein Gegner der modernen Architektur – keineswegs. Neue Ideen brauchen neue Gestaltung, und was ich Ihrer Republik bringen möchte, ist eine neue Idee.«

»Es ließe sich einrichten«, sagte der Minister, »Grundstücke sind vorhanden.« Er machte eine ganze Reihe kleiner Kreuze auf seinem Blatt, lauter Plus-Zeichen. »Sie verfügen gewiß über großes Kapital.«

»Ich dachte an ein gemeinsames Projekt mit der Regierung ...«

»Sie sind sich natürlich darüber klar, Mr. Smith, daß wir kein sozialistischer Staat sind. Wir glauben an freies Unternehmertum. Das Gebäude müßte zur Ausschreibung gelangen.«

»Das ist nur recht und billig.«

»Selbstverständlich würde sich die Regierung die endgültige Entscheidung über die einzelnen Offerten vorbehalten. Es ist nicht bloß eine Frage des niedrigsten Angebots. Man muß die städtebaulichen Reize von Duvalierville berücksichtigen. Und natürlich sind die Sanitätsprobleme vordringlich. Aus diesem Grund glaube ich durchaus, daß das Projekt vor allem in den Kompetenzbereich des Wohlfahrtsministeriums fiele.«

»Ausgezeichnet«, sagte Mr. Smith. »Dann hätte ich es also mit Ihnen zu tun.«

»Später würden wir uns natürlich mit dem Schatzamt ins Einvernehmen zu setzen haben. Und mit den Zollbehörden. Importe sind selbstverständlich Sache der Zollbehörden.«

»Es gibt hier doch gewiß keine Lebensmittelzölle?«

»Filme . . .«

»Kulturfilme?«

»Nun ja, sprechen wir über all das später. Zuerst kommt das Problem des Grundstücks. Und dessen Kosten.«

»Glauben Sie nicht, die Regierung könnte geneigt sein, etwas zu dem Grunderwerb beizutragen? Mit Rücksicht auf unsere Investition für Arbeitskräfte? Ich denke, das Land erzielt hier sowieso keinen sehr hohen Preis.«

»Das Land gehört dem Volk und nicht der Regierung, Mr. Smith«, sagte der Minister mit sanftem Vorwurf. »Trotzdem werden Sie finden, daß im modernen Haiti nichts unmöglich ist. Ich selbst würde vorschlagen, wenn man mich um meine Ansicht fragt, daß ein Beitrag zum Grunderwerb in der Höhe der Baukosten . . .«

»Das ist doch absurd«, sagte Mr. Smith. »Die beiden Kosten stehen in keinerlei Beziehung.«

»Natürlich rückzahlbar bei Fertigstellung der Arbeit.«

»Sie meinen also, das Grundstück wäre gratis?«

»Vollkommen gratis.«

»Dann verstehe ich nicht, wozu der Beitrag nötig ist.«

»Zum Schutz der Arbeitskräfte, Mr. Smith. Viele ausländische Projekte kamen zu einem plötzlichen Ende, und der Arbeiter fand an seinem Zahltag nichts in seinem Umschlag. Ein tragischer Fall für eine arme Familie. Wir haben in Haiti noch viele arme Familien.«

»Vielleicht würde eine Bank-Garantie ...«

»Bargeld ist besser, Mr. Smith. Der Gourde ist seit Generationen stabil, während der Dollar ständigem Druck ausgesetzt ist.«

»Ich müßte an mein Komitee nach Hause schreiben. Ich bezweifle ...«

»Schreiben Sie nach Hause, Mr. Smith, und sagen Sie, die Regierung von Haiti begrüßt alle fortschrittlichen Projekte und wird tun, was sie kann.« Er erhob sich hinter seinem Schreibtisch, um anzuzeigen, daß das Interview beendet sei. Sein breites, zähnefletschendes Lächeln ließ erkennen, daß er erwarte, es würde allen Teilen zuträglich sein. Er legte Mr. Smith sogar den Arm um die Schulter, um zu beweisen, daß sie Partner in dem großen Werk des Fortschritts seien.

»Und das Grundstück?«

»Sie werden eine große Auswahl haben, Mr. Smith. Vielleicht in der Nähe der Kathedrale? Oder der Universität? Oder des Theaters? Alles, solange es nicht mit den städtebaulichen Schönheiten von Duvalierville in Konflikt gerät. Was für eine herrliche Stadt! Sie werden ja sehen. Ich möchte sie Ihnen persönlich zeigen. Morgen habe ich sehr viel zu tun. So viele Deputationen. Sie wissen, wie es zugeht in einer Demokratie. Aber Donnerstag ...«

Im Wagen sagte Mr. Smith: »Er schien wahrhaftig interessiert.«

»Ich würde mit diesem Beitrag vorsichtig sein.«

»Er ist rückzahlbar.«

»Aber erst, wenn das Gebäude fertig ist.«

»Diese Geschichte von den Ziegeln im Sarg. Glauben Sie, daß etwas dran ist?«

»Nein.«

»Schließlich und endlich«, sagte Mr. Smith, »hat keiner von uns Doktor Philipots Leiche tatsächlich gesehen. Man soll nicht vorschnell urteilen.«

2

Nach meinem Besuch auf der Botschaft hörte ich ein paar Tage nichts von Martha und machte mir Sorgen. Ich spielte mir im Geist immer wieder jene Szene vor und versuchte festzustellen, ob irgendwelche unwiderruflichen Worte gefallen waren, konnte mich jedoch an keines erinnern. Ich war erleichtert, aber auch verärgert über ihren kurzen, unzärtlichen Brief, als er endlich eintraf: Angel gehe es besser, die Schmerzen seien vorbei, sie könnte mich wieder beim Denkmal treffen, wenn ich wollte. Ich kam zum Stelldichein und fand nichts verändert.

Doch selbst in diesem Mangel an Veränderung und in ihrer Zärtlichkeit fand ich Grund zum Groll. Ja, jetzt, da es ihr paßte, war sie bereit, sich der Liebe hinzugeben ... Ich sagte: »Wir können nicht in einem Wagen leben.«

Sie sagte: »Ich habe auch viel darüber nachgedacht. Wir richten uns noch zugrunde mit dieser Geheimniskrämerei. Ich werde ins Trianon kommen, wenn wir deinen Gästen ausweichen können.«

»Die Smiths sind jetzt gewiß schon im Bett.«

»Nehmen wir lieber beide Wagen für den Fall ... Ich kann immer sagen, ich habe dir eine Botschaft von meinem Mann überbracht. Eine Einladung. Etwas dergleichen. Fahr du zuerst. Ich gebe dir fünf Minuten.« Ich hatte eine Nacht der Streitereien erwartet, und nun flog plötzlich die Tür auf, die ich so oft hatte aufstoßen wollen. Ich ging hindurch und fand bloß Enttäuschung. Ich dachte: Sie denkt rascher als ich. Sie kennt die Schliche.

Als ich das Hotel erreichte, überraschten mich die Smiths durch ihre hörbare Anwesenheit. Löffel klapperten, Konservenbüchsen klirrten, sanftmütige Stimmen hoben sich ab. Heute abend hatten sie zur Einnahme ihres abendlichen Hefrols und Barmenols die Terrasse mit Beschlag belegt. Ich hatte mich manchmal gefragt, was sie wohl miteinander redeten, wenn sie allein waren. Kämpften sie in der Erinnerung alte Feldzüge von neuem durch? Ich parkte den Wagen, blieb eine Weile stehen und lauschte, bevor ich die Treppe hinaufstieg. Ich hörte Mr. Smith sagen: »Du hast schon zwei Löffel hineingetan, Liebste.«

»O nein. Ich weiß es genau.«

»Versuch's erst mal, dann wirst du sehen.«

Aus dem darauffolgenden Schweigen schloß ich, daß er recht gehabt hatte.

»Ich habe mir oft gedacht«, sagte Mr. Smith, »was wohl mit dem armen Mann passiert ist, der in dem Schwimmbad eingeschlafen war. In unserer ersten Nacht. Erinnerst du dich, Liebste?«

»Natürlich erinnere ich mich. Wäre ich nur hinuntergegangen, wie ich damals wollte«, sagte Mrs. Smith. »Ich habe Joseph am nächsten Tag gefragt, aber ich glaube, er hat mich angelogen.«

»Nicht angelogen, Liebste. Er hat dich einfach nicht verstanden.«

Ich ging die Treppe hinauf, und sie begrüßten mich. »Noch nicht im Bett?« fragte ich ein wenig dümmlich.

»Mr. Smith mußte seine Post erledigen.«

Ich überlegte mir, wie ich sie von der Terrasse entfernen konnte, bevor Martha kam. Ich sagte: »Sie dürfen nicht zu lange aufbleiben. Der Minister bringt uns morgen nach Duvalierville. Wir brechen zeitig auf.«

»Das macht nichts«, sagte Mr. Smith. »Meine Frau wird hierbleiben. Ich will nicht, daß sie auf den Straßen in der Sonne herumgeschüttelt wird.«

»Ich kann es genauso gut aushalten wie du.«

»Ich muß es aushalten, Liebste. Für dich besteht keine Notwendigkeit. Du bist dafür in der Lage, mit deinen Französisch-Lektionen aufzuholen.«

»Sie brauchen doch auch Ihren Schlaf«, sagte ich.

»Ich komme mit sehr wenig aus, Mr. Brown. Erinnerst du dich an unsere zweite Nacht in Nashville, Liebste . . .«

Ich hatte bemerkt, wie oft Nashville in ihren gemeinsamen Erinnerungen auftauchte: vielleicht, weil es die glorreichste ihrer Kampagnen war.

»Wissen Sie, wen ich heute in der Stadt gesehen habe?« fragte Mr. Smith.

»Nein.«

»Mr. Jones. Er kam mit einem sehr dicken Mann in Uniform aus dem Palast. Die Wache salutierte. Ich kann natürlich nicht annehmen, daß man Mr. Jones salutiert hat.«

»Es scheint ihm glänzend zu gehen«, sagte ich. »Vom Kerker zum Palast. Das ist fast noch besser als von der Holzhütte zum Weißen Haus.«

»Ich hatte immer das Gefühl, daß Mr. Jones ein charaktervoller Mensch ist. Ich bin froh, daß er es zu etwas bringt.«

»Wenn es nur nicht auf Kosten anderer geht.«

Selbst diese leicht kritische Andeutung ließ Mr. Smith eine verschlossene Miene aufsetzen (er rührte dabei nervös sein Hefrol um), und ich fühlte mich ernstlich versucht, ihm von dem Telegramm zu erzählen, das der Kapitän der »Medea« erhalten hatte. War es vielleicht ein Charakterfehler, so leidenschaftlich an die Reinheit der ganzen Welt zu glauben?

Ich wurde durch das Geräusch eines Wagens gerettet; einen Augenblick später kam Martha die Stufen herauf.

»Ach, das ist ja die reizende Mrs. Pineda«, rief Mr. Smith erleichtert. Er stand auf und bemühte sich um eine Sitzgelegenheit für sie. Martha sah mich verzweifelt an und sagte: »Es ist schon spät. Ich kann mich nicht aufhalten. Ich habe eine Botschaft von meinem Mann für Sie . . .« Sie zauberte einen Umschlag aus ihrer Tasche und schob ihn mir zu.

»Trinken Sie einen Whisky, wenn Sie schon hier sind«, sagte ich.

»Nein. Nein. Ich muß wirklich nach Hause.«

Mrs. Smith bemerkte – ein wenig steif, wie mir vorkam, doch vielleicht bildete ich es mir bloß ein –: »Laufen Sie unseretwegen nicht davon, Mrs. Pineda. Mr. Smith und ich wollten eben zu Bett gehen. Komm doch, Liebster.«

»Ich muß auf jeden Fall gehen. Mein Sohn hat Mumps, wissen Sie.« Es war eine zu lange Erklärung.

»Mumps?« sagte Mrs. Smith. »Es tut mir so leid, das zu hören, Mrs. Pineda. In diesem Fall werden Sie bestimmt zu Hause sein wollen.«

»Ich begleite Sie zu Ihrem Wagen«, sagte ich und zog sie fort. Wir fuhren bis ans Ende der Auffahrt und hielten dort.

»Was ist schiefgegangen?« fragte Martha.

»Du hättest mir nicht einen Brief geben sollen, der in meiner Schrift an dich adressiert war.«

»Ich war nicht darauf vorbereitet. Ich hatte keinen anderen in der Tasche. Sie kann ihn nicht gesehen haben.«

»Sie sieht eine ganze Menge. Im Gegensatz zu ihrem Gatten.«

»Tut mir leid. Was sollen wir machen?«

»Wir können warten, bis sie im Bett sind.«

»Und dann schleichen wir vorbei und sehen, wie die Tür sich plötzlich auftut, und Mrs. Smith ...«

»Sie wohnen nicht in meinem Stockwerk.«

»Dann begegnen wir ihnen bestimmt auf dem Treppenabsatz. Ich kann nicht.«

»Wieder ein Zusammensein verdorben«, sagte ich.

»Liebling, in jener ersten Nacht, beim Schwimmbad ... Ich wollte so gern ...«

»Sie wohnen noch immer in der John Barrymore-Suite gerade darüber.«

»Wir könnten unter die Bäume gehen. Die Lampen sind ja schon ausgelöscht. Es ist dunkel. Selbst Mrs. Smith kann nicht im Dunkeln sehen.«

Ich verspürte ein unerklärliches Widerstreben. Ich sagte: »Die Moskitos . . .«, um es zu erklären.

»Zum Teufel mit den Moskitos.« Als wir das letztemal zusammen gewesen waren, hatten wir gestritten, weil sie nicht wollte. Jetzt war die Reihe an mir. Ich dachte zornig: Wenn ihr Haus nicht beschmutzt werden soll, warum soll mein Haus weniger heilig sein? Und dann fragte ich mich: wem heilig? Einer Leiche in einem Schwimmbad?

Wir stiegen aus und gingen, so leise wir konnten, zum Bassin. Aus der Barrymore-Suite schien Licht, und ein Smith-Schatten ging an dem Moskitonetz vorüber. Wir legten uns in einer seichten Mulde unter den Palmen hin wie zwei Leichen, die gemeinsam begraben werden, und ich erinnerte mich an einen anderen Tod, an Marcel, der vom Lüster baumelte. Keiner von uns würde jemals aus Liebe sterben. Wir würden uns grämen und uns trennen und jemand anderen finden. Wir gehörten der Welt der Komödie und nicht der Tragödie an. Die Leuchtkäfer regten sich zwischen den Bäumen und erhellten dann und wann eine Welt, an der wir keinen Anteil hatten. Wir – die nicht farbig waren – hatten uns alle zu weit von der Heimat entfernt. Ich lag so unbeweglich da wie Monsieur le Ministre.

»Was hast du denn, Liebling? Ärgerst du dich über etwas?«

»Nein.«

Sie sagte ergeben: »Du willst mich nicht.«

»Nicht hier. Nicht jetzt.«

»Das letztemal hab ich dich geärgert. Aber ich wollte es wiedergutmachen.«

Ich sagte: »Ich habe dir nie erzählt, was in jener Nacht

passiert ist. Warum ich dich mit Joseph fortgeschickt habe.«

»Ich dachte, du wolltest mich vor den Smiths schützen.«

»Doktor Philipot lag tot im Schwimmbad, gerade dort drüben. Du siehst diese Flecken Mondschein . . .«

»Ermordet?«

»Er hatte sich selbst den Hals durchschnitten. Um den Tontons Macoute zu entkommen.«

Sie rückte ein wenig fort. »Ich verstehe. O Gott, es ist schrecklich, was für Dinge geschehen. Wie ein Alptraum.«

»Nur daß hier die Alpträume Wirklichkeit sind. Wirklicher als Mr. Smith und sein vegetarisches Zentrum. Wirklicher als wir selbst.«

Wir lagen Seite an Seite ruhig in unserem Grab, und ich liebte sie, wie ich sie niemals im Peugeot oder in dem Schlafzimmer über Hamits Laden geliebt hatte. Wir kamen uns durch Worte näher, als wir es je durch Berührung getan hatten. Sie sagte: »Ich beneide dich und Luis. Ihr glaubt an etwas. Ihr habt Erklärungen.«

»Habe ich sie wirklich? Du denkst also, daß ich noch glaube?«

Sie sagte: »Mein Vater hat auch geglaubt.« (Es war das erste Mal, daß sie ihn mir gegenüber erwähnte.)

»An was?« fragte ich.

»An den Gott der Reformation«, sagte sie. »Er war Lutheraner. Ein frommer Lutheraner.«

»Ein Glück für ihn, daß er an irgendwas glaubte.«

»Und in Deutschland haben sich Menschen auch die Gurgel durchschnitten, um seinem Richterspruch zu entgehen.«

»Ja. Das ist keine ungewöhnliche Situation. Es gehört zum menschlichen Leben. Grausamkeit ist wie ein Scheinwerfer. Sie fegt von einem Ort zum andern. Wir entkommen ihr nur für eine gewisse Zeit. Jetzt versuchen wir, uns unter den Palmen zu verstecken.«

»Statt etwas zu tun?«

»Statt etwas zu tun.«

Sie sagte: »Da ist mir fast noch mein Vater lieber.«

»Nein.«

»Du weißt von ihm?«

»Dein Mann hat's mir erzählt.«

»Wenigstens war er kein Diplomat.«

»Oder ein Hotelier, der vom Fremdenverkehr abhängt.«

»Daran ist nichts auszusetzen.«

»Ein Kapitalist, der auf die Rückkehr der Dollars wartet.«

»Du redest wie ein Kommunist.«

»Manchmal wünsche ich mir, ich wär einer.«

»Aber ihr seid doch Katholiken, du und Luis ...«

»Ja, wir wurden beide bei den Jesuiten erzogen«, sagte ich. »Sie lehrten uns denken, und so wissen wir zumindest, welche Art von Rolle wir jetzt spielen.«

»Jetzt?«

Wir lagen lange dort und hielten einander umfangen. Manchmal frage ich mich, ob es nicht der glücklichste Augenblick war, den wir zusammen erlebten. Zum ersten Mal hatten wir einander mehr anvertraut als Zärtlichkeiten.

3

Am nächsten Tag fuhren wir hinaus nach Duvalierville, Mr. Smith, ich und der Minister, mit einem Tonton Macoute als Fahrer; vielleicht kam er mit, um uns zu schützen, vielleicht um uns zu beobachten, vielleicht auch nur, um uns bei der Durchfahrt durch die Straßensperren zu helfen, denn dies war die Straße nach Norden, auf der eines Tages, wie die meisten Leute in der Stadt hofften, die Panzer aus Santo Domingo heranrollen würden. Ich fragte mich, wozu die drei schäbigen Milizmänner an der Sperre dann wohl gut wären.

Hunderte von Weibern ritten im Damensattel auf ihren Eselinnen zum Markt in der Hauptstadt, sie starrten auf die Felder zu beiden Seiten und schenkten uns keine Beachtung: wir existierten nicht in ihrer Welt. Autobusse fuhren vorbei, mit rot-gelb-blauen Streifen bemalt. Es mochte im Land wenig Lebensmittel geben, doch Farben gab es immer. Die tiefblauen Schatten ruhten ständig auf den Berghängen, das Meer war pfauengrün. Grün in all seinen Schattierungen lag überall: das Giftgrün der Sisal-Agave, mit Schwarz gestreift, das Hellgrün der Bananenbäume, das sich an der Spitze gelb zu färben begann, um mit dem Sand am Ufer der glatten grünen See übereinzustimmen. Das Land war ein Sturm von Farben. Ein großer amerikanischer Wagen fuhr auf der schlechten Straße mit rücksichtsloser Geschwindigkeit vorüber und hüllte uns in Staub; nur dem Staub fehlte die Farbe. Der Minister holte ein großes scharlachfarbenes Taschentuch hervor und betupfte seine Augen.

»*Salauds!*« rief er aus.

Mr. Smith legte die Lippen dicht an mein Ohr und flüsterte: »Haben Sie gesehen, wer diese Leute waren?«

»Nein.«

»Ich glaube, einer von ihnen war Mr. Jones. Ich kann mich auch geirrt haben. Sie fuhren sehr rasch.«

»Es kommt mir unwahrscheinlich vor«, sagte ich.

Auf der flachen, elendiglichen Ebene zwischen den Bergen und dem Meer hatte man ein paar weiße schachtelartige Einzimmerbauten errichtet, einen Sportplatz aus Zement und eine ungeheure Arena, die unter den kleinen Häusern fast so eindrucksvoll wirkte wie das Kolosseum.

All das stand beisammen in einem Kessel von Staub, der uns, sobald wir den Wagen verließen, im Wind eines nahenden Gewitters umwirbelte; in der Nacht würde sich der Boden wieder in Schlamm verwandelt haben. Ich fragte mich, woher in dieser Wildnis von Zement wohl jene gewissen Ziegel für Doktor Philipots Sarg hätten kommen sollen.

»Ist das ein griechisches Theater?« fragte Mr. Smith interessiert.

»Nein. Dort werden Hähne getötet.«

Seine Lippen zuckten, aber er verdrängte den Schmerz: Schmerz zu fühlen, war eine Art Kritik. Er sagte: »Ich sehe nicht viele Menschen hier.«

Der Wohlfahrtsminister sagte stolz: »An dieser Stelle wohnten mehrere hundert. In elenden Löchern. Wir mußten den Boden säubern. Es war ein ganz gewaltiges Unternehmen.«

»Wohin sind die jetzt?«

»Einige werden wohl in die Stadt gegangen sein. Andere in die Berge. Zu Verwandten.«

»Werden sie zurückkommen, wenn die Stadt gebaut ist?«

»Ach, wissen Sie, wir planen hier für eine bessere Klasse Menschen.«

Jenseits der Arena hatte man vier Häuser mit abgeschrägten Flügeln gebaut, die wie zertretene Schmetterlinge aussahen; sie wirkten wie einige Häuser in Brasilia, betrachtet durch ein umgekehrtes Fernrohr.

»Und wer wird dort wohnen?« fragte Mr. Smith.

»Die sind für Touristen.«

»Touristen?« fragte Mr. Smith.

Selbst das Meer war jetzt nicht mehr sichtbar; ringsum gab es nichts als die große Arena, den Fußballplatz aus Zement, den Staub, die Straße und die felsigen Berge. Vor einer der weißen Schachteln saß ein Neger mit weißen Haaren auf einem harten Stuhl, unter einem Schild, das anzeigte, er sei Friedensrichter. Er war das einzige menschliche Wesen weit und breit – er mußte großen Einfluß gehabt haben, um so früh hier angesiedelt zu werden. Nirgends merkte man etwas von arbeitenden Männern, obschon auf dem Sportplatz ein Bulldozer stand, dem ein Rad fehlte.

»Die Besucher, die sich Duvalierville ansehen wollen.«

Er führte uns näher an eines der Häuser heran: es unterschied sich durch nichts von den anderen Schachteln als durch die sinnlosen Flügel, die wohl, wie ich mir ausmalte, in starken Regengüssen abfallen würden. »Eines von diesen – unser bester Architekt hat sie entworfen – könnte als Ihr Zentrum dienen. Sie brauchten dann nicht auf einem nackten Baugrund anzufangen.«

»Ich hatte mir etwas Größeres vorgestellt.«

»Sie könnten ja die ganze Gruppe übernehmen.«

»Und was geschieht dann mit Ihren Touristen?« fragte ich.

»Wir würden noch ein paar mehr dort drüben hinbauen«, sagte er und deutete mit der Hand über die trockene uninteressante Ebene.

»Es kommt mir etwas entlegen vor«, sagte Mr. Smith sanft.

»Wir werden fünftausend Menschen hier unterbringen. Als ersten Anfang.«

»Wo werden die arbeiten?«

»Wir werden Industrien für sie herschaffen. Die Regierung ist für Dezentralisierung.«

»Und die Kathedrale?«

»Die wird dort drüben stehen, jenseits des Bulldozers.«

Um die Ecke der großen Arena schwankte ein anderes menschliches Wesen heran. Der Friedensrichter war also nicht der einzige Bewohner der neuen Stadt. Sie hatte bereits ihre Bettler. Der Mensch mußte in der Sonne geschlafen haben, bevor ihn unsere Stimmen weckten. Vielleicht glaubte er, der Traum des Architekten sei zur Wahrheit geworden und es gäbe wirklich Touristen in Duvalierville. Er hatte sehr lange Arme und keine Beine und näherte sich uns unmerklich, wie ein Schaukelpferd. Dann sah er unseren Fahrer und dessen schwarze Brille und Revolver und hielt inne. Statt weiterzugehen, begann er ein singendes Gemurmel und zog unter seinem zerrissenen Spinngewebe von einem Hemd eine kleine Holzstatuette hervor, um sie uns entgegenzuhalten.

Ich sagte: »Sie haben also Ihre Bettler.«

»Das ist kein Bettler«, erklärte der Minister, »es ist ein Künstler.«

Er sprach mit dem Tonton Macoute, der hinging und die Statuette holte; es war die Figur eines halbnackten Mädchens und nicht zu unterscheiden von Dutzenden ähnlicher Gebilde in den Läden der Syrer, die dort jetzt vergeblich auf leichtgläubige Touristen warteten.

»Darf ich sie Ihnen zum Geschenk machen«, sagte der Minister und reichte die Statuette Mr. Smith, der sie verlegen annahm. »Ein Muster haitischer Kunst.«

»Ich muß den Mann bezahlen«, sagte Mr. Smith.

»Nicht nötig. Die Regierung nimmt sich seiner an.« Der Minister schritt uns wieder voran zu dem Wagen, die Hand an Mr. Smith' Ellbogen, um ihn über den holprigen Boden zu geleiten. Der Bettler schaukelte hin und her und gab Zeichen der Trauer und Verzweiflung von sich. Irgendwelche Worte konnte ich nicht verstehen. Ich glaube, er hatte keinen Gaumen.

»Was sagt er?« fragte Mr. Smith.

Der Minister reagierte nicht auf diese Frage. »Später«, sagte er, »werden wir hier ein richtiges Kunstzentrum haben, wo die Künstler leben und sich erholen und sich von der Natur inspirieren lassen können. Die haitische

Kunst ist berühmt. Unsere Bilder werden von vielen Amerikanern gesammelt und hängen auch im Museum für Moderne Kunst in New York.«

Mr. Smith erklärte: »Mir ist es gleich, was Sie sagen. Ich bezahle diesen Mann.« Er schüttelte die schützende Hand des Wohlfahrtsministers ab und lief zu dem Krüppel zurück. Er zog ein Bündel Dollarnoten heraus und hielt sie ihm hin. Der Krüppel sah ihn ungläubig und ängstlich an. Unser Fahrer traf Anstalten einzugreifen, doch ich verstellte ihm den Weg. Mr. Smith bückte sich und drückte das Geld in die Hand des Krüppels. Der Krüppel begann sich mit ungeheurer Anstrengung zur Arena zurückzuschaukeln. Vielleicht hatte er dort ein Loch, wo er das Geld verstecken konnte... Auf dem Gesicht des Fahrers lag ein Ausdruck von Wut und Ekel, als habe man ihn beraubt. Ich glaube, er dachte daran, den Revolver zu ziehen (seine Finger fuhren an den Gürtel) und wenigstens einem Künstler den Garaus zu machen, doch Mr. Smith verstellte ihm die Schußlinie. »Ein Verkauf ist ihm gelungen«, sagte Mr. Smith mit befriedigtem Lächeln.

Der Friedensrichter hatte sich erhoben, um die Transaktion von seinem Wächterhaus jenseits des Sportplatzes aus zu beobachten – wenn er aufstand, war er ein ungeheurer Mann. Er beschattete mit der Hand seine Augen, um in dem starken Sonnenlicht besser zu sehen. Wir nahmen unsere Plätze im Wagen ein, dann herrschte ein kurzes Schweigen. Der Minister fragte: »Wohin möchten Sie jetzt fahren?«

»Nach Hause«, sagte Mr. Smith lakonisch.

»Ich könnte Ihnen das Grundstück zeigen, das wir für die Universität bestimmt haben!«

»Ich habe genug gesehen«, sagte Mr. Smith. »Ich möchte lieber nach Hause fahren, wenn Sie nichts dagegen haben.«

Ich blickte mich um. Der Friedensrichter rannte auf langen Sprungbeinen rasch über den Zement-Sportplatz, der Krüppel schwankte verzweifelt zu der Arena zurück; er erinnerte mich an eine Krabbe, die in ihr Loch flüchtet. Er hatte nur noch zwanzig Meter zurückzulegen, aber keine Chance. Als ich mich eine Minute später nochmals umsah, war Duvalierville in der Staubwolke unseres Wagens verschwunden. Ich sagte nichts zu Mr. Smith, der glücklich lächelte, weil er eine gute Tat getan hatte; ich glaube, er legte sich bereits zurecht, wie er es Mrs. Smith erzählen und sie dadurch in die Lage versetzen würde, sein Glücksgefühl zu teilen.

Nachdem wir ein paar Meilen gefahren waren, sagte der Minister: »Der Baugrund für die Touristen fällt natürlich teilweise in den Kompetenzbereich des Ministers für Öffentliche Arbeiten; auch müßte noch der Staatssekretär für den Fremdenverkehr zugezogen werden, aber der ist ein persönlicher Freund von mir. Wenn Sie die nötigen Arrangements mit mir treffen wollen, würde ich dafür sorgen, daß die anderen zufriedengestellt werden.«

»Zufriedengestellt?« fragte Mr. Smith. Er war nicht vollkommen arglos; zwar hatten ihn die Bettler im Postamt nicht erschüttert, doch glaube ich, daß die Stadt Duvalierville ihm die Augen geöffnet hatte.

»Ich meine«, sagte der Minister und holte eine Zigarrenkiste aus dem rückwärtigen Teil des Wagens, »Sie werden wohl nicht gern in endlose Dispute verwickelt sein wollen. Ich werde Ihre Ansichten meinen Kollegen vortragen. Nehmen Sie ein paar Zigarren, Herr Professor?«

»Nein, danke. Ich rauche nicht.« Dafür tat es der Fahrer. Er sah in seinem Spiegel, was sich abspielte, lehnte sich zurück und bemächtigte sich zweier Zigarren. Eine zündete er an, die zweite steckte er in seine Hemdtasche.

»Meine Ansichten?« sagte Mr. Smith. »Wenn Sie die hören wollen, hier sind sie: Ich kann Ihr Duvalierville nicht eben als ein Zentrum des Fortschritts betrachten. Es liegt zu weit entfernt.«

»Sie würden einen Bauplatz in der Hauptstadt vorziehen?«

»Ich beginne mir das ganze Projekt zu überlegen«, sagte Mr. Smith in so endgültigem Ton, daß selbst der Minister in ein gequältes Schweigen verfiel.

4

Und dennoch zauderte Mr. Smith weiter. Vielleicht richtete, als er mit Mrs. Smith die Ereignisse des Tages durchsprach, jene Hilfeleistung für den Krüppel wieder ein Gefühl der Hoffnung in ihm auf, der Hoffnung, daß er etwas für die Menschheit tun könne. Vielleicht bestärkte ihn Mrs. Smith in seiner Zuversicht und bekämpfte seine Zweifel (sie war eine stärkere Kämpferin als er). Schon als wir nach mehr als einer Stunde düsteren Schweigens im Hotel Trianon eintrafen, hatte er begonnen, seine ärgsten kritischen Einwände neu zu überprüfen. Die Vorstellung, er sei möglicherweise unfair gewesen, ließ ihn nicht los. Er empfahl sich von dem Wohlfahrtsminister mit gemessener Höflichkeit und dankte ihm »für einen sehr interessanten Ausflug«, dann aber blieb er plötzlich an den Stufen zur Terrasse stehen und wandte sich an mich. Er sagte: »Dieses Wort ›zufriedenstellen‹ – vielleicht hab ich ihn daraufhin zu scharf angefaßt. Es hat mich geärgert, aber schließlich ist Englisch nicht seine Muttersprache. Vielleicht hatte er gar nicht die Absicht . . .«

»Die Absicht hatte er wohl, aber er wollte es Ihnen nicht so offen sagen.«

»Dieses Projekt hat keinen sehr günstigen Eindruck auf mich gemacht, das gebe ich zu, aber wissen Sie, sogar Brasilia . . ., und dort hat man alle Techniker, die man braucht . . . es ist schon was, eine Sache zu wollen, auch wenn sie schiefgeht.«

»Ich glaube nicht, daß man hier ganz reif ist für den Vegetarismus.«

»Ich habe mir dasselbe gedacht, aber vielleicht . . .«

»Vielleicht muß man genug Bargeld haben, um erst einmal Fleisch zu essen.«

Er sah mich etwas vorwurfsvoll an und sagte: »Ich werde das alles mit Mrs. Smith besprechen.« Dann ließ er mich allein – wenigstens glaubte ich, allein zu sein, bis ich in mein Büro kam und dort den britischen Geschäftsträger vorfand. Joseph hatte ihn, wie ich sah, mit seinem speziellen Rum-Punsch bedient. »Eine hübsche Farbe«, sagte der Geschäftsträger, als ich eintrat, und hielt ihn gegen das Licht.

»Das macht die Grenadine.«

»Ich gehe nächste Woche auf Urlaub«, sagte er. »Und so mache ich meine Abschiedsvisite.«

»Sie werden nicht bedauern, hier herauszukommen.«

»Ach, es ist interessant . . .«, sagte er. »Es gibt ärgere Orte.«

»Der Kongo vielleicht. Aber dort sterben die Menschen schneller.«

»Zumindest bin ich froh«, sagte der Geschäftsträger, »keinen Landsmann im Gefängnis zurückzulassen. Mr. Smith' Eingreifen hat sich bewährt.«

»Ich weiß nicht, ob es an Mr. Smith lag. Ich habe den Eindruck, Jones wäre auf jeden Fall herausgekommen, aus eigenen Kräften.«

»Ich wüßte gern, woher er diese Kräfte bezieht. Ich will Ihnen nicht verhehlen, daß Anfragen bei mir eingetroffen sind . . .«

»Wie Mr. Smith hatte er ein Empfehlungsschreiben, aber ich vermute, wie bei Mr. Smith war es an den falschen Mann. Deshalb, stelle ich mir vor, wurde er verhaftet, als man es ihm auf dem Flugfeld abnahm. Ich habe den Verdacht, sein Brief war an einen der Armeeoffiziere gerichtet.«

»Er kam vorgestern nachts zu mir«, sagte der Geschäftsträger. »Ich hatte ihn nicht erwartet. Es war sehr spät. Ich wollte eben zu Bett gehen.«

»Ich habe ihn seit dem Abend seiner Entlassung nicht gesehen. Ich glaube, sein Freund, Hauptmann Concasseur, hält mich nicht für genügend zuverlässig. Ich war nämlich dabei, wissen Sie, als Concasseur Philipots Begräbnis auseinanderjagte.«

»Jones deutete mir an, er sei mit irgendeinem Regierungsprojekt befaßt.«

»Wo wohnt er eigentlich?«

»Man hat ihn in der Villa Créole einquartiert. Sie wissen doch, die Regierung hat das Haus beschlagnahmt. Zuerst brachte man dort die Polnische Mission unter, nachdem die Amerikaner fort waren. Die einzigen Gäste, die sie bis jetzt hatten. Und die Polen sind sehr rasch abgereist. Jones hat einen Wagen und einen Chauffeur. Natürlich kann der Fahrer auch zugleich sein Kerkermeister sein. Es ist ein Tonton-Macoute. Sie haben keine Vorstellung, was das für ein Projekt sein kann?«

»Keine Ahnung. Er sollte sich in acht nehmen. Man braucht einen sehr langen Löffel, um mit dem Baron zu speisen.«

»Ich habe ihm mehr oder weniger dasselbe gesagt. Aber ich glaube, er weiß das ganz gut – er ist kein dummer Mensch. Wußten Sie, daß er in Léopoldville war?«

»Ich glaube, er hat es mir einmal gesagt . . .«

»Es stellte sich ganz zufällig heraus. Er war zu Lumumbas Zeiten dort. Ich habe das in London nachgeprüft.

Offenbar half ihm unser Konsul aus Léopoldville heraus. Der Konsul gab ihm eine Flugkarte nach London, aber er stieg in Brüssel aus. Das spricht natürlich auch nicht gegen ihn ... Mir scheint, von mir wollte er eigentlich nur herausfinden, ob die Britische Botschaft das Recht auf Asyl besitzt. Falls er in Schwierigkeiten gerät. Ich mußte ihm nein sagen. Kein rechtlicher Anspruch.«

»Ist er bereits in Schwierigkeiten?«

»Nein. Aber er möchte sozusagen sein Terrain sondieren. Wie Robinson Crusoe, der auf den höchsten Baum klettert. Aber seinen Mann Freitag mag ich nicht besonders.«

»Wen meinen Sie damit?«

»Seinen Fahrer. Ein Mann, so dick wie Gracia, mit einer Menge Goldzähne. Ich glaube, er sammelt Goldzähne. Wahrscheinlich hat er dazu Gelegenheit. Ich wollte, Ihr Freund Magiot nähme diesen großen goldenen Backenzahn aus dem Mund und legte ihn in sein Safe. Ein Goldzahn erregt immer die Begierden.« Er trank seinen Rum aus.

Es war ein großer Tag für Besucher. Ich hatte gerade meine Badehose angezogen und tauchte ins Schwimmbad, als der nächste eintraf. Ich hatte entdeckt, daß ich immer gegen einen gewissen Widerstand ankämpfen mußte, wenn ich dort baden ging, und der Widerstand wurde neuerlich fühlbar, sobald ich den jungen Philipot vom Rand des Bassins auf mich herabblicken sah; er stand genau über der Stelle am tiefen Ende, wo sein Onkel verblutet war. Ich war unter Wasser geschwommen und hatte sein Kommen nicht gehört. Ich erschrak, als seine Stimme durch die Wasserschicht zu mir drang: »Monsieur Brown!«

»Aber, Philipot, ich wußte gar nicht, daß Sie da sind.«

»Ich bin Ihrem Rat gefolgt, Monsieur Brown. Ich habe Jones aufgesucht.«

Ich hatte unser Gespräch ganz vergessen. »Wozu?«

»Sie erinnern sich doch – das MG.«

Vielleicht hatte ich ihn nicht genügend ernst genommen. Ich hatte das leichte Maschinengewehr für eines seiner neuen poetischen Symbole gehalten, wie die Hochspannungsmaste in den Gedichten zur Zeit meiner Jugend: schließlich traten auch jene Poeten nicht in Elektrizitätswerke ein.

»Er wohnt oben in der Villa Créole mit Hauptmann Concasseur. Gestern nacht wartete ich, bis ich Concasseur ausgehen sah, aber Jones' Fahrer saß immer noch am Fuß der Treppe. Der mit den Goldzähnen. Der Mann, der Joseph zusammengeschlagen hat.«

»Der war das? Woher wissen Sie es?«

»Manche von uns machen Listen. Wir haben jetzt schon eine Menge Namen beisammen. Mein Onkel, muß ich zu meiner Schande sagen, war auf derselben Liste. Wegen der Pumpe in der Rue Desaix.«

»Ich glaube, das war nicht ganz und gar seine Schuld.«

»Ich auch. Jetzt habe ich sie dazu überredet, daß sein Name auf die andere Liste gehört. Die Liste der Opfer.«

»Hoffentlich heben Sie Ihre Akten an einem sehr sicheren Platz auf.«

»Zumindest gibt es Abschriften davon jenseits der Grenze.«

»Wie haben Sie Jones dann doch gesehen?«

»Ich kletterte durch ein Fenster in die Küche und ging dann die Lieferantentreppe hinauf. Ich klopfte an seine Tür. Ich tat, als hätte ich eine Botschaft von Concasseur. Er lag im Bett.«

»Er muß ein wenig erschrocken sein.«

»Monsieur Brown, wissen Sie, was die beiden vorhaben?«

»Nein. Sie?«

»Ich bin nicht sicher. Ich glaube ja, bin aber nicht sicher.«

»Was sagten Sie ihm?«

»Ich bat ihn, uns zu helfen. Ich sagte ihm, die Angreifer, die über die Grenze kommen, seien unfähig, den Doktor zu stürzen. Sie bringen ein paar Tontons Macoute um und werden dann selbst umgelegt. Sie sind nicht ausgebildet. Sie haben keine MGs. Ich erzählte ihm, wie einmal sieben Mann die Heereskaserne einnahmen, weil sie Maschinenpistolen hatten. ›Warum erzählen Sie mir das?‹ fragte er. ›Sie sind doch kein *agent provocateur*, oder?‹ Ich sagte nein; ich sagte, wenn wir nicht so lange vorsichtig gewesen wären, säße Papa Doc nicht in seinem Palast. Dann sagte Jones: ›Ich war beim Präsidenten.‹«

»Jones war beim Präsidenten?« fragte ich ungläubig.

»Er behauptete es, und ich glaubte ihm. Er hat etwas vor, er und Hauptmann Concasseur. Er sagte, Papa Doc habe ebensolches Interesse an Waffen und Ausbildung wie ich. ›Die Armee existiert nicht mehr‹, sagte Jones, ›nicht, daß sie noch zu irgend etwas gut gewesen wäre, und was die Tontons Macoute von den amerikanischen Waffen übriggelassen haben, verrostet alles aus Mangel an ordentlicher Pflege. Sie sehen also, es hat keinen Sinn, zu mir zu kommen – außer, Sie haben ein besseres Angebot an mich, als es mir der Präsident bereits gemacht hat.‹«

»Er sagte aber nicht, welches Angebot?«

»Ich habe versucht, die Papiere auf seinem Schreibtisch zu sehen – sie wirkten wie Baupläne für ein Gebäude, aber er sagte mir: ›Lassen Sie die Finger davon. Das bedeutet viel für mich.‹ Dann bot er mir etwas zum Trinken an, um zu zeigen, er habe persönlich nichts gegen mich. Er sagte mir: ›Man muß sich sein Leben verdienen, wie man's am besten kann. Was machen Sie?‹ Ich sagte: ›Ich habe einmal Gedichte geschrieben. Jetzt möchte ich ein leichtes MG. Und die Ausbildung. Auch die Ausbildung.‹ Er fragte mich: ›Gibt es viele von euch?‹, und ich sagte ihm, Zahlen seien nicht so wichtig. Wenn sieben Mann sieben Maschinengewehre hätten ...«

Ich sagte: »Die Maschinengewehre sind kein Zauber, Philipot. Manchmal haben sie Ladehemmung. Genauso wie eine Silberkugel ihr Ziel verfehlen kann. Sie greifen auf Wudu zurück, Philipot.«

»Und warum nicht? Vielleicht sind es die Götter von Dahomey, die wir jetzt brauchen.«

»Sie sind doch Katholik. Sie glauben an die Vernunft.«

»Auch die Wudu-Anhänger sind Katholiken, und wir leben nicht in einer Welt der Vernunft. Vielleicht kann uns bloß Ogoun Ferraille kämpfen lehren.«

»Mehr hat Jones Ihnen nicht gesagt?«

»Nein. Er sagte nur noch: ›Na los. Trinken Sie einen Whisky, alter Freund.‹ Aber ich wollte nichts trinken. Ich ging die Vordertreppe hinunter, damit der Fahrer mich sehen konnte. Ich wollte, daß er mich sieht.«

»Nicht sehr gut für Sie, wenn man Jones ausfragt.«

»Ohne ein MG ist Mißtrauen meine einzige Waffe. Ich dachte mir, wenn man anfängt, Jones zu mißtrauen, kann vielleicht etwas passieren ...« In seiner Stimme waren Tränen; die Tränen eines Dichters um eine verlorene Welt oder die Tränen eines Kindes um ein Maschinengewehr, das niemand ihm geben wollte? Ich schwamm zum seichten Ende davon, um ihn nicht weinen zu sehen. Meine verlorene Welt war das nackte Mädchen im Schwimmbad, aber was war die seine? Ich erinnerte mich an den Abend, als er seine nachempfundenen Gedichte mir und Petit Pierre und jenem jungen Beat-Romancier vorlas, der so gern der Kerouac von Haiti geworden wäre; auch ein alternder Maler war dagewesen, der während des Tages einen Lastwagen fuhr und nachts mit seinen schwieligen Fingern im amerikanischen Kunstzentrum arbeitete, wo man ihm Farben und Leinwand gab. Sein letztes Bild stand auf der Terrasse – Kühe auf einem Feld, aber nicht von der Art, wie man sie südlich des Piccadilly feilhielt, und ein Schwein, das den Kopf durch einen Reifen steckt, inmitten grüner Bananenblätter, die vom ständigen Sturm aus den Bergen dunkel geworden waren. Es hatte etwas, das mein Kunststudent niemals hatte erreichen können.

Ich stieß am Ende des Bassins wieder zu ihm, nachdem ich ihm Zeit gegeben hatte, seine Tränen zu stillen. »Erinnern Sie sich noch dieses jungen Mannes«, fragte ich ihn, »der einen Roman mit dem Titel ›La Route du Sud‹ geschrieben hat?«

»Der ist in San Francisco, wo er immer sein wollte. Er war nach dem Blutbad geflohen.«

»Ich dachte an den Abend, an dem Sie uns vorlasen . . .«

»Ich bereue jene Tage nicht. Sie waren unwirklich. Die Touristen und das Tanzen und der Mann, der sich als Baron Samedi verkleidete. Baron Samedi ist kein Gegenstand der Unterhaltung für Besucher.«

»Sie haben Geld auf die Insel gebracht.«

»Wer hat das Geld gesehen? Papa Doc hat uns zumindest gelehrt, ohne Geld zu leben.«

»Kommen Sie Sonnabend zum Abendessen und lernen Sie meine einzigen fremden Gäste kennen.«

»Nein, ich habe für diese Nacht etwas vor.«

»Seien Sie jedenfalls vorsichtig. Ich wollte, Sie würden wieder Gedichte schreiben.«

Er entblößte mit einem boshaften Lächeln seine weißen Zähne. »Das Gedicht über Haiti ist bereits ein für allemal geschrieben. Sie kennen es doch, Monsieur Brown«, und er begann zu rezitieren:

»Quelle est cette île triste et noire? – C'est Cythère,
Nous dit-on, un pays fameux dans les chansons,
Eldorado banal de tous les vieux garçons,
Regardez, après tout, c'est une pauvre terre.«

Eine Tür öffnete sich oben, und einer von den *vieux garçons* trat auf den Balkon der John Barrymore-Suite. Mr. Smith nahm seine Badehose vom Balkongitter und sah in den Garten herab. »Mr. Brown«, rief er.

»Ja?«

»Ich habe mit Mrs. Smith gesprochen. Sie meint, ich habe mich vielleicht etwas vorschnell geäußert. Sie meint, wir sollten dem Minister im Zweifelsfall lieber gute Absichten zugestehen.«

»So?«

»Wir werden also noch ein Weilchen bleiben und es nochmals versuchen.«

5

Ich hatte Doktor Magiot gebeten, an jenem Sonnabend bei mir zu speisen, um die Smiths kennenzulernen. Ich wollte den Smiths beweisen, daß nicht alle Menschen in Haiti Politiker oder Henkersknechte sind. Außerdem hatte ich den Doktor seit jener Nacht, in der wir uns des Leichnams entledigt hatten, nicht gesehen und wollte nicht das Gefühl in ihm entstehen lassen, ich hielte mich aus Feigheit fern. Er kam, kurz nachdem der elektrische Strom gesperrt worden war. Joseph schickte sich eben an, die Petroleumlampen anzuzünden. Er drehte den Docht der einen zu hoch: die Flammen schossen den Zylinder hinauf, und in ihrem Schein rollte sich der Schatten Doktor Magiots längs der Terrasse auf wie ein schwarzer Teppich. Er und die Smiths begrüßten einander mit altmodischer Artigkeit: einen Augenblick sah es aus, als seien wir wieder im neunzehnten Jahrhundert, da die Petroleumlampen sanfter leuchteten als Glühbirnen und auch unsere Leidenschaften milder waren – falls der Schein nicht trog.

Doktor Magiot sagte: »Ich bewundere Mr. Truman um einiger seiner innenpolitischen Maßnahmen willen, aber Sie werden mir verzeihen, wenn ich mich nicht als sein Anhänger in der Frage des Korea-Krieges ausgeben kann. Auf jeden Fall ist es mir eine Ehre, seinem Gegner zu begegnen.«

»Kein sehr entscheidender Gegner«, sagte Mr. Smith. »Wir waren uns nicht gerade über den Korea-Krieg uneins – obwohl ich selbstverständlich gegen alle Kriege bin, was für Ausreden die Politiker immer dafür finden mögen. Ich trat in der Sache des Vegetarismus gegen ihn auf.«

»Ich wußte nicht«, sagte Doktor Magiot, »daß der Vegetarismus während der Wahl aufs Tapet kam.«

»Das tat er auch leider nicht, außer in einem Bundesstaat.«

»Wir brachten es auf zehntausend Stimmen«, sagte Mrs. Smith. »Der Name meines Mannes stand gedruckt auf der Wahlliste.«

Sie öffnete ihre Tasche und zog nach kurzer Suche unter den Papiertaschentüchern einen Stimmzettel hervor. Wie die meisten Europäer wußte ich nur wenig über das amerikanische Wahlrecht: ich hatte die unbestimmte Vorstellung, daß es da höchstens zwei oder drei Kandidaten gab und die Wähler überall für ihren Präsidentschaftskandidaten stimmten. Ich hatte nicht erfaßt, daß auf den Stimmzetteln der meisten Staaten der Name des Präsidentschaftskandidaten gar nicht aufschien und dort nur die Namen der Wahlmänner standen, für die tatsächlich gestimmt wurde. Im Staat Wisconsin war jedoch Mr.

Smith' Name deutlich erkennbar gedruckt, unter einem großen schwarzen Quadrat mit einem Emblem, das meiner Meinung nach einen Kohlkopf darstellte. Ich war erstaunt über die Anzahl der Parteien; selbst die Sozialisten waren in zwei Fraktionen gespalten, und es gab auch noch liberale und konservative Kandidaten für kleinere Ämter. Ich konnte es an Doktor Magiots Gesicht ablesen, daß er sich genausowenig auskannte wie ich. Wenn eine englische Wahl weniger kompliziert ist als eine amerikanische, dann ist eine Wahl in Haiti einfacher als jede der beiden anderen. In Haiti blieb man zu Hause, wenn einem sein Leben lieb war, selbst in den vergleichsweise friedlichen Tagen des Vorgängers von Doktor Duvalier.

Wir reichten einander den Stimmzettel weiter, alles unter Mrs. Smith' Augen, die ihn so scharf bewachten wie einen Hundertdollar-Schein.

»Der Vegetarismus ist eine interessante Idee«, sagte Doktor Magiot. »Ich bin freilich nicht sicher, ob er sich für alle Säugetiere eignet. Ich zweifle etwa daran, daß ein Löwe bei Grünzeug gedeiht.«

»Mrs. Smith hatte einmal eine vegetarische Bulldogge«, sagte Mr. Smith voll Stolz. »Natürlich bedurfte das einigen Trainings.«

»Einiger Autorität«, sagte Mrs. Smith, und ihr Blick forderte Doktor Magiot zum Widerspruch heraus.

Ich erzählte ihm von dem vegetarischen Zentrum und unserem Ausflug nach Duvalierville.

»Ich hatte einmal einen Patienten aus Duvalierville«, sagte Doktor Magiot. »Er hatte dort auf dem Bauplatz gearbeitet – ich glaube, in der Arena – und wurde dann entlassen, weil einer der dortigen Tontons Macoute den Posten für ein Familienmitglied haben wollte. Mein Patient beging einen sehr dummen Fehler. Er jammerte den Tontons von seiner Armut vor, und die Tontons schossen ihn einmal durch den Bauch und einmal durch den

Schenkel. Ich habe ihm das Leben gerettet, aber jetzt ist er ein gelähmter Bettler auf dem Postamt. Wenn ich Sie wäre, würde ich mich nicht in Duvalierville niederlassen. Es ist nicht die richtige *ambiance* für Vegetarismus.«

»Gibt es denn kein Recht in diesem Land?« fragte Mrs. Smith.

»Die Tontons Macoute sind das einzige Recht. Sie wissen ja, was diese Wörter bedeuten: Schreck-Gespenster.«

»Gibt es keine Religion?« wollte Mr. Smith nun wieder wissen.

»O ja. Wir sind ein sehr religiöses Volk. Unsere Staatsreligion ist die katholische Kirche – der Erzbischof ist in der Verbannung, der päpstliche Nuntius ist in Rom und der Präsident ist exkommuniziert. Unsere Volksreligion ist der Wudukult, den man durch hohe Steuern nahezu ausgerottet hat. Der Präsident war einmal ein großer Wudu-Anhänger, doch seit er exkommuniziert ist, kann er daran nicht teilnehmen – man muß ein zur Kommunion zugelassener Katholik sein, um am Wudukult teilzunehmen.«

»Aber das ist doch Heidentum«, sagte Mrs. Smith.

»Woher soll ich das wissen? Ich glaube nicht mehr an den christlichen Gott als an die Götter von Dahomey. Die Wudu-Anhänger glauben an beides.«

»Woran glauben Sie denn, Doktor?«

»Ich glaube an gewisse wirtschaftliche Gesetze.«

»Religion ist Opium für das Volk?« warf ich ihm leichtfertig zu.

»Ich weiß nicht, wo Marx das geschrieben haben soll«, sagte Doktor Magiot abweisend, »wenn er es überhaupt je schrieb. Da Sie aber wie ich als Katholik geboren wurden, müßte es Ihnen Freude machen, zu lesen, was Marx im ›Kapital‹ über die Reformation zu sagen hat. Er billigte die Klöster in jener gesellschaftlichen Situation. Religion kann ein ausgezeichnetes Heilmittel für gewisse Geisteszustände sein – für Melancholie, Verzweiflung, Feigheit. Bedenken Sie, daß Opium in der Medizin verwendet wird. Ich bin nicht gegen Opium. Bestimmt auch nicht gegen Wudu. Wie einsam wäre doch mein Volk, wenn Papa Doc die einzige Macht im Land besäße.«

»Aber es ist Heidentum«, bestand Mrs. Smith weiter auf ihrer Meinung.

»Die richtige Therapie für die Haitianer. Die amerikanischen Marinesoldaten versuchten den Wudukult auszurotten. Die Jesuiten haben es auch versucht. Aber die Zeremonien gehen weiter, solange sich jemand findet, der reich genug ist, den Priester und die Steuer zu bezahlen. Ich würde Ihnen dennoch nicht raten, hinzugehen!«

»Sie ist nicht so leicht zu erschrecken«, erwiderte Mr. Smith. »Sie hätten sie in Nashville sehen sollen.«

»Ich bezweifle nicht ihren Mut, aber es gibt da Vorgänge, die für eine Vegetarierin . . .«

Mrs. Smith fragte ernst: »Sind Sie Kommunist, Doktor Magiot?«

Diese Frage hatte ich ihm schon häufig stellen wollen, und ich war neugierig, wie er sie beantworten würde.

»Madame, ich glaube an die Zukunft des Kommunismus.«

»Ich habe gefragt, ob Sie Kommunist sind.«

»Liebste«, sagte Mr. Smith, »wir haben kein Recht . . .« Er versuchte, ihre Aufmerksamkeit abzulenken. »Darf ich dir noch etwas Hefrol geben?«

»Kommunist zu sein, Madame, ist hier illegal. Aber seit die amerikanische Hilfe eingestellt wurde, hat man uns gestattet, den Kommunismus zu studieren. Kommunistische Propaganda ist verboten, aber die Werke von Marx und Lenin sind es nicht – ein feiner Unterschied. So darf ich also sagen, daß ich an die Zukunft des Kommunismus glaube; das ist eine philosophische Ansicht.«

Ich hatte zuviel getrunken. Ich sagte: »Ganz wie der junge Philipot an die Zukunft des Maschinengewehrs glaubt.«

Doktor Magiot sagte: »Märtyrer kann man nicht zurückhalten. Man kann nur versuchen, ihre Zahl zu vermindern. Hätte ich in den Tagen Neros einen Christen gekannt, dann hätte ich versucht, ihn vor den Löwen zu retten. Ich hätte ihm gesagt: Lebe weiter mit deinem Glauben, aber stirb nicht mit ihm.«

»Gewiß ein recht zaghafter Ratschlag, Herr Doktor«, sagte Mrs. Smith.

»Da kann ich nicht zustimmen, Mrs. Smith. In der westlichen Hemisphäre, in Haiti und anderswo, leben wir im Schatten Ihres großen und blühenden Landes. Man braucht viel Mut und Geduld, um seinen Kopf zu bewahren. Ich bewundere die Kubaner, aber ich wollte, ich könnte an die Zukunft ihrer Köpfe glauben – und an ihren Endsieg.«

Zweites Kapitel

I

Ich hatte ihnen beim Essen nicht gesagt, daß sich ein reicher Mann gefunden hatte und noch in derselben Nacht irgendwo in den Bergen oberhalb Kenscoff eine Wudu-Zeremonie stattfinden sollte. Es war Josephs Geheimnis, und er hatte mich nur deshalb eingeweiht, weil er von mir im Wagen hingebracht werden wollte. Hätte ich abgelehnt, dann hätte er gewiß versucht, sich den ganzen Weg mit seinem versehrten Bein hinaufzuschleppen. Mitternacht war vorbei; wir fuhren ungefähr zwölf Kilometer, und als wir den Wagen auf der Straße hinter Kenscoff zurückließen, konnten wir die Trommeln hören, wie einen Puls, der leise schlägt. Es war, als liege die heiße Nacht atemlos da. Vor uns war eine Hütte aus Stroh, den Winden ausgesetzt, flackernde Kerzen, ein weißer Lichtfleck.

Dies war die erste und letzte Zeremonie, die ich sehen sollte. Während der zwei Jahre des Wohlstandes hatte ich pflichtschuldig den für Touristen veranstalteten Wudu-Tänzen beigewohnt. Mir, der ich als Katholik geboren war, erschienen sie so abstoßend, als sähe ich die heilige Wandlung in Form eines Broadway-Balletts. Ich kam jetzt nur, weil ich es Joseph schuldig war, und nicht die Wudu-Zeremonie ist mir am lebhaftesten im Gedächtnis geblieben, sondern das Gesicht Philipots auf der anderen Seite der *tonelle*, bleicher und jünger als die Gesichter der Neger um ihn her; er lauschte mit geschlossenen Augen den Trommeln, die von einem Mädchenchor in Weiß leise, gedämpft, eindringlich geschlagen wurden. Zwischen uns stand der Pfahl des Tempels, hoch aufgerichtet wie eine Antenne, um den Vorbeizug der Götter einzufangen. Dort hing eine Peitsche in Erinnerung an die Sklaverei der Vergangenheit und, nach gesetzlicher Vorschrift, eine Fotografie Papa Docs in Kabinett-Format, ein Mahnbild der Gegenwart. Ich erinnerte mich, wie mir der junge Philipot auf meinen Vorwurf geantwortet hatte: »Vielleicht sind es die Götter Dahomeys, die wir brauchen.« Regierungen hatten ihn im Stich gelassen, ich hatte ihn im Stich gelassen, Jones hatte ihn im Stich gelassen – er hatte kein Maschinengewehr; und hier war er, lauschte den Trommeln und wartete auf Kraft, auf Mut, auf eine Entscheidung. Auf dem Erdboden hatte man rund um eine kleine Kohlenpfanne etwas in die Asche gezeichnet, den Anruf an einen Gott. Galt er Legba, dem fröhlichen Frauenverführer, galt er der süßen Erzulie, der Jungfrau voll Reinheit und Liebe, galt er Ogoun Ferraille, dem Schutzpatron der Krieger, oder Baron Samedi in seinem schwarzen Gewand und seinen schwarzen Tontonbrillen, der nach den Toten hungert? Der Priester wußte es, vielleicht auch der Mann, der die Zeremonie bezahlte, und vermutlich konnten die Eingeweihten die Hieroglyphen in der Asche lesen.

Die Zeremonie dauerte stundenlang, bevor der Höhepunkt erreicht war; nur Philipots Gesicht hielt mich durch all den Chorgesang und das Trommeln hindurch wach. Unter den Gebeten gab es kleine vertraute Oasen: *»Libera nos a malo«, »Agnus Dei«;* heilige Banner schwankten vorbei, den Heiligen geweiht; *»Panem nostrum quotidianum da nobis hodie.«* Einmal blickte ich auf das Zifferblatt meiner Uhr und sah im fahlen Phosphorlicht, wie sich die Zeiger der Drei näherten.

Der Priester trat aus seinem Innengemach hervor und schwenkte ein Weihrauchfaß; doch jenes Weihrauchfaß, das er uns ins Gesicht schwenkte, war ein zusammengeschnürter Hahn – die kleinen blöden Augen starrten in meine Augen, und das Banner der heiligen Lucia flatterte darüber hin. Als er den Kreis der *tonelle* vollendet hatte, steckte der Priester, der *houngan,* den Kopf des Hahnes in den Mund und biß ihn glatt ab; die Flügel flatterten noch weiter, indes der Kopf auf dem gestampften Boden lag wie ein Stück zerbrochenen Spielzeugs. Dann bückte sich der *houngan,* drückte an dem Hals wie an einer Tube Zahnpasta und ließ das rostfarbene Blut über die aschgrauen Zeichen auf dem Boden fließen. Als ich mich umblickte, um zu sehen, wie der zarte Philipot die Religion seines Volkes aufnahm, sah ich, daß er nicht mehr dort stand. Auch ich wäre gegangen, aber ich war an Joseph gefesselt, und Joseph war an die Zeremonie in der Hütte gefesselt.

Die Trommlerinnen wurden wilder, je weiter die Nacht fortschritt. Sie versuchten nicht mehr, die Schläge zu dämpfen. Etwas ereignete sich im Innenraum, wo die Banner um einen Altar aufgestellt waren und unter einem Coca-Cola-Plakat und einem Gebet in Brandmalerei ein Kreuz stand. Und jetzt kam eine Prozession hervor. Sie trugen, was ich zuerst für eine Leiche hielt, in ein weißes Grabtuch eingeschlagen – das Haupt war bedeckt, und ein schwarzer Arm hing frei herab. Der Priester kniete über dem Feuer nieder und entfachte die Asche zu Flammen. Sie legten die Leiche neben ihn, und er nahm den freien Arm und hielt ihn in die Flamme. Als der Leib sich regte, begriff ich, daß er lebte. Vielleicht schrie der Neophyte – ich konnte es wegen der Trommeln und der singenden Weiber nicht hören, aber ich roch die verbrannte Haut. Der Leib wurde hinausgetragen, ein anderer nahm seine Stelle ein, und wieder ein anderer. Die Hitze der Flammen schlug mir ins Gesicht, als der Nachtwind durch die Hütte fegte. Der letzte Leib war bestimmt der eines Kindes – er war weniger als einen Meter lang – und diesmal hielt der *houngan* die Hand einige Zoll über die Flamme; er war kein grausamer Mensch. Als ich dann über die *tonelle* hinwegsah, stand Philipot wieder auf seinem Platz, und mir fiel ein, daß einer der Arme, den man in die Flamme gehalten hatte, hell erschienen war wie der eines Mulatten. Ich sagte mir, es konnte unmöglich der Arm Philipots gewesen sein. Philipots Gedichte waren als elegante Luxusdrucke erschienen, in Pergament gebunden. Wie ich war er von den Jesuiten erzogen worden; er hatte die Sorbonne besucht; ich erinnerte mich, wie er mir am Schwimmbad die Zeilen von Baudelaire zitiert hatte. Wenn Philipot einer von den neuen Eingeweihten war, welch ein Triumph wäre das für Papa Doc, während er sein Land in den Abgrund zog! Die Flammen beleuchteten die an den

Pfeiler genagelte Fotografie, die dicke Brille, die Augen, die auf den Boden starrten wie auf eine zu sezierende Leiche. Einst war er ein Landarzt gewesen, der erfolgreich den Typhus bekämpft hatte; er war auch ein Gründer der Ethnologischen Gesellschaft. Meine jesuitische Erziehung half mir, ebenso gut Latein zu zitieren wie der *houngan*, der jetzt darum betete, daß die Götter von Dahomey sich zeigten. »*Corruptio optimi* . . .«

Es war nicht die süße Erzulie, die uns in jener Nacht heimsuchte, obschon ihr Geist einen Augenblick lang die Hütte zu betreten und eine Frau, die neben Philipot saß, zu berühren schien. Die Frau erhob sich, bedeckte ihr Gesicht mit den Händen und schwankte sanft hin und her. Der Priester trat zu ihr und riß ihr die Hände weg. Im Kerzenschein hatte sie einen Ausdruck unendlicher Süße, doch der *houngan* verwarf sie. Erzulie war unerwünscht. Wir waren heute nacht nicht zusammengekommen, um der Göttin der Liebe zu begegnen. Er legte ihr die Hände auf die Schultern und stieß sie auf ihre Bank zurück. Er hatte kaum Zeit, sich umzuwenden, da stand Joseph schon in dem Ring.

Joseph bewegte sich im Kreis, die Pupillen seiner Augen so sehr nach oben verdreht, daß ich bloß das Weiße sah; seine Hände waren ausgestreckt, als bettle er. Er begann in seiner verwundeten Hüfte zu wanken und schien hinfallen zu wollen. Die Leute rings um mich beugten sich mit großer Aufmerksamkeit vor, als warteten sie auf ein Zeichen, daß der Gott wirklich anwesend sei. Die Trommeln verstummten; der Gesang schwieg; bloß der *houngan* redete in einer Sprache, die älter war als Kreolisch, älter vielleicht als Latein, und Joseph hielt inne und lauschte, starrte an dem Holzpfahl hinauf, vorbei an der Peitsche und Papa Docs Gesicht, bis zum Dach wo eine Ratte sich regte, knisternd im Stroh.

Dann trat der *houngan* zu Joseph. Er trug einen roten Umhang und warf ihn Joseph um die Schultern. Ogoun Ferraille war erkannt. Jemand kam mit einer Machete und drückte das Buschmesser in Josephs hölzerne Hand, als wäre er eine Statue, die der Vollendung harrte.

Die Statue begann sich zu regen. Sie hob langsam einen Arm und schwang dann das Messer in weitem Bogen, so daß sich alle duckten, aus Angst, es könnte über die *tonelle* fliegen. Joseph begann zu laufen, die Machete blitzte und sauste durch die Luft. Die Menschen in der ersten Reihe drängten nach hinten, einen Augenblick lang brach Panik aus. Joseph war nicht mehr Joseph. Über sein Gesicht strömte der Schweiß, seine Augen sahen blind oder trunken aus, während er die Luft durchbohrte und das Messer schwang, und was war mit seinem Gebrechen? Er lief, ohne zu straucheln. Einmal blieb er stehen und ergriff eine Flasche, die auf dem Boden stehengeblieben war, als die Leute flohen. Er tat einen langen Zug und rannte weiter.

Ich sah Philipot allein auf seiner Bank; alle um ihn waren zurückgewichen. Er beugte sich vor und beobachtete Joseph, und Joseph lief über den gestampften Boden auf ihn zu und schwang das Buschmesser. Er griff Philipot mit der Hand ins Haar, und ich dachte, er würde ihn mit dem Messer niederstrecken. Dann preßte er Philipots Kopf zurück und goß ihm den Schnaps in den Schlund. Philipots Mund sprudelte von Flüssigkeit über wie eine Dachtraufe. Die Flasche glitt zwischen ihnen herunter. Joseph drehte sich zweimal um sich selbst und fiel nieder. Die Trommeln schlugen, die Mädchen sangen, Ogoun Ferraille war gekommen und gegangen.

Philipot war einer der drei Männer, die mithalfen, Joseph in den Raum hinter der *tonelle* zu tragen; ich selbst aber hatte genug. Ich trat in die heiße Nacht hinaus und tat einen tiefen Atemzug frischer Luft, die nach Holzfeuer und Regen roch. Ich sagte mir, ich hätte die Jesuiten nicht verlassen, um das Opfer eines afrikanischen Gottes zu werden. Die heiligen Banner schwangen in der *tonelle,* die endlosen Rezitationen gingen weiter, ich kehrte zu meinem Wagen zurück, wo ich mich hinsetzte, um auf Josephs Rückkehr zu warten. Wenn er sich so leichtfüßig in der Hütte bewegen konnte, würde er seinen Weg auch ohne meine Hilfe finden. Nach einer Weile kam der Regen. Ich schloß die Wagenfenster und saß in stickiger Hitze, während der Regen wie aus einem Feuerlöscher auf die *tonelle* niederprasselte. Der Lärm des Regens ließ die Trommeln verstummen, und ich fühlte mich so einsam wie ein Mensch in einem fremden Hotel nach dem Begräbnis eines Freundes. Für den Notfall hatte ich immer eine Flasche Whisky im Wagen, ich tat einen Schluck und sah bald darauf die Trauergäste herbeikommen, graue Gestalten im schwarzen Regen.

Niemand blieb vor dem Wagen stehen; sie teilten sich und fluteten auf beiden Seiten an mir vorüber. Einmal glaubte ich, einen Motor anspringen zu hören – Philipot mußte seinen Wagen mitgebracht haben, doch der Regen hüllte ihn ein. Ich hätte niemals zu diesem Begräbnis kommen sollen, ich hätte niemals in dieses Land kommen sollen, ich war ein Fremder. Meine Mutter hatte sich einen schwarzen Liebhaber genommen, sie hatte sich auf das alles eingelassen, aber ich wußte seit Jahren nicht mehr, wie man sich auf irgend etwas einläßt. Irgendwie, irgendwo hatte ich die Fähigkeit, an etwas Anteil nehmen zu können, völlig eingebüßt. Einmal blickte ich hinaus und glaubte Philipot mir durch das Fenster zuwinken zu sehen. Es war ein Trug.

Als Joseph immer noch nicht auftauchte, fuhr ich schließlich los und allein nach Hause. Es war fast vier Uhr früh und zu spät, um noch einzuschlafen, so daß ich hellwach war, als die Tontons Macoute um sechs Uhr an der Treppe zur Terrasse vorfuhren und mir zuriefen, herunterzukommen.

2

Hauptmann Concasseur war der Führer der Truppe, und er hielt mir auf der Terrasse die Pistolenmündung vor die Brust, während seine Leute die Küche und die Dienstbotenzimmer durchsuchten. Ich konnte den Lärm der zugeworfenen Schränke und Türen und das Klirren der zerschlagenen Gläser hören. »Was suchen Sie?« fragte ich.

Er lag auf einer korbgeflochtenen Chaiselongue, die Pistole im Schoß; die Waffe zielte auf mich und den harten geraden Stuhl, auf dem ich saß. Die Sonne war noch nicht aufgegangen, trotzdem trug er seine schwarze Brille. Ich fragte mich, ob er deutlich genug sehen konnte, um zu treffen, zog es jedoch vor, kein Risiko einzugehen. Auf meine Frage gab er keine Antwort; warum sollte er auch? Der Himmel über seiner Schulter färbte sich rot, und die Palmen wurden schwarz und klar erkennbar. Ich saß auf einem geraden Speisezimmerstuhl, und die Moskitos stachen mich in die Fußgelenke.

»Oder suchen Sie irgend jemanden? Wir haben hier keine Flüchtlinge. Ihre Leute machen genug Lärm, um Tote zu erwecken. Und ich habe Gäste«, fügte ich mit einigem Stolz hinzu.

Hauptmann Concasseur veränderte die Haltung seiner Pistole, als er die Haltung seiner Beine veränderte – vielleicht litt er an Rheumatismus. Vorher hatte die Pistole auf meinen Bauch gezielt; jetzt zielte sie auf meine Brust. Er gähnte, sein Kopf sank zurück, und ich dachte, er sei eingeschlafen, aber hinter den schwarzen Brillen konnte ich seine Augen nicht sehen. Ich machte eine leichte Bewegung, um aufzustehen, und er sagte augenblicklich: »Setzen Sie sich.«

»Ich bin ganz steif, ich möchte mich strecken.« Die Pistole zielte jetzt auf meinen Kopf. Ich sagte: »Was haben Sie und Jones vor?« Es war eine rhetorische Frage, und ich war erstaunt, als er antwortete: »Was wissen Sie von Oberst Jones?«

»Sehr wenig«, sagte ich. Ich nahm zur Kenntnis, daß Jones im Rang gestiegen war.

Dann kam ein besonders lauter Krach aus der Küche, und ich fragte mich, ob sie den Herd zertrümmerten. Hauptmann Concasseur sagte: »Philipot war hier.« Ich blieb stumm, weil ich nicht wußte, ob er den toten Oheim oder den lebendigen Neffen meinte. Er sagte: »Bevor er hierher kam, suchte er Oberst Jones auf. Was wollte er von Oberst Jones?«

»Ich weiß nichts. Haben Sie Jones nicht gefragt? Er ist doch Ihr Freund.«

»Wir bedienen uns der Weißen, wenn wir müssen. Wir trauen Ihnen nicht. Wo ist Joseph?«

»Ich weiß es nicht.«

»Warum ist er nicht hier?«

»Ich weiß es nicht.«

»Sie sind gestern nacht mit ihm ausgefahren.«

»Ja.«

»Sie sind allein zurückgekommen.«

»Ja.«

»Sie hatten ein Zusammentreffen mit den Rebellen.«

»Sie reden Unsinn. Unsinn.«

»Ich kann Sie einfach erschießen. Es wäre mir ein Vergnügen. Sie hätten eben Widerstand bei der Festnahme geleistet.«

»Ich zweifle nicht daran. Sie haben wohl viel Übung darin?«

Ich hatte Angst, aber noch mehr Angst, meine Angst zu zeigen – das würde ihm jede Hemmung rauben. Wie ein wilder Hund war er ungefährlicher, solange er bellte.

»Warum hätten Sie mich festnehmen sollen?« fragte ich. »Die Botschaft würde das wissen wollen.«

»Heute um vier Uhr früh wurde ein Polizeikommissariat angegriffen. Ein Mann wurde getötet.«

»Ein Polizist?«

»Ja.«

»Gut.«

Er sagte: »Tun Sie nicht so, als ob Sie mutig wären. Sie haben große Angst. Sehen Sie sich nur Ihre Hand an.« (Ich hatte sie ein- oder zweimal an meiner Pyjamahose abgewischt, um die Feuchtigkeit loszuwerden.)

Ich sagte mit einem schlecht nachgeahmten Lachen: »Die Nacht ist warm. Mein Gewissen ist ganz rein. Ich war um vier im Bett. Was ist mit den anderen Polizisten geschehen? Die sind wohl davongelaufen?«

»Ja, wir werden sie uns zur richtigen Zeit vornehmen. Sie ließen ihre Waffen zurück, als sie wegrannten. Das war ein schwerer Fehler.«

Die Tontons Macoute strömten aus der Küche heraus. Es war seltsam, in der Dämmerung des frühen Morgens von Männern mit Sonnenbrillen umgeben zu sein. Hauptmann Concasseur gab einem von ihnen ein Zeichen, der schlug mich auf den Mund, wobei er mir die Lippe zerschnitt. »Widerstand gegen die Festnahme«, sagte Hauptmann Concasseur. »Da muß es zu einem Kampf gekommen sein. Wir werden dann auch, wenn wir höflich sind, dem Geschäftsträger Ihre Leiche zeigen. Wie war doch sein Name? Ich vergesse Namen so leicht.«

Ich konnte spüren, wie ich langsam die Nerven verlor. Sogar bei den Tapferen schläft der Mut vor dem Frühstück, und ich war niemals tapfer. Ich fand, daß es mich

Mühe kostete, auf meinem Stuhl aufrecht sitzen zu bleiben. Ich hatte den abscheulichen Wunsch, mich Hauptmann Concasseur zu Füßen zu werfen. Ich wußte, daß eine solche Regung tödlich wäre. Feiges Gesindel zu erschießen, überlegte man sich nicht zweimal.

»Ich will Ihnen sagen, was passiert ist«, sagte Hauptmann Concasseur. »Der diensthabende Polizist wurde erdrosselt. Wahrscheinlich war er eingeschlafen. Ein hinkender Mann nahm seinen Karabiner; ein Mestize nahm seine Pistole, sie brachen die Tür auf, die in den Schlafraum der anderen führte ...«

»Und ließen sie am Leben?«

»Meine Leute wären erschossen worden. Die Polizei wird manchmal verschont.«

»Es muß in Port-au-Prince eine Menge Menschen geben, die hinken.«

»Wo ist dann Joseph? Er sollte hier schlafen. Jemand hat Philipot erkannt, und er ist nicht zu Hause. Wann haben Sie ihn das letztemal gesehen? Wo?«

Er gab demselben Mann ein Zeichen. Diesmal schlug mir dieser Mensch heftig auf das Schienbein, während ein anderer mir gleichzeitig den Stuhl wegzog, so daß ich mich eben dort befand, wo ich nicht sein wollte: zu Füßen Hauptmann Concasseurs. Seine Schuhe waren von einem gräßlichen Rotbraun. Ich wußte, daß ich wieder auf die Beine kommen mußte, sonst war ich verloren, doch mein Bein tat mir weh, und ich war nicht sicher, ob ich aufrecht stehen könnte. Ich hockte in einer sonderbaren Stellung auf dem Boden, wie bei einer zwanglosen Party. Alles wartete darauf, was ich nun tun würde. Vielleicht wollten sie mich, sobald ich aufstand, wieder niederschlagen. Das wäre wohl ihre Art von Humor auf einer Party. Mir fiel Josephs zertrümmerte Hüfte ein. Es war sicherer, an Ort und Stelle zu bleiben. Aber ich stand auf. Ein Schmerz durchzuckte mein rechtes Bein. Ich versuchte, mich auf die Balustrade der Terrasse zu stützen. Hauptmann Concasseur änderte die Richtung seiner Pistole, um mich vor der Mündung zu behalten, doch er tat es ohne Hast. Er hatte sich höchst bequem auf die Chaiselongue hingelümmelt. Ja, er sah aus, als wäre er der Herr im Hause. Vielleicht war das seine Absicht.

Ich sagte: »Was meinten Sie eben? Ach ja ... ich war gestern abend mit Joseph bei einer Wudu-Zeremonie. Philipot war dort. Aber wir haben nicht miteinander gesprochen. Ich ging, bevor es vorüber war.«

»Warum?«

»Ich war angewidert.«

»Sie waren von der Religion des haitischen Volkes angewidert?«

»Jeder nach seinem Geschmack.«

Die Männer mit den Sonnenbrillen kamen näher. Die Brillen waren Hauptmann Concasseur zugewendet. Hätte ich nur ein einziges Paar Augen und ihren Ausdruck sehen können ... Diese Anonymität entmutigte mich. Hauptmann Concasseur sagte: »Sie haben solche Angst vor mir, daß Sie sich in die Hosen gepißt haben.« Mir wurde klar, daß er die Wahrheit gesprochen hatte. Ich konnte die Nässe und Wärme spüren. Es tropfte entwürdigend von mir herunter. Jetzt hatte er, was er wollte. Ich hätte besser daran getan, zu seinen Füßen hockenzubleiben.

»Schlag ihn nochmals«, sagte Hauptmann Concasseur zu dem Mann.

»Dégoûtant«, sagte eine Stimme, *»tout-à-fait dégoûtant.«*

Ich war genauso verblüfft wie die übrigen. Der amerikanische Akzent, mit dem diese Worte gesprochen wurden, hatte für mich alle Glut und Kraft des *Kampfliedes der Republik* von Mrs. Julia Ward Howe. Die Früchte des Zornes wurden in ihnen geerntet und es blitzte das schreckenerregende schnelle Schwert. Die Worte ließen meinen Gegner mit der zum Schlag erhobenen Faust innehalten.

Am anderen Ende der Terrasse war Mrs. Smith hinter Hauptmann Concasseur aufgetaucht. Um zu sehen, wer sprach, mußte er seine Haltung träger Gleichgültigkeit aufgeben, so daß seine Pistole nicht mehr auf mich zielte und ich mich der Reichweite seiner Faust entzog. Mrs. Smith war in eine Art Nachthemd aus der Kolonialzeit gekleidet, und ihre Haare steckten in metallenen Lockenwicklern, was ihr ein sonderbar kubistisches Aussehen verlieh. Entschlossen stand sie im Dämmerlicht und setzte meinen Angreifern tüchtig mit abgehackten Phrasen zu, die sie dem Hugoschen Lehrbuch für den Selbstunterricht entnommen hatte. Sie sagte ihnen, daß ein *bruit horrible* sie und ihren Mann aus dem Schlaf geweckt habe; sie beschuldigte sie der *lâcheté,* weil sie einen unbewaffneten Mann schlügen; sie verlangte von ihnen eine richterliche Vollmacht für ihre Anwesenheit überhaupt – eine Vollmacht und immer wieder eine Vollmacht; aber hier ließ Hugos Vokabular sie im Stich – *»montrez-moi votre Vollmacht«; »votre Vollmacht où est-il?«* Das geheimnisvolle Wort war für die Leute bedrohlicher als die Wörter, die sie verstanden.

»Madame«, setzte Hauptmann Concasseur zum Sprechen an, und sie nahm ihn zum Zielpunkt ihrer wilden kurzsichtigen Augen. »Ja, Sie«, sagte sie, »ja, Sie habe ich schon einmal gesehen, Sie sind der Frauenschläger.« Hugo hatte kein Wort dafür – nur auf englisch konnte sie jetzt ihre Empörung ausdrücken. Sie trat auf ihn zu, all ihr schwer erlernter Wortschatz war jetzt vergessen. »Wie können Sie es wagen, hierherzukommen und mit einer Pistole herumzufuchteln? Geben Sie her!« Und sie streckte die Hand danach aus, als wäre er ein Kind mit einer Schleuder. Hauptmann Concasseur mochte ihr Englisch nicht verstanden haben, aber ihre Gebärde verstand er sehr gut. Als wollte er ein wertvolles Ding vor einer zornigen Mutter in Sicherheit bringen, steckte er die Pistole wieder in die Tasche. »Stehen Sie von dem Sofa auf, Sie schwarzer Lump, stehen Sie auf, wenn Sie mit mir reden!« Und als wollte sie an ihrer ganzen Vergangenheit festhalten, als hätte dieses Echo des Rassenhasses von Nashville ihr die Zunge versengt, setzte sie hinzu: »Sie sind eine Schande für alle Schwarzen.«

»Wer ist diese Frau?« fragte mich Hauptmann Concasseur mit schwacher Stimme.

»Die Gattin des Präsidentschaftskandidaten. Sie sind ihr schon einmal begegnet.« Ich glaube, jetzt erinnerte er sich zum erstenmal der Szene bei Philipots Begräbnis. Er hatte seine Autorität eingebüßt: Seine Leute starrten ihn durch ihre Sonnenbrillen an und warteten auf Befehle, die nicht kamen.

Mrs. Smith hatte Hugos Wortschatz wieder in der Gewalt. Wie schwer mußte sie an jenem langen Vormittag, da Mr. Smith und ich Duvalierville besucht hatten, daran gearbeitet haben! Sie sagte mit ihrem gräßlichen Akzent: »Sie haben gesucht. Sie haben nicht gefunden. Sie können gehen.« Abgesehen davon, daß einige Substantive fehlten, hätten diese Sätze etwa der zweiten Unterrichtsstunde entsprochen. Hauptmann Concasseur zögerte. Allzu ehrgeizig, versuchte sie sich zugleich an einem Konjunktiv und einem Futurum und brachte sie durcheinander, aber er konnte dennoch sehr gut erfassen, was sie eigentlich sagen wollte: Wenn Sie nicht gehen, hole ich meinen Mann. Er kapitulierte. Er führte seine Leute hinaus, und sie schritten davon, zur Auffahrt hinab, lärmender als sie gekommen waren, und mit einem hohlen Gelächter, das ihren verletzten Stolz überspielen sollte.

»Wer war das?«

»Einer von Jones' neuen Freunden«, sagte ich.

»Ich werde bei der ersten Gelegenheit mit Mr. Jones darüber sprechen. Wer Pech angreift . . . Aber Ihr Mund blutet! Kommen Sie hinauf, und ich werde ihn mit Listerin reinigen. Mr. Smith und ich reisen nie ohne eine Flasche Listerin.«

3

»Tut es weh?« fragte mich Martha.

»Jetzt nicht mehr sehr«, sagte ich. Ich konnte mich nicht erinnern, daß wir je so allein und friedlich gewesen wären. Die langen Stunden des Nachmittags schwanden hinter dem Moskitonetz vor dem Schlafzimmerfenster dahin. Denke ich an jenen Nachmittag, so scheint es mir, als wäre uns der ferne Anblick eines gelobten Landes gewährt worden – wir waren an das Ende der Wüste gelangt; Milch und Honig warteten auf uns; unsere Kundschafter kamen vorüber, die Last der Trauben auf den Schultern. Welchen falschen Göttern wandten wir uns damals zu? Was hätten wir anderes tun können, als wir taten?

Nie zuvor war Martha aus eigenem Antrieb, ohne dazu gedrängt zu werden, ins Trianon gekommen. Noch nie hatten wir in meinem Bett geschlafen. Es dauerte nur eine halbe Stunde, doch der Schlaf war tiefer als je ein Schlaf seither. Ich erwachte, und meine verletzten Lippen schraken vor ihrem Mund zurück. Ich sagte: »Jones hat sich brieflich bei mir entschuldigt. Er hat Concasseur erklärt, er fasse es als persönliche Beleidigung auf, daß man einen seiner Freunde so behandle. Er drohte mit dem Abbruch der Beziehungen.«

»Welcher Beziehungen?«

»Das weiß Gott. Er hat mich gebeten, heute abend bei ihm etwas zu trinken. Um zehn. Ich werde nicht hingehen.«

Wir konnten einander in der Dämmerung kaum mehr sehen. Sobald sie zu sprechen begann, glaubte ich immer, sie wollte sagen, sie könne nicht länger bleiben. Luis war wieder in Südamerika zur Berichterstattung bei seinem Außenministerium, aber immer noch war Angel da. Ich wußte, daß sie ihm ein paar Freunde zum Tee geladen hatte, aber ein Tee dauert nicht sehr lang. Die Smiths waren ausgegangen – wieder eine Unterredung mit dem Wohlfahrtsminister. Diesmal hatte er sie gebeten, allein zu kommen, und Mrs. Smith hatte für den Fall, daß sich Übersetzungsprobleme ergeben sollten, das Lehrbuch von Hugo mitgenommen.

Jetzt meinte ich, eine Tür zuschlagen zu hören, und sagte zu Martha: »Ich glaube, die Smith' sind zurück.«

»Die Smith' sind mir ganz egal«, sagte sie. Sie legte mir die Hand auf die Brust und sagte: »Ach, bin ich müde.«

»Auf gute Art müde oder auf schlechte?«

»Auf schlechte Art müde.«

»Was stimmt denn nicht?« Das war eine dumme Frage in unserer Lage, aber ich wollte die Worte, die ich häufig sprach, aus ihrem eigenen Mund hören.

»Ich bin es müde, nie allein zu sein. Der Menschen bin ich müde. Ich bin Angels müde.«

Ich sagte voll Staunen: »Angel?«

»Ich hab ihm heute eine ganze Schachtel neuer Puzzles geschenkt. Genug, um ihn eine Woche lang zu beschäftigen. Wenn ich nur diese Woche bei dir sein könnte!«

»Eine Woche?«

»Ich weiß. Es ist nicht lang genug, wie? Das ist kein Abenteuer mehr.«

»Das war es schon nicht mehr, als ich in New York war.«

»Ja.«

Aus der Ferne, von irgendwoher in der Stadt, waren Schüsse zu vernehmen. »Da wird jemand umgebracht«, sagte ich.

»Hast du denn nichts gehört?« fragte sie.

Nochmals zwei Schüsse.

»Ich meine, von den Hinrichtungen?«

»Nein. Seit Tagen war Petit Pierre nicht hier oben. Joseph ist verschwunden. Ich bin von allen Nachrichten abgeschnitten.«

»Zur Vergeltung für den Überfall auf das Polizeikommissariat haben sie zwei Männer aus dem Gefängnis geholt, um sie auf dem Friedhof zu erschießen.«

»In der Dunkelheit?«

»Das ist eindrucksvoller. Man hat Bogenlichter und eine Fernsehkamera aufgestellt. Alle Schulkinder müssen dabei sein. Befehl von Papa Doc.«

»Dann warte lieber, bis das Publikum sich zerstreut hat«, sagte ich.

»Ja. Mehr bedeutet es für uns nicht. Es betrifft uns nicht.«

»Nein. Wir würden keine sehr guten Rebellen abgeben, du und ich.«

»Auch Joseph kann ich mir nicht als Rebellen vorstellen. Mit der zerschlagenen Hüfte.«

»Oder Philipot ohne sein Maschinengewehr. Ich möchte wissen, ob er Baudelaire in der Brusttasche stekken hat, um die Kugeln aufzuhalten.«

»Dann sei auch nicht so streng mit mir«, sagte sie, »weil ich eine Deutsche bin und die Deutschen nichts unternommen haben.« Sie bewegte ihre Hand, während sie sprach, und meine Begierde kehrte wieder, so daß ich mir nicht die Mühe machte, sie zu fragen, was sie meinte. Nicht solange Luis in Südamerika, Angel mit seinen Puzzles beschäftigt und die Smiths außer Sicht- und

Hörweite waren. Ich konnte mir den Geschmack von Milch an ihren Brüsten und den Geschmack von Honig zwischen ihren Schenkeln vorstellen, und mir einen Augenblick lang einbilden, ich beträte das gelobte Land, doch der Anflug von Hoffnung war bald vorbei, und sie redete weiter, als hätten ihre Gedanken nicht für einen Moment ihre Bahn verlassen. Sie sagte: »Haben die Franzosen nicht ein Wort dafür, wenn man auf die Barrikaden geht?«

»Meine Mutter muß wohl auf die Barrikaden gegangen sein, es sei denn, ein Liebhaber hätte ihr die Widerstandsmedaille geschenkt.«

»Auch mein Vater ist 1930 auf die Barrikaden gegangen, aber dann ist er zum Kriegsverbrecher geworden. Jeder Einsatz ist gefährlich, nicht wahr?«

»Ja. Wir haben an ihrem Beispiel gelernt.«

Es war an der Zeit, sich anzuziehen und hinunterzugehen. Jede Stufe abwärts war eine Stufe näher nach Port-au-Prince. Die Tür zu den Smiths stand offen, Mrs. Smith blickte auf, als wir vorbeikamen. Mr. Smith saß da, den Hut in den Händen, und sie hatte die Hand auf seinem Nacken liegen. Schließlich waren ja auch sie Liebende.

»Schön«, sagte ich, als wir zum Wagen gingen, »sie haben uns gesehen. Angst?«

»Nein. Erleichterung«, sagte Martha.

Ich ging ins Hotel zurück, und aus dem ersten Stock rief Mrs. Smith nach mir. Ich fragte mich, ob ich, wie einer der alten Bewohner von Salem, nun des Ehebruchs angeklagt werden sollte. Würde Martha ein Abzeichen als Dirne tragen müssen? Ich weiß nicht warum, aber ich hielt die Smiths, weil sie Vegetarier waren, auch für Puritaner. Gleichwohl wurde die Neigung zur Menschenliebe nicht durch Magensäure hervorgerufen, und sie waren beide Gegner des Hasses. Widerstrebend ging ich hinauf und fand sie noch in derselben Haltung. In einem sonderbaren Ton der Herausforderung, als hätte sie meine Gedanken gelesen und sich darüber geärgert, sagte Mrs. Smith: »Ich hätte Mrs. Pineda gern guten Abend gewünscht.«

So mürrisch ich konnte, brachte ich vor: »Sie mußte rasch nach Hause zu ihrem Kind«, und Mrs. Smith zuckte nicht einmal zusammen. Sie sagte: »Das ist eine Frau, die ich gern näher gekannt hätte.« Warum hatte ich angenommen, daß sie nur den farbigen Rassen Nächstenliebe entgegenbrachte? War es mein Schuldbewußtsein, das vor einigen Abenden Mißbilligung aus ihrem Gesicht gelesen hatte? Oder war sie eine von jenen Frauen, die einem Mann, den sie einmal gepflegt haben, alles verzeihen? Das Listerin hatte mir vielleicht Absolution erwirkt. Sie nahm ihre Hand vom Nacken ihres Mannes und legte sie ihm aufs Haar.

Ich sagte: »Dazu ist es nicht zu spät. Sie wird wieder einmal herkommen.«

»Wir fahren morgen nach Hause«, sagte sie. »Mr. Smith hat die Hoffnung aufgegeben.«

»Auf das vegetarische Zentrum?«

»Auf alles hier.«

Er blickte auf, und in seinen alten bleichen Augen standen Tränen. Welch ein lächerlicher Einfall war es von ihm gewesen, als Politiker aufzutreten. Er sagte: »Haben Sie die Schüsse gehört?«

»Ja.«

»Wir trafen die Kinder auf dem Weg aus der Schule.« Er sagte: »Ich hätte mir niemals vorgestellt ... als wir Freiheitsboten waren, Mrs. Smith und ich ...«

»Man darf eine Hautfarbe nicht verdammen, Liebster«, sagte sie.

»Ich weiß. Ich weiß.«

»Was hat sich bei dem Minister ereignet?«

»Die Unterredung war kurz. Er wollte die Zeremonie nicht versäumen.«

»Zeremonie?«

»Auf dem Friedhof.«

»Weiß er, daß Sie abreisen?«

»O ja, ich hatte meinen Entschluß schon vor – dieser Zeremonie gefaßt. Der Minister hatte sich die Sache überlegt und war zu dem Schluß gekommen, ich sei am Ende doch kein Einfaltspinsel. Die Alternative war, daß ich genauso ein Gauner war wie er selbst. Dann wäre ich hierhergekommen, um Geld zu machen, und nicht, um es auszugeben; er zeigte mir also seine Methode: es hieß bloß, zu dritt zu teilen und nicht zu zweit mit jemandem, der für öffentliche Arbeiten verantwortlich war. Soviel ich verstand, hätte ich für einiges Material, aber nicht für viel, bezahlen müssen, in Wirklichkeit aber hätte man es mit unserem Gewinnanteil gekauft.«

»Und wie hätten die ihren Gewinn gemacht?«

»Die Regierung hätte die Löhne garantiert. Wir hätten die Arbeitskräfte zu einem viel niedrigeren Tarif eingestellt, und am Monatsende die Arbeiter entlassen. Dann hätten wir zwei Monate lang das Projekt ruhen lassen, und nachher einen neuen Haufen Arbeiter aufgenommen. Die garantierten Löhne für die Monate ohne Arbeit wären natürlich in unsere Taschen geflossen – abgesehen von unseren Zahlungen für das Material, und die Provision dafür hätte den Minister für Öffentliche Arbeiten – es war wohl dieses Ministerium? – zufriedengestellt. Er war sehr stolz auf diesen Plan. Er wies darauf hin, daß am Ende möglicherweise sogar ein vegetarisches Zentrum dabei herauskommen würde.«

»Der Plan kommt mir recht fadenscheinig vor.«

»Auf Einzelheiten ließ ich mich nicht ein. Ich glaube, er hätte alle löchrigen Stellen der Reihe nach mit den Gewinnen ausgeflickt.«

»Mr. Smith kam mit so großen Erwartungen hierher«, sagte Mrs. Smith zärtlich besorgt.

»Auch du, Liebste.«

»Man lernt nie aus im Leben«, sagte Mrs. Smith, »wir sind noch nicht am Ende.«

»Junge Menschen lernen leichter. Verzeihen Sie, Mr. Brown, wenn ich etwas niedergeschlagen erscheine, aber wir wollten nicht, daß Sie es mißverstehen, wenn wir Ihr Hotel jetzt verlassen. Sie haben uns sehr gut aufgenommen. Wir waren sehr glücklich unter Ihrem Dach.«

»Es war mir eine Freude, Sie als Gäste zu haben. Fahren Sie mit der »Medea«? Sie soll morgen anlegen.«

»Nein. Wir warten sie nicht ab. Ich habe Ihnen unsere Adresse aufgeschrieben. Wir fliegen morgen nach Santo Domingo und wollen dort zumindest ein paar Tage bleiben – Mrs. Smith möchte das Grab von Kolumbus sehen. Ich erwarte mit dem nächsten Schiff einige Literatur über Vegetarismus. Wenn Sie so lieb sein wollen, sie uns nachzuschicken ...«

»Die Sache mit dem Zentrum tut mir leid. Aber wissen Sie, Mr. Smith, es wäre nie zustande gekommen.«

»Das sehe ich jetzt ein. Wir erscheinen Ihnen vielleicht ein wenig als komische Figuren, Mr. Brown.«

»Nicht komisch«, sagte ich aufrichtig. »Heroisch.«

»Ach, wir sind gar nicht aus solchem Stoff. Ich möchte Ihnen jetzt gute Nacht sagen, Mr. Brown, wenn Sie mich entschuldigen wollen. Ich fühle mich etwas erschöpft heute abend.«

»Es war sehr heiß und feucht in der Stadt«, erklärte Mrs. Smith, und wieder berührte sie sein Haar, als berühre sie ein überaus kostbares Gewebe.

Drittes Kapitel

1

Anderntags begleitete ich die Smiths auf den Flugplatz. Petit Pierre war nirgends zu sehen, und dennoch hätte die Abreise eines Präsidentschaftskandidaten sicherlich einen Artikel in seiner Rubrik verdient, auch wenn er die makabre Schlußszene, die sich vor dem Postamt ereignete, hätte weglassen müssen. Mr. Smith bat mich, den Wagen mitten auf dem Platz anzuhalten, und ich dachte, er beabsichtige eine Aufnahme zu machen. Statt dessen stieg er mit der Tasche seiner Frau in der Hand aus, und die Bettler nahten aus allen Richtungen – ein leises Raunen halb artikulierter Sätze war zu hören, und ich sah einen Polizisten die Treppen des Postamts herunterlaufen. Mr. Smith öffnete die Handtasche und begann Banknoten um sich zu streuen – Gourdes und Dollars, alles durcheinander. »Um Gottes willen«, rief ich aus. Ein oder zwei Bettler gaben laute, entnervende Schreie von sich; ich sah Hamit verblüfft in der Tür seines Ladens stehen. Das rote Abendlicht verlieh den Pfützen die Farbe von Laterit. Das letzte Geld war verstreut, und die Polizei begann ihre Opfer einzukreisen. Männer auf zwei Beinen stießen einbeinige nieder, Männer mit zwei Armen packten armlose am Rumpf und warfen sie zu Boden. Während ich Mr. Smith in meinen Wagen zurückdrängte, sah ich Jones. Er saß in einem Wagen hinter seinem Tonton-Fahrer und sah verwundert, besorgt und zum ersten Mal in seinem Leben ratlos drein. »Nun, Liebste«, sagte Mr. Smith, »ich glaube, die werden das nicht auf üblere Art ausgeben, als ich es getan hätte.«

Ich begleitete die Smiths zu ihrem Flugzeug, aß allein

zu Abend und fuhr dann in die Villa Créole – die Neugier trieb mich, Jones zu besuchen.

Der Fahrer saß zusammengekrümmt am Fuß der Treppe. Er beobachtete mich argwöhnisch, ließ mich aber durch. Eine Stimme vom oberen Absatz rief ärgerlich: »La volonté du diable«, und ein Neger, an dessen Hand ein goldener Ring im Licht aufblitzte, lief an mir vorbei.

Jones begrüßte mich, als wäre ich ein alter Schulfreund, den er seit Jahren nicht gesehen hatte, aber auch leicht herablassend, weil sich unsere Stellungen seit jener Zeit entsprechend verändert hatten. »Nur herein, alter Freund! Ich freue mich, Sie zu sehen. Ich habe Sie neulich abends schon erwartet. Verzeihen Sie die Unordnung. Vielleicht nehmen Sie diesen Stuhl – Sie werden sehen, er ist recht bequem.« Warm war der Stuhl gewiß; er hatte noch die Hitze des letzten zornigen Inhabers bewahrt. Drei Kartenspiele lagen über den Tisch verstreut; die Luft war blau von Zigarrenrauch, ein Aschenbecher war umgestürzt, und ein paar Zigarrenstummel waren auf den Boden gefallen.

»Wer ist Ihr Freund?« fragte ich.

»Jemand im Schatzamt. Ein schlechter Verlierer.«

»Gin-Rummy?«

»Er hätte nicht mitten im Spiel, als er weit vor mir lag, den Einsatz erhöhen sollen. Aber man streitet doch nicht mit jemandem im Schatzamt, wie? Jedenfalls tauchte am Schluß das gute Pik-As auf, und alles war im Nu vorbei. Ich war mit zweitausend im Gewinn. Aber er zahlte mir Gourdes und nicht Dollars aus. Welches Gift für Sie?«

»Haben Sie Whisky?«

»Ich habe nahezu alles, alter Freund. Wie würde Ihnen ein trockener Martini behagen?«

Ich hätte lieber Whisky gehabt, aber es schien ihm daran zu liegen, mit dem Reichtum seiner Vorräte zu prahlen, darum sagte ich: »Wenn er sehr trocken ist.«

»Zehn zu eins, alter Freund.«

Er sperrte den Schrank auf und zog ein ledernes Reise-Etui hervor, das aus einer kleinen Flasche Gin, einer kleinen Flasche Wermut, vier Metallbechern und einem Cocktail-Shaker bestand. Es war ein elegantes, teures Stück, und er legte es ehrerbietig auf den unordentlichen Tisch, als wäre er ein Auktionator, der eine wertvolle antike Kostbarkeit zeigt. Ich konnte eine Bemerkung nicht unterdrücken: »Von Asprey?« fragte ich.

»Sozusagen«, erwiderte er rasch und begann die Cocktails zu mischen.

»Es muß sich hier etwas seltsam vorkommen«, sagte ich, »so weit von London W1.«

»Es ist an viel seltsamere Orte gewöhnt«, sagte er. »Ich hatte es im Krieg mit, in Burma.«

»Es ist erstaunlich unversehrt geblieben.«

»Ich habe es aufpolieren lassen.«

Er kehrte mir den Rücken, um eine Limonelle zu suchen, und ich betrachtete das Etui etwas genauer. Das Firmenzeichen von Asprey war innen am Deckel angebracht. Er kam mit der Limonelle zurück und merkte, daß ich es mir ansah.

»Ich bin ertappt, alter Freund. Es ist wirklich von Asprey. Ich wollte nicht anmaßend erscheinen, das ist alles. Tatsächlich hat es eine besondere Bewandtnis mit dem Etui.«

»Erzählen Sie.«

»Zuerst kosten Sie, was ich Ihnen da zu trinken gebe, und sagen mir, ob es Ihnen schmeckt.«

»Ausgezeichnet.«

»Ich bekam dieses Etui auf Grund einer Wette mit ein paar anderen Burschen bei unserer Truppe. Unser Stabsoffizier hatte ein ähnliches, und ich beneidete ihn unwillkürlich darum. Auf Spähtrupp hab ich immer von so einem Etui geträumt. – Von dem Cocktail-Shaker mit dem klirrenden Eis. Ich hatte zwei junge Kerle aus London mit mir draußen – waren vorher nie weit aus der Bond Street herausgekommen. Beide gut wattiert. Sie hänselten mich wegen der Cocktail-Kassette des Stabsoffiziers. Einmal, als unser Wasservorrat fast zu Ende war, forderten sie mich heraus, noch vor Einbruch der Nacht irgendein Bächlein ausfindig zu machen. Falls es mir gelänge, sollte ich so ein Etui bekommen, sobald das nächstemal einer auf Urlaub fuhr. Ich weiß nicht, ob ich Ihnen erzählt habe, daß ich Wasser riechen kann ...«

»War das damals, als Ihnen der ganze Zug verlorenging?« fragte ich. Er sah mich über sein Glas hinweg an, und ich bin überzeugt, daß er mir die Gedanken ablas. »Das war bei anderer Gelegenheit«, sagte er und änderte plötzlich das Thema.

»Wie geht es Smith und Mrs. Smith?«

»Sie haben gesehen, was vor dem Postamt passiert ist.«

»Ja.«

»Das war die letzte Rate der Amerika-Hilfe. Heut abend sind sie mit dem Flugzeug abgereist. Sie lassen Sie schön grüßen.«

»Ich wollte, ich hätte sie öfter gesehen«, sagte Jones. »Er hat so etwas an sich ...« Und überraschend fügte er hinzu: »Er hat mich an meinen Vater erinnert. Nicht physisch, meine ich, sondern ... na ja, eine Art von Güte.«

»Ich weiß, was Sie meinen. Ich erinnere mich nicht an meinen Vater.«

»Ehrlich gesagt, habe auch ich nur eine etwas dunkle Erinnerung.«

»Sagen wir: an den Vater, den wir gern gehabt hätten.«

»Das ist es, mein Alter, genau! Lassen Sie Ihren Martini nicht warm werden. Mir war immer so, als hätten Mr. Smith und ich etwas gemeinsam. Pferde aus demselben Stall.«

Ich hörte ihm mit Staunen zu. Was konnte ein Heiliger mit einem Gauner gemeinsam haben? Jones schloß sacht das Cocktail-Etui, nahm dann ein Tuch vom Tisch und begann das Leder genauso zärtlich zu streicheln, wie Mrs. Smith ihrem Mann über das Haar gestrichen hatte. Und ich dachte: die Unschuld vielleicht.

Jones sagte: »Diese Sache mit Concasseur tut mir leid. Ich habe ihm gesagt, wenn er noch einmal einen Freund von mir anrührt, bin ich mit ihnen allen fertig.«

»Vorsicht mit dem, was Sie sagen. Die sind gefährlich.«

»Ich habe keine Angst vor ihnen. Sie brauchen mich zu sehr, alter Freund. Wußten Sie übrigens, daß der junge Philipot mich besucht hat?«

»Ja.«

»Stellen Sie sich nur vor, was ich für den hätte tun können. Man weiß das.«

»Haben Sie ein MG zu verkaufen?«

»Ich habe mich selbst, mein Bester. Das ist besser als ein MG. Die Rebellen brauchen nichts weiter als einen Mann, der sich auskennt. Bedenken Sie – von der dominikanischen Grenze aus kann man an einem klaren Tag Port-au-Prince sehen.«

»Die Dominikaner werden nie losschlagen.«

»Die braucht man nicht. Geben Sie mir fünfzig Haitianer mit einem Monat Ausbildung, und Papa Doc sitzt im Flugzeug nach Kingston. Ich war nicht umsonst in Burma. Ich habe lange drüber nachgedacht. Ich habe die Landkarte studiert. Diese Überfälle bei Cap Haïtien, wie sie damals gemacht wurden, waren ein Wahnsinn. Ich weiß genau, wo ich einen fingierten Angriff führen und wo ich zuschlagen würde.«

»Warum sind Sie dann nicht mit Philipot gegangen?«

»Es hat mich gereizt – ja, gereizt hat es mich schon, aber ich habe hier eine Sache in Aussicht, wie man ihr nur einmal im Leben begegnet. Sie bringt mir ein Vermögen ein, wenn ich damit wegkomme.«

»Wohin?«

»Wohin? Was soll das heißen?«

»Wegkomme – wohin?«

Er lachte fröhlich: »Überallhin auf der Welt, mein Alter. Einmal, in Stanleyville, hatte ich es fast schon geschafft, aber damals hatte ich's mit einem Haufen Wilder zu tun, und die wurden mißtrauisch.«

»Hier sind sie nicht mißtrauisch?«

»Sie sind gebildet. Mit gebildeten Menschen kann man immer fertig werden.«

Während er nochmals zwei Martinis einschenkte, fragte ich mich, welche Form seine Betrügerei wohl noch annehmen würde. Eines zumindest war sicher: Er lebte hier besser als in seiner Kerkerzelle. Er hatte sogar an Gewicht etwas zugenommen. Ich fragte ihn rundheraus: »Was haben Sie also vor, Jones?«

»Den Grundstein zu einem Vermögen zu legen, alter Freund. Warum steigen Sie nicht mit mir ein? Es ist kein Projekt auf weite Sicht. Jeden Augenblick hab ich das schon in der Tasche, aber einen Partner könnte ich gebrauchen. Darüber wollte ich längst mit Ihnen reden, aber Sie kamen ja nicht. Eine Viertelmillion Dollar ist da drin. Vielleicht noch mehr, wenn wir nicht die Nerven verlieren.«

»Und was hätte der Partner zu tun?«

»Um die Sache abzuschließen, muß ich ein wenig herumreisen, und ich brauche einen zuverlässigen Mann, der die Dinge hier im Auge behält, während ich weg bin.«

»Concasseur trauen Sie nicht?«

»Ich traue keinem von denen. Nicht, weil es Schwarze sind. Aber bedenken Sie doch, alter Freund – eine Viertelmillion Dollar Reingewinn! Ich kann da kein Risiko übernehmen. Etwas muß ich für Spesen abziehen –

zehntausend Dollar genügen wahrscheinlich –, und dann teilen wir den Rest. Das Hotel bringt nicht allzuviel ein, wie? Und bedenken Sie doch, was Sie mit Ihrem Anteil tun könnten. Es gibt da Inseln im Karibischen Meer, die warten nur darauf, erschlossen zu werden – ein Strand, ein Hotel, ein Luftlandeplatz. Sie würden Millionär werden, mein Lieber.«

Es war wohl meine Erziehung bei den Jesuiten, die mir jenen Augenblick ins Gedächtnis rief, da der Teufel von einem hohen Berg über der Wüste alle Königreiche der Welt vor Jesus ausbreitete. Ich fragte mich, ob der Teufel sie tatsächlich zu vergeben hatte oder ob alles ein riesiger Bluff gewesen war. Ich sah mich in dem Zimmer der Villa Créole nach Spuren jener Throne und Herrlichkeiten um. Da stand ein Plattenspieler, den Jones bei Hamit gekauft haben mußte – er hätte ihn kaum auf der ›Medea‹ den ganzen Weg von Amerika mitgeführt, denn es war ein recht billiger Apparat. Daneben lag, ziemlich passend, eine Platte von Edith Piaf: *›Je ne regrette rien‹*; sonst gab es nur geringe Anzeichen von persönlichen Besitztümern, geringe Anzeichen dafür, daß er imstande gewesen war, viel von seinem Reichtum als Vorschuß für die Waren zu beziehen, die er zu liefern hatte – was für Waren?

»Nun, alter Freund?«

»Sie haben mir noch keine klare Vorstellung gegeben, was ich für Sie tun soll.«

»Ich kann Sie doch nicht in die Sache einweihen, nicht wahr, bevor ich weiß, ob Sie mitmachen?«

»Wie kann ich sagen, ob ich mitmache, wenn ich nichts davon weiß?«

Er sah mich über die verstreuten Spielkarten hinweg an: das glückbringende Pik-As lag dort aufgeschlagen. »Schließlich ist das eine Vertrauensfrage, nicht?«

»Zweifellos.«

»Wenn Sie nur im Krieg beim selben Trupp gedient hätten, alter Freund. Unter solchen Umständen lernt man sich vertrauen ...«

»Bei welcher Einheit waren Sie?« fragte ich, und er antwortete, ohne im geringsten zu zögern: »Fünftes Korps.« Er ging sogar auf Einzelheiten ein: »Siebenundsiebzigste Brigade.« Er hatte die richtigen Antworten parat. Ich überprüfte sie am selben Abend im Trianon in einem Bericht über den Burma-Feldzug, den ein Gast bei mir zurückgelassen hatte, aber selbst dann überlegte ich mir in meinem argwöhnischen Geist, daß er möglicherweise das gleiche Buch besaß und seine Angabe daraus bezog. Doch ich tat ihm unrecht. Er war wirklich in Imphal gewesen.

»Welche Hoffnung haben Sie für Ihr Hotel?«

»Sehr wenig.«

»Sie fänden keinen Käufer, auch wenn Sie's noch so versuchten. Sie können jederzeit enteignet werden. Man wird sagen, Sie nützten Ihr Eigentum nicht richtig aus, und es übernehmen.«

»Das kann passieren.«

»Woran liegt's dann, mein Alter? Frauengeschichten?«

Wahrscheinlich verrieten mich meine Augen.

»Sie sind zu alt, um treu zu sein, mein Freund. Bedenken Sie, was Sie für hundertfünfzigtausend Dollar alles haben können.« (Ich stellte fest, daß mein Anteil gestiegen war.) »Sie können's noch besser haben als im Karibischen Meer. Kennen Sie Bora-Bora? Dort gibt's nichts als einen Fluglandeplatz und ein Rasthaus, aber mit etwas Kapital ... Und die Mädchen, Sie haben noch nie solche Mädchen gesehen, die Mütter haben sie vor zwanzig Jahren von den Amerikanern bekommen, Mère Catherine hat nichts Besseres aufzuweisen ...«

»Und was werden Sie mit dem Geld machen?«

Ich hätte nie gedacht, daß Jones' Augen, die so flach

und braun wie Kupfermünzen waren, zu träumen vermochten, aber jetzt wurden sie von einer Art Gemütsbewegung feucht. »Alter Freund, ich denke an einen besonderen Ort, nicht weit von hier: ein Korallenriff und weißer Sand, richtig weißer Sand, aus dem man Sandburgen bauen kann, und dahinter grüne Hänge, so glatt wie ein echter Rasen, und gottgeschaffene natürliche Hindernisse – der vollendete Ort für einen Golfplatz. Ich werde dort ein Klubhaus bauen, möblierte Bungalows mit Brause, es wird dort vornehmer sein als in jedem anderen Golfklub im Karibischen Archipel. Wissen Sie, wie ich es nennen werde – das ›Sahib House‹.«

»Sie meinen doch nicht, ich soll auch dort Ihr Partner sein?«

»Es gibt keine Partner in einem Traum, mein Alter. Da kämen nur Streitereien heraus. Ich habe das alles, wie ich's haben will, bis in die letzte Einzelheit geplant...« (Ich fragte mich, ob das die Baupläne gewesen waren, die Philipot gesehen hatte.) »Ich bin einen schrecklich weiten Weg gegangen, um es zu erreichen, aber jetzt ist es in Sicht – ich sehe sogar schon genau, wo das neunzehnte Loch hinkommt.«

»Sind Sie so wild auf Golf?«

»Ich spiele nicht selbst. Irgendwie hatte ich nie die Zeit. Aber allein die Vorstellung reizt mich. Ich werde mir eine erstklassige Gesellschaftsdame nehmen. Eine hübsche Person aus gutem Haus. Anfangs dachte ich daran, auch ›Häschen‹ zu engagieren, aber je länger ich es mir überlegte, desto mehr sah ich ein, solche Mädels sind in einem feinen Golfklub nicht am Platz.«

»Hatten Sie das alles schon in Stanleyville geplant?«

»Ich plane es schon seit zwanzig Jahren, alter Freund, und jetzt ist der Augenblick so gut wie da. Noch einen Martini?«

»Nein, ich muß gehen.«

»Ich werde eine lange Bar aus Korallen haben, die nenne ich ›Bar zur wüsten Insel‹. Mit einem Barmann aus dem Ritz. Ich werde Stühle aus Treibholz haben – natürlich kommen bequeme Kissen drauf. Sittiche auf den Vorhängen, und ein großes Messingfernrohr im Fenster, das auf das achtzehnte Loch gerichtet ist.«

»Wir reden noch mal drüber.«

»Ich hab noch nie mit jemandem drüber geredet, das heißt mit jemandem, der verstehen kann, was mir vorschwebt. Mit meinem Hausburschen in Stanleyville hab ich manchmal geredet, als ich mir die Einzelheiten ausmalte, aber das arme Kerlchen hatte doch keine Ahnung.«

»Danke für die Martinis.«

»Ich bin froh, daß Ihnen das Etui gefallen hat.« Als ich mich umsah, hatte er das Tuch genommen und putzte es von neuem. Er rief mir noch nach: »Wir reden bald wieder drüber. Wenn Sie nur im Prinzip zustimmen wollten . . .«

2

Ich hatte keine Lust, ins Trianon zurückzukehren, das jetzt leer und ohne Gäste war. Von Martha hatte ich den ganzen Tag nichts gehört. So zog es mich denn wieder ins Kasino, das mir noch am ehesten ein Heim ersetzte, obschon es sich seit der Nacht, in der ich Martha dort begegnet war, sehr verändert hatte. Es gab keine Touristen, und nur wenige Einwohner von Port-au-Prince hatten Lust, sich nach Einbruch der Dunkelheit ins Freie zu wagen. Nur an einem einzigen Roulettetisch wurde gespielt, und nur ein einziger Spieler saß an ihm – ein italienischer Ingenieur namens Luigi, den ich oberflächlich kannte; er war in dem launenhaften Elektrizitätswerk angestellt. Keine Privatgesellschaft hätte unter diesen Voraussetzungen ein Kasino erhalten können, darum hatte es die Regierung übernommen; es arbeitete jetzt jede Nacht mit Verlust, doch es war ein Verlust in Gourdes, und die Regierung konnte immer neue drukken.

Der Croupier saß mit mürrischem Gesicht da – vielleicht fragte er sich, woher sein Gehalt kommen würde. Selbst mit zwei Zéros waren die Chancen für die Bank zu gering. Bei so wenigen Spielern genügten zwei Verluste *en plein,* um die Bank für den Abend zu erledigen.

»Im Gewinn?« fragte ich Luigi.

»Hundertundfünfzig Gourdes bisher«, sagte er. »Ich hab nicht das Herz, den armen Kerl zu verlassen.« Aber beim nächsten Spiel gewann er wieder fünfzehn.

»Erinnern Sie sich noch, wie's hier seinerzeit zuging?«

»Nein. Damals war ich noch nicht da.«

Man hatte versucht, etwas an der Beleuchtung zu sparen, wir spielten also in einem grottenähnlichen Dunkel. Ich spielte ohne Interesse, legte meine Karten in die erste Reihe und gewann ebenfalls. Das Gesicht des Croupiers verfinsterte sich noch mehr. »Am liebsten«, sagte Luigi, »würde ich meinen ganzen Gewinn auf Rot setzen und ihm eine Chance geben, sich zu erholen.«

»Sie könnten aber auch gewinnen«, sagte ich.

»Es gibt immer noch die Bar. Bei den Getränken müssen sie einen ganz hübschen Gewinn machen.«

Wir bestellten Whisky – es erschien zu grausam, Rum zu bestellen, obwohl Whisky nach den trockenen Martinis nicht eben klug für mich war. Ich begann es bereits zu spüren . . .

»Nein – das ist ja Mr. Jones«, rief eine Stimme vom anderen Ende des Saals; ich drehte mich um und sah den Zahlmeister der »Medea« mit feuchter Willkommenshand auf mich zutreten.

»Sie haben die Namen verwechselt«, sagte ich. »Ich bin Brown, nicht Jones.«

»Sprengen Sie die Bank?« fragte er jovial.

»Die braucht man nicht zu sprengen. Ich dachte, Sie wagen sich nie so weit in die Stadt herein.«

»Ich befolge eben nicht meinen eigenen Rat«, sagte er augenzwinkernd. »Ich ging zuerst zu Mère Catherine, aber das Mädchen hat Familiensorgen – kommt erst morgen wieder.«

»Keine andere, die Ihnen gefällt?«

»Ich esse immer lieber vom selben Teller. Wie geht es Mr. und Mrs. Smith?«

»Sie sind heute abgeflogen. Enttäuscht.«

»Ach, er hätte mit uns kommen sollen. Schwierigkeiten mit dem Ausreise-Visum?«

»Wir bekamen es in drei Stunden. Noch nie hab ich das Einwanderungsbüro und die Polizei schneller arbeiten gesehen. Man wollte ihn wohl loswerden.«

»Politische Schwierigkeiten?«

»Ich glaube, das Wohlfahrtsministerium fand seine Ideen umstürzlerisch.«

Wir tranken noch ein paar Gläser und sahen Luigi ein paar Gourdes verlieren, um sein Gewissen zu beruhigen.

»Wie geht's dem Kapitän?«

»Am liebsten wäre er schon wieder fort. Er kann diese Stadt nicht aushalten. Seine Laune wird erst besser, wenn wir wieder auf hoher See sind.«

»Und der Mann mit dem Stahlhelm? Haben Sie den sicher in Santo Domingo abgesetzt?«

Ich verspürte eine seltsame Sehnsucht, wenn ich von meinen Mitreisenden sprach, vielleicht, weil ich an Bord das letzte Mal ein Gefühl von Sicherheit gehabt hatte – auch ein letztes Gefühl der Hoffnung; ich war auf dem Weg zurück zu Martha gewesen und hatte geglaubt, es könnte sich alles ändern.

»Stahlhelm?«

»Erinnern Sie sich nicht? Er rezitierte etwas bei unserem Schiffskonzert.«

»Ach ja, der arme Kerl. Stimmt, den haben wir sicher in Santo Domingo abgesetzt – auf dem Friedhof. Er hatte einen Herzanfall vor der Landung.«

Wir widmeten Baxter zwei Schweigeminuten, während der Ball rollte und allein für Luigi entschied. Wieder gewann er einige Gourdes und erhob sich mit einer Geste der Verzweiflung.

»Und Fernandez?« fragte ich. »Der Schwarze, der geweint hat.«

»Der erwies sich als unschätzbar«, sagte der Zahlmeister. »Der kannte sich aus. Er übernahm einfach alles. Es stellte sich heraus, wissen Sie, daß er Leichenbestatter war. Das einzige, was ihm Sorgen machte, war Mr. Baxters Konfession. Schließlich beerdigte er ihn auf dem protestantischen Friedhof, weil er in seiner Tasche einen Kalender mit Vorhersagen für die Zukunft fand. ›Old irgendwas . . .‹«

»Old Moore's Almanach?«

»Das war's.«

»Ich wüßte gern, was in Baxters Sternbild stand.«

»Ich habe nachgesehen. Es war nicht sehr persönlich. Ein Hurrikan würde große Verheerungen anrichten. Eine schwere Krankheit im Königshaus. Und Stahlaktien würden um einige Punkte steigen.«

»Gehen wir«, sagte ich. »Ein leeres Kasino ist ärger als ein leeres Grab.« Luigi wechselte bereits seine Marken ein, und ich tat desgleichen. Die Nacht draußen war wie üblich gewitterschwanger.

»Haben Sie ein Taxi?« fragte ich den Zahlmeister.

»Nein, er wollte ausgezahlt werden.«

»Die stehen nachts nicht gern herum. Ich bringe Sie zum Schiff.«

Die Lichter über dem Sportplatz blitzten auf, erloschen und blitzten wieder auf. *»Je suis le drapeau Haitien, Uni et Indivisible. François Duvalier.«* Das F hatte Kurzschluß, man las also: »rançois Duvalier.« Wir fuhren am Kolumbus-Denkmal vorbei und kamen in den Hafen und zur »Medea«. Ein Lichtschein fiel über die Laufplanke herab auf einen Polizisten, der an deren Ende stand. Auch aus der Kajüte des Kapitäns leuchtete ein Licht auf die Brücke. Ich blickte zum Deck hinauf, wo ich gesessen und die Passagiere beobachtet hatte, wie sie auf ihren Morgenspaziergängen an mir vorbeischwankten. Im Hafen (sie war dort das einzige Schiff) erschien die »Medea« sonderbar zusammengeschrumpft. Erst das offene Meer verlieh dem kleinen Boot Stolz und Größe. Unsere Schritte knirschten auf Kohlestaub, und ein Geschmack von Ruß lag zwischen unseren Zähnen.

»Kommen Sie doch mit an Bord, auf einen letzten Trunk.«

»Nein. Da würde ich am Ende gar dortbleiben wollen. Was täten Sie dann?«

»Der Kapitän würde Ihr Ausreisevisum sehen wollen.«

»Der Bursche da würde als erster danach fragen«, sagte ich und blickte auf den Polizisten, der am Fuß des Fallreeps stand.

»Ach, das ist ein guter Freund von mir.«

Der Zahlmeister deutete die Geste eines Trinkers an und zeigte dabei auf mich. Der Polizist grinste zurück. »Sehen Sie – er hat nichts dagegen.«

»Trotzdem«, sagte ich, »komme ich nicht hinauf. Ich habe heute abend schon zuviel durcheinander getrunken.« Aber ich drückte mich noch vor der Planke herum.

»Und Mr. Jones?« fragte der Zahlmeister. »Was ist aus Mr. Jones geworden?«

»Es geht ihm gut.«

»Ich mochte ihn«, sagte der Zahlmeister. Für einen Menschen von solcher Zwielichtigkeit, dem wir alle so wenig trauten, hatte Jones ein erstaunliches Talent, sich Freunde zu machen.

»Er sagte mir, er sei eine ›Waage‹ – ein Geburtstag im Oktober –, ich schlug ihn also nach.«

»Im ›Old Moore‹? Was haben Sie gefunden?«

»Ein künstlerisches Temperament. Ehrgeizig. Erfolgreich in literarischen Unternehmungen. Aber was die Zukunft betrifft – ich konnte bloß eine wichtige Pressekonferenz bei General de Gaulle finden und schwere Gewitter in Südwales.«

»Mir hat er erzählt, er sei drauf und dran, ein Vermögen von einer Viertelmillion Dollar zu machen.«

»Ein literarisches Unternehmen?«

»Wohl kaum. Er forderte mich auf, sein Partner zu werden.«

»Sie werden also auch reich werden?«

»Nein. Ich habe abgelehnt. Auch ich habe oft davon geträumt, ein Vermögen zu machen. Vielleicht kann ich Ihnen einmal von meiner fahrbaren Gemäldegalerie erzählen, das war der erfolgreichste Traum, den ich jemals hatte, aber ich mußte eiligst aussteigen, und so kam ich hierher und fand mein Hotel. Glauben Sie, ich würde diese Sicherheit aufgeben?«

»Sie halten Ihr Hotel für eine Sicherheit?«

»Näher bin ich ihr noch nie gekommen.«

»Wenn Mr. Jones ein reicher Mann ist, wird es Ihnen leid tun, daß Sie diese Art Sicherheit nicht aufgegeben haben.«

»Vielleicht leiht er mir dann genug Geld, daß ich mein Hotel weiterführen kann, bis die Touristen wiederkommen.«

»Ja. Ich halte ihn für einen großzügigen Menschen, auf seine Art. Er gab mir ein sehr großes Trinkgeld, aber es war in Kongo-Währung, und die Bank wollte es nicht einwechseln. Wir werden zumindest bis morgen abend hierbleiben. Bringen Sie Mr. Jones doch einmal her.«

Die Blitze begannen über den Hängen von Pétionville aufzuleuchten; manchmal zitterte ein Strahl lange genug auf dem Boden, um den Umriß einer Palme oder die Ecke eines Daches aus der Dunkelheit herauszuschnitzen. Die Luft war erfüllt vom kommenden Regen, und das leise Geräusch erinnerte mich an Stimmen, die in der Schule Responsorien sangen. Wir sagten einander gute Nacht.

Dritter Teil

Erstes Kapitel

1

Ich fand keinen Schlaf. Die Blitze zuckten auf und erloschen, so regelmäßig wie Papa Docs Lichtreklame im Park, und erst als der Regen eine Weile aufhörte, drang etwas Luft durch die Moskitonetze. Ich dachte lange über das von Jones versprochene Vermögen nach. Wenn ich wirklich daran teilhaben könnte, würde Martha dann ihren Mann verlassen? Aber es war ja nicht das Geld, was sie festhielt, es war Angel. Er wäre sicher glücklich und zufrieden, so hörte ich mich bereits auf sie einreden, wenn ich ihn mit einer Wochenration von Puzzles und Bourbon-Keksen abspeiste. Endlich schlief ich ein und träumte, ich wäre ein kleiner Junge, der in der Internats-Kapelle in Monte Carlo vor dem Kommuniongitter kniete. Der Priester kam unsere Reihen entlang und legte in jeden Mund ein Bourbon-Keks, doch als er zu mir kam, schritt er an mir vorbei. Die Kommunikanten zu beiden Seiten kamen und gingen, doch ich blieb hartnäckig auf den Knien. Wieder verteilte der Priester die Bourbon-Kekse und ließ mich aus. Da stand ich auf und entfernte mich mürrisch durch das Kirchenschiff, das sich in ein ungeheures Vogelhaus verwandelt hatte, wo Papageien reihenweise an ihre Stangen gekettet saßen. Jemand hinter mir rief mit scharfer Stimme: »Brown, Brown«, aber ich war nicht sicher, ob das mein Name war oder nicht, denn ich wandte mich nicht um.

»Brown.« Diesmal erwachte ich; von der Terrasse unter meinem Zimmer hörte ich Rufe.

Ich stand auf und ging zum Fenster, aber ich konnte durch das Moskitonetz nichts sehen. Unten schlurften Schritte, und weiter weg, unter einem anderen Fenster, rief eine Stimme eindringlich: »Brown!« Ich vernahm sie kaum in dem heiligen Gemurmel des Regens. Ich holte meine Taschenlampe und ging hinunter. In meinem Büro ergriff ich die einzige Waffe, die zur Hand war, den Messingsarg mit dem eingravierten R. I. P. Dann sperrte ich die Seitentür auf und knipste meine Taschenlampe an, um meine Anwesenheit anzuzeigen. Das Licht fiel auf den Weg zum Schwimmbad. Im nächsten Augenblick tauchte Jones im Lichtkreis auf.

Er war durchnäßt und sein Gesicht schmutzverschmiert. Unter dem Mantel trug er ein Paket, um es vor dem Regen zu schützen. Er sagte: »Knipsen Sie die Lampe aus. Lassen Sie mich rasch ein.« Er folgte mir ins Büro und zog das Paket unter seiner nassen Jacke hervor. Es war sein ledernes Cocktail-Etui. Er legte es sacht auf meinen Schreibtisch, als ob es ein zahmes Tier wäre, und strich darüber. Er sagte: »Alles ist vorbei. Schluß. Kaputt auf der ganzen Linie.«

Ich streckte die Hand aus, um Licht zu machen. »Tun Sie das nicht«, sagte er, »die sehen sonst das Licht von der Straße.«

»Können sie nicht«, sagte ich und drehte den Schalter an.

»Alter Freund, ich möchte es lieber nicht, wenn Sie nichts dagegen haben. Im Dunkel fühle ich mich besser.« Er knipste das Licht wieder aus. »Was haben Sie da in der Hand?«

»Einen Sarg.«

Er atmete schwer – ich konnte den Gin riechen. Er sagte: »Ich muß rasch fort von hier. Irgendwie.«

»Was ist denn geschehen?«

»Die hatten mit Nachforschungen angefangen. Um Mitternacht kam ein Anruf von Concasseur – ich wußte nicht mal, daß das verfluchte Telefon funktioniert. Es war wie ein Schock, als es plötzlich an meinem Ohr klingelte. Es hatte noch nie geklingelt.«

»Wahrscheinlich ist das Telefon gerichtet worden, als man die Polen dort unterbrachte. Sie wohnen ja in einem Rasthaus der Regierung für Prominente.«

»Präpotente nannten wir das in Imphal«, sagte Jones mit der gespenstischen Andeutung eines Lachens.

»Ich kann Ihnen was zu trinken geben, wenn Sie mich das Licht andrehen lassen.«

»Dazu ist jetzt keine Zeit, mein Alter. Ich muß fort von hier. Concasseur rief aus Miami an. Man hat ihn hingeschickt, um mich zu kontrollieren. Er war noch nicht mißtrauisch, nur verwirrt. Aber am Morgen, wenn die herausfinden, daß ich abgehauen bin . . .«

»Wohin abgehauen?«

»Ja, mein Alter, das ist die Frage, das ist die Preisfrage.«

»Die »Medea« liegt im Hafen.«

»Genau das Richtige . . .«

»Ich muß mir was anziehen.« Er folgte mir wie ein Hund und ließ auf seinem Weg nasse Spuren zurück. Mir fehlte Mrs. Smith' Hilfe und Rat, denn sie hatte eine hohe Meinung von Jones. Während ich mich anzog – er mußte mir dafür etwas Licht gestatten –, lief er aufgeregt von einer Wand zur anderen, in reichlichem Abstand vom Fenster.

»Ich weiß nicht, was Sie im Sinn hatten«, sagte ich, »aber wenn es um eine Viertelmillion Dollar ging, mußten Sie doch sicher sein, daß man eines Tages nachforschen würde.«

»Ach, das hatte ich mir schon zurechtgelegt. Ich wäre

mit dem Mann zur Untersuchung nach Miami hinübergefahren.«

»Man hätte Sie doch hier festgehalten.«

»Nicht, wenn ich einen Partner zurückgelassen hätte. Mir war nicht klar, daß so wenig Zeit war – ich dachte, ich hätte zumindest eine Woche, wenn nicht mehr –, sonst hätte ich versucht, Sie schon früher zu gewinnen.«

Mit einem Bein in der Hose hielt ich inne und fragte ihn erstaunt: »Und das sagen Sie mir so ohne weiteres – daß ich der Sündenbock gewesen wäre?«

»Nein, nein, alter Freund, Sie übertreiben. Sie können Gift darauf nehmen, ich hätte Sie rechtzeitig gewarnt, so daß Sie in die Britische Botschaft hätten flüchten können, wenn es nötig gewesen wäre. Aber das wäre nie nötig gewesen. Der Mann hätte nach der Untersuchung sein O. K. gekabelt und seinen Gewinn eingesteckt, und Sie wären später zu uns gestoßen.«

»Wie groß war denn der Gewinn, den Sie für ihn vorgesehen hatten? Ich weiß, das ist jetzt nur eine akademische Frage.«

»Ich hatte all das einkalkuliert. Was ich Ihnen anbot, mein Alter, war netto, nicht brutto. Alles für Sie.«

»Wenn ich am Leben geblieben wäre.«

»Man bleibt immer am Leben, alter Freund.« Während er langsam trocken wurde, kehrte sein Selbstvertrauen wieder. »Ich hatte schon früher meine Rückschläge. In Stanleyville stand ich ebenso knapp vor dem großen *Coup* – und dem Ende.«

»Wenn Ihr Plan irgendwas mit Waffen zu tun hatte«, sagte ich, »dann war das ein schwerer Fehler. Die sind schon einmal reingefallen . . .«

»Was meinen Sie mit reingefallen?«

»Voriges Jahr war einer hier, der hatte ihnen Waffen für eine halbe Million Dollar verschafft, die in Miami voll ausbezahlt worden waren. Aber die amerikanischen Behörden waren gewarnt und die Waffen wurden beschlagnahmt. Die Dollar blieben natürlich in der Tasche des Agenten. Niemand hat je erfahren, wie viele Waffen wirklich vorhanden waren. Die wären nicht nochmals in die gleiche Falle gegangen. Sie hätten sich zu Hause besser vorbereiten sollen, bevor Sie herkamen.«

»Mein Plan war ein bißchen anders. In Wirklichkeit gab es überhaupt keine Waffen. Ich sehe doch nicht aus wie ein Mann mit so viel Kapital, oder?«

»Woher stammte denn überhaupt Ihr Empfehlungsbrief?«

»Aus einer Schreibmaschine. Wie die meisten Empfehlungsbriefe. Aber Sie haben recht mit der häuslichen Vorbereitung. Ich hatte den falschen Namen auf den Umschlag geschrieben. Da konnte ich mich allerdings noch herausreden.«

»So, fertig, wir können gehen.« Ich sah ihn an, wie er in der Ecke stand und mit einer Kabelschnur herumspielte: die braunen Augen, den nicht ganz gepflegten Offiziersschnurrbart, die graue, farblose Haut. »Ich weiß wirklich nicht, warum ich mich für Sie in Gefahr begebe. Wieder mal der Sündenbock ...«

Ich fuhr den Wagen unbeleuchtet auf die Straße, und wir glitten langsam bergab, zur Stadt. Jones saß zusammengekauert und pfiff, um sich Mut zu machen. Ich glaube, die Melodie stammte aus dem Jahr 1940 – »Mittwoch nach dem Krieg«. Knapp vor der Straßensperre drehte ich die Scheinwerfer an. Es war immerhin möglich, daß der Milizsoldat schlief, aber er schlief nicht.

»Sind Sie heut nacht hier vorbeigekommen?« fragte ich Jones.

»Nein. Ich habe einen Umweg durch ein paar Gärten gemacht.«

»Na – jetzt werden wir ihm nicht entgehen.«

Er war jedoch zu schläfrig, um uns lästig zu fallen: er

humpelte über die Straße und hob die Schranke. Seine große Zehe war mit einer schmutzigen Bandage umwickelt, und durch einen Riß in seiner grauen Flanellhose schaute sein Gesäß. Er machte sich nicht die Mühe, uns nach Waffen zu durchsuchen. Wir fuhren weiter bergab, vorbei an der Abzweigung zu Marthas Haus, vorbei an der Britischen Botschaft. Dort unten bremste ich; alles schien ruhig – die Tontons Macoute hätten bestimmt Wachtposten an das Tor gestellt, wenn ihnen Jones' Flucht zu Ohren gekommen wäre. Ich sagte: »Wie wär's, da reinzugehen? Sie wären ganz sicher.«

»Lieber nicht, alter Freund. Ich bin denen schon mal zur Last gefallen, die würden mich nicht gerade in die Arme schließen.«

»Papa Doc würde Sie noch ganz anders in die Arme schließen. Das hier ist Ihre große Chance.«

»Es gibt Gründe, mein Alter ...« Er unterbrach sich, und ich dachte, er würde sich mir endlich anvertrauen, aber er sagte nur: »O Gott, ich hab mein Cocktail-Etui bei Ihnen vergessen. Ich hab's in Ihrem Büro gelassen. Auf dem Tisch.«

»Ist das so wichtig?«

»Ich liebe dieses Etui, alter Freund. Es war überall mit. Es bringt mir Glück.«

»Ich werde es Ihnen morgen bringen, wenn es so wichtig für Sie ist. Wollen Sie's also mit der »Medea« versuchen?«

»Falls es nicht klappt, können wir als letzte Zuflucht immer noch hierher zurückkommen.« Er versuchte es mit einem anderen Liedchen – ich glaube, es war »Eine Nachtigall sang« –, blieb aber stecken. »Zu denken, daß ich's vergessen konnte, nach allem, was wir zusammen mitgemacht haben ...«

»War das die einzige Wette, die Sie je gewonnen haben?«

»Wette? Was meinen Sie mit Wette?«

»Sie haben mir doch erzählt, Sie hätten es in einer Wette gewonnen.«

»So?« Er grübelte ein wenig. »Alter Freund, Sie übernehmen ein großes Risiko für mich – und ich will aufrichtig zu Ihnen sein. Das war nicht ganz die Wahrheit. Ich hab's gestohlen.«

»Und Burma – war das auch nicht wahr?«

»Doch, in Burma war ich. Das schwöre ich.«

»Haben Sie's von Asprey gestohlen?«

»Natürlich nicht mit eigenen Händen.«

»Wieder mit Ihren Tricks?«

»Ich hatte damals eine Stellung. Irgendwo in der City. Ich nahm einen Scheck meiner Gesellschaft, unterschrieb aber mit meinem eigenen Namen. Ich wollte mich nicht wegen Fälschung einsperren lassen. Es war nur eine vorübergehende Anleihe. Es war Liebe auf den ersten Blick, wissen Sie, als ich dieses Etui sah und mir einfiel, daß der Stabsoffizier genau so eins hatte.«

»Es war also nicht mit Ihnen in Burma?«

»Da hab ich ein wenig geflunkert. Aber im Kongo hatte ich es mit.«

Ich ließ den Wagen beim Kolumbus-Denkmal stehen – die Polizei mußte daran gewöhnt sein, meinen Wagen nachts dort zu sehen, wenn auch nicht allein – und zog mit Jones los, um die Lage auszukundschaften. Es war leichter, als ich dachte. Aus irgendeinem Grund stand der Polizist nicht mehr am Laufsteg, der für die Spätankömmlinge von Mère Catherine noch heruntergelassen war: vielleicht war der Mann auf Patrouille, vielleicht auch nur hinter die Mauer gegangen, um sein Wasser abzuschlagen. Einer von der Schiffsmannschaft stand oben auf Wache, ließ uns aber passieren, als er unsere weißen Gesichter sah.

Wir gingen aufs Oberdeck, und Jones' Lebensgeister erwachten – er hatte seit seiner Beichte kaum einen Ton von sich gegeben. Als wir an der Tür zur Bar vorbeikamen, sagte er: »Erinnern Sie sich an das Konzert? Das war eine Nacht, wie? Erinnern Sie sich an Baxter und sein Pfeifchen? ›St. Paul wird stehn und London wird stehn‹. Der Kerl war zu schön, um wahr zu sein, alter Freund.«

»Ist auch nicht mehr wahr. Er ist tot.«

»Armer Teufel. Das macht ihn irgendwie respektabel, wie?« fügte er fast sehnsüchtig hinzu.

Wir kletterten die Leiter zur Kajüte des Kapitäns hinauf. Ich freute mich nicht gerade auf die Unterredung, denn ich erinnerte mich an seine Haltung Jones gegenüber, nachdem er das Kabel mit der Anfrage aus Philadelphia erhalten hatte. Bis jetzt war alles gut gegangen, aber ich hatte wenig Hoffnung, daß unser Glück anhalten würde. Ich pochte an die Tür, und sogleich ertönte die rauhe und herrische Stimme des Kapitäns und hieß mich eintreten.

Zumindest hatte ich ihn nicht aus dem Schlaf geweckt. Er lehnte in einem weißen Baumwollnachthemd in seiner Schlafkoje und hatte eine sehr starke Lesebrille aufgesetzt, so daß seine Augen wie gebrochene Quarzstückchen aussahen. Er hielt ein Buch schräg unter der Leselampe, und ich erkannte, daß es ein Roman von Simenon war; das ermutigte mich etwas – es schien mir ein Beweis, daß er menschliche Interessen besaß.

»Mr. Brown«, rief er erstaunt wie eine alte Dame, die man in ihrem Hotelzimmer stört, und wie eine alte Dame griff er mit der Linken instinktiv in den Ausschnitt seines Hemdes.

»Und Major Jones«, setzte Jones munter hinzu und trat hinter mir hervor.

»Ah, Mr. Jones«, sagte der Kapitän mit ausgesprochenem Unbehagen.

»Sie haben hoffentlich Platz für einen Passagier?«

fragte Jones in seinem wenig überzeugenden heiteren Ton. »An Schnaps wird es ja nicht fehlen?«

»Nicht für einen Passagier. Aber sind Sie denn ein Passagier? Zu dieser nächtlichen Stunde haben Sie wohl keine Fahrkarte, könnte ich mir denken ...«

»Ich habe das Geld, um dafür zu zahlen, Herr Kapitän.«

»Und ein Ausreisevisum.«

»Eine Formalität für einen Ausländer wie mich.«

»Eine Formalität, der sich alle außer verbrecherischen Elementen unterziehen. Mir scheint, Sie sind in Schwierigkeiten, Mr. Jones.«

»Ja. Ich bin sozusagen ein politischer Flüchtling.«

»Warum sind Sie dann nicht auf die Britische Botschaft gegangen?«

»Ich hatte das Gefühl, ich wäre mehr zu Hause auf der lieben alten ›Medea‹ –« Das klang ganz nach einem englischen Music-Hall-Schlager, darum wiederholte er es wohl auch: »Auf der lieben alten ›Medea‹.«

»Sie waren nie ein willkommener Gast, Mr. Jones. Ich hatte zu viele Anfragen Ihretwegen.«

Jones sah mich an, aber ich konnte ihm nicht viel helfen. »Herr Kapitän«, sagte ich, »Sie wissen doch, wie man hier Gefangene behandelt. Sicher können Sie mal durch die Finger schauen ...«

Sein weißes Nachthemd, das am Hals und an den Manschetten – vielleicht von seiner überwältigenden Gattin – bestickt war, gab ihm ein schrecklich juristisches Aussehen; er blickte von seiner Koje auf uns herab wie von einem Richterstuhl. »Mr. Brown«, sagte er, »ich muß an meine Karriere denken. Ich komme einmal im Monat hierher. Glauben Sie wirklich, daß mir die Schiffahrtsgesellschaft in meinem Alter ein anderes Kommando auf einer anderen Route geben wird? Nach einer Unbesonnenheit, wie Sie sie mir zumuten?«

Jones sagte: »Verzeihen Sie. Das hatte ich nicht bedacht.« Seine Demut überraschte den Kapitän wohl genauso wie mich, denn als dieser wieder sprach, schien er sich fast bei ihm entschuldigen zu wollen.

»Ich weiß nicht, ob Sie Familie haben, Mr. Jones. Ich jedenfalls habe eine.«

»Ich nicht«, mußte Jones zugeben. »Überhaupt keine. Außer es zählt ein Mädel da und dort. Sie haben recht, Kapitän, ich bin nicht unersetzlich. Ich muß das irgendwie anders lösen.« Er überlegte kurz, während wir ihn ansahen, dann schlug er plötzlich vor: »Wenn Sie ein Auge zudrücken, könnte ich als blinder Passagier fahren.«

»In diesem Fall müßte ich Sie der Polizei in Philadelphia übergeben. Paßt Ihnen das, Mr. Jones? Ich habe die Vorstellung, es gibt Leute in Philadelphia, die gern ein paar Fragen an Sie stellen möchten.«

»Das ist nichts Ernstes. Ich schulde etwas Geld, mehr nicht.«

»Eigenes Geld?«

»Wenn ich's mir recht überlege, paßt es mir vielleicht doch nicht sehr.«

Ich bewunderte seine Ruhe; er hätte ebensogut selbst der Richter sein können, der mit zwei Sachverständigen einen komplizierten Fall berät.

»Die Möglichkeiten des Vorgehens scheinen recht begrenzt«, faßte er die Sachlage zusammen.

»Dann würde ich nochmals die Britische Botschaft vorschlagen«, sagte der Kapitän mit der kühlen Stimme eines Mannes, der stets die richtigen Antworten kennt und keinen Widerspruch erwartet.

»Wahrscheinlich haben Sie recht. Ehrlich gesagt, bin ich mit dem Konsul in Léopoldville nicht sehr gut ausgekommen. Und sie kommen doch alle aus demselben Stall – diplomatische Karriere. Ich fürchte, hier haben sie auch einen Bericht über mich. Es ist ein Problem, nicht wahr? Sie wären wirklich gezwungen, mich in Philadelphia den Polypen zu übergeben?«

»Ich wäre dazu gezwungen.«

»Das ist also so lang wie breit, was?« Er wandte sich an mich. »Wie wär's mit irgendeiner anderen Gesandtschaft, wo kein Bericht vorliegt...«

»Diese Dinge werden nach den Regeln der Diplomatie behandelt«, sagte ich. »Die könnten nicht beanspruchen, daß ein Ausländer bei ihnen Asylrecht hat. Sie wären auf immer mit Ihnen belastet, solange diese Regierung währt.«

Schritte polterten die Kajütentreppe herauf. Eine Hand klopfte an die Tür. Ich sah, wie Jones den Atem anhielt. Er war nicht halb so ruhig, wie er sich den Anschein gab.

»Herein.«

Der Zweite Offizier trat ein. Er sah uns ohne Überraschung an, als hätte er erwartet, hier Fremde zu finden. Er sprach Holländisch, und der Kapitän stellte ihm eine Frage. Er antwortete, während er den Blick auf Jones gerichtet hielt. Der Kapitän wandte sich uns zu. Als habe er die Hoffnung auf Maigret für diese Nacht endlich aufgegeben, legte er sein Buch beiseite und sagte: »Ein Polizeileutnant und drei Mann sind am Fallreep. Sie wollen an Bord kommen.«

Jones stieß einen tiefen, unglücklichen Seufzer aus. Vielleicht sah er das »Sahib House« und das achtzehnte Loch und die Bar zur »Wüsten Insel« auf immer entschwinden.

Der Kapitän gab dem Zweiten Offizier auf holländisch einen Befehl, und dieser verließ die Kajüte. Dann sagte der Kapitän: »Ich muß mich anziehen.« Er schwang sich schüchtern wie eine Bürgersfrau an den Rand seiner Koje und stieg schwerfällig herab.

»Sie lassen sie an Bord kommen«, rief Jones. »Wo ist Ihr Stolz? Das ist doch holländischer Boden, oder nicht?«

»Mr. Jones, wollen Sie bitte auf die Toilette gehen und sich dort ruhig verhalten, dann machen Sie es uns allen leichter.«

Ich öffnete die Tür am Ende der Koje und ließ Jones durch. Er ging widerstrebend.

»Ich sitze in der Falle«, sagte er, »wie eine Ratte.« Er verbesserte sich rasch: »Wie ein Kaninchen, meine ich«, und lächelte mich ängstlich an. Ich setzte ihn wie ein Kind fest auf den Klosettsitz nieder.

Der Kapitän zog sich die Hosen an und stopfte sein Nachthemd hinein. Er nahm eine Uniformjacke vom Kleiderhaken und zog sie an – das Nachthemd wurde durch den Kragen verdeckt.

»Sie werden sie doch nicht das Schiff durchsuchen lassen?« protestierte ich. Er hatte keine Zeit, zu antworten oder seine Schuhe und Socken anzuziehen, denn schon klopfte es an die Tür.

Ich kannte den Polizeileutnant, der jetzt eintrat. Das war ein richtiger Hundskerl, so arg wie nur einer von den Tontons Macoute; ein Mann, so groß wie Doktor Magiot, der über einen fürchterlichen Faustschlag verfügte; viele gebrochene Kinnbacken in Port-au-Prince zeugten von seiner Kraft. Sein Mund war voller Goldzähne, wohl nicht seine eigenen: er trug sie, wie ein indianischer Krieger seine Skalpe zu tragen pflegt. Er sah uns beide unverschämt an, während sich der Zweite Offizier, ein pickeliger Jüngling, unruhig hinter ihm verdrückte. Er sagte zu mir, und es klang wie eine Beschimpfung: »Sie kenne ich.«

Der kleine dicke Kapitän sah mit seinen nackten Beinen sehr angreifbar aus, doch er erwiderte wacker: »Aber ich kenne Sie nicht.«

»Was machen Sie zu dieser Stunde an Bord?« fragte mich der Polizist.

Der Kapitän sagte zu dem Zweiten Offizier auf französisch, so daß jeder es verstand: »Ich dachte, ich hätte Ihnen gesagt, er solle seine Pistole unten lassen?«

»Er hat sich geweigert, Herr Kapitän. Er hat mich zur Seite gestoßen.«

»Geweigert? Gestoßen?« Der Kapitän reckte sich auf und reichte dem Neger fast bis zur Schulter. »Ich habe Sie an Bord gebeten – aber unter gewissen Bedingungen. Ich bin der einzige, der auf diesem Schiff eine Waffe tragen darf. Sie sind jetzt nicht in Haiti.«

Diese mit Überzeugung geäußerten Worte brachten den Polizeileutnant tatsächlich aus der Fassung. Es war wie ein Zauberbann – er fühlte sich unsicher. Er sah uns alle der Reihe nach an, und blickte sich in der Kabine um. *»Pas à Haiti?«* rief er, und ich nehme an, er bemerkte bloß das ihm Unvertraute: an der Wand ein gerahmtes Zertifikat für Lebensrettung auf hoher See, die Fotografie einer grimmigen weißen Frau mit stahlgrauen Dauerwellen, eine Steinflasche mit etwas, das »Bols« hieß, eine Fotografie der zugefrorenen Grachten Amsterdams im Winter. Er wiederholte bestürzt: *»Pas à Haiti?«*

»Vous êtes en Hollande«, sagte der Kapitän mit überlegenem Lachen und streckte ihm die Hand hin: »Geben Sie mir Ihre Pistole.«

»Ich stehe unter Befehl«, sagte der Kraftkerl jämmerlich. »Ich tue nur meine Pflicht.«

»Nicht auf meinem Schiff.«

»Er kam hierher auf Ihr Schiff.«

»Dafür bin ich nicht verantwortlich. Jetzt geben Sie mir die Pistole.«

»Ich muß eine Durchsuchung machen.«

»Sie können an Land durchsuchen, soviel Sie wollen, aber nicht hier. Hier bin ich für Recht und Ordnung verantwortlich. Wenn Sie mir Ihre Pistole nicht geben, rufe ich die Mannschaft zusammen, um Sie zu entwaffnen, und dann lasse ich Sie in den Hafen hinüberbefördern.«

Der Mann war geschlagen. Seine Augen blieben auf dem mißbilligenden Gesicht der Kapitänsgattin haften, während er seinen Gurt aufknöpfte und die Pistole aushändigte. Der Kapitän übernahm sie. »Und jetzt«, sagte er, »bin ich bereit, jede vernünftige Frage zu beantworten. Was wollen Sie wissen?«

»Wir wollen wissen, ob Sie einen Verbrecher an Bord haben. Sie kennen ihn – einen Mann namens Jones.«

»Hier ist die Passagierliste. Wenn Sie lesen können.«

»Sein Name wird nicht draufstehen.«

»Ich bin seit zehn Jahren Kapitän dieser Linie. Ich halte mich an den Buchstaben des Gesetzes. Ich werde niemals einen Passagier haben, der nicht auf dieser Liste steht. Auch keinen Passagier ohne Ausreisevisum. Hat er ein Ausreisevisum?«

»Nein.«

»Dann kann ich Ihnen schwören, Herr Leutnant, daß er niemals Passagier auf diesem Schiff sein wird.«

Der Klang seines Ranges schien den Polizisten ein wenig zu besänftigen. »Er kann sich ja ohne Ihr Wissen versteckt haben«, sagte er.

»Am Morgen vor der Abfahrt werde ich das Schiff durchsuchen lassen; wenn er gefunden wird, lasse ich ihn an Land setzen.«

Der Mann zögerte. »Wenn er nicht hier ist«, sagte er, »muß er auf die Britische Botschaft gegangen sein.«

»Es wäre natürlicher«, sagte der Kapitän, »als die Königlich-Niederländische Dampfschiffahrts-Gesellschaft.« Er überreichte dem Zweiten Offizier die Pistole und sagte: »Sie werden sie ihm am Fuß des Fallreeps übergeben.« Er wandte sich ab und ließ die schwarze Hand des Polizisten in der Luft schweben wie einen Wels in einem Aquarium.

Wir warteten schweigend, bis der Zweite Offizier zurückkam und dem Kapitän meldete, der Leutnant sei mit seinen Leuten weggefahren; dann ließ ich Jones aus der Toilette. Er war von überströmender Dankbarkeit. »Sie waren großartig, Herr Kapitän«, sagte er.

Der Kapitän sah ihn mit Abscheu und Verachtung an. Er sagte: »Ich habe ihm nur die Wahrheit gesagt. Hätte ich Sie als blinden Passagier entdeckt, dann hätte ich Sie an Land gesetzt. Ich bin froh, daß ich nicht lügen mußte. Es wäre mir schwergefallen, mir oder Ihnen zu verzeihen. Bitte, verlassen Sie das Schiff, sobald es sicher ist.« Er legte die Jacke ab und zog das weiße Nachthemd aus den Hosen, so daß er sich ihrer sittsam entledigen konnte; wir gingen.

Draußen beugte ich mich über die Brüstung und sah nach dem Polizisten, der zum Fußende des Fallreeps zurückgekehrt war. Es war der Polizist der vorigen Nacht, und von dem Leutnant oder seinen Leuten war keine Spur zu sehen. Ich sagte: »Jetzt ist es zu spät für die Britische Botschaft. Die wird nun gut bewacht sein.«

»Was tun wir dann?«

»Weiß Gott, was – aber das Schiff müssen wir verlassen. Wenn wir am Morgen noch hier sind, wird der Kapitän zu seinem Wort stehen.«

Der Zahlmeister, der ganz vergnügt aus seinem Schlaf erwachte (als wir eintraten, lag er flach auf dem Rücken und hatte ein schlüpfriges Lächeln auf den Lippen) rettete die Situation. Er sagte: »Mr. Brown wird keine Schwierigkeiten haben, an Land zu gehen, denn der Polizist kennt ihn schon. Aber für Mr. Jones gibt es nur eine Lösung. Er muß als Frau gehen.«

»Und die Kleider?« fragte ich.

»Wir haben hier eine Kiste mit allen möglichen Dingen für Kostümfeste an Bord. Wir haben das Kleid einer spanischen Señorita und eine Bauerntracht aus Vollendam.«

Jones sagte jämmerlich: »Aber mein Schnurrbart.«

»Den müssen Sie abrasieren.«

Weder das spanische Kostüm, das für eine Flamenco-Tänzerin bestimmt war, noch der komplizierte Kopfschmuck der holländischen Bäuerin war eben unauffällig. Wir versuchten alles, um aus den beiden Trachten eine diskrete Mischung herzustellen, indem wir den Vollendamschen Kopfschmuck und die Holzpantinen der einen preisgaben, sowie die Mantilla der anderen, überdies in beiden Fällen die vielen Unterröcke. Inzwischen rasierte sich Jones mißmutig und qualvoll – es gab kein heißes Wasser. Sonderbarerweise sah er ohne Schnurrbart zuverlässiger aus; es war, als hätte er vorher eine unvorschriftsmäßige Uniform getragen. Jetzt konnte ich beinahe an seine militärische Laufbahn glauben. Noch seltsamer war jedoch, wie er sich, als das große Opfer einmal gebracht war, mit einer Art sachverständiger Begeisterung in das Verkleidungsspiel stürzte.

»Haben Sie vielleicht Rouge oder einen Lippenstift?« fragte er den Zahlmeister, aber der Zahlmeister hatte keins von beiden, und Jones mußte sich zur Kosmetik mit einem Puderstift »Vor der Rasur« von Remington begnügen. Er verlieh ihm, über dem schwarzen Vollendamer Bauernrock und der spanischen Flitterbluse, ein fahlblasses Aussehen. »Am Fuß des Fallreeps«, sagte er dem Zahlmeister, »müssen Sie mich küssen. Das wird mir auch helfen, mein Gesicht zu verbergen.«

»Warum küssen Sie nicht Mr. Brown?« fragte der Zahlmeister.

»Er bringt mich doch nach Hause. Es würde nicht natürlich wirken. Sie müssen sich vorstellen, daß wir einen Abend miteinander verbracht haben, wir drei.«

»Was für eine Art Abend?«

»Einen ganz toll ausgelassenen Abend«, sagte Jones.

»Kommen Sie mit Ihrem Rock zurecht?« fragte ich.

»Natürlich, alter Freund.« Er fügte geheimnisvoll hinzu: »Das ist nicht das erste Mal. Unter ganz anderen Umständen natürlich.«

Er kam an meinem Arm das Fallreep herunter. Die Röcke waren so lang, daß er sie in einer Hand zusammenraffen mußte wie eine Dame der viktorianischen Zeit, die sich ihren Weg durch den Straßenschlamm sucht. Der wachhabende Matrose starrte uns mit offenem Munde an; er hatte nicht gewußt, daß eine Frau an Bord war, noch dazu eine solche Frau. Jones warf ihm, als er vorbeikam, aus seinen braunen Augen einen abschätzenden und herausfordernden Blick zu. Ich bemerkte, wie schön und kühn sie jetzt unter dem Kopftuch aussahen; der Schnurrbart hatte sie ganz um ihre Wirkung gebracht. Am Fuß des Fallreeps umarmte er den Zahlmeister und ließ auf seinen beiden Wangen Flecken vom Puderstift zurück. Der Polizist betrachtete uns mit abgestumpfter Neugier – offenbar war Jones nicht die erste Frau, die das Schiff zu so früher Stunde verließ, und er hätte kaum Eindruck auf einen Mann machen können, der mit den Mädchen Mère Catherines vertraut war.

Langsam gingen wir Arm in Arm zu der Stelle, wo ich meinen Wagen gelassen hatte. »Sie halten Ihren Rock zu hoch«, warnte ich ihn.

»Ich war nie ein tugendhaftes Weibsbild, mein Alter.«

»Ich meine, der *Flic* kann Ihre Schuhe sehen.«

»Nicht im Finstern.«

Ich hätte nicht gedacht, daß unsere Flucht so leicht gelingen würde. Keine Schritte folgten uns, der Wagen stand unbeobachtet an seinem Ort, Frieden und Kolumbus beherrschten die Nacht. Ich saß da und dachte nach, während Jones seine Röcke zurechtschob. Er sagte: »Ich hab mal die Boadicea gespielt. In einem Sketch. Um die Burschen zu erheitern. Im Publikum war ein Mitglied des Königshauses.«

». . . des Königshauses?«

»Lord Mountbatten. Das waren Zeiten! Würden Sie so lieb sein und Ihr linkes Bein heben? Mein Rock ist eingeklemmt.«

»Wohin also jetzt?«

»Fragen Sie mich nicht. Der Mann, an den ich meine Empfehlung schrieb, kampiert jetzt in der Venezolanischen Botschaft.«

»Die wird am stärksten von allen bewacht. Dort haben sie den halben Generalstab.«

»Ich wäre mit was Bescheidenerem ganz zufrieden.«

»Vielleicht nimmt man Sie gar nicht auf. Sie sind doch nicht wirklich ein politischer Flüchtling, oder?«

»Gilt Betrug an Papa Doc nicht als Widerstand?«

»Vielleicht wären Sie nicht willkommen als ständiger Gast. Haben Sie das bedacht?«

»Man wird mich doch nicht rausschmeißen, wie, wenn ich mal sicher drin bin?«

»Ich glaube, die eine oder die andere Botschaft täte das sogar.«

Ich startete, und wir fuhren langsam in die Stadt zurück. Ich wollte nicht den Eindruck einer Flucht erwekken. Vor jeder Kurve erwartete ich die Lichter eines anderen Wagens zu sehen, doch Port-au-Prince war leer wie ein Friedhof.

»Wohin bringen Sie mich?«

»An den einzigen Ort, der mir eingefallen ist. Der Botschafter ist abwesend.«

Ich war erleichtert, als wir den Berg hinauffuhren. Auf dieser Seite der vertrauten Nebenstraße gab es keine Straßensperren. Vor dem Tor blickte ein Polizist kurz in den Wagen. Er kannte mein Gesicht, und Jones konnte leicht für eine Frau gehalten werden, wenn das Licht am Armaturenbrett ausgeschaltet war. Offenbar hatte man noch nicht Großalarm gegeben – Jones war nur ein Verbrecher; er war kein Patriot. Wahrscheinlich hatte man die Straßensperren gewarnt und rund um die Britische Botschaft ein paar Tontons Macoute aufgestellt. Wenn sie die »Medea« und wohl auch mein Hotel bewachten, mußten sie glauben, sie hätten ihn im Netz.

Ich ließ Jones im Wagen und schellte. Jemand mußte wach sein, denn ich konnte hinter einem Fenster zu ebener Erde Licht sehen. Trotzdem mußte ich zweimal schellen, und ich wartete ungeduldig, bis sich von weither aus dem Hinterhaus schwere Schritte nahten, gewichtig und ohne Eile. Ein Hund kläffte und winselte – mich wunderte dieser Lärm, denn ich hatte in diesem Haus noch nie einen Hund gesehen. Dann fragte eine Stimme – ich hielt sie für die des Nachtportiers – wer wir seien.

Ich sagte: »Ich will Señora Pineda sprechen. Sagen Sie ihr, es ist Monsieur Brown. Etwas Dringendes.«

Die Tür wurde aufgesperrt, entriegelt und von der Kette befreit, doch der Mann, der sie öffnete, war nicht der Nachtportier. Der Botschafter selbst stand dort und lugte kurzsichtig heraus. Er war in Hemdsärmeln und trug keine Halsbinde: ich hatte ihn vorher nie anders als makellos gekleidet gesehen. Neben ihm stand sprungbereit ein scheußlicher Zwerghund, der nur aus langem grauem Fell bestand und einem Tausendfüßler ähnelte. »Sie wollen meine Frau?« fragte er. »Sie schlaft.« Als ich in seine müden, gekränkten Augen sah, dachte ich: Er weiß es, er weiß alles.

»Wollen Sie, daß ich sie wecke?« fragte er. »Ist es so dringend? Sie ist bei meinem Sohn. Sie schlafen beide.«

Ich sagte lahm und unbestimmt: »Ich wußte nicht, daß Sie zurück sind.«

»Ich kam heute nacht mit dem Flugzeug.« Er hob die Hand zu der Stelle, wo sein Schlips hätte sitzen sollen. »Es wartet eine Menge Arbeit auf mich, Schriftstücke sind zu lesen ... Sie wissen ja, wie das ist.« Es war, als wollte er sich bei mir entschuldigen und wiese mir untertänig seinen Paß vor – Nationalität: Mensch. Besonderes Kennzeichen: Hahnrei.

Ich sagte mit einem Gefühl von Scham: »Nein, bitte, wecken Sie sie nicht. Eigentlich wollte ich Sie sprechen.«

»Mich?« Ich dachte einen Augenblick, er würde einem panikartigen Impuls nachgeben, sich zurückziehen und das Tor schließen. Vielleicht glaubte er, ich wollte ihm etwas sagen, das zu hören er fürchtete. »Hat es nicht Zeit bis morgen?« beschwor er mich. »Es ist so spät. So viel zu tun.« Er griff nach einem Zigarrenetui, das nicht da war. Ich glaube, es war ihm fast danach, mir ein Bündel Zigarren in die Hand zu drücken, wie ein anderer einem Geld in die Hand gedrückt hätte, um mich zu veranlassen, wegzugehen. Aber er hatte keine Zigarren. So ergab er sich unglücklich in sein Schicksal und sagte: »Kommen Sie also herein, wenn Sie müssen.«

Ich sagte: »Der Hund mag mich nicht.«

»Don Juan?« Er schnarrte einen Befehl an die scheußliche Kreatur, die ihm den Schuh zu lecken begann.

Ich sagte: »Ich habe einen Begleiter«, und gab Jones ein Zeichen.

Der Botschafter betrachtete Jones' Auftritt mit hoffnungsloser Ungläubigkeit; er traute seinen Augen nicht. Immer noch meinte er wohl, ich hätte die Absicht, alles zu gestehen und vielleicht gar die Auflösung seiner Ehe zu fordern. Welche Rolle, so fragte er sich wahrscheinlich, sollte »sie« in der Geschichte spielen; war sie eine Zeugin, ein Kindermädchen für Angel, eine Ersatzgattin? In einem Alptraum ist alles möglich, sei es noch so grausam oder grotesk, und für ihn war dies sicherlich ein Alptraum. Zuerst kamen die schweren, gummibesohlten Schuhe aus dem Wagen, ein Paar scharlachrot und schwarz gestreifte Socken, die wie ein Schulschlips am falschen Ort wirkten, dann Falbel um Falbel eines blau-schwarzen Rocks, zuletzt der Kopf und die in einen

Schal gehüllten Schultern, das weiß gepuderte Gesicht und die herausfordernden braunen Augen. Jones schüttelte sich wie ein Sperling nach einem Staubbad und eilte zu uns herüber.

»Das ist Mr. Jones«, sagte ich.

»Major Jones«, verbesserte er mich. »Ich freue mich, Sie kennenzulernen, Exzellenz.«

»Er bittet um Asyl. Die Tontons Macoute sind hinter ihm her. Es besteht keine Hoffnung, ihn in die Britische Botschaft zu bringen. Sie ist zu gut bewacht. Ich dachte vielleicht ... obwohl er kein Südamerikaner ist ... Er ist in äußerster Gefahr.«

Während ich sprach, breitete sich ein Ausdruck ungeheurer Erleichterung über des Botschafters Gesicht. Das war Politik. Da kannte er sich aus. Das war der Alltag. »Kommen Sie herein, Major Jones, kommen Sie herein. Seien Sie willkommen. Mein Haus steht Ihnen zur Verfügung. Ich wecke sofort meine Frau. Eines meiner Zimmer soll für Sie hergerichtet werden.« In seiner Erleichterung warf er mit den besitzanzeigenden Fürwörtern um sich wie mit Konfetti. Dann verschloß, versperrte, verriegelte und kettete er das Haustor zu und bot Jones geistesabwesend seinen Arm an, um ihn ins Haus zu geleiten. Jones nahm ihn und schritt würdevoll wie eine Matrone der viktorianischen Zeit durch die Vorhalle. Der scheußliche graue Hund fegte neben ihm mit seinem verfilzten Haar den Boden und schnupperte an Jones' Rock herum.

»Luis!« Martha stand auf dem Treppenabsatz und schaute mit verschlafenem Staunen auf uns herunter.

»Liebste«, sagte der Botschafter, »gestatte mir, daß ich vorstelle: das ist Mr. Jones. Unser erster Flüchtling.«

»Mr. Jones!«

»Major Jones«, verbesserte Jones die beiden und nahm den Schal vom Kopf, als wäre er ein Hut.

Martha beugte sich über das Geländer und lachte; sie lachte, bis sich ihre Augen mit Tränen füllten. Ich konnte durch ihr Nachtgewand ihre Brüste und selbst den Schatten ihres Haares sehen, und Jones konnte das wohl auch. Er lächelte zu ihr hinauf und rief: »In der Frauenarmee natürlich«, und ich erinnerte mich an das Mädchen Tin Tin bei Mère Catherine, die mir auf meine Frage, warum er ihr gefiel, erwidert hatte: »Er hat mich zum Lachen gebracht.«

2

Von dieser Nacht blieb für den Schlaf nicht mehr viel übrig. Als ich ins Trianon zurückkehrte, hielt mich derselbe Polizeibeamte, der auf der »Medea« gewesen war, beim Eingang zu meiner Auffahrt auf und fragte, wo ich gewesen sei. »Sie wissen das genauso gut wie ich«, sagte ich, und er durchsuchte aus Rache meinen Wagen sehr gründlich – ein dummer Mensch.

Ich durchstöberte die Bar nach etwas Trinkbarem; aber die Eisbehälter waren nicht gefüllt worden, und auf den Regalen stand nur noch eine Flasche Seven-Up. Ich mischte viel Rum dazu und setzte mich draußen auf die Terrasse, um auf den Sonnenaufgang zu warten – die Moskitos hatten schon lange aufgehört, mich zu quälen, ich war altes und verdorbenes Fleisch. Das Hotel hinter mir kam mir leerer vor, als es jemals gewesen war; mir fehlte der lahme Joseph, wie mir eine alte Wunde gefehlt hätte, denn ich hatte vielleicht unbewußt ein wenig mit ihm gelitten, wenn er von der Bar auf die Terrasse und treppauf, treppab hinkte. Seinen Schritt hatte ich zumindest leicht erkennen können, und ich fragte mich, in welcher Gebirgseinöde er jetzt wohl zu hören war, oder ob er etwa schon irgendwo tot zwischen den felsigen Knorpeln des Rückgrats von Haiti lag. Josephs Schritt schien mir das einzige Geräusch, an das ich je Zeit gehabt hatte, mich zu gewöhnen. Ein Mitleid mit mir selbst erfüllte mich, so süß wie Angels Bourbon-Kekse. Konnte ich auch nur, so fragte ich mich, Marthas Schritte von denen einer anderen Frau unterscheiden? Ich bezweifelte es, und ganz gewiß hätte ich niemals die Schritte meiner Mutter erkannt, bevor sie mich in der Obhut der Patres von Mariae Heimsuchung zurückgelassen hatte. Und mein richtiger Vater? Er hatte meinem Gedächtnis keine einzige Kindheitserinnerung eingeprägt. Wahrscheinlich war er gestorben, doch ich war nicht sicher – in diesem Jahrhundert lebten alte Leute weit über ihre angemessene Zeitspanne hinaus. Aber ich verspürte keine echte Neugier auf ihn; auch hatte ich nicht den Wunsch, nach ihm zu forschen oder seinen Grabstein zu finden, der möglicherweise, aber nicht bestimmt, den Namen Brown trug.

Dennoch war mein Mangel an Neugier ein hohler Raum, wo kein hohler Raum hätte sein dürfen. Ich hatte die Höhlung nicht mit einem Ersatzmittel verstopft, wie ein Zahnarzt mit einer provisorischen Plombe. Kein Priester hatte Vaterstelle bei mir eingenommen und kein Bereich der Erde mir die Heimat ersetzt. Ich war ein Bürger von Monaco, mehr nicht.

Die Palmen hatten begonnen, sich aus dem namenlosen Dunkel zu lösen; sie erinnerten mich an die Palmen vor dem Kasino an jener blauen, künstlichen Küste, wo selbst der Sand importiert worden war. Eine schwache Brise bewegte die langen Blätter, die eckig gezackt waren gleich den Tasten eines Klaviers; wie von einem unsichtbaren Spieler wurden zwei oder drei der Tasten immer gleichzeitig angeschlagen. Warum war ich hier? Ich war hier wegen einer Ansichtskarte meiner Mutter; wie leicht hätte sie verlorengehen können – in keinem Kasino konnte die Gewinnchance höher sein. Es gibt Menschen, die durch ihre Abstammung unwiderruflich zu einem Land gehören; die ein Band mit ihm fühlen, selbst wenn sie es verlassen haben. Und dann gibt es Menschen, die zu einer Provinz, einem Bezirk, einem Dorf gehören; aber zu den etwa hundert Quadratkilometern rings um die Gärten und Boulevards von Monte Carlo, einer Stadt flüchtiger Passanten, empfand ich nichts von einer Bindung. Ein stärkeres Band fühlte ich hier in diesem schäbigen Land des Terrors, vom Zufall für mich erwählt.

Die ersten Farben berührten den Garten, ein tiefes Grün und dann ein tiefes Rot – meine Färbung war die Vergänglichkeit; meine Wurzeln würden niemals und nirgends tief genug reichen, um mir eine Heimat zu schaffen oder jene Sicherheit zu gewähren, welche die Liebe verleiht.

Zweites Kapitel

1

Es waren keine Gäste mehr im Hotel; als die Smiths abreisten, gab der Koch, der meine Küche durch seine Soufflés berühmt gemacht hatte, alle Hoffnung auf und übersiedelte in die Venezolanische Botschaft, wo wenigstens einige Flüchtlinge zu füttern waren. Zu meinen Mahlzeiten kochte ich mir jetzt ein Ei, öffnete eine Konserve oder teilte mit meinem letzten Stubenmädchen und dem Gärtner das haitische Essen; manchmal nahm ich auch eine Mahlzeit mit den Pinedas ein, allerdings nicht oft, denn Jones' Anwesenheit reizte mich. Angel ging jetzt in eine Schule, die von der Gattin des spanischen Botschafters gegründet worden war, und an den Nachmittagen fuhr Martha ganz offen durch die Auffahrt zum Trianon und stellte ihren Wagen in meine Garage. Die Angst, entdeckt zu werden, hatte sie verlassen, oder vielleicht gewährte uns jetzt ein nachsichtiger Gatte eine beschränkte Freiheit. Wir verbrachten die Zeit in meinem Schlafzimmer – mit Liebe oder im Gespräch und nur allzuoft mit Streit. Wir stritten sogar über den Hund des Botschafters. »Er ist mir unheimlich«, sagte ich. »Wie eine Ratte in einem Wollschal oder ein langer Tausendfüßler. Was bewog ihn zum Kauf?«

»Wahrscheinlich brauchte er Gesellschaft«, sagte sie.

»Er hat ja dich.«

»Du weißt genau, wie wenig er von mir hat.«

»Muß ich auch noch mit ihm Mitleid haben?«

»Es würde uns nicht schaden«, sagte sie, »mit jemandem Mitleid zu haben.«

Sie war klüger als ich, wenn es galt, die ferne Wolke eines Streits zu erspähen, solange sie nicht größer war als eine Menschenhand; und gewöhnlich fand sie die richtige Art, um ihr auszuweichen, denn wenn die Umarmung vorüber war, war gewöhnlich auch der Streit vorüber – zumindest für dieses Mal. Einmal sprach sie von meiner Mutter und ihrer gegenseitigen Freundschaft. »Seltsam, nicht? Mein Vater war ein Kriegsverbrecher und sie eine Heldin des Widerstands.«

»Glaubst du wirklich, daß sie das war?«

»Ja.«

»Ich fand eine Medaille in ihrem Sparschweinchen, aber ich dachte, es sei ein Andenken an eine Liebesgeschichte. In dem Schweinchen war auch eine Heiligenmedaille, aber die hat sicher nichts bedeutet – sie war bestimmt nicht fromm. Daß sie mich zu den Jesuiten steckte, war nur Bequemlichkeit. Die konnten sich unbezahlte Rechnungen leisten.«

»Du warst bei den Jesuiten?«

»Ja.«

»Ich dachte mir immer irgendwie, du seist – nichts.«

»Ich bin nichts.«

»Ja, aber ich dachte, ein protestantisches Nichts, nicht ein katholisches Nichts. Ich bin ein protestantisches Nichts.«

Ich hatte eine Vorstellung von farbigen Bällen, die durch die Luft flogen, in einer anderen Farbe für jede Überzeugung – selbst für den Mangel an einer solchen. Es gab einen existentialistischen Ball, einen logisch-positivistischen Ball. »Ich dachte sogar, du seist ein kommunistisches Nichts.« Es war lustig, es war ein Spaß, solange man sehr gewandt die Bälle herumschlug; fiel jedoch ein Ball zu Boden, dann hatte man das Gefühl einer unpersönlichen Wunde, wie wenn ein Hund tot auf der Landstraße liegt.

»Doktor Magiot ist Kommunist«, sagte sie.

»Ich nehme es an. Ich beneide ihn. Er ist glücklich, glauben zu können. Ich ließ all diese Absoluta in der Kapelle der Heimsuchung zurück. Weißt du, daß ich einmal sogar glaubte, zum Priesteramt berufen zu sein?«

»Vielleicht bist du ein *prêtre manqué.*«

»Ich? Du lachst mich aus. Leg deine Hand hierher. Das da hat keine Theologie.« Ich machte mich über mich selbst lustig, während ich sie besaß. Ich stürzte mich in den Genuß, wie ein Selbstmörder sich aus dem Fenster stürzt.

Was ließ uns nach dieser kurzen wilden Vereinigung wieder auf Jones zu sprechen kommen? Ich verwechsle in der Erinnerung viele Nachmittage, viele Liebesstunden, viele Gespräche, viele Streitereien, alle nur Vorbereitungen für den allerletzten Streit. Da war zum Beispiel der Nachmittag, an dem sie früh wegging und auf meine Frage, wohin sie gehe – denn Angel konnte noch lange nicht von der Schule zurück sein –, erwiderte: »Ich habe

Jones versprochen, daß er mir Gin-Rummy beibringen darf.« Es waren bloß zehn Tage her, daß ich Jones unter ihrem Dach abgesetzt hatte, und ich spürte bei ihren Worten ein Vorgefühl von Eifersucht, wie den ersten Schauer, der ein Fieber anzeigt.

»Das muß ein aufregendes Spiel sein. Du ziehst es dem Liebesspiel vor?«

»Mein Herz, wir haben Liebe gespielt, bis wir nicht mehr können. Ich möchte ihn nicht enttäuschen. Er ist ein guter Gast. Angel mag ihn gern. Er spielt oft mit Angel.«

An einem Nachmittag, viel später, begann der Streit wieder anders. Sie fragte mich plötzlich – es war der erste Satz, nachdem sich unsere Körper voneinander gelöst hatten – was das Wort »Midge« eigentlich bedeute.

»Eine Art Moskito. Warum?«

»Jones ruft den Hund immer ›Midge‹, und er hört auf diesen Namen. Sein wirklicher Name ist Don Juan, aber den hat er nie gelernt.«

»Du wirst mir wohl gleich sagen, daß auch der Hund Jones gern hat.«

»Ach, das stimmt ja auch – mehr als Luis. Luis füttert ihn immer, er überläßt das nicht einmal Angel, aber Jones braucht nur ›Midge‹ zu rufen ...«

»Wie ruft Jones dich?«

»Was meinst du damit?«

»Du gehst doch auch zu ihm, wenn er ruft. Du gehst früher weg, um Gin-Rummy zu spielen.«

»Das war vor drei Wochen. Seitdem hab ich's nicht wieder getan.«

»Wir verbringen jetzt die Hälfte unserer Zeit mit Gesprächen über diesen verdammten Schwindler.«

»Du hast uns den verdammten Schwindler ins Haus gebracht.«

»Ich wußte ja nicht, daß er zu einem solchen Freund der Familie werden würde.«

»Mein Herz, er bringt uns zum Lachen, das ist alles.« Sie hätte sich keine Erklärung aussuchen können, die mich mehr beunruhigt hätte. »Hier gibt's ja nicht viel zu lachen.«

»Hier?«

»Du verdrehst mir das Wort im Mund. Ich meine nicht hier im Bett. Ich meine hier in Port-au-Prince.«

»Zwei verschiedene Sprachen führen zu Mißverständnissen. Ich hätte Deutsch lernen sollen. Spricht Jones Deutsch?«

»Nicht einmal Luis. Mein Herz, wenn du mich haben willst, bin ich eine Frau, wenn ich dich aber kränke, bin ich immer eine Deutsche. Wie schade, daß Monako niemals eine Machtperiode gehabt hat.«

»Hat es gehabt. Aber die Engländer besiegten die Flotte des Fürsten im Kanal. Genau wie die deutsche Luftwaffe.«

»Ich war zehn Jahre alt, als ihr die Luftwaffe besiegt habt.«

»Ich habe niemanden besiegt. Ich saß in einem Büro und übersetzte Propagandamaterial gegen Vichy ins Französische.«

»Jones hat den Krieg interessanter verbracht.«

»So?«

War es Unschuld, was sie so oft veranlaßte, seinen Namen zu nennen, oder spürte sie einen Zwang, ihn ständig zu erwähnen?

»Er war in Burma«, sagte sie, »und kämpfte gegen die Japaner.«

»Hat er dir das erzählt?«

»Er ist sehr interessant, wenn er über den Guerillakrieg spricht.«

»Die Widerstandsbewegung hier hätte ihn brauchen können. Aber er hat die Regierung dem Widerstand vorgezogen.«

»Jetzt hat er die Regierung durchschaut.«

»Oder sie vielleicht ihn? Hat er dir von dem verlorenen Zug erzählt?«

»Ja.«

»Und wie er Wasser wittern kann?«

»Ja.«

»Manchmal frage ich mich, warum er nicht zumindest als General aus dem Krieg gekommen ist.«

»Was ist denn los, mein Herz?«

»Othello bezauberte Desdemona mit den Geschichten seiner Abenteuer. Es ist ein alter Trick. Ich sollte dir einmal erzählen, wie ich vom ›People‹ gehetzt worden bin. Das würde mir vielleicht dein Mitgefühl eintragen.«

»Was für ein ›People‹?«

»Genug davon.«

»Ein neues Thema gilt in einer Botschaft immer viel. Der Erste Sekretär ist Fachmann für Schildkröten. Das war eine Zeitlang naturgeschichtlich interessant, aber es verlor trotzdem seinen Reiz. Und der Zweite Sekretär ist ein Bewunderer von Cervantes, aber nicht des Don Quichotte, der sei, sagt er, bloß Popularitätshascherei gewesen.«

»Wahrscheinlich wird auch der Krieg in Burma mit der Zeit langweilig werden.«

»Zumindest wiederholt er sich noch nicht, wie die anderen.«

»Hat er dir von seinem Cocktail-Etui erzählt?«

»Ja, ganz gewiß, du unterschätzt ihn, mein Herz. Er ist ein sehr freigebiger Mensch. Du weißt, daß unser Shaker tropft – er hat Luis also seinen gegeben – trotz aller Erinnerungen, die daran hängen. Es ist ein sehr guter Shaker – kommt von Asprey in London. Er sagte, es sei das einzige, womit er sich für unsere Gastfreundschaft revanchieren könne. Wir meinten, wir würden ihn uns ausleihen – und weißt du, was er getan hat? Er gab einem der Diener Geld, damit er ihn zu Hamit trägt und ihn dort gravieren läßt. Da haben wir's – wir können ihn nicht mehr zurückgeben. So eine drollige Gravierung: ›Für Luis und Martha von ihrem dankbaren Gast, Jones.‹ Genau so, kein Taufname. Keine Anfangsbuchstaben. Wie von einem französischen Schauspieler.«

»Und dein Taufname.«

»Und der von Luis. Mein Herz, es ist Zeit, daß ich gehe.«

»Wieviel Zeit wir nur darauf verwendet haben, über Jones zu sprechen.«

»Wir werden noch viel mehr darauf verwenden. Papa Doc will ihm kein freies Geleit geben. Nicht einmal bis zur Britischen Botschaft. Die Regierung legt jede Woche einen formellen Protest ein. Sie behauptet, er ist ein gemeiner Verbrecher, aber das ist natürlich Unsinn. Er war bereit, mit ihr zu arbeiten, aber dann hat ihm jemand die Augen geöffnet – der junge Philipot.«

»Das behauptet er?«

»Er hat versucht, einen Waffentransport für die Tontons Macoute zu sabotieren.«

»Eine glänzend zurechtgelegte Geschichte.«

»So wird er wirklich zu einem politischen Flüchtling.«

»Er schlägt sich eben durch. Das ist alles.«

»Tun wir das nicht alle in einem gewissen Maß?«

»Wie rasch du nur zu seiner Verteidigung eilst.«

Plötzlich hatte ich eine groteske Vision: die beiden im Bett, Martha nackt, wie jetzt, und Jones, noch in seinem weibischen Putz, das Gesicht gelb vom Puder »Vor der Rasur«, wie er seinen großen schwarzen Samtrock über die Schenkel hinaufzieht.

»Was hast du jetzt wieder, mein Herz?«

»Es ist so dumm. Zu denken, daß ich diesen kleinen Schwindler hingebracht habe, damit er bei dir wohnt. Und da bleibt er jetzt – vielleicht auf Lebenszeit. Oder bis jemand mit einer Silberkugel nahe genug an Papa Doc herankommt. Wie lang lebt Mindszenty schon in der Amerikanischen Botschaft in Budapest? Ein Dutzend Jahre? Jones sieht dich den ganzen Tag ...«

»Nicht wie du.«

»Ach, Jones muß von Zeit zu Zeit seine Frau haben – ich weiß das. Ich habe ihn in Aktion gesehen. Ich aber kann dich nur beim Abendessen oder bei zweitrangigen Cocktail-Parties sehen.«

»Jetzt bist du nicht beim Abendessen.«

»Er ist über die Mauer geklettert. Er ist im Garten selbst.«

»Du hättest Romanschriftsteller werden sollen«, sagte sie, »dann wären wir alle deine Figuren gewesen. Wir könnten dir nicht sagen, daß wir gar nicht so sind, wir könnten uns nicht wehren. Begreifst du nicht, mein Herz, daß du uns erfindest?«

»Ich bin nur froh, daß ich wenigstens dieses Bett erfunden habe.«

»Wir können nicht einmal mit dir sprechen, nicht? Du hörst uns nicht zu, wenn es nicht zu unserer Rolle paßt – zu der Rolle, die du uns gegeben hast.«

»Was für eine Rolle? Du bist eine Frau, die ich liebe. Das ist alles.«

»Ja, ja, ich bin festgelegt. Eine Frau, die du liebst.«

Sie sprang aus dem Bett und begann sich sehr schnell anzuziehen. Sie fluchte *»Merde!«* –, als ein Strumpfband nicht halten wollte, sie zog ihr Kleid falsch herum über den Kopf und mußte von vorn beginnen – sie glich jemandem, der vor einem Brand flüchtet. Sie konnte den zweiten Strumpf nicht finden.

Ich sagte: »Ich kriege deinen Gast bald wieder fort. Irgendwie.«

»Mir ist es gleichgültig, ob du das tust oder nicht. Solange er in Sicherheit ist.«

»Aber Angel wird ihn vermissen.«

»Ja.«

»Und ›Midge‹.«

»Ja.«

»Und Luis.«

»Er amüsiert Luis.«

»Und du?«

Sie fuhr mit den Füßen in die Schuhe und gab keine Antwort.

»Wir werden Frieden miteinander haben, wenn er fort ist. Dann wirst du nicht zwischen uns beiden hin und her gerissen sein.«

Sie blickte mich einen Augenblick an, als hätte ich etwas gesagt, das sie schockierte. Dann trat sie ans Bett und nahm meine Hand, als wäre ich ein Kind, das die Bedeutung seiner Worte nicht versteht, aber doch davor gewarnt werden muß, sie zu wiederholen. Sie sagte: »Sei vorsichtig, mein Herz. Verstehst du denn nicht? Für dich existiert nichts, außer in deinen eigenen Gedanken. Weder ich noch Jones. Wir sind, was dir einfällt, aus uns zu machen. Du bist ein Schüler Berkeleys. Mein Gott, und was für einer! Du hast aus dem armen Jones einen Verführer gemacht und aus mir eine wankelmütige Geliebte. Du kannst nicht einmal an die Medaille deiner Mutter glauben, nicht wahr? Du hast ihr eine andere Rolle geschrieben. Mein Lieber, versuche zu glauben, daß es uns gibt, auch wenn du nicht da bist. Wir sind von dir unabhängig. Keiner von uns ist so, wie du dir ihn vorstellst. Vielleicht läge nicht viel daran, wenn deine Gedanken nicht so düster wären, immer so düster.«

Ich versuchte, ihre Laune fortzuküssen, aber sie wandte sich eilig ab; als sie in der Tür stand, sagte sie, zum leeren Korridor gerichtet: »Es ist eine dunkle ›browne‹ Welt, in der du lebst. Du tust mir leid. Wie mir mein Vater leid tat.«

Ich lag noch lange im Bett und fragte mich, was in aller Welt ich mit einem Kriegsverbrecher gemeinsam haben konnte, der für so viele namenlose Tode verantwortlich war.

2

Die Scheinwerfer strichen die Palmen hoch und setzten sich wie ein gelber Nachtfalter auf mein Gesicht. Als sie abgedreht wurden, konnte ich nichts deutlich sehen, nur etwas Großes, Schwarzes, das sich der Terrasse näherte. Ich hatte einmal Prügel bekommen, ich wollte sie nicht ein zweites Mal. Ich rief: »Joseph«, aber Joseph war natürlich nicht da. Ich war über meinem Glas Rum eingeschlafen und hatte es vergessen.

»Ist Joseph zurück?« Es war eine Erleichterung, Doktor Magiots Stimme zu hören. Er kam langsam, mit all seiner unerklärlichen Würde, die angeschlagenen Terrassenstufen herauf, als wären sie die Marmorstufen des Senats und er ein Senator aus den Provinzen, dem das römische Bürgerrecht verliehen worden war.

»Ich war eingeschlafen. Meine Gedanken waren weg. Was darf ich Ihnen anbieten, Doktor? Ich bin jetzt mein eigener Koch, aber ich kann Ihnen leicht eine Omelette machen.«

»Danke. Ich bin nicht hungrig. Darf ich meinen Wagen in Ihre Garage stellen, für den Fall, daß jemand kommt?«

»In der Nacht kommt niemand her.«

»Das weiß man nie. Nur für den Fall ...«

Als er zurückkam, wiederholte ich mein Angebot, aber er wollte nichts zu essen. »Ich wollte Gesellschaft haben, das ist alles.« Er wählte sich einen harten geraden Stuhl als Sitz. »Ich kam früher oft hierher und besuchte Ihre

Mutter – in glücklicheren Tagen. Ich finde es jetzt einsam, wenn die Sonne untergegangen ist.«

Es hatte zu blitzen begonnen, bald würde die nächtliche Sintflut folgen. Ich zog meinen Stuhl etwas weiter in den Schutz der Terrasse. »Sehen Sie denn niemals Ihre Kollegen?« fragte ich.

»Was für Kollegen? Ach ja, es gibt da ein paar alte Männer wie ich, hinter ihren versperrten Türen. In den letzten zehn Jahren haben es drei Viertel der graduierten Ärzte vorgezogen, woanders hinzugehen, sobald sie sich ein Ausreisevisum kaufen konnten. Hier kauft man sich ein Ausreisevisum, keine Praxis. Wenn Sie einen haitischen Doktor konsultieren wollen, fahren Sie lieber nach Ghana.« Er verfiel in Schweigen. Es war Gesellschaft und nicht Konversation, die er brauchte. Der Regen begann zu fallen und plätscherte in dem wieder leeren Schwimmbad; die Nacht war so dunkel, daß ich Doktor Magiots Gesicht nicht sehen konnte, bloß die Spitzen seiner Finger, die auf der Stuhllehne lagen wie geschnitztes Holz.

»Kürzlich in der Nacht«, sagte Doktor Magiot, »hatte ich einen komischen Traum. Das Telefon klingelte – stellen Sie sich vor, das Telefon – wie viele Jahre ist es jetzt her, daß ich ein Telefon gehört habe? Ich wurde ins Allgemeine Krankenhaus zu einem Unfall gerufen. Als ich hinkam, sah ich mit Befriedigung, wie reinlich das Krankenzimmer war, auch die Krankenschwestern waren jung und tadellos. (In Wirklichkeit natürlich, werden Sie sehen, sind auch die alle nach Afrika davon.) Mein Kollege trat mir entgegen, ein junger Mann, auf den ich große Hoffnungen setzte; er erfüllt sie jetzt auch – in Brazzaville. Er sagte mir, der Kandidat der Opposition (wie altmodisch heute sogar schon die Worte klingen) sei in einer politischen Versammlung von Raufbolden angegriffen worden. Es gäbe Komplikationen. Das linke Auge sei in Gefahr. Ich begann das Auge zu untersuchen, aber es zeigte sich, daß es gar nicht das Auge war, sondern die Backe, die bis auf den Knochen aufgerissen war. Mein Kollege kam zurück und sagte: ›Der Polizeichef ist am Telefon. Die Angreifer sind festgenommen. Der Präsident möchte gern das Ergebnis Ihrer Untersuchung erfahren. Die Gattin des Präsidenten hat diese Blumen geschickt . . .‹« Doktor Magiot begann im Dunkel leise zu lachen. »Selbst zu den besten Zeiten«, sagte er, »selbst unter Präsident Estiné war es niemals so. Freuds Wunschträume sind gewöhnlich nicht so durchsichtig.«

»Kein sehr marxistischer Traum, Doktor Magiot. Mit einem Kandidaten der Opposition.«

»Vielleicht der marxistische Traum einer fernen, fernen Zukunft. Wenn der Staat verdorrt ist und es nur noch Kommunalwahlen gibt. In der Pfarrgemeinde Haiti.«

»Als ich einmal in Ihr Haus kam, war ich überrascht, ›Das Kapital‹ aufgeschlagen auf einem Regal zu finden. Ist das nicht gefährlich?«

»Ich habe Ihnen ja schon gesagt, Papa Doc macht einen Unterschied zwischen Philosophie und Propaganda. Er will sein Fenster auch nach dem Osten offenhalten, bis ihm die Amerikaner wieder Waffen geben.«

»Das werden sie nie tun.«

»Ich wette mit Ihnen zehn zu eins, daß in ein paar Monaten die Beziehungen wiederhergestellt sind und der amerikanische Botschafter zurückkehrt. Sie vergessen – Papa Doc ist ein Bollwerk gegen den Kommunismus. Hier wird es kein Kuba und keine Schweinebucht geben. Natürlich bestehen noch andere Gründe: Papa Docs Vertreter beim Kongreß in Washington ist auch der Vertreter gewisser Mühlenbetriebe (sie mahlen aus importiertem Weizenüberschuß graues Mehl für das Volk – erstaunlich, wieviel Gewinn man mit etwas Schlauheit noch aus den Ärmsten der Armen ziehen kann). Und der große Rindfleisch-Schwindel: die Armen hier können ebensowenig Fleisch essen wie Kuchen, daher leiden sie wohl kaum, wenn alle Rinder, die es hier gibt, auf den amerikanischen Markt kommen – es liegt den Importeuren auch nichts dran, daß die Viehzucht hier nicht sehr hochwertig ist; das Rindfleisch wandert in Konserven für unterentwickelte Länder und wird natürlich von der Amerikanischen Wirtschaftshilfe bezahlt. Die Amerikaner würde es nicht berühren, wenn dieser Handel aufhörte, wohl aber den gewissen Politiker in Washington, der für jedes exportierte Pfund Fleisch einen Cent erhält.«

»Sie verzweifeln also völlig an der Zukunft?«

»Nein, ich verzweifle nicht, ich halte nichts von Verzweiflung, aber unsere Probleme lassen sich nicht durch amerikanische Marinesoldaten lösen. Wir haben die Marinesoldaten erlebt. Ich bin nicht so sicher, ob ich nicht für Papa Doc kämpfen würde, wenn die Marinesoldaten kämen. Er ist wenigstens Haitianer. Nein, diese Arbeit müssen wir mit eigenen Händen verrichten. Wir sind ein Haufen Elend, der ein paar Meilen vor Florida im Meer schwimmt, und kein Amerikaner kann uns mit Waffen oder Geld oder Ratschlägen helfen. Wir haben vor ein paar Jahren erfahren, was diese Ratschläge wert waren. Es gab hier eine Widerstandsgruppe, die mit einem wohlmeinenden Freund in der Amerikanischen Botschaft in Verbindung stand; alle mögliche moralische Unterstützung wurde ihr zugesagt, aber die Nachrichten flossen geradewegs zur *Central Intelligence Agency*, und von der CIA auf direktem Weg zu Papa Doc. Sie können sich vorstellen, was mit der Gruppe geschah. Das State Department wollte keine Unruhe im karibischen Raum.«

»Und die Kommunisten?«

»Wir sind besser organisiert und verschwiegener als die anderen, aber Sie können sicher sein: wenn wir jemals versuchten, die Macht zu übernehmen, würden die Marinesoldaten landen, und Papa Doc bliebe an der Macht. In Washington erscheinen wir als ein sehr stabiles Land – nicht gerade für Touristen geeignet, aber Touristen sind sowieso lästig. Manchmal sehen sie zuviel und schreiben an ihre Senatoren. Ihr Mr. Smith war über die Hinrichtungen auf dem Friedhof sehr verstört. Übrigens – Hamit ist verschwunden.«

»Was ist passiert?«

»Ich hoffe, er hält sich versteckt, aber sein Wagen wurde in der Nähe des Hafens leer aufgefunden.«

»Er hat eine Menge amerikanischer Freunde.«

»Aber er ist kein amerikanischer Staatsbürger. Er ist Haitianer. Mit Haitianern kann man machen, was man will. Trujillo hat in Friedenszeiten zwanzigtausend von uns im Blutbad am Fluß umgebracht: Bauern, die zur Zuckerrohrernte ins Land gekommen waren – Männer, Frauen und Kinder –, aber glauben Sie, in Washington hätte sich auch nur eine Stimme des Protestes erhoben? Fast zwanzig Jahre hat er sich noch weiter an amerikanischer Hilfe gemästet.«

»Was erhoffen Sie sich also, Doktor Magiot?«

»Vielleicht eine Palastrevolution. (Papa Doc wagt sich nie ins Freie, man kann ihn nur in seinem Palast erwischen.) Und dann, bevor Fat Gracia sich an seiner Stelle niederläßt, eine Säuberung durch das Volk.«

»Keine Hoffnung auf die Rebellen?«

»Arme Kerle, die wissen nicht, wie man kämpft. Sie gehen mit ihren Gewehren, wenn sie überhaupt welche haben, gegen irgendeinen bewaffneten Stützpunkt los. Vielleicht sind sie Helden, aber sie müssen lernen zu leben, nicht zu sterben. Glauben Sie, Philipot hat eine Ahnung vom Guerillakrieg? Und Ihr armer lahmer Joseph? Die brauchen jemanden mit Erfahrung, dann kann vielleicht in ein oder zwei Jahren ... wir sind genauso tapfer wie die Kubaner, aber das Terrain ist grauenhaft. Wir haben unsere Wälder zerstört. Man muß in Höhlen leben und auf Steinen schlafen. Und dann das Problem mit dem Wasser ...«

Wie als Kommentar zu seinem Pessimismus begann die Sintflut zu rauschen. Wir konnten uns nicht einmal selbst reden hören. Die Lichter der Stadt waren weggewischt. Ich ging in die Bar und brachte zwei Glas Rum und stellte sie zwischen den Doktor und mich. Ich mußte ihm die Hand zum Glas führen. Wir saßen schweigend da, bis das ärgste Unwetter vorbei war.

»Sie sind ein komischer Mensch«, sagte Doktor Magiot endlich.

»Warum?«

»Sie hören mich an, als wäre ich ein alter Mann, der von der fernen Vergangenheit spricht. Sie scheinen von allem so unberührt – und trotzdem leben Sie hier.«

»Ich bin in Monako geboren«, sagte ich. »Das ist beinahe so, als wäre man Staatsbürger von Nirgendwo.«

»Hätte Ihre Mutter diese Tage erlebt, sie wäre nicht so gleichgültig gewesen. Wahrscheinlich wäre sie jetzt oben in den Bergen.«

»Sinnloserweise.«

»Ja, natürlich, sinnloserweise.«

»Mit ihrem Liebhaber?«

»Er hätte sie bestimmt nicht allein gehen lassen.«

»Vielleicht gerate ich meinem Vater nach.«

»Wer war das?«

»Ich habe keine Ahnung. Wie mein Geburtsland hat er kein Gesicht.«

Der Regen ließ nach: ich konnte jetzt die vereinzelten Geräusche der Tropfen auf den Bäumen, den Büschen, dem harten Zement des Schwimmbads hören. Ich sagte: »Ich nehme die Dinge, wie sie kommen. So halten es die meisten Menschen, nicht wahr? Man muß leben.«

»Was wollen Sie vom Leben, Brown? Ich weiß, was Ihre Mutter geantwortet hätte.«

»Was?«

»Sie hätte mich ausgelacht, weil ich die Antwort nicht wußte. Spaß. Aber Spaß bedeutete für sie fast alles. Selbst der Tod.«

Doktor Magiot erhob sich und stand am Rand der Terrasse. »Mir war eben, als hätte ich etwas gehört. Einbildung. Die Nächte machen uns alle zittrig. Ich habe Ihre Mutter wirklich geliebt, Brown.«

»Und Ihren Liebhaber – wie fanden Sie den?«

»Er machte sie glücklich. Aber was wollen Sie, Brown?«

»Ich will dieses Hotel führen – ich will es wieder so sehen, wie es früher war. Vor Papa Doc. Joseph fleißig hinter der Bar, Mädchen im Schwimmbad, Wagen in der Auffahrt, all die dummen Geräusche des Vergnügens. Eis in den Gläsern, Lachen im Gebüsch und, ja natürlich, auch das Knistern von Dollarscheinen.«

»Und weiter?«

»Ach, wohl auch einen Körper, den man lieben kann. Wie meine Mutter ihn hatte.«

»Und danach?«

»Gott weiß, was sonst. Ist das nicht genug für den Rest eines Lebens? Ich bin an die Sechzig.«

»Ihre Mutter war Katholikin.«

»Keine sehr gute.«

»Ich glaube noch an etwas, sei es auch nur an die Wahrheit gewisser ökonomischer Gesetze. Aber Sie haben Ihren Glauben verloren.«

»So? Vielleicht hatte ich nie einen. Auf jeden Fall ist es eine Beschränkung, an etwas zu glauben, meinen Sie nicht?«

Wir saßen eine Zeitlang schweigend mit leeren Gläsern da. Dann sagte Doktor Magiot: »Ich hatte Nachricht von

Philipot. Er ist in den Bergen hinter Les Cayes, plant aber, weiter nach Norden zu gehen. Er hat ein Dutzend Mann bei sich, darunter Joseph. Hoffentlich sind nicht auch die anderen Krüppel. Zwei Lahme sind genug. Er will sich mit den Guerillas an der dominikanischen Grenze vereinigen – es sollen dreißig Mann dort liegen.«

»Was für eine Armee! Zweiundvierzig Mann!«

»Castro hatte zwölf.«

»Sie werden doch nicht sagen, daß Philipot ein Castro ist.«

»Er glaubt, einen Stützpunkt zur Ausbildung in der Nähe der Grenze einrichten zu können – Papa Doc hat dort aus einem zehn Kilometer breiten Streifen die Bauern davongejagt, so besteht die Möglichkeit für Geheimhaltung, wenn auch nicht für Rekruten. Er braucht Jones.«

»Warum Jones?«

»Er setzt großes Vertrauen auf Jones.«

»Es wäre besser für ihn, ein Maschinengewehr aufzutreiben.«

»Ausbildung ist anfangs wichtiger als Waffen. Waffen kann man immer den Toten abnehmen, aber erst muß man lernen, zu töten.«

»Woher wissen Sie das alles, Doktor Magiot?«

»Manchmal müssen sie sogar einem von uns vertrauen.«

»Einem von euch?«

»Einem Kommunisten.«

»Ein Wunder, daß Sie noch am Leben sind.«

»Gäbe es keine Kommunisten – die meisten unserer Namen stehen auf der Liste der CIA–, dann wäre Papa Doc nicht mehr ein Bollwerk der freien Welt. Vielleicht gibt es auch noch einen zweiten Grund. Ich bin ein guter Arzt. Der Tag mag kommen ... auch er ist nicht gefeit ...«

»Könnten Sie nur Ihr Stethoskop in etwas Tödliches verwandeln!«

»Ja, daran habe ich auch schon gedacht. Aber er wird mich wahrscheinlich überleben.«

»Die französische Medizin liebt doch Stuhlzäpfchen und Spritzen?«

»Die würden zuerst an jemand Unwichtigem ausprobiert.«

»Und Sie glauben wirklich, daß Jones ... Er ist bloß dazu gut, eine Frau zum Lachen zu bringen.«

»Er hatte die richtigen Erfahrungen in Burma. Die Japaner waren klüger als die Tontons Macoute.«

»Ach ja, er prahlt mit dieser Zeit. Ich höre, in der Botschaft hat er sie alle bezaubert. Er dient seine Mahlzeiten ab.«

»Er kann doch nicht sein ganzes Leben in der Botschaft verbringen wollen.«

»Er will aber auch nicht auf der Türschwelle sterben.«

»Es gibt immer eine Möglichkeit der Flucht.«

»Das würde er nie riskieren.«

»Er hat eine Menge riskiert, als er Papa Doc zu beschwindeln versuchte. Unterschätzen Sie ihn nicht. Bloß, weil er etwas prahlt ... Außerdem kann man einen Prahlhans fangen. Man kann seinen Bluff aufdecken.«

»Ach, verstehen Sie mich recht, Doktor Magiot. Ich möchte ihn genauso gern aus der Botschaft heraushaben wie Philipot.«

»Sie haben ihn doch hineingebracht!«

»Damals wußte ich nicht –«

»Was?«

»Ach, das ist eine ganz andere Sache. Jetzt würde ich alles tun ...«

Jemand kam die Auffahrt herauf. Die Schritte quiekten auf den nassen Blättern und den Resten alter Kokosnußschalen. Wir beide saßen schweigend da und warteten ...

In Port-au-Prince ging niemand nachts spazieren. Ich fragte mich, ob Doktor Magiot einen Revolver bei sich habe. Aber das paßte nicht zu seinem Charakter. Jemand blieb am Ende der Bäume stehen, wo die Auffahrt eine Biegung machte. Eine Stimme rief: »Mr. Brown!«

»Ja?«

»Haben Sie kein Licht?«

»Wer ist da?«

»Petit Pierre.«

Plötzlich merkte ich, daß Doktor Magiot nicht mehr bei mir war. Es war erstaunlich, wie leise sich dieser große Mensch bewegen konnte, wenn er wollte.

»Ich hole eins«, rief ich, »ich bin allein.«

Ich tastete mich in die Bar zurück. Ich wußte, wo ich eine Taschenlampe finden konnte. Als ich sie anknipste, sah ich, daß die Tür zu den Küchenräumen offenstand. Ich kam mit einer Lampe zurück, und Petit Pierre stieg die Treppe herauf. Es war Wochen her, daß ich diese scharfen Züge, diesen zweideutigen Gesichtsausdruck zuletzt gesehen hatte. Seine Jacke triefte vor Nässe, und er hängte sie über die Lehne seines Stuhls. Ich gab ihm ein Glas Rum und wartete auf eine Erklärung – es war ungewöhnlich, ihn nach Sonnenuntergang zu sehen.

»Mein Wagen ist zusammengebrochen«, sagte er. »Ich habe gewartet, bis der ärgste Regen vorüber war. Die Lichter gehen heute nacht spät an.«

Ich sagte mechanisch – es gehörte zu der üblichen Konversation in Port-au-Prince –: »Hat man Sie an der Sperre durchsucht?«

»Nicht in einem solchen Regen«, erwiderte er. »Bei Regen gibt es keine Straßensperren. Man kann von einem Milizsoldaten nicht erwarten, daß er in einem Gewitter arbeitet.«

»Ich habe Sie lange nicht gesehen, Petit Pierre.«

»Ich hatte sehr viel zu tun.«

»Für Ihre Klatschrubrik ist doch bestimmt nicht viel los.«

Er kicherte im Dunkeln. »Irgend etwas ist immer los. Mr. Brown, heute ist ein großer Tag im Leben Petit Pierres.«

»Sagen Sie mir nicht, daß Sie geheiratet haben.«

»Nein, nein, nein. Raten Sie nochmals.«

»Sie haben ein Vermögen geerbt?«

»Ein Vermögen in Port-au-Prince? O nein, Mr. Brown, heute hab ich mir ein Hi-Fi-Stereogerät angeschafft.«

»Gratuliere. Funktioniert es?«

»Ich habe mir noch keine Platten gekauft, darum weiß ich's noch nicht. Ich habe bei Hamit Platten von Juliette Greco, Françoise Hardy, Johnny Halliday bestellt . . .«

»Ich habe gehört, Hamit weilt nicht mehr unter uns.«

»Wieso? Was ist passiert?«

»Er ist verschwunden.«

Petit Pierre sagte: »Einmal sind Sie mir mit Neuigkeiten voraus. Wer hat Ihnen das erzählt?«

»Ich gebe meine Quellen nicht preis.«

»Er ging zu oft auf die ausländischen Gesandtschaften. Das war unklug.«

Plötzlich wurde es licht, und zum ersten Mal ertappte ich Petit Pierre, wie er unaufmerksam, brütend und beunruhigt dasaß, bevor er auf das Licht reagierte und mit seiner gewohnten Munterkeit sagte: »Dann werde ich wohl auf meine Platten warten müssen.«

»Ich habe ein paar Platten im Büro, die ich Ihnen leihen kann. Früher hatte ich sie für meine Gäste.«

»Ich war heut abend auf dem Flugplatz«, sagte Petit Pierre.

»Ist jemand angekommen?«

»Offen gesagt, ja. Ich hatte nicht erwartet, ihn zu sehen, die Leute bleiben manchmal länger in Miami, als sie vorhatten, und er war lange fort, und bei all den Geschichten . . .«

»Wer war es?«

»Hauptmann Concasseur.«

Ich glaubte jetzt den Grund zu wissen, warum Petit Pierre mich besucht hatte – nicht nur, um mir von dem Ankauf seines neuen Stereo-Plattenspielers zu erzählen. Er wollte mich warnen.

»War er in Schwierigkeiten?«

»Jeder, der mit Major Jones in Berührung kommt, gerät in Schwierigkeiten«, sagte Petit Pierre. »Der Hauptmann ist sehr zornig. Er ist in Miami schwer beleidigt worden – angeblich hat er zwei Nächte im Polizeigefängnis verbracht. Man bedenke! Hauptmann Concasseur! Er will sich rehabilitieren.«

»Wie?«

»Indem er irgendwie Major Jones erwischt.«

»Jones ist in der Botschaft in Sicherheit.«

»Er soll dort bleiben, solange er kann. Er soll auch einer Zusicherung freien Geleites lieber nicht trauen. Aber wer weiß, wie sich ein neuer Botschafter zu ihm einstellen würde?«

»Was für ein neuer Botschafter?«

»Es gibt Gerüchte, daß der Präsident Señor Pinedas Regierung habe wissen lassen, er sei nicht länger *persona grata*. Das kann natürlich auch unwahr sein. Darf ich jetzt Ihre Platten sehen? Der Regen ist vorbei und ich muß gehen.«

»Wo haben Sie Ihren Wagen?«

»Am Straßenrand unter der Sperre.«

»Ich bringe Sie nach Hause«, sagte ich. Ich holte meinen Wagen aus der Garage. Als ich die Scheinwerfer anstellte, konnte ich Doktor Magiot geduldig in seinem Wagen warten sehen. Wir wechselten kein Wort.

3

Nachdem ich Petit Pierre in der Baracke, die er sein Heim nannte, zurückgelassen hatte, fuhr ich auf die Botschaft. Der Wachtposten am Tor hielt meinen Wagen an und guckte hinein, bevor er mich durchließ. Als ich läutete, konnte ich den Hund in der Vorhalle bellen hören und Jones' Stimme, die ihm herrisch zurief: »Ruhig, Midge, ruhig.«

Sie waren an jenem Abend allein, der Botschafter, Martha und Jones, und ich hatte den Eindruck einer Familienrunde. Pineda und Jones spielten Gin-Rummy – es erübrigt sich, zu sagen, daß Jones weit voran lag –, während Martha in einem Lehnstuhl saß und nähte. Ich hatte sie nie zuvor mit einer Nadel in der Hand gesehen; es war, als hätte Jones eine Art Häuslichkeit mit sich gebracht. Midge setzte sich ihm zu Füßen, als wäre er in der Tat sein Herr, und Pineda hob seine gekränkten ungastfreundlichen Augen und sagte: »Sie verzeihen, wenn wir die Partie zu Ende spielen.«

»Kommen Sie und begrüßen Sie Angel«, sagte Martha; wir gingen zusammen die Treppe hinauf, und auf halbem Weg hörte ich Jones sagen: *»J'arrête à deux.«* Auf dem Absatz wandten wir uns nach links, in das Zimmer unseres Streits, und sie küßte mich ungebunden und selig. Ich erzählte ihr von Petit Pierres Gerücht. »Ach nein«, sagte sie, »nein, das kann nicht stimmen«, und dann fügte sie hinzu: »Luis hat sich in den letzten Tagen über etwas Sorgen gemacht.«

»Wenn es aber doch stimmt . . .«

Martha sagte: »Der neue Botschafter müßte Jones ebenfalls behalten. Er könnte ihn nicht hinauswerfen.«

»Ich habe nicht an Jones gedacht. Ich habe an uns gedacht.« Konnte eine Frau einen Mann weiter beim Zunamen nennen, fragte ich mich, wenn sie mit ihm schlief?

Sie setzte sich aufs Bett und starrte mit erstauntem Blick die Wand an, als wäre die plötzlich näher gerückt. »Ich glaube nicht, daß es wahr ist«, sagte sie. »Ich will es nicht glauben.«

»Eines Tages mußte es kommen.«

»Ich dachte immer ... wenn Angel einmal alt genug wäre, zu verstehen ...«

»Wie alt wäre dann ich?«

»Auch du hast daran gedacht«, warf sie mir vor.

»Ja, ich habe viel daran gedacht. Es war einer der Gründe, warum ich versuchte, in New York das Hotel zu verkaufen. Ich wollte Geld, um dir nachzureisen, wohin man dich auch schickte. Aber niemand wird das Hotel je noch kaufen.«

Sie sagte: »Mein Herz, wir werden's uns schon irgendwie einrichten, aber Jones – für ihn geht es um Leben oder Tod.«

»Wenn wir noch jung wären, würden wir wohl auch denken, es ginge für uns um Leben oder Tod. Und jetzt – ›Menschen starben und fielen den Würmern zum Fraß, aber nicht aus Liebe‹.«

Jones rief von unten: »Das Spiel ist aus.« Seine Stimme kam ins Zimmer wie ein taktloser Fremder. »Gehen wir lieber«, sagte Martha. »Sprich nicht darüber, bevor wir selbst es wissen.«

Pineda saß da, hatte den scheußlichen Hund auf den Knien und streichelte ihn; das Tier nahm die Liebkosungen gleichgültig entgegen, als wäre es lieber anderswo, und betrachtete Jones drüben, der den Gewinn berechnete, mit triefäugiger Anhänglichkeit. »Ich bin mit tausendzweihundert im Gewinn«, sagte er. »Ich werde in der Früh zu Hamit schicken und Bourbon-Kekse für Angel kaufen lassen.«

»Sie verwöhnen ihn«, sagte Martha. »Kaufen Sie sich selbst etwas, zur Erinnerung an uns.«

»Als ob ich Sie jemals vergessen könnte«, sagte Jones und sah sie genau so an, wie der Hund auf Pinedas Schoß ihn selbst ansah, mit einem traurigen, feuchten und zugleich ein wenig falschen Blick.

»Ihr Informationsdienst scheint etwas schwach«, sagte ich. »Hamit ist verschwunden.«

»Das hab ich noch nicht gehört«, sagte Pineda. »Warum ...?«

»Petit Pierre meint, er hätte zu viele ausländische Freunde.«

»Du mußt etwas tun«, sagte Martha. »Hamit hat uns so viele Gefälligkeiten erwiesen.« Ich erinnerte mich an eine davon, an den kleinen Raum mit dem Messingbett und der mauvefarbenen Seidendecke und den harten orientalischen Stühlen an der Wand. Diese Nachmittage gehörten zu unserer schönsten Zeit.

»Was kann ich tun?« sagte Pineda. »Der Innenminister wird zwei von meinen Zigarren annehmen und mir dann höflich mitteilen, Hamit sei ein Staatsbürger von Haiti.«

»Gebt mir meine alte Kompanie zurück«, sagte Jones, »und ich fege durch das Polizeigefängnis wie eine Dosis Rizinusöl, bis ich ihn gefunden habe.«

Ich hätte mir keine bessere oder raschere Antwort wünschen können. Magiot hatte gesagt: »Einen Prahlhans kann man fangen.« Jones sah, während er sprach, Martha mit dem Ausdruck eines beifallheischenden Jünglings an, und ich konnte mir all die häuslichen Abende vorstellen, an denen er sie mit seinen Geschichten aus Burma unterhalten hatte. Gewiß war er nicht jung, aber dennoch lagen fast zehn Jahre zwischen uns.

»Es gibt doch sehr viel Polizei«, sagte ich.

»Mit fünfzig von meinen eigenen Leuten übernehme ich das Land. Die Japaner waren mehr als wir, und die wußten, wie man kämpft ...«

Martha ging zur Tür, doch ich hielt sie zurück. »Bitte, gehen Sie nicht.« Ich brauchte sie als Zeugin. Sie blieb, und Jones fuhr fort, ohne das geringste zu ahnen: »Natürlich jagten sie uns in Malaya zuerst in die Flucht. Wir hatten damals keine Ahnung vom Guerillakrieg, aber wir haben es gelernt.«

»Wingate«, sagte ich, um ihn anzufeuern, aus Angst, er könnte nicht weit genug gehen.

»Der war einer der besten, aber ich könnte Ihnen noch andere nennen. Ich war recht stolz auf ein paar von meinen eigenen Tricks.«

»Sie konnten Wasser wittern«, erinnerte ich ihn.

»Das brauchte ich nicht zu lernen«, sagte er. »Das war mir angeboren. Ja, schon als Kind ...«

»Was für eine Tragödie, daß Sie hier eingeschlossen sind«, unterbrach ich ihn. Seine Kindheit lag zu fern für meine Zwecke. »In den Bergen gibt es jetzt Leute, die bloß etwas lernen müssen. Natürlich – sie haben Philipot.«

Es war wie ein Duett zwischen uns beiden. »Philipot«, rief er aus, »Philipot hat keinen Dunst, mein Alter. Wissen Sie, daß er mich besucht hat? Er wollte meine Hilfe bei der Ausbildung ... Er bot mir an ...«

»War das keine Versuchung für Sie?« fragte ich.

»Ganz gewiß. Die alten Tage in Burma fehlen einem. Das werden Sie wohl begreifen. Aber damals stand ich im Dienst der Regierung, alter Freund. Damals durchschaute ich sie noch nicht. Vielleicht bin ich ein Unschuldslamm, aber mit mir muß man nur offen sein ... ich hatte ihnen vertraut ... hätte ich damals gewußt, was ich jetzt weiß ...«

Ich fragte mich, welche Erklärung er Martha und Pineda für seine Flucht gegeben hatte. Er hatte die Geschichte, die er mir in jener Nacht erzählt hatte, offenbar freizügig ausgeschmückt.

»Es ist sehr schade, daß Sie damals nicht mit Philipot gingen«, sagte ich.

»Schade für uns beide, mein Alter. Ich will ihn natürlich nicht herabsetzen. Philipot hat Mut. Aber ich hätte ihn, wenn man mir Gelegenheit gegeben hätte, in einen erstklassigen ›Kommando‹-Soldaten verwandeln können. Dieser Überfall auf die Polizei war das Werk eines Amateurs. Er ließ die meisten entkommen, und die einzigen Waffen, die er erwischte . . .«

»Wenn sich eine andere Gelegenheit ergäbe . . .« Keine unerfahrene Maus hätte sich tollkühner dem Geruch von Käse nähern können. »Ach, ich ginge jetzt wie ein Blitz«, sagte er.

Ich sagte: »Wenn ich Ihnen zur Flucht verhelfen könnte . . . damit Sie zu Philipot stoßen . . .«

Er zögerte kaum, denn Marthas Augen lagen auf ihm. »Zeigen Sie mir nur den Weg, alter Freund«, sagte er. »Zeigen Sie mir nur den Weg.«

In diesem Augenblick sprang Midge ihm auf den Schoß und leckte ihm von der Nase bis zum Kinn das Gesicht, als wollte er sich von dem Helden auf lange Zeit verabschieden; Jones machte irgendeinen naheliegenden Witz – er wußte ja nicht, daß die Falle sich wirklich geschlossen hatte –, der Martha zum Lachen brachte, und mir war es ein Trost, daß die Tage ihres Lachens gezählt waren.

»Sie müssen sich auf Abruf bereithalten«, sagte ich ihm.

»Ich habe leichtes Gepäck, mein Alter«, sagte Jones. »Jetzt nicht mal mehr ein Cocktail-Etui.« Er konnte diesen Hinweis riskieren; er war meiner so sicher . . .

Doktor Magiot saß bei mir im Büro, im Dunkeln, obwohl die Lichter angegangen waren. Ich sagte: »Ich hab ihn geangelt. Nichts hätte leichter sein können.«

»Sie scheinen sehr zu triumphieren«, sagte er. »Aber

was bedeutet es schließlich? Ein Mann kann keinen Krieg gewinnen.«

»Nein, ich habe andere Gründe, zu triumphieren.«

Doktor Magiot breitete eine Karte auf meinem Schreibtisch aus, und wir verfolgten genau die Südstraße nach Les Cayes. Wenn ich allein zurückkehren sollte, mußte es so aussehen, als hätte ich keinen Fahrgast.

»Aber wenn man den Wagen durchsucht?«

»Dazu kommen wir noch.«

Ich würde für mich einen Polizeipaß und einen Grund für meine Reise brauchen. »Sie müssen sich den Paß für Montag, den Zwölften, verschaffen ...«, sagte er mir. Es würde fast eine ganze Woche dauern, bevor er von Philipot Antwort bekommen konnte, der Zwölfte war also das erste mögliche Datum. »Es wird dann kaum der Mond scheinen, das ist günstig für Sie. Hier, beim Friedhof, lassen Sie ihn zurück, bevor Sie nach Aquin kommen, dann fahren Sie weiter nach Les Cayes.«

»Und wenn ihn die Tontons Macoute vor Philipot finden ...«

»Vor Mitternacht kommen Sie nicht hin, und in der Dunkelheit geht niemand auf einen Friedhof. Wenn ihn jemand findet, dann sieht es auch für Sie schlimm aus«, sagte Magiot. »Man wird ihn zum Sprechen bringen.«

»Es gibt wohl keine andere Möglichkeit ...«

»Ich bekäme nie den Polizeipaß, um Port-au-Prince zu verlassen, sonst hätte ich mich angeboten ...«

»Keine Sorgen. Ich habe mein eigenes Hühnchen mit Concasseur zu rupfen.«

»Das haben wir alle. Auf eines können wir uns wenigstens verlassen.«

»Und das wäre?«

»Das Wetter.«

4

In Les Cayes gab es eine katholische Mission mit einem Krankenhaus, und ich hatte mir eine Geschichte ausgedacht, daß ich dort ein Paket mit theologischen Büchern und eine Kiste Arzneien abzuliefern hätte, die ich ihnen versprochen hatte. Die Geschichte war im Grunde gar nicht wichtig: der Polizei lag nur daran, die Würde des Amtes zu wahren. Ein Paß für Les Cayes kostete so und so viele Stunden Wartezeit, das war alles, im Menageriegeruch, unter den Fotografien der toten Rebellen, an einem Tag, so heiß wie ein Backofen. Die Tür zu dem Büro, wo Mr. Smith und ich Concasseur zum ersten Mal gesehen hatten, war geschlossen. Vielleicht war er bereits in Ungnade und mein Hühnchen mit ihm für mich gerupft.

Kurz bevor es eins schlug, wurde mein Name aufgerufen, und ich ging zu dem Polizisten am Pult. Er begann die zahllosen Einzelheiten über mich und meinen Wagen auszufüllen, von meiner Geburt in Monte Carlo bis zur Farbe meines Humbers. Ein Sergeant kam und sah ihm über die Schulter. »Sie sind wahnsinnig«, sagte er.

»Warum?«

»Sie können nie nach Les Cayes ohne einen Jeep.«

»Und die große Südstraße?«

»Hundertachtzig Kilometer Dreck und Schlaglöcher. Selbst mit einem Jeep dauert es acht Stunden.«

An jenem Nachmittag kam Martha mich besuchen. Als wir Seite an Seite ausruhten, sagte sie zu mir: »Jones nimmt dich ernst.«

»Das wollte ich auch.«

»Du weißt, du kämst nicht über die erste Straßensperre hinaus.«

»Hast du solche Angst um ihn?«

»Du bist so ein Narr«, sagte sie. »Ich glaube, wenn ich

auf immer fortginge, würdest du uns den letzten Augenblick ruinieren.«

»Gehst du denn fort?«

»Eines Tages. Natürlich. Das ist sicher. Man muß immer weiter.«

»Würdest du mir's vorher sagen?«

»Ich weiß nicht. Vielleicht hätte ich nicht den Mut.«

»Ich würde dir nachfolgen.«

»Was für ein Aufzug! In einer neuen Stadt mit einem Mann, Angel und auch noch einem Liebhaber anzukommen.«

»Wenigstens hättest du Jones zurückgelassen.«

»Wer weiß? Vielleicht könnten wir ihn im Diplomatenkoffer hinausschmuggeln. Luis mag ihn lieber als dich. Er sagt, er ist anständiger.«

»Anständig? Jones?« Ich versuchte es mit einem Lachen, doch mein Hals war trocken nach dem Liebesgenuß.

Wie so oft zuvor kam die Dämmerung, während wir über Jones sprachen; wir liebten uns kein zweites Mal: das Thema war ein Anti-Aphrodisiakum.

»Es kommt mir merkwürdig vor«, sagte ich, »wie leicht er sich Freunde erwirbt. Luis und dich. Selbst Mr. Smith hatte ihn gern. Vielleicht haben die Verlogenen einen besonderen Reiz für die Aufrichtigen, oder die Schuldigen für die Unschuldigen, wie die Blonden für die Schwarzen.«

»Bin ich unschuldig?«

»Ja.«

»Und doch glaubst du, daß ich mit Jones schlafe.«

»Das hat nichts mit Unschuld zu tun.«

»Würdest du mir wirklich folgen, wenn ich wegfahre?«

»Natürlich. Wenn ich das Bargeld auftreibe. Einmal hatte ich ein Hotel. Jetzt habe ich nur dich. Fährst du fort? Verschweigst du mir etwas?«

»Ich nicht. Aber vielleicht Luis.«

»Sagt er dir nicht alles?«

»Vielleicht hat er mehr Angst, mich unglücklich zu machen, als du. Zärtlichkeit ist – zarter.«

»Wie oft schläft er mit dir?«

»Du hältst mich wohl für unersättlich, wie? Ich brauche dich und Luis und Jones«, sagte sie, aber sie beantwortete meine Frage nicht. Die Palmen und die Bougainvillea waren schwarz geworden, und der Regen begann in einzelnen Tropfen, die wie schwere Klumpen Öl wirkten, zu fallen. Zwischen den Tropfen senkte sich schwüle Stille, dann zuckten die Blitze, und das Gewitter kam donnernd vom Gebirge herab. Der Regen rammte sich wie eine Fertigwand in den Boden.

Ich sagte: »In einer solchen Nacht, wenn der Mond versteckt ist, hole ich Jones.«

»Wie wirst du ihn durch die Straßensperren bringen?«

Ich wiederholte, was Petit Pierre mir gesagt hatte: »In einem Unwetter gibt es keine Sperren.«

»Aber man wird dich verdächtigen, wenn man entdeckt . . .«

»Ich verlasse mich darauf, daß du und Luis sie nichts entdecken laßt. Du mußt Angel den Mund stopfen und auch dem Hund. Laß ihn nicht winselnd durchs Haus wandern und Jones suchen.«

»Hast du Angst?«

»Ich wollte, ich hätte einen Jeep, das ist alles.«

»Warum machst du's überhaupt?«

»Ich kann Concasseur und seine Tontons Macoute nicht leiden. Ich kann Papa Doc nicht leiden. Ich kann's nicht leiden, daß man mir auf der Straße an die Hoden greift, um zu sehen, ob ich einen Revolver habe. Diese Leiche im Schwimmbad – ich hatte früher andere Erinnerungen daran. Sie haben Joseph gefoltert. Sie haben mein Hotel ruiniert.«

»Was kann Jones ausrichten, wenn er ein Schwindler ist?«

»Vielleicht ist er doch keiner. Philipot glaubt an ihn. Vielleicht hat er wirklich gegen die Japaner gekämpft.«

»Wenn er ein Schwindler wäre, würde er nicht gehen wollen, nicht wahr?«

»Er hat sich in deiner Gegenwart schon zu sehr festgelegt.«

»Ich bin nicht so wichtig für ihn.«

»Was ist es dann? Hat er dir je etwas von einem Golfklub erzählt?«

»Ja, aber man riskiert nicht den Tod wegen eines Golfklubs. Er *will* gehen.«

»Du glaubst das wirklich?«

»Er hat mich gebeten, ihm seinen Cocktail-Shaker zu leihen. Er sagt, es sei ein Talisman. Er habe ihn in Burma immer bei sich gehabt. Er werde ihn zurückgeben, wenn die Guerillas in Port-au-Prince einzögen.«

»Sicher hat er seine Träume«, sagte ich. »Vielleicht ist auch er ein unschuldiger Mensch.«

»Sei nicht ärgerlich«, flehte sie mich an, »wenn ich früh nach Hause gehe. Ich habe ihm eine Partie Gin-Rummy versprochen, bevor Angel aus der Schule kommt. Er ist so gut zu Angel. Sie spielen Kommandos und unbewaffneten Nahkampf. Für sehr viele Gin-Rummy wird vielleicht nicht mehr Zeit sein. Du verstehst doch, nicht? Ich möchte nett zu ihm sein.«

Ich fühlte eher Überdruß als Ärger, als sie mich verließ, und am meisten war ich meiner selbst überdrüssig. War ich unfähig, zu vertrauen? Als ich mir aber einen Whisky einschenkte und die ungeheure Flut des Schweigens auf mich einströmen fühlte, kehrte das Gift zurück: Gift war ein Gegenmittel gegen Angst. Ich dachte, warum sollte ich einer Deutschen trauen, der Tochter eines Gehenkten?

5

Ein paar Tage später bekam ich einen Brief von Mr. Smith, der war mehr als eine Woche von Santo Domingo unterwegs gewesen. Sie seien, so schrieb er mir, ein paar Tage geblieben, um sich umzuschauen und das Grab des Kolumbus zu besichtigen, und wem wären sie wohl begegnet? Ich wußte die Antwort, ohne nur die Seite umzuwenden. Mr. Fernandez natürlich. Er sei zufällig auf dem Flugplatz gewesen, als sie ankamen. (Ich fragte mich, ob sein Beruf ihn nötigte, wie ein Krankenwagen auf einem Flugplatz zu warten.) Mr. Fernandez hätte ihnen so vieles gezeigt, es sei so interessant, daß sie sich entschlossen hätten, länger zu bleiben. Offenbar hatte sich der Wortschatz von Mr. Fernandez vermehrt. Auf der »Medea« hatte er an einem großen Gram gelitten, das war auch der Grund gewesen, warum er bei dem Konzert zusammengebrochen war; seine Mutter war schwer krank gewesen, aber sie hatte sich erholt. Ihr Krebs hatte sich als ein bloßes Fibrom herausgestellt, und Mrs. Smith hatte sie zu einer vegetarischen Diät bekehrt. Mr. Fernandez meinte sogar, es bestünden in der Dominikanischen Republik Möglichkeiten für ein vegetarisches Zentrum. »Ich muß zugeben«, schrieb Mr. Smith, »daß die Zustände hier friedlicher sind, obschon es sehr viel Armut gibt. Mrs. Smith hat eine Freundin aus Wisconsin getroffen.« Er sandte die herzlichsten Grüße an Major Jones und dankte mir für alle Hilfe und Gastfreundschaft. Er war ein alter Herr mit wunderbaren Manieren, und plötzlich kam mir zu Bewußtsein, wie sehr er mir fehlte. In der Schulkapelle in Monte Carlo beteten wir jeden Sonntag *Dona nobis pacem,* aber ich bezweifle, daß diese Bitte im späteren Leben vielen erfüllt worden war. Mr. Smith brauchte nicht um Frieden zu beten. Er war mit Frieden im Herzen geboren worden, statt mit einem

Eissplitter. An diesem Nachmittag fand man Hamits Leiche in einem offenen Kanal am Rand von Port-au-Prince.

Ich fuhr zu Mère Catherine hinaus (warum nicht, wenn Martha zu Hause mit Jones war?), aber keines der Mädchen hatte sich an diesem Abend aus seinem Haus gewagt. Die Nachricht von Hamit verbreitete sich wahrscheinlich schon in der ganzen Stadt, und man fürchtete, daß eine Leiche nicht genügte, um Baron Samedi einen Festtag zu bereiten: Madame Philipot und ihr Kind hatten sich zu den anderen Flüchtlingen auf der Venezolanischen Botschaft gesellt, und überall herrschte ein Gefühl von Unsicherheit. (Im Vorüberfahren stellte ich fest, daß vor Marthas Botschaft jetzt zwei Wachtposten standen.) Ich wurde an der Straßensperre unter dem Hotel angehalten und untersucht, obwohl es schon angefangen hatte zu regnen. Ich fragte mich, ob etwas von dieser Aktivität der Rückkehr Concasseurs zuzuschreiben war – er mußte seine Loyalität beweisen.

Im Trianon fand ich den Hausburschen Doktor Magiots vor, der mit ein paar Zeilen auf mich wartete – eine Einladung zum Abendessen. Die Essenszeit war bereits verstrichen, und wir fuhren unter Blitz und Donner in sein Haus. Diesmal wurden wir nicht angehalten – es regnete jetzt zu stark, und der Milizsoldat hockte in seinem Unterschlupf aus alten Säcken. Die Norfolkfichte neben der Einfahrt tropfte wie ein durchlöcherter Regenschirm, und Doktor Magiot erwartete mich in seinem viktorianischen Salon mit einer Karaffe Portwein.

»Haben Sie von Hamit gehört?« fragte ich. Die beiden Gläser standen auf kleinen Perlenmatten mit Blumenmuster, um ein Papiermaché-Tischchen zu schützen.

»Ja, armer Kerl.«

»Was hatten sie gegen ihn?«

»Er war einer von Philipots Briefkästen. Und er hielt den Mund.«

»Und Sie sind auch einer?«

Er schenkte den Portwein ein. Ich habe Portwein als Apéritif nie lieben gelernt, doch ich trank ihn in dieser Nacht ohne Widerspruch; ich war in der Stimmung für jedes Getränk. Er beantwortete meine Frage nicht, ich stellte also eine andere: »Woher wissen Sie, daß er den Mund gehalten hat?«

Er gab mir die naheliegende Antwort: »Ich bin hier.« Die alte Frau, Madame Ferry, die ihm das Haus betreute und für ihn kochte, öffnete die Tür und mahnte uns, daß das Abendessen fertig sei. Sie trug ein schwarzes Kleid und hatte ein weißes Häubchen auf dem Kopf. Es mochte eine seltsame Umgebung für einen Marxisten sein, doch erinnerte ich mich, von den Spitzenvorhängen und Porzellanschränkchen in den ersten Iljuschin-Düsenflugzeugen gehört zu haben. Gleich ihr vermittelten sie ein Gefühl der Sicherheit.

Wir aßen ein ausgezeichnetes Beefsteak und gratinierte Kartoffeln mit einer Spur Knoblauch, und tranken einen so guten Rotwein, wie man ihn so weit von Bordeaux nur erwarten konnte. Doktor Magiot war nicht in der Stimmung, sich zu unterhalten, aber sein Schweigen war so gewaltig wie seine Konversation. Wenn er fragte: »Noch ein Glas?«, dann war der Satz wie ein einfacher Name auf einem Grabstein. Als das Essen vorbei war, sagte er: »Der amerikanische Botschafter kommt zurück.«

»Sind Sie sicher?«

»Und mit der Dominikanischen Republik sollen freundschaftliche Besprechungen aufgenommen werden. Man hat uns wieder einmal im Stich gelassen.«

Die alte Dame brachte den Kaffee, und er verstummte. Sein Gesicht war mir durch den Glassturz verdeckt, der ein Arrangement von Wachsblumen schützte. Ich hatte das Gefühl, daß wir uns nach dem Essen anderen Mitgliedern der Browning-Gesellschaft zu einer Diskussion über die *Sonette aus dem Portugiesischen* hätten anschließen sollen. Hamit lag in seinem Kanal, sehr weit weg von hier.

»Ich habe etwas Curaçao oder auch noch ein wenig Benediktiner, wenn Sie den vorziehen.«

»Curaçao, bitte.«

»Den Curaçao, Madame Ferry«, und wieder verbreitete sich Schweigen, mit Ausnahme des Donners draußen. Ich fragte mich, warum er mich gerufen habe, und erfuhr es erst, als Madame Ferry eingetreten und wieder gegangen war. »Ich habe eine Antwort von Philipot.«

»Gut, daß die an Sie und nicht an Hamit kam.«

»Er sagt, er werde nächste Woche drei Nächte hintereinander an dem Treffpunkt sein, von Montag angefangen.«

»Am Friedhof?«

»Ja. In diesen Nächten sollte der Mond kaum scheinen.«

»Aber angenommen, es kommt auch kein Gewitter?«

»Haben Sie zu dieser Jahreszeit jemals drei Nächte hintereinander ohne Gewitter erlebt?«

»Nein. Aber mein Polizeipaß gilt nur für einen Tag – Montag.«

»Eine Kleinigkeit. Wenige Polizisten können lesen. Sie lassen Jones zurück und fahren weiter. Wenn etwas schiefgeht und man Verdacht gegen Sie schöpft, werde ich versuchen, Sie in Les Cayes zu warnen. Sie können dann möglicherweise in einem Fischerboot entkommen.«

»Ich hoffe zu Gott, daß nichts schiefgeht. Ich habe keine Lust, davonzulaufen. Mein Leben ist hier.«

»Sie müssen über Petit Goave hinauskommen, bevor der Sturm vorüber ist, sonst wird Ihr Wagen dort durchsucht. Nach Petit Goave sollte es bis Aquin keine Anstände geben, und wenn Sie nach Aquin kommen, werden Sie wieder allein sein.«

»Ich wollte zu Gott, ich hätte einen Jeep.«

»Ich auch.«

»Und was ist mit den Wachtposten vor der Botschaft?«

»Machen Sie sich keine Sorgen über die. Während des Gewitters werden sie in der Küche Rum trinken.«

»Wir müssen Jones ein Zeichen geben, sich bereitzuhalten. Ich habe so eine Idee, er könnte sich noch herauswinden.«

Doktor Magiot sagte: »Ich möchte nicht, daß Sie die Botschaft zwischen heute und der Nacht, in der Sie fahren, besuchen. Ich werde morgen hingehen – um Jones zu behandeln. Mumps ist in seinem Alter eine gefährliche Krankheit; sie kann Unfruchtbarkeit und sogar Impotenz verursachen. Die Inkubationsfrist nach dem Anfall des Kindes könnte vielleicht einem Arzt sonderbar lang erscheinen, aber die Dienerschaft wird das nicht verstehen. Man wird ihn isolieren und in Ruhe lassen müssen. Sie sollten längst aus Les Cayes zurück sein, bevor irgend jemand weiß, daß er fort ist.«

»Und Sie, Doktor?«

»Ich habe ihn so lang wie nötig behandelt. Diese Zeitspanne ist Ihr Alibi. Und mein Wagen wird Port-au-Prince nicht verlassen – das ist meines.«

»Ich hoffe nur, er ist all die Mühe wert, die wir uns machen.«

»Ah, seien Sie versichert, das hoffe ich auch. Ich auch.«

Drittes Kapitel

1

Anderntags bekam ich ein paar Zeilen von Martha: Jones sei erkrankt, und Doktor Magiot befürchte Komplikationen. Sie pflege ihn und könne im Augenblick die Botschaft nicht verlassen. Es war ein Brief, den andere lesen sollten, ein Brief, den man herumliegen ließ, und doch ging er mir bis ins Mark. Es hätte ihr doch möglich sein müssen, zwischen den Zeilen irgendein unaufdringliches Liebeszeichen einzuschmuggeln. Die Gefahr bestand ja nicht einzig und allein für Jones, sondern ebenso für mich, doch der ganze Trost ihrer Gegenwart in diesen letzten Tagen sollte ihm gehören. Ich stellte mir vor, wie sie an seinem Bett saß, während er sie zum Lachen brachte, wie er Tin Tin in Mère Catherines Stall zum Lachen gebracht hatte. Der Samstag kam und ging, dann begann der Sonntag seinen langen Lauf. Ich erwartete mit Ungeduld das Ende.

Sonntag nachmittags, als ich auf der Terrasse las, kam Hauptmann Concasseur in einem Jeep vorgefahren – ich beneidete ihn um den Jeep. Neben ihm saß der Fahrer mit dem dicken Bauch und den Goldzähnen, der Jones zugeteilt gewesen war, mit einem festgefrorenen Grinsen im Gesicht wie ein Affe, der im Zoo abgeliefert wird. Concasseur stieg nicht aus; beide starrten mich durch ihre schwarzen Brillen an, und ich starrte zurück, aber sie waren im Vorteil – ich konnte sie nicht zwinkern sehen.

Nach langer Zeit sagte Concasseur: »Ich höre, Sie fahren nach Les Cayes.«

»Ja.«

»An welchem Tag?«

»Morgen – hoffentlich.«

»Ihr Paß gilt nur für einen kurzen Ausflug.«

»Das weiß ich.«

»Einen Tag zur Hinfahrt und einen Tag zur Rückfahrt und eine Nacht in Les Cayes.«

»Ich weiß.«

»Ihre Geschäfte müssen sehr wichtig sein, daß Sie eine so unbequeme Reise machen.«

»Ich habe meine Geschäfte auf der Polizei angegeben.«

»Philipot ist in den Bergen bei Les Cayes und ebenso Ihr Diener Joseph.«

»Sie wissen mehr als ich. Aber das ist Ihr Beruf.«

»Sind Sie jetzt allein hier?«

»Ja.«

»Kein Präsidentschaftskandidat. Keine Madame Smith. Selbst Ihr Geschäftsträger ist auf Urlaub. Sie sind hier sehr isoliert. Haben Sie in der Nacht manchmal Angst?«

»Ich gewöhne mich langsam daran.«

»Wir werden Sie auf der Straße beobachten und Ihre Ankunft bei jedem Posten vormerken. Sie werden uns für die ganze Zeit Rechenschaft ablegen müssen.« Er sagte etwas zu seinem Fahrer, und der Mann lachte. »Ich habe ihm gesagt, er oder ich werden Sie ins Verhör nehmen, wenn Sie sich unterwegs herumdrücken.«

»So wie Sie Joseph ins Verhör genommen haben?«

»Ja. Ganz genau so. Wie geht es Major Jones?«

»Gar nicht gut. Er hat vom Sohn des Botschafters Mumps erwischt.«

»Es heißt, daß bald ein neuer Botschafter kommt. Das Asylrecht sollte nicht mißbraucht werden. Major Jones würde gut daran tun, sich auf die Britische Botschaft zu begeben.«

»Soll ich ihm sagen, daß Sie ihm freies Geleit gewähren?«

»Ja.«

»Ich will's ihm sagen, wenn es ihm besser geht. Ich bin

nicht sicher, daß ich selbst schon mal Mumps hatte, und will kein Risiko eingehen.«

»Wir können immer noch Freunde sein, Monsieur Brown. Ich habe das bestimmte Gefühl, daß Sie Major Jones genauso wenig leiden können wie ich.«

»Da mögen Sie recht haben. Jedenfalls werd ich's ihm bestellen.«

Concasseur fuhr mit dem Jeep zurück in die Bougainvillea, wobei er die Zweige mit der gleichen Lust brach, die er verspürte, wenn er Glieder brach, kehrte um und fuhr davon. Sein Besuch war das einzige, was die Monotonie des langen Sonntags unterbrach. Heute wurde das Licht einmal pünktlich angedreht, und der Regen strömte über die Hänge des Kenscoff herab, als ob man nach einer Stop-Uhr das Startzeichen gegeben hätte. Ich versuchte in einem broschierten Band von Henry James' Kurzgeschichten seinen ›Great Good Place‹ zu lesen; jemand hatte das Buch vor langer Zeit zurückgelassen; ich wollte vergessen, daß morgen Montag war, aber es gelang mir nicht. »Die wilden Gewässer unserer schrecklichen Zeit«, hatte James geschrieben, und ich fragte mich, welche vorübergehende Unterbrechung des langen, beneidenswerten Friedens unter Königin Viktoria so aufregend für ihn gewesen war. Hatte ihm sein Butler gekündigt? Ich hatte mein Leben rund um dieses Hotel aufgebaut – es bedeutete mir eine tiefer gegründete Beständigkeit als der Gott, dem ich nach dem Wunsch der Patres von Mariae Heimsuchung hätte dienen sollen; einmal hatte es auch Erfolg für mich bedeutet, weit mehr als meine fahrbare Gemäldegalerie mit den falschen Bildern; in gewissem Sinn war es eine Familiengruft. Ich legte den ›Great Good Place‹ aus der Hand und begab mich mit einer Lampe nach oben. Ich hielt es für möglich – falls etwas schiefging –, daß dies die letzte Nacht sein könnte, die ich im Hotel Trianon verbrachte.

Die meisten der Bilder im Stiegenhaus waren verkauft oder ihren Besitzern zurückgestellt worden. Meine Mutter war in ihrer ersten Zeit in Haiti so gescheit gewesen, einen Hyppolite zu kaufen, und ich hatte ihn mir, trotz aller amerikanischer Angebote, durch die schlechten und die guten Jahre als eine Art Versicherungspolice behalten. Es war auch noch ein Benoit da, der den großen Hurrikan Hazel von 1951 darstellte, einen grauen, über seine Ufer getretenen Fluß, der alle Arten seltsam unzusammengehöriger Dinge mit sich führte – ein totes Schwein, das auf dem Rücken dahintrieb, einen Stuhl, einen Pferdekopf und ein Bett mit geschnitztem Blumenschmuck –, indes ein Soldat und ein Priester betend am Ufer standen und der Sturm alle Bäume in eine Richtung bog. Auf dem ersten Treppenabsatz hing ein Bild von Philippe Auguste: ein Karnevalszug, Männer, Frauen und Kinder in hellen Masken. Morgens, wenn das Sonnenlicht durch die Fenster im ersten Stock fiel, erweckten die grellen Farben den Eindruck von Fröhlichkeit, und die Trommler und Trompeter schienen im Begriff, eine muntere Weise zu spielen. Erst wenn man näher kam, sah man, wie häßlich die Masken waren und daß die Maskierten eine Leiche im Grabgewand umgaben; dann wurden die primitiven Farben stumpf, als wären die Wolken von Kenscoff herabgekommen und der Donner müßte bald folgen. Wo immer auch dieses Bild hing, dachte ich, würde ich mich Haiti nahe fühlen. Baron Samedi würde im nächsten Friedhof spazierengehen, selbst wenn der nächste Friedhof in Tooting Bec lag.

Ich ging zuerst in die John Barrymore-Suite. Als ich aus dem Fenster blickte, konnte ich nichts sehen; die Stadt war im Dunkel, außer einer Zusammenballung von Lichtern im Palast und einer Reihe Lampen, die den Hafen säumten. Ich bemerkte, daß Mr. Smith ein vegetarisches Handbuch auf dem Nachttisch zurückgelassen hatte. Wie viele führte er wohl mit sich, um sie überall zu verteilen? Ich schlug es auf und entdeckte auf dem Vorsatzblatt eine Aufforderung in seiner klaren, schiefliegenden amerikanischen Schrift: »Lieber unbekannter Leser, mache dieses Buch nicht zu, sondern lies ein wenig darin, bevor du schlafen gehst. Es ist voll Weisheit. Dein unbekannter Freund.« Ich beneidete ihn um seine Sicherheit, ja, auch um die Reinheit seiner Absichten. Die verschnörkelten Anfangsbuchstaben erinnerten an eine alte Bibel.

Im Stockwerk darunter lag das Zimmer meiner Mutter (dort wohnte jetzt ich), und unter den verschlossenen Gästezimmern, die seit langer Zeit keine Besucher geborgen hatten, befanden sich auch Marcels Zimmer und jenes, in dem ich in meiner ersten Nacht in Port-au-Prince geschlafen hatte. Ich erinnerte mich an den Lärm der Klingel und die große schwarze Gestalt im scharlachroten Schlafanzug mit dem Monogramm auf der Seitentasche, und wie er mir traurig und entschuldigend gesagt hatte: »Sie braucht mich!«

Ich ging nacheinander in die beiden Zimmer: sie enthielten jetzt nichts aus jener fernen Vergangenheit. Ich hatte die Möbel ausgetauscht, die Wände frisch streichen lassen und sogar ihre Anordnung geändert, um Platz für Badezimmer zu schaffen. Dicker Staub lag auf dem Porzellan der Bidets, und die Warmwasserhähne liefen nicht mehr. Ich ging in mein Zimmer und setzte mich auf das große Bett meiner Mutter. Beinahe erwartete ich, selbst nach all den dazwischenliegenden Jahren, auf den Kissen eine Strähne ihres unmöglichen Tizian-Haares zu finden. Aber nichts war von ihr übrig außer dem, was ich wohlüberlegt ausgewählt hatte. Auf dem Nachttisch lag eine Schachtel aus Papiermaché, in der meine Mutter einige unglaubwürdige Juwelen aufbewahrt hatte. Die Juwelen hatte ich Hamit um einen Pappenstiel verkauft, und die

Schachtel enthielt jetzt nur jene geheimnisvolle Widerstandsmedaille und die Ansichtskarte mit der zerstörten Zitadelle, auf der ihre einzige schriftliche Botschaft an mich stand: »Wäre nett, Dich wiederzusehen, wenn Du einmal in die Gegend kommst!«, mit der Unterschrift, die ich als »Manon« gelesen hatte, und dem Namen, für dessen Erklärung sie nie Zeit gefunden hatte: »Comtesse de Lascot-Villiers«.

Es lag noch eine andere Botschaft in der Schachtel, die nicht an mich gerichtet war. Ich hatte sie in Marcels Tasche gefunden, als ich ihn vom Lüster geschnitten hatte. Ich weiß nicht, weshalb ich sie aufhob oder warum ich sie zwei- oder dreimal wiedergelesen hatte, denn sie vertiefte nur mein Gefühl, elternlos zu sein. »Marcel, ich weiß, ich bin eine alte Frau und spiele ein wenig Komödie, wie Du sagst. Aber bitte, mach mir weiter was vor. Solange wir uns was vormachen, entkommen wir. Tu so, als liebte ich Dich wie eine Geliebte. Tu so, als liebtest Du mich wie ein Liebhaber. Tu so, als würde ich für Dich sterben, und Du würdest für mich sterben.« Ich las die Botschaft jetzt nochmals; ich fand sie schön formuliert ... Und er war wirklich für sie gestorben, also war er vielleicht gar kein Komödiant. Der Tod ist ein Beweis für Aufrichtigkeit.

2

Martha begrüßte mich mit einem Glas Whisky in der Hand. Sie trug ein goldfarbenes Leinenkleid und hatte nackte Schultern. Sie sagte: »Luis ist ausgegangen. Ich bringe eben Jones was zu trinken.«

»Ich bringe es für dich hinauf. Er wird's brauchen.«

»Du bist doch nicht seinetwegen gekommen?« fragte sie.

»O ja, doch. Der Regen hat eben begonnen. Wir müssen es noch etwas länger regnen lassen, bis sich die Wachtposten unterstellen ...«

»Was in aller Welt nützt er denen da draußen?«

»Eine ganze Menge, wenn alles wahr ist, was er erzählt. In Kuba war nur ein einziger Mensch nötig ...«

»Wie oft habe ich das gehört! Das ist reines Geplapper. Mir wird übel davon. Wir sind nicht in Kuba.«

»Es wird leichter sein für dich und mich, wenn er fort ist.«

»Ist das alles, woran du denkst?«

»Ja. Ich glaube schon.«

Sie hatte eine kleine Prellung dicht unter dem Schulterblatt. Ich versuchte, meine Frage wie einen Scherz klingen zu lassen: »Was hast du dir da getan?«

»Was meinst du?«

»Der blaue Fleck da.« Ich berührte sie mit dem Finger.

»Ach der? Ich weiß nicht. Ich werde leicht verletzt.«

»Beim Gin-Rummy?«

Sie stellte das Glas hin und wandte mir den Rücken. Dann sagte sie: »Nimm dir was zu trinken. Du kannst es auch brauchen.«

Ich schenkte mir einen Whisky ein und sagte: »Ich bin Mittwoch um eins zurück, wenn ich Les Cayes am frühen Morgen verlasse. Willst du ins Hotel kommen? Angel wird in der Schule sein.«

»Vielleicht. Wir werden sehen.«

»Wir waren mehrere Tage nicht beisammen«, sagte ich noch. »Es wird kein Gin-Rummy mehr geben, zu dem du zeitig nach Hause mußt.« Sie wandte sich wieder zu mir, und ich sah, daß sie weinte. »Was ist los?« fragte ich.

»Du hast ja gehört: ich werde leicht verletzt.«

»Was hab ich denn gesagt?« Die Angst hat sonderbare Folgen: sie pumpt Adrenalin in die Blutbahn; sie läßt einen Mann seine Hosen nässen; mir flößte sie die Lust ein, zu verletzen. Ich sagte: »Du scheinst dich darüber aufzuregen, daß du Jones verlierst.«

»Warum nicht?« sagte sie. »Du glaubst, du bist einsam dort oben im Trianon. Na gut. Ich bin hier einsam mit Luis, stumm in einem Doppelbett. Ich bin einsam mit Angel, wenn ich seine endlosen Rechenaufgaben für ihn mache, sobald er aus der Schule kommt. Ja, ich war glücklich, solange Jones hier war – wenn ich die Leute über seine schlechten Witze lachen hörte, wenn ich Gin-Rummy mit ihm spielte. Ja, er wird mir fehlen. Er wird mir so fehlen, daß es weh tut. Und wie er mir fehlen wird!«

»Mehr als ich, als ich nach New York fuhr?«

»Du solltest ja wiederkommen. Hast du wenigstens gesagt. Jetzt bin ich nicht so sicher, daß du wirklich wiedergekommen bist.«

Ich nahm die zwei Gläser Whisky und ging hinauf. Auf dem Treppenabsatz fiel mir ein, daß ich nicht wußte, in welchem Zimmer Jones wohnte. Ich rief leise, damit die Dienerschaft mich nicht hören konnte: »Jones, Jones!«

»Hier bin ich.«

Ich stieß die Tür auf und ging hinein. Er saß völlig bekleidet auf dem Bett; er hatte sogar seine Gummistiefel angezogen. »Ich hab Ihre Stimme gehört«, sagte er, »von unten. Ist es heut nacht soweit, alter Freund?«

»Ja. Trinken Sie das.«

»Ich kann's brauchen.« Er zog ein mürrisches Gesicht.

»Ich habe eine Flasche im Wagen.«

Er sagte: »Ich hab schon gepackt. Luis hat mir einen Kleidersack geborgt.« Er zählte die Stücke zur Sicherheit an den Fingern ab: »Zweites Paar Schuhe, zweites Paar Hosen. Zwei Paar Socken. Zweites Hemd. Ja, und der Cocktail-Shaker. Als Talisman. Sie müssen wissen, ich bekam ihn ...« Er unterbrach sich plötzlich. Vielleicht fiel ihm ein, daß er mir zumindest diese Geschichte erzählt hatte, wie sie wirklich war.

»Sie rechnen offenbar mit keinem langen Feldzug«, sagte ich, um ihm aus der Verlegenheit zu helfen.

»Ich darf nicht mehr bei mir haben als meine Leute. Laßt mir etwas Zeit, dann organisiere ich unseren Nachschub.« Zum ersten Mal redete er sachlich, und ich überlegte, ob ich ihn nicht etwa doch verleumdet hatte. »Sie können uns dabei helfen, alter Freund. Wenn ich einmal unsere Botengänger richtig in Schwung gebracht habe.«

»Denken wir lieber an die nächsten paar Stunden. Die müssen wir überstehen.«

»Ich habe Ihnen viel zu verdanken.« Wieder überraschten mich seine Worte. »Es ist eine große Chance für mich, nicht wahr? Natürlich habe ich schreckliche Angst. Das läßt sich nicht leugnen.«

Wir saßen stumm nebeneinander, tranken unsere Whiskys, lauschten dem Donner, der das Dach erschütterte. Ich war so überzeugt gewesen, Jones würde sich wehren, wenn der Augenblick gekommen war, daß ich nicht recht weiter wußte, und Jones das Kommando übernahm. »Machen wir uns lieber auf die Strümpfe, wenn wir hier raus sein wollen, bevor das Gewitter vorbei ist. Ich werde mich jetzt, wenn Sie gestatten, von meiner schönen Wirtin empfehlen.«

Als er zurückkam, hatte er eine Spur Lippenstift am Mundwinkel: ein ungeschickter Kuß auf den Mund oder ein ungeschickter Kuß auf die Wange? Es war schwer zu sagen. Er erklärte: »Die Polizei sitzt unten in der Küche und trinkt Rum. Gehen wir los.«

Martha sperrte uns das Tor auf. »Zuerst Sie«, sagte ich zu Jones, in dem Versuch, das Kommando wieder an mich zu bringen. »Bücken Sie sich unter die Windschutzscheibe, wenn möglich.«

Im Augenblick, da wir hinaustraten, waren wir durchnäßt. Ich wandte mich um, um Martha Adieu zu sagen, doch selbst da konnte ich der Frage nicht widerstehen: »Weinst du immer noch?«

»Nein«, sagte sie, »es ist der Regen«, und ich konnte sehen, daß sie die Wahrheit sprach. Der Regen lief ihr über das Gesicht wie über die Mauer hinter ihr. »Worauf wartest du noch?«

»Bin ich nicht einen Kuß wert, genau wie Jones?« sagte ich, und sie drückte ihren Mund auf meine Wange; ich konnte die gefühllose Gleichgültigkeit ihrer Liebkosung spüren. Ich sagte vorwurfsvoll: »Auch ich begebe mich in Gefahr.«

»Aber ich mag dein Motiv nicht«, sagte sie.

Es war, als spräche jemand, den ich haßte, aus meinem Mund, bevor ich es verhindern konnte. »Hast du mit Jones geschlafen?« Ich bereute die Frage, ehe noch das letzte Wort gesprochen war. Hätte der schwere Donnerschlag, der darauf folgte, sie übertönt, dann wäre ich zufrieden gewesen und hätte die Frage niemals wiederholt. Martha stand ans Tor gedrückt wie vor einem Hinrichtungskommando, und aus irgendeinem Grund dachte ich an ihren Vater vor seiner Exekution. Hatte er vom Schafott seinen Richtern eine Herausforderung entgegengeschrien? Hatte sein Gesicht einen Ausdruck von Zorn und Verachtung getragen?

»Das hast du mich wochenlang gefragt«, sagte sie. »Jedesmal, wenn ich bei dir war. Also gut. Die Antwort ist: ja, ja. Das willst du doch von mir hören, nicht? Ja. Ich habe mit Jones geschlafen.« Das Ärgste war, daß ich es ihr nur halb und halb glaubte.

3

Bei Mère Catherine gab es kein Licht, als wir an der Abzweigung zum Bordell vorbeifuhren und die große Südstraße einschlugen, es sei denn, wir hätten es in dem Regen nicht gesehen. Ich fuhr mit ungefähr dreißig Stundenkilometern; ich fühlte mich wie ein Mensch mit verbundenen Augen, und das war erst der leichte Teil der Straße. Man hatte sie mit Hilfe amerikanischer Ingenieure im Rahmen eines vielpropagierten Fünfjahresplanes gebaut, aber die Amerikaner waren abgezogen, und die beschotterte Straße hörte etwa elf Kilometer hinter Port-au-Prince auf. Dort hatte ich mit einer Straßensperre gerechnet, aber zu meinem Erstaunen fielen meine Scheinwerfer auf einen leeren Jeep vor der Hütte des Milizsoldaten; das bedeutete, daß auch die Tontons Macoute da waren. Ich hatte wenig Zeit, aufs Gas zu treten, doch niemand kam aus der Hütte – waren die Tontons drinnen, dann hielten auch sie sich im Trockenen. Ich horchte, ob jemand hinter uns herfuhr, aber ich konnte nur das Trommeln des Regens hören. Die große Überlandstraße war zu einem bloßen Karrenweg geworden: unsere Geschwindigkeit ging auf zwölf Kilometer zurück, während wir über Stock und Stein rumpelten und durch Pfützen platschten. Mehr als eine Stunde lang fuhren wir schweigend dahin, zu sehr durchgerüttelt, als daß wir sprechen konnten.

Ein Stein zersplitterte unter dem Wagen, ich dachte einen Augenblick, eine Achse sei gebrochen. Jones sagte: »Kann ich Ihren Whisky suchen?«

Als er ihn gefunden hatte, tat er einen Schluck und gab mir die Flasche. Meine vorübergehende Unaufmerksamkeit ließ den Wagen seitlich verrutschen, die Hinterräder blieben in dem nassen Laterit stecken. Wir brauchten zwanzig Minuten harter Arbeit, bis wir ihn wieder flottkriegten.

»Werden wir pünktlich bei Ihrem Treffpunkt sein?« fragte Jones.

»Ich hab meine Zweifel. Vielleicht werden Sie bis morgen abend in Deckung bleiben müssen. Für diesen Fall hab ich Ihnen ein paar Brötchen mitgebracht.«

Er kicherte: »Das ist das wahre Leben«, sagte er. »Oft hab ich von so was geträumt.«

»Ich dachte, Sie hätten immer so ein Leben geführt.«

Er verstummte wieder, als sei er sich einer Unbesonnenheit bewußt. Plötzlich wurde die Straße ohne jeden Grund besser. Der Regen ließ rasch nach; ich hoffte, er würde nicht ganz aufhören, bevor wir an dem nächsten Polizeiposten vorüber waren. Danach gab es bis zum Friedhof auf unserer Seite von Aquin kein Problem mehr. Ich sagte: »Und Martha? Wie sind Sie mit Martha ausgekommen?«

»Sie ist eine wunderbare Frau«, sagte er vorsichtig.

»Ich hatte den Eindruck, sie mochte Sie gern.«

Als schlechtes Vorzeichen, daß sich das Wetter aufhellte, konnte ich manchmal zwischen den Palmen einen Strich Meeres sehen, wie wenn ein Streichholz aufblitzt. Jones sagte: »Wir haben uns toll vertragen.«

»Manchmal habe ich Sie beneidet, aber vielleicht ist sie nicht Ihr Typ.« Es war, als nehme man einen Verband von einer Wunde: je langsamer ich zog, desto länger mußte der Schmerz dauern, doch ich hatte nicht den Mut, den Verband rasch abzureißen, außerdem mußte ich auf die schwierige Straße achten. »Alter Freund«, sagte Jones, »jede Frau ist mein Typ, aber sie war was Besonderes.«

»Sie wissen doch, daß sie eine Deutsche ist?«

»Die ›Fräuleins‹ verstehen sich auf dies und das.«

»So gut wie Tin Tin?« versuchte ich ihn kleinlich und beiläufig zu fragen.

»Tin Tin war nicht in derselben Klasse, mein Alter.« Wir hätten zwei Medizinstudenten sein können, die mit

Jugenderlebnissen prahlten. Lange Zeit sprach ich dann nichts.

Wir näherten uns Petit Goave – ich kannte den Ort aus besseren Zeiten. Ich erinnerte mich, daß das Polizeikommissariat abseits der Autostraße lag und von mir erwartet wurde, daß ich mich dort meldete. Ich hoffte, der Regen sei immer noch so stark, daß die Polizisten im Hause blieben – es war unwahrscheinlich, daß hier Miliz postiert war. Dumpfige Hütten schwankten am Straßenrand im Scheinwerferlicht, Lehmwände und Strohdächer waren geborsten und vom Regen verschmiert; keine Lampen brannten, kein Lebewesen war zu sehen, nicht einmal ein Krüppel. Die Familiengräber in den kleinen Höfen wirkten dauerhafter als die Familienhäuser. Den Toten waren Wohnungen einer besseren Klasse zugewiesen als den Lebenden – zweistöckige Häuser mit Fensterscharten, wo man in der Allerseelennacht Lebensmittel und Lichter hinstellen konnte. Ich durfte mir, bevor wir durch Petit Goave durch waren, keine Unaufmerksamkeit erlauben, und hatte ohnehin Angst vor meiner nächsten Frage – ich hatte das Tor erreicht und durfte nicht länger zaudern, ich mußte es aufstoßen. In einem langen Hof am Straßenrand standen viele Reihen kleiner Kreuze, dazwischen war etwas gespannt, das aussah wie blonde Haarzöpfe, die man den Schädeln der darunter begrabenen Frauen ausgerissen hätte.

»Lieber Gott«, sagte Jones, »was war das?«

»Bloß Sisalhanf zum Trocknen.«

»Zum Trocknen? In diesem Regen?«

»Wer weiß, was dem Besitzer zugestoßen ist? Vielleicht hat man ihn erschossen. Oder er ist im Gefängnis. In die Berge geflohen.«

»Es war etwas unheimlich, alter Freund. Wie bei Edgar Allan Poe. Sah mehr nach Tod aus als die Friedhöfe.«

In der Hauptstraße von Petit Goave war niemand zu

sehen. Wir fuhren an etwas vorbei, das sich »Yo-Yo Club« nannte, an einem großen Schild für Mère Merlans Büstenhalter, an einer Bäckerei, die jemandem namens Brutus gehörte und an der Garage eines gewissen Cato – im Gedächtnis dieser Schwarzen erhielt sich hartnäckig die Erinnerung an eine bessere Republik –, und dann waren wir zu meiner Erleichterung wieder auf dem flachen Land und polterten über Stock und Stein. »Wir haben es geschafft«, sagte ich.

»Fast schon dort?«

»Fast zur Hälfte.«

»Ich glaube, ich nehm mir noch einen Schluck Whisky.«

»Trinken Sie, soviel Sie wollen. Es muß Ihnen aber für lange reichen.«

»Ich trink ihn lieber aus, bevor ich zu den Burschen stoße. Die kämen nicht weit damit.«

Auch ich tat wieder einen Zug, um mir Mut zu machen, und doch schob ich die eindeutige Frage noch hinaus.

»Wie sind Sie mit dem Ehemann ausgekommen?« fragte ich ihn vorsichtig.

»Gut. Ich hab ihm ja nichts gestohlen.«

»Nein?«

»Sie schläft nicht mehr mit ihm.«

»Woher wissen Sie das?«

»Ich habe meine Gründe«, sagte er, nahm die Flasche und lutschte hörbar daran. Die Straße forderte wieder meine ganze Aufmerksamkeit. Unsere Geschwindigkeit war praktisch zum Fußgängertempo geworden: ich mußte mich zwischen den Steinblöcken durchzwängen wie ein Pferd bei einer Gymkhana-Konkurrenz.

»Wir hätten einen Jeep haben sollen«, sagte Jones.

»Wo hätten wir in Port-au-Prince einen Jeep auftreiben können? Von den Tontons ausborgen?«

Die Straße teilte sich, und wir ließen das Meer hinter uns, wandten uns landeinwärts und kletterten in die Berge. Wir fuhren eine Zeitlang auf reinem Laterit, bloß der Schlamm behinderte unseren Fortgang. Es war wieder eine andere Art Übung. Wir waren jetzt drei Stunden unterwegs – es war knapp vor ein Uhr früh.

»Kaum noch Gefahr von Miliz«, sagte ich.

»Aber der Regen hat aufgehört.«

»Sie haben Angst vor den Bergen.«

»Von welchen da kommet unsere Rettung«, witzelte Jones. Der Whisky löste ihm die Zunge.

Ich konnte nicht länger warten und stieß meine Frage hervor: »War sie gut im Bett?«

»Bemerkenswert«, sagte Jones, und ich klammerte mich ans Lenkrad, um ihm nicht mit den Händen an die Gurgel zu fahren. Es dauerte lange, bis ich wieder redete, aber er bemerkte nichts. Er schlief mit offenem Mund ein und fiel gegen die Tür, an der Martha so oft gelehnt hatte; er schlief friedlich wie ein Kind, voll Unschuld. Vielleicht war er wirklich so unschuldig wie Mr. Smith, deshalb hatten sie einander auch so gut leiden können. Mein Zorn verrauchte bald: ein Kind hatte eine Puppe zerbrochen, mehr nicht – ja, eine Puppe, genau so hätte er sie wohl genannt. Einmal erwachte er einen Augenblick und bot mir an, den Wagen zu fahren, aber ich hielt unsere Lage auch ohne das für gefährlich genug.

Und dann versagte der Wagen völlig – vielleicht war meine Aufmerksamkeit abgelenkt, vielleicht hatte er bloß auf einen besonders heftigen Ruck gewartet, um seine Eingeweide herauszuschütteln. Nachdem ich von einem Stein zurückgeprallt war und wieder die Straßenmitte gewinnen wollte, wirbelte plötzlich das Lenkrad in meinen Händen herum: wir stießen hart an ein anderes Felsstück und blieben stehen, die Vorderachse war entzwei und ein Scheinwerfer zerschlagen. Da war nicht das mindeste zu machen, ich konnte weder nach Les Cayes noch nach Port-au-Prince zurück. Für die Dauer dieser Nacht war ich jedenfalls an Jones gefesselt.

Jones öffnete die Augen und sagte: »Mir hat geträumt . . . warum stehen wir? Sind wir schon da?«

»Die Vorderachse ist gebrochen.«

»Was glauben Sie, wie weit sind wir von – dort?«

Ich schaute auf den Kilometerzähler und sagte: »Ein paar Kilometer, würde ich sagen, vielleicht drei.«

»Schusters Rappen«, sagte Jones. Er begann seinen Kleidersack aus dem Wagen zu zerren. Ich steckte die Wagenschlüssel in die Tasche, ich wußte nicht, warum – ich bezweifelte, daß es in Haiti eine einzige Garage gab, die imstande war, den Wagen zu reparieren, und wer würde sich auch die Mühe machen, ihn auf einer solchen Straße abzuschleppen? Die Straßen rings um Port-au-Prince waren bedeckt mit verlassenen Privatwagen und umgestürzten Autobussen; einmal hatte ich einen Abschleppwagen gesehen, dessen Kran in einem Graben auf der Seite lag – es war wie ein Rettungsboot, das auf den Klippen zerschellt ist, ein Widerspruch der Natur.

Wir gingen los. Ich hatte eine Taschenlampe mitgebracht, aber man kam nur mühsam vorwärts, und Jones' Gummistiefel rutschten auf dem nassen Laterit. Es war nach zwei Uhr, und der Regen hatte aufgehört. »Wenn uns jemand verfolgt«, sagte Jones, »dann hat er jetzt nicht viel Mühe. Wir plakatieren ja geradezu, daß es Menschen auf dieser Erde gibt.«

»Kein Grund, warum man uns verfolgen sollte.«

»Ich dachte an den Jeep, an dem wir vorbeikamen«, sagte er.

»Da war keiner drin.«

»Wir wissen doch nicht, wer in der Hütte war und gesehen hat, daß wir vorbeifuhren.«

»Jedenfalls haben wir keine Wahl. Wir kämen keine zwei Meter weiter ohne Licht. Auf dieser Straße können wir einen Wagen zwei Kilometer herankommen hören.«

Wenn ich mit meiner Lampe die beiden Seiten der Straße anleuchtete, waren dort nur Steine und Erde und niedriges, nasses Gesträuch zu sehen. Ich sagte: »Wir dürfen nicht den Friedhof verfehlen und einfach nach Aquin hineinmarschieren. In Aquin liegt ein Militärposten.« Ich konnte Jones schwer atmen hören und bot ihm an, ihm den Sack eine Zeitlang abzunehmen, aber das wollte er nicht. »Ich bin nicht ganz in Form«, sagte er, »das ist alles«, und etwas später sagte er: »Ich hab im Wagen eine Menge Unsinn dahergeredet. Ich bin nicht immer ganz zuverlässig.«

Mir kam das wie eine Untertreibung vor, aber ich dachte darüber nach, weshalb er es gesagt hatte.

Schließlich fand meine Taschenlampe, was ich gesucht hatte: einen Friedhof zu meiner Rechten, der sich im Dunkel bergauf erstreckte. Er war wie eine von Zwergen erbaute Stadt, Straße auf Straße winziger Häuser, manche waren fast groß genug, um uns aufzunehmen, andere selbst für ein neugeborenes Kind zu klein, und alle aus dem gleichen grauen Stein, von dem längst der Verputz abgefallen war. Ich leuchtete die andere Straßenseite an: dort würde eine verfallene Hütte sein, hatte man mir gesagt, aber bei der Planung eines Treffpunktes werden ja immer Fehler gemacht. Die Hütte sollte ganz allein gegenüber der ersten Ecke des Friedhofes stehen, zu der wir kamen, doch es war nichts da außer einer Böschung.

»Der falsche Friedhof?« fragte Jones.

»Unmöglich. Wir müssen schon in der Nähe von Aquin sein.« Wir gingen die Straße weiter und fanden gegenüber der nächsten Ecke wirklich eine Hütte, aber sie sah, soweit ich im Licht der Taschenlampe ausnehmen konnte, nicht verfallen aus. Wir konnten es nur versuchen. Wenn jemand hier wohnte, würde er zumindest ebenso erschrecken wie wir.

»Ich wollte, ich hätte einen Revolver«, sagte Jones.

»Ich bin froh, daß Sie keinen haben, aber was ist denn mit Ihrem unbewaffneten Nahkampf?«

Er murmelte etwas, das wie »eingerostet« klang.

Als ich die Tür aufgestoßen hatte, war jedoch niemand drinnen. Ein Stück des verbleichenden Nachthimmels schien durch ein Loch im Dach. »Wir sind um zwei Stunden verspätet«, sagte ich. »Wahrscheinlich war er da und ist wieder fort.«

Jones saß schnaufend auf seinem Kleidersack. »Wir hätten früher losfahren sollen.«

»Wie konnten wir? Unser Aufbruch hing vom Gewitter ab.«

»Was sollen wir jetzt machen?«

»Wenn es hell wird, gehe ich zu meinem Wagen zurück. Ein zusammengebrochener Wagen kompromittiert einen auf dieser Straße nicht. Ich weiß, es gibt irgendwann tagsüber einen kleinen Autobus zwischen Petit Goave und Aquin, vielleicht kann ich von dort per Anhalter weiterfahren, oder es gibt einen anderen Autobus nach Les Cayes.«

»Das klingt einfach«, sagte Jones voll Neid. »Aber was mache ich?«

»Halten Sie durch bis morgen nacht«, sagte ich bösartig. »Sie sind ja jetzt in Ihrem vertrauten Dschungel.« Ich blickte zur Tür hinaus: nichts war zu sehen oder zu hören, nicht einmal ein kläffender Hund. Ich sagte: »Ich möchte nicht hierbleiben. Angenommen, wir schlafen ein – es könnte jemand kommen. Die Soldaten müssen manchmal auf dieser Straße patrouillieren oder ein Bauer geht zur Arbeit. Der würde uns anzeigen. Warum auch nicht? Wir sind Weiße.«

Jones sagte: »Wir könnten abwechselnd Wache halten.«

»Ich weiß was Besseres. Wir schlafen auf dem Friedhof. Niemand wird dort hinkommen außer Baron Samedi.«

Wir kreuzten die sogenannte Straße, kletterten über eine niedrige Steinmauer und befanden uns auf dem Mittelweg der Miniaturstadt, wo uns die Häuser bloß bis zur Schulter reichten. Wir klommen wegen Jones' Kleidersack nur langsam den Hügel hinauf. In der Mitte des Friedhofes fühlte ich mich sicherer und dort entdeckten wir auch ein Haus, das höher war als wir. Wir stellten die Flasche Whisky auf eine der Fensterscharten und setzten uns, mit dem Rücken zur Wand. »Na schön«, sagte Jones automatisch, »ich war schon an übleren Orten.« Ich dachte, wie übel ein Ort wohl sein müsse, damit er seinen ewigen Refrain vergaß.

»Wenn Sie einen Zylinder zwischen den Gräbern sehen«, sagte ich, »dann ist es der Baron.«

»Glauben Sie an die Zombies?« fragte Jones.

»Ich weiß nicht. Glauben Sie an Gespenster?«

»Reden wir nicht von Gespenstern, alter Freund, trinken wir noch einen Whisky.«

Ich glaubte, etwas zu hören, und knipste meine Taschenlampe an. Sie schien über die ganze Länge der Gräberstraße in zwei Katzenaugen, die wie Rückstrahler aufleuchteten. Die Katze sprang auf ein Dach und war verschwunden.

»Dürfen wir denn ein Licht zeigen, alter Freund?«

»Wäre jemand da und sähe es, so würde er zu sehr erschrecken, um herüberzukommen. Sie können nichts Besseres tun, als sich morgen hier einzugraben« – auf einem Friedhof vielleicht nicht sehr glücklich formuliert. »Ich bezweifle, daß irgendwer hierherkommt, außer um die Toten zu beerdigen.« Jones goß sich noch Whisky durch die Gurgel, und ich mahnte ihn: »Es ist nur eine Viertelflasche. Sie haben den ganzen morgigen Tag vor sich.«

»Martha hat mir den Shaker gefüllt«, sagte er. »Ich hab noch nie ein so aufmerksames Mädel gesehen.«

»Oder eine, die so gut im Bett ist?« fragte ich.

Einen Augenblick herrschte Schweigen – ich dachte, er erinnere sich vielleicht mit Vergnügen der verschiedenen Gelegenheiten. Dann sagte Jones: »Alter Freund, das Spiel ist jetzt ernst geworden.«

»Was für ein Spiel?«

»Das Soldatenspiel. Ich kann verstehen, warum Leute beichten wollen. Der Tod ist eine verdammt ernste Sache. Der Mensch fühlt sich seiner nicht recht würdig. Wie bei einer Auszeichnung.«

»Haben Sie so viel zu beichten?«

»Das haben wir alle. Ich meine nicht, einem Priester oder Gott.«

»Wem also?«

»Irgendwem. Wenn ich heute nacht einen Hund hier hätte an Ihrer Statt, würde ich ihm auch beichten.«

Ich wollte seine Beichte nicht, ich wollte nicht hören, wie oft er mit Martha geschlafen hatte. Ich sagte: »Haben Sie Midge gebeichtet?«

»Dazu war kein Anlaß. Das Spiel war damals noch nicht ernst geworden.«

»Ein Hund muß wenigstens Ihre Geheimnisse bei sich behalten.«

»Mir liegt einen Dreck dran, wer was erzählt, aber ich mag nicht einen Haufen Lügen nach meinem Tod. Ich selbst hab schon genug gelogen.«

Ich hörte die Katze über die Dächer zurückklettern, und wieder knipste ich meine Taschenlampe an und leuchtete ihr in die Augen. Diesmal legte sie sich flach auf einen Stein und begann die Nägel zu schärfen. Jones öffnete seinen Sack und zog ein Sandwich hervor. Er brach es entzwei und warf die eine Hälfte der Katze zu, die davonrannte, als wäre das Brot ein Stein.

»Sparen Sie lieber«, sagte ich. »Sie sind jetzt auf halber Ration.«

»Das arme Vieh ist hungrig.« Er steckte das halbe Sandwich zurück, und wir und die Katze blieben lange stumm. Jones selbst brach das Schweigen in seinem besessenen Trotz. »Ich bin ein schrecklicher Lügner, alter Freund.«

»Das habe ich immer angenommen«, sagte ich.

»Was ich von Martha erzählt habe – daran war kein wahres Wort. Sie ist die einzige von fünfzig Frauen, die ich nicht anzurühren gewagt habe.«

Ich hätte gern gewußt, ob er jetzt die Wahrheit sprach oder sich zu einer Art ehrenvolleren Lüge aufschwang. Vielleicht hatte er in meinem Verhalten etwas entdeckt, das ihm alles verriet. Vielleicht hatte er Mitleid mit mir. Man konnte kaum tiefer sinken, dachte ich, als dahin – von Jones bemitleidet zu werden. Er sagte: »Über Frauen habe ich immer gelogen.« Er stieß ein gehemmtes Lachen aus: »Kaum hatte ich Tin Tin, da wurde sie schon zu einem führenden Mitglied der haitischen Aristokratie. Wenn jemand dagewesen wäre, dem ich es hätte erzählen können. Wissen Sie, alter Freund, daß ich in meinem ganzen Leben keine einzige Frau hatte, für die ich nicht bezahlen mußte oder der ich nicht zumindest versprach, zu zahlen. Manchmal, wenn's mir schlecht ging, mußte ich die Zeche prellen.«

»Martha sagte mir, sie habe mit Ihnen geschlafen.«

»Das kann sie Ihnen nicht gesagt haben. Ich glaub es nicht.«

»O doch. Es waren fast die letzten Worte, die sie mit mir sprach.«

»Ich wußte es ja nie«, sagte er düster.

»Was?«

»Daß sie Ihr Mädel war. Wieder hat mich eine meiner Lügen ereilt. Sie dürfen ihr nicht glauben. Sie war zornig, weil Sie mit mir weggegangen sind.«

»Oder zornig, weil ich Sie ihr weggenommen habe.«

Aus dem Dunkel, wo die Katze das Stück Sandwich gefunden hatte, hörte man jetzt ein Scharren. Ich sagte: »Hier ist doch eine Art Dschungelatmosphäre, Sie werden sich bald zu Hause fühlen.«

Ich hörte, wie er einen Zug aus der Whisky-Flasche tat, dann sagte er: »Alter Freund – ich war in meinem ganzen Leben nie im Dschungel – außer Sie zählen den Zoo von Kalkutta dazu.«

»Sie waren nie in Burma?«

»Doch, das schon. Oder wenigstens beinahe. Jedenfalls siebzig Kilometer von der Grenze. Ich war in Imphal, als Leiter des Unterhaltungsdienstes für die Truppen. Also, nicht gerade Leiter. Wir hatten mal Noël Coward bei uns –« Das fügte er voll Stolz und einigermaßen erleichtert hinzu, weil er sich mit einer Wahrheit brüsten konnte.

»Wie seid ihr miteinander ausgekommen?«

»Ich hab nicht wirklich mit ihm gesprochen«, sagte Jones.

»Aber Sie haben in der Armee gedient?«

»Nein. Ich wurde abgewiesen. Plattfüße. Man fand dann heraus, daß ich Kinomanager in Shillong gewesen war, darum bekam ich diesen Posten. Ich hatte eine Art Uniform, aber ohne Rangabzeichen. Ich war Verbindungsoffizier –« fügte er mit einem Ton seltsamen Stolzes hinzu – »zur ENSA, der Organisation zur Freizeitgestaltung der Armee.«

Ich ließ meine Lampe über dem Acker der grauen Gräber aufblitzen und sagte: »Warum, zum Teufel, sind Sie dann hier?«

»Ich habe ein bißchen zuviel geprahlt, nicht?«

»Sie haben sich in eine scheußliche Situation manövriert. Haben Sie keine Angst?«

»Ich bin wie ein Feuerwehrmann bei seinem ersten Feuer«, sagte er.

»Ihren Plattfüßen werden die Bergpfade nicht eben guttun.«

»Mit Einlagen schaffe ich's schon«, sagte Jones. »Sie werden's denen doch nicht erzählen, alter Freund? Das war eine Beichte.«

»Die werden bald draufkommen, ohne daß ich's ihnen sage. Sie können also nicht mal ein Maschinengewehr bedienen?«

»Die haben ja kein Maschinengewehr.«

»Sie haben sich zu spät ausgesprochen. Jetzt kann ich Sie nicht mehr zurückschmuggeln.«

»Ich will gar nicht zurück, alter Freund, Sie wissen ja nicht, wie das in Imphal war. Manchmal hab ich mir Freunde erworben – die konnte ich dann den Mädchen vorstellen, und dann verschwanden sie und kamen nie wieder zurück. Oder sie kamen ein-, zweimal zurück, um sich wieder was von mir vorschwatzen zu lassen. Da war ein Mann namens Charters, der konnte Wasser wittern ...« Er brach rasch ab, weil er sich erinnerte.

»Noch eine Lüge«, sagte ich, als wäre ich selbst von striktester Redlichkeit.

»Nicht eben eine Lüge«, sagte er. »Sehen Sie, wie er mir das sagte, da war mir, als riefe mich jemand bei meinem wirklichen Namen.«

»Der gar nicht Jones war?«

»Jones stand auf meinem Geburtsschein«, sagte er. »Ich hab es selbst gesehen«, und damit schob er die Frage beiseite. »Als er mir das sagte, wußte ich, mit etwas Übung könnte ich dasselbe tun. Ich wußte, ich hatte es in mir. Ich ließ meinen Burschen im Büro Wassergläser verstecken, dann wartete ich, bis ich großen Durst hatte, und begann zu schnüffeln. Es hat nicht sehr oft funktioniert, aber Leitungswasser ist ja nicht dasselbe.« Dann sagte er noch: »Ich glaube, ich mach's meinen Füßen ein bißchen bequem.« Ich konnte aus seinen Bewegungen schließen, daß er sich die Gummistiefel auszog.

»Wie sind Sie eigentlich nach Shillong gekommen?« fragte ich.

»Ich bin in Assam geboren. Mein Vater war dort Teepflanzer – so hat's mir wenigstens meine Mutter gesagt.«

»Sie hatten nur ihr Wort dafür?«

»Ach – er fuhr nach Hause, bevor ich geboren war.«

»Ihre Mutter war Inderin?«

»Halb-indisch, alter Freund«, sagte er, als lege er auf die Dezimalstellen Gewicht. Es war, als begegne man einem unbekannten Bruder – Jones und Brown, die Namen waren geradezu auswechselbar, und auf unseren Status traf das ebenfalls zu. Soweit wir wußten, waren wir beide uneheliche Kinder, obschon es natürlich zu einer Art Eheschließung gekommen sein mag – meine Mutter hatte immer diesen Eindruck bei mir erweckt. Wir waren beide ins Wasser geworfen worden, um zu schwimmen oder unterzugehen, und waren aus sehr weit entfernten Gegenden aufeinander zugeschwommen, um uns auf einem Friedhof in Haiti zu treffen. »Ich mag Sie, Jones«, sagte ich. »Wenn Sie das halbe Sandwich da nicht wollen, hätt ich es ganz gern.«

»Natürlich, alter Freund.« Er kramte in seinem Kleidersack und suchte dann im Dunkel meine Hand.

»Erzählen Sie mir noch mehr, Jones«, sagte ich.

»Ich kam nach Europa, als der Krieg zu Ende war«, sagte er. »Ich geriet in allerlei Klemmen. Ich konnte irgendwie nicht herausfinden, wozu ich bestimmt war. Wissen Sie, es gab da Zeiten in Imphal, da wünschte ich mir geradezu die Japaner herbei. Die Militärbehörden hätten dann auch solche Etappenhengste wie mich bewaffnet, die Köche und die Schreiber in der Marketenderei. Schließlich trug ich ja eine Uniform. Viele Zivilisten zeichneten sich doch im Krieg aus, oder nicht? Wissen

Sie, ich habe eine Menge gelernt, durch Zuhören, durch Studium der Karten, durch Zusehen ... Man kann eine Berufung in sich spüren, nicht wahr, selbst wenn man sie nicht ausüben kann. Und da saß ich nun, kontrollierte die Transportmittel und die Reisedokumente für drittklassige Stimmungskanonen – Mr. Coward war eine der Ausnahmen – und mußte die Mädels im Auge behalten. Ich hab sie immer Mädels genannt. Waren eher alte Schmierenkomödiantinnen. In meinem Büro roch es wie in einer Theatergarderobe.«

»Die Schminke hat den Wassergeruch erstickt, wie?« sagte ich.

»Sie haben recht. Es war kein richtiger Test. Ich wollte ja nur meine kleine Chance«, sagte er. Ich fragte mich, ob er nicht sein ganzes wirres Leben lang in eine geheime und hoffnungslose Liebesgeschichte mit der Tugend verwickelt gewesen sei: er mochte sie aus der Entfernung betrachtet und gehofft haben, von ihr bemerkt zu werden, wie ein Kind, das unrecht tut, um die Aufmerksamkeit der Tugend auf sich zu lenken.

»Und jetzt haben Sie Ihre Chance«, sagte ich.

»Dank Ihnen, mein Alter.«

»Ich dachte, was Sie sich am meisten wünschten, sei ein Golfklub ...«

»Das ist richtig. Es war mein zweiter Traum. Man muß doch zwei haben, nicht? Für den Fall, daß der erste schiefgeht.«

»Ja. Wahrscheinlich.« Geld zu machen, war auch mein Traum gewesen. Gab es je einen zweiten? Ich wollte nicht allzuweit in die Vergangenheit zurückgehen.

»Sie sollten lieber versuchen, etwas zu schlafen«, sagte ich. »Bei Tag zu schlafen, wird zu unsicher sein.«

Er schlief auch beinahe sofort ein, zusammengerollt wie ein Embryo im Mutterleib. Das war die einzige Eigenschaft, die er mit Napoleon teilte; vielleicht gab es sogar noch andere, überlegte ich mir. Einmal schlug er die Augen auf und bemerkte, dies sei »ein gutes Plätzchen«, dann schlief er sofort wieder ein. Ich konnte nichts Gutes an dem Ort sehen, aber schließlich schlief auch ich.

Nach zwei Stunden weckte mich etwas. Einen Augenblick hielt ich es für das Geräusch eines Wagens, doch es kam mir unwahrscheinlich vor, daß ein Wagen so zeitig auf der Straße sei, und so waren wohl die Reste eines Traumes, die mich noch umgaben, schuld an dem Geräusch – eben war ich mit dem Wagen quer durch ein Flußbett über Felsgeröll gefahren. Ich lag still und lauschte, die Augen auf den grauen Morgenhimmel gerichtet. Ringsum konnte ich die Gräber aufragen sehen. Bald würde die Sonne aufgehen. Es war Zeit, zu meinem Wagen zurückzukehren. Als ich sicher wußte, daß alles still war, weckte ich Jones.

»Schlafen Sie lieber nicht wieder ein«, sagte ich.

»Ich werde Sie ein Stück begleiten.«

»O nein, beileibe nicht. Um meinetwillen. Bis zur Dunkelheit dürfen Sie nicht auf die Straße. Die Bauern werden bald auf den Markt gehen. Die melden jeden Weißen, den sie sehen.«

»Dann werden sie auch Sie melden.«

»Ich habe mein Alibi. Einen zerstörten Wagen auf der Straße nach Les Cayes. Bis es dunkel wird, müssen Sie der Katze Gesellschaft leisten. Dann gehen Sie in die Hütte und warten auf Philipot.«

Jones bestand darauf, mir die Hand zu schütteln. Im vernünftigen Tageslicht begann die Zuneigung, die ich für ihn empfunden hatte, rasch zu versickern. Ich dachte wieder an Martha, und als könnte er meine Gedanken erraten, sagte er: »Alles Liebe an Martha, wenn Sie sie wiedersehen. Auch an Luis und Angel, natürlich.«

»Und an Midge?«

»Es war schön«, sagte er. »Es war wie in einer Familie.«

Ich ging die lange Gräberallee zur Landstraße hinab. Ich war für den *Maquis* nicht gemacht; ich traf keine Vorsichtsmaßnahmen. Ich dachte: Martha hatte keinen Grund zu lügen – oder vielleicht doch? Gegenüber der Friedhofsmauer stand ein Jeep, aber dieser Anblick änderte einen Augenblick lang nichts an meinem Gedankengang. Dann blieb ich stehen und wartete. Es war noch zu finster, um zu sehen, wer am Lenkrad saß, aber ich wußte sehr gut, was nun passieren würde.

Die Stimme Concasseurs flüsterte: »Bleiben Sie genau, wo Sie sind. Ganz still. Rühren Sie sich nicht.« Er sprang aus dem Jeep, gefolgt von dem dicken Fahrer mit den Goldzähnen. Selbst in diesem Morgengrauen trug er die schwarze Brille, die sein einziges Uniformstück war. Eine Maschinenpistole alter Machart war auf meine Brust gerichtet. »Wo ist Major Jones?« flüsterte Concasseur.

»Jones?« sagte ich so laut, wie ich es wagte. »Woher soll ich das wissen? Mein Wagen ist zusammengebrochen. Ich habe einen Passierschein für Les Cayes. Wie Sie wissen.«

»Sprechen Sie leise. Ich werde Sie und Major Jones zurück nach Port-au-Prince bringen. Hoffentlich lebend. Dem Präsidenten wäre das lieber. Ich muß mit dem Präsidenten Frieden schließen.«

»Sie machen sich lächerlich. Sie müssen doch meinen Wagen auf der Straße gesehen haben. Ich war auf dem Weg . . .«

»Freilich habe ich ihn gesehen. Ich habe erwartet, ihn zu sehen.« Die Maschinenpistole drehte sich in seiner Hand und zeigte jetzt irgendwohin nach links. Das war kein Vorteil für mich – auch der Fahrer hielt die seine auf mich gerichtet. »Kommen Sie nur«, sagte Concasseur. Ich trat einen Schritt vor, und er sagte: »Nicht Sie. Major Jones.« Ich wandte mich um und sah, daß Jones hinter mir stand. Er hielt die Flasche mit dem Rest Whisky in der Hand.

Ich sagte: »Sie verdammter Narr. Warum sind Sie nicht dortgeblieben?«

»Tut mir leid. Ich dachte, Sie könnten beim Warten den Whisky brauchen.«

»Rein in den Jeep«, befahl mir Concasseur. Ich gehorchte. Er ging zu Jones und schlug ihm ins Gesicht. »Du Gauner«, sagte er.

»Es war genug drin für uns beide«, sagte Jones, und Concasseur schlug ihn noch einmal. Der Fahrer stand dabei und sah zu. Es war schon hell genug, daß man seine Goldzähne blinken sah, während er grinste.

»Steigen Sie neben Ihrem Freund ein«, sagte Concasseur. Indes uns der Fahrer in Schach hielt, drehte er sich um und ging auf den Jeep zu.

Ein Lärm, der laut und nahe genug ist, wird von unserem Gehör fast nicht aufgenommen: ich verspürte eher eine Erschütterung meines Trommelfells, als daß ich die Explosion gehört hätte. Ich sah Concasseur nach hinten stürzen, wie von einer unsichtbaren Faust getroffen; der Fahrer fiel auf sein Gesicht; ein Stück Friedhofsmauer flog in die Luft und kam lange danach mit einem leichten Klatschen auf der Straße zu liegen. Philipot trat aus der Hütte, und Joseph hinkte hinter ihm her. Sie trugen Maschinenpistolen der gleichen alten Bauart. Concasseurs schwarze Brille lag auf der Straße. Philipot zertrat sie mit der Ferse, und die Leiche erhob keinen Einwand. Philipot sagte: »Ich habe den Fahrer Joseph überlassen.«

Joseph beugte sich über den Fahrer und arbeitete an dessen Zähnen. »Wir müssen rasch machen«, sagte Philipot. »Man wird die Schüsse in Aquin gehört haben. Wo ist Major Jones?«

Joseph sagte: »Er ist auf den Friedhof gegangen.«

»Er muß wohl seinen Kleidersack holen«, sagte ich.

»Sagen Sie ihm, er soll sich beeilen.«

Ich ging zwischen den kleinen grauen Häuschen hinauf zu der Stelle, wo wir die Nacht verbracht hatten. Jones war dort: er kniete in betender Haltung neben dem Grab, doch sein Gesicht, das er mir zuwandte, war olivgrün vor Übelkeit. Er hatte sich auf den Boden erbrochen. Er sagte: »Verzeihen Sie, alter Freund. So was kommt vor. Bitte, sagen Sie es denen nicht, aber ich habe noch nie einen Menschen sterben gesehen.«

Viertes Kapitel

1

Ich fuhr viele Kilometer einen Drahtzaun entlang, um einen Eingang zu finden. Mr. Fernandez hatte mir in Santo Domingo zu ermäßigtem Preis einen kleinen Sportwagen verschafft, vielleicht ein etwas zu leichtfertiges Fahrzeug für meine Zwecke, überdies hatte ich eine persönliche Empfehlung von Mr. Smith. Ich war am Nachmittag von Santo Domingo abgefahren, jetzt ging die Sonne unter; in jenen Tagen gab es in der Dominikanischen Republik keine Straßensperren, und alles lag im Frieden – es gab keine Militärjunta, und die amerikanischen Marinesoldaten waren noch nicht gelandet. Die Hälfte der Strecke fuhr ich auf einer breiten Überlandstraße, wo mich Wagen mit hundertsechzig Kilometer Geschwindigkeit überholten. Das Gefühl von Frieden war sehr greifbar nach den Gewalttaten in Haiti, das mehr als ein paar hundert Kilometer entfernt zu liegen schien. Niemand hielt mich an, um meine Papiere zu prüfen.

Ich kam zu einem Tor im Gitter: es war geschlossen. Ein Neger in einem Stahlhelm und blauen Zwillichhosen fragte mich von der anderen Seite des Drahtverhaus aus nach meinem Begehr. Ich sagte ihm, ich sei gekommen, um Mr. Schuyler Wilson zu sprechen.

»Zeigen Sie mir Ihren Paß«, forderte er mich auf, und ich hatte das Gefühl, als sei ich wieder an meinen Ausgangspunkt zurückgekehrt.

»Er erwartet mich.«

Der Neger ging in eine Hütte, und ich sah ihn telefonieren. (Ich hatte beinahe vergessen, daß Telefone auch funktionieren können.) Dann öffnete er das Tor und gab mir ein Abzeichen, das ich, sagte er, tragen sollte, solange ich mich auf dem Bergbaugelände befände. Ich könne bis zur nächsten Sperre fahren. Ich fuhr viele Kilometer neben dem flachen blauen Karibischen Meer. Ich fuhr an einem kleinen Flugfeld vorbei, sein Windsack wies gegen Haiti; dann kam ich an einen Hafen ohne Schiffe. Überall lag der rote Bauxitstaub. Ich gelangte zu einer zweiten Straßensperre, und zu einem zweiten Neger in einem Stahlhelm. Er prüfte mein Abzeichen, nahm wieder meinen Namen und mein Anliegen auf und telefonierte. Dann sagte er mir, ich solle an Ort und Stelle warten. Jemand würde mich holen. Ich wartete zehn Minuten.

»Sind wir hier im Pentagon oder im Hauptquartier der CIA?« fragte ich. Er wollte mir nicht antworten. Wahrscheinlich hatte er Befehl, nicht zu sprechen. Ich war froh, daß er keinen Revolver trug. Dann fuhr ein Weißer mit Stahlhelm auf einem Motorrad vor. Er sprach kaum Englisch, und ich konnte nicht Spanisch; er bedeutete mir, ich solle seinem Motorrad folgen. Wir fuhren noch ein paar Kilometer weiter, vorbei an roter Erde und blauer See, bevor wir zu den ersten Verwaltungsgebäuden kamen, viereckigen Blöcken aus Zement und Glas. Dort war niemand zu sehen. Dann kam eine luxuriöse Wohnwagenkolonie, wo Kinder in Weltraum-Uniformen mit Weltraum-Gewehren spielten. Aus den Fenstern blickten

Frauen über ihre Küchenherde hinweg, und es roch nach gekochten Speisen. Endlich hielten wir vor einem großen Glasgebäude. Hier gab es eine Freitreppe, die breit genug für ein Parlament gewesen wäre, und eine Terrasse mit Lehnstühlen. Ein großer dicker Mann mit einem marmorglatt rasierten Allerweltsgesicht stand oben auf dem Treppenabsatz. Er hätte ein Bürgermeister sein können, der darauf wartet, eine Ehrenbürgerurkunde zu verleihen.

»Mr. Brown?«

»Mr. Schuyler Wilson?«

Er sah mich mürrisch an. Vielleicht hatte ich den ersten seiner Namen falsch ausgesprochen. Vielleicht gefiel ihm mein Sportwagen nicht. Er sagte unwillig: »Trinken Sie ein Coca-Cola«, und zeigte auf einen der Lehnstühle.

»Wenn Sie vielleicht Whisky hätten?«

Er sagte nicht sehr begeistert: »Mal sehen, was sich machen läßt«, ging in das große Glasgebäude und ließ mich allein zurück. Ich spürte, ich hatte bereits eine schlechte Note erhalten. Vielleicht bekamen nur Direktoren auf Besuch oder führende Politiker Whisky zu trinken. Ich war bloß jemand, der als Leiter der Lebensmittelversorgung in Betracht kam und sich um die Stelle bewarb. Immerhin brachte er den Whisky, hielt aber ein Coca-Cola vorwurfsvoll in der anderen Hand.

»Mr. Smith hat Ihnen über mich geschrieben«, sagte ich. Um ein Haar hätte ich ihn den Präsidentschaftskandidaten genannt.

»Ja. Wo sind Sie beide einander begegnet?«

»Er wohnte in meinem Hotel in Port-au-Prince.«

»Stimmt.« Es war, als wolle er die Tatsachen noch einmal kontrollieren, um zu sehen, ob einer von uns gelogen habe. »Sie sind doch kein Vegetarier?«

»Nein.«

»Weil die Jungens hier nämlich scharf sind auf ihr Beefsteak mit Pommes frites.« Ich nippte an dem Whisky, der im Soda ertrank. Mr. Schuyler Wilson beobachtete mich genau, als neide er mir jeden Tropfen. Immer mehr spürte ich, daß ich die Stelle nicht bekommen würde.

»Was haben Sie für Erfahrungen in der Gastronomie?«

»Nun, ich hatte bis vor einem Monat dieses Hotel in Haiti. Ich hab auch im Trocadero in London gearbeitet und –«, hier fügte ich die alte Lüge hinzu, »bei Fouquet in Paris.«

»Irgendwelche Zeugnisse?«

»Ich kann mir schwerlich selbst eins schreiben, wie? Seit einer ganzen Reihe von Jahren bin ich mein eigener Arbeitgeber.«

»Ihr Mr. Smith ist ein bißchen schrullig, nicht?«

»Ich mag ihn gern.«

»Hat Ihnen seine Frau erzählt, daß er mal für die Präsidentschaft kandidiert hat? Im Interesse der Vegetarier.« Mr. Schuyler Wilson lachte. Es war ein aufgebrachtes Lachen, ohne Spaß darin, wie die Drohung eines lauernden Tieres.

»Es war wohl eine Art Propaganda.«

»Ich hab was gegen Propaganda. Man schiebt uns hier Flugblätter unter den Draht. Versucht, an die Leute ranzukommen. Wir bezahlen sie gut. Wir füttern sie gut. Warum haben Sie Haiti verlassen?«

»Anstände mit den Behörden. Ich verhalf einem Engländer zur Flucht aus Port-au-Prince. Die Tontons Macoute waren hinter ihm her.«

»Was sind die Tontons Macoute?«

Wir waren weniger als dreihundert Kilometer von Port-au-Prince entfernt; es schien mir seltsam, daß er mich das fragte, aber die Zeitungen, die er las, hatten vermutlich lange nichts über Haiti gebracht.

»Die Geheimpolizei«, sagte ich.

»Und wie kamen Sie heraus?«

»Seine Freunde halfen mir über die Grenze.«

Es war eine recht karge Beschreibung von zwei Wochen aufreibender Mühsal und Hoffnungslosigkeit.

»Was meinen Sie damit – seine Freunde?«

»Die Aufständischen.«

»Sie meinen die Kommunisten?« Er verhörte mich, als hätte ich mich um eine Stelle als Agent der CIA beworben, nicht als Lebensmitteleinkäufer für eine Bergbaugesellschaft. Mir riß ein wenig die Geduld. Ich sagte: »Aufständische sind nicht immer Kommunisten, außer Sie stempeln sie dazu.«

Meine Gereiztheit belustigte Mr. Schuyler Wilson. Zum erstenmal lächelte er; es war ein selbstgefälliges Lächeln, als habe er durch ein geschicktes Verhör etwas herausgebracht, das ich hatte verbergen wollen.

»Sie sind ja ein richtiger Fachmann«, sagte er.

»Fachmann?«

»Ich meine in Ihrem eigenen Hotel und an dem Ort da, in Paris, von dem Sie sprachen. Ich glaube, Sie wären nicht sehr glücklich bei uns. Nur einfache amerikanische Hausmannskost – mehr brauchen wir hier nicht.« Er stand auf, um anzudeuten, daß die Unterredung vorbei war. Ich trank meinen Whisky aus, und er sah mir ungeduldig zu; dann sagte er, ohne mir die Hand zu reichen: »Freut mich, Ihre Bekanntschaft gemacht zu haben. Geben Sie Ihr Abzeichen am zweiten Tor ab.«

Ich fuhr an dem Privatflugfeld und dem Privathafen vorbei. Ich händigte mein Abzeichen aus, dabei fiel mir die Einreiseerlaubnis ein, die man beim Abflug aus Amerika im Einwanderungsbüro von Idlewild zurücklassen muß.

2

Ich fuhr zum Hotel Ambassador am Stadtrand von Santo Domingo, wo Mr. Smith wohnte. Es war nicht der richtige Ort für ihn, so schien es mir zumindest. Ich war gewohnt, die vorgeneigte Gestalt, das milde und maßvolle Antlitz und das wilde, weiße Haar inmitten von Not und Armut zu sehen. In dieser großen glitzernden Hotelhalle saßen Männer mit Geldbörsen statt Pistolenhalftern am Gurt, und wenn sie schwarze Brillen trugen, dann nur zum Schutz ihrer Augen vor dem hellen Sonnenlicht. Man konnte ständig Spielautomaten rattern und die Rufe des Croupiers im Kasino hören. Jeder hatte hier Geld, sogar Mr. Smith. Die Armut war fern und unsichtbar, unten in der Stadt. Ein Mädchen im Bikini und mit grellem Bademantel kam vom Schwimmbad herein. Sie fragte an der Rezeption, ob ein Mr. Hochstrudel Junior schon eingetroffen sei. »Ich meine Mr. Wilbur K. Hochstrudel.« Der Portier sagte: »Nein, aber Mr. Hochstrudel wird erwartet.«

Ich ließ Mr. Smith bestellen, ich sei unten, und suchte mir einen Platz. Am Tisch neben mir tranken die Leute Rum-Punsch, und ich dachte an Joseph. Er machte besseren Rum-Punsch, als man ihn hier servierte, und ich hatte Sehnsucht nach ihm.

Ich war nur vierundzwanzig Stunden bei Philipot geblieben. Er war auf zurückhaltende Weise recht höflich zu mir, aber er schien verwandelt, nicht mehr der alte. Früher war ich ein guter Zuhörer für seine Baudelaire nachempfundenen Verse gewesen, doch für einen Krieg war ich zu alt. Jetzt war es Jones, den er brauchte, dessen Gesellschaft er suchte. Er hatte neun Mann bei sich im Versteck, und wenn er mit Jones sprach, hätte man meinen können, er befehlige zumindest ein Bataillon. Jones war klug genug, ihm zuzuhören und nicht viel zu reden, aber einmal erwachte ich in der Nacht, die ich bei ihnen verbrachte, und vernahm, wie Jones sagte: »Sie müssen sich etablieren. So dicht an der Grenze, daß die Presseleute herüberkommen können. Dann können Sie öffentliche Anerkennung verlangen.« Dachten sie in dieser Felsenhöhle (die sie jeden Tag wechselten, wie ich später erfuhr) wirklich schon in Begriffen einer provisorischen Regierung? Sie führten drei alte Maschinenpistolen aus dem Polizeikommissariat mit – die vermutlich erstmals zu Al Capones Zeit in Dienst gestanden hatten, ein paar Gewehre aus dem Ersten Weltkrieg, eine Jagdflinte und zwei Revolver; ein Mann hatte nichts als sein Buschmesser. Jones fügte wie ein alter Praktiker hinzu: »Diese Art Krieg ist ein bißchen wie Bauernfängerei. Das war ein Mittel, mit dem wir die Japaner hinters Licht führten . . .« Seinen Golfplatz hatte er zwar nicht erreicht, aber ich glaube wirklich, er war jetzt glücklich. Die Männer drängten sich dicht heran; sie konnten kein einziges seiner Worte verstehen, aber es war, als sei ein Anführer in ihr Lager gekommen.

Anderntags wurde ich mit Joseph als Führer fortgeschickt, um den Versuch zu machen, die dominikanische Grenze zu überschreiten. Mein Wagen und die beiden Leichen waren längst entdeckt worden, und in Haiti gab es nirgends mehr Sicherheit für mich. Joseph war seiner verletzten Hüfte wegen leicht zu entbehren und konnte gleichzeitig eine zweite Aufgabe erfüllen. Philipot hatte den Plan, daß ich mich über die internationale Straße davonmachen solle, die nördlich von Banica die beiden Republiken auf eine Länge von ungefähr fünfzig Kilometer trennt. Gewiß lagen alle paar Kilometer weit beiderseits haitische und dominikanische Wachtposten, doch es hieß – und wer wollte wissen, was wirklich wahr daran war –, daß die Stellungen auf der haitischen Seite nachts aus Angst vor Guerilla-Angriffen verlassen wurden. Man hatte alle Bauern aus dem Grenzgebiet verjagt, doch sollten immer noch ungefähr dreißig Mann in den Bergen ihr Wesen treiben: mit ihnen wollte Philipot Verbindung aufnehmen. Falls Joseph zurückkam, war seine Information von Wert, im übrigen war er leichter ersetzbar als die anderen. Man fand wohl auch, sein lahmer Gang sei langsam genug, daß ein Mann meines Alters mit ihm Schritt halten konnte. Jones' letzte vertraulichen Worte an mich waren: »Ich werd's durchstehen, alter Freund.«

»Und der Golfklub?«

»Der Golfklub ist was für's Alter. Wenn wir Port-au-Prince eingenommen haben.«

Die Wanderung war langwierig, mühselig und ermüdend; sie dauerte elf Tage: neun Tage, an denen wir uns abwechselnd versteckten und von einem Ort zum anderen rannten, um dann unsere Spur wieder zurückzuverfolgen, und schließlich zwei Tage, an denen wir aus Hunger unvorsichtig wurden. Ich war schon recht froh, als wir in der Dämmerung von unserem grauen, zerfressenen Berg, wo nichts wuchs, den dichten dominikanischen Wald gewahrten. Man konnte alle Windungen der Grenze an dem Gegensatz zwischen unseren nackten Felsen und dessen reichem Pflanzenwuchs erkennen. Es war dieselbe Gebirgskette, doch die Bäume kamen nirgends in das arme, dürre Land von Haiti herüber. Auf halbem Weg den Berghang hinab lag ein haitischer Wachtposten – eine Ansammlung verfallener Hütten – und ihm gegenüber, hundert Meter weiter, ein zinnengekröntes Fort wie aus der spanischen Sahara. Kurz vor der Dämmerung sahen wir die haitischen Wachen heraustorkeln – sie ließen keinen einzigen Posten zurück. Wir beobachteten ihren Abzug in weiß Gott welchen Unterschlupf (es gab keine Straßen oder Dörfer, wo sie dem erbarmungslosen Felsen entkommen konnten), dann sagte ich Joseph Lebewohl, wobei ich noch irgendeinen dummen Witz über seinen Rum-Punsch machte, und kletterte im Bett eines dünnen Rinnsals auf die internationale Straße hinab – ein stolzer Name für eine Fahrbahn, die kaum besser war als die große Südstraße nach Les Cayes. Am nächsten Morgen steckten mich die Dominikaner in einen Armee-Laster, der das Fort täglich mit Lebensmitteln versorgte, und ich traf in zerrissenen und staubbedeckten Kleidern in Santo Domingo ein, in meiner Tasche hundert Gourdes, die niemand einwechseln wollte, und fünfzig amerikanische Dollar in einer einzigen Banknote, die ich zur Sicherheit in mein Hosenfutter eingenäht hatte. Mit Hilfe dieser Note nahm ich mir ein Zimmer mit Bad, säuberte mich und schlief zwölf Stunden, bevor ich mich zum Britischen Konsulat begab, um dort Geld zu erbetteln und die Rückreise – aber wohin?

Mr. Smith war es, der mir diese Demütigung ersparte. Zufällig fuhr er in Mr. Fernandez' Wagen vorbei und sah mich auf der Straße, als ich eben einen Neger, der nur Spanisch sprach, um den Weg zum Konsulat fragte. Ich bat Mr. Smith, mich beim Konsulat abzusetzen, aber er wollte nichts davon hören; alle diese Dinge hätten Zeit bis nach dem Mittagessen, und nach dem Mittagessen sagte er mir, es komme nicht in Frage, daß ich mir von einem teilnahmslosen Konsul Geld ausborge, solange er, Mr. Smith, da sei und über eine Menge Dollars vom American Express verfüge. »Bedenken Sie doch, was ich Ihnen schulde«, sagte er, aber mir fiel nichts ein, was er mir schuldig wäre. Er hatte seine Rechnung im Hotel Trianon beglichen. Er hatte sogar sein eigenes Hefrol beigestellt. Er wandte sich über meinen Kopf hinweg an Mr. Fernandez, und Mr. Fernandez sagte »Ja«, und Mrs. Smith bemerkte zornig, ich hätte, wenn ich ihren Mann für jemand hielte, der einen Freund im Stich lasse, an jenem Tage mit in Nashville sein sollen ... Während ich jetzt auf ihn wartete, dachte ich, was für ein himmelweiter Unterschied zwischen ihm und Mr. Schuyler Wilson bestand.

Als er in der Halle des Hotels Ambassador zu mir trat, war er allein. Er bat um Entschuldigung für die Abwesenheit von Mrs. Smith, die bei Mr. Fernandez ihre dritte Spanischstunde nahm.

»Sie sollten die zwei miteinander schwatzen hören«, sagte er, »Mrs. Smith hat ein bemerkenswertes Sprachtalent.«

Ich erzählte ihm, wie Mr. Schuyler Wilson mich aufgenommen hatte. »Er hielt mich für einen Kommunisten«, sagte ich.

»Warum?«

»Weil die Tontons hinter mir her waren. Sie erinnern sich ja, Papa Doc ist ein Bollwerk gegen den Kommunismus. ›Aufständischer‹ ist natürlich ein Schimpfwort. Ich möchte nur wissen, wie Präsident Johnson sich heute zu so etwas wie dem französischen Widerstand stellen würde. Der war ja auch von den Kommunisten unterwandert (wieder ein Schimpfwort). Meine Mutter war eine Aufständische – nur gut, daß ich das Mr. Schuyler Wilson nicht erzählt habe.«

»Ich verstehe nicht, welchen Schaden ein Kommunist in der Lebensmittelversorgung anrichten kann.« Mr. Smith sah mich mit einem Ausdruck der Betrübnis an. Er sagte: »Es ist nicht sehr angenehm, sich für einen Landsmann schämen zu müssen.«

»Sie haben das wohl zur Genüge in Nashville erlebt.«

»Das war etwas anderes. Dort war es eine Krankheit, ein Fieber. Ich konnte Mitleid mit ihnen haben. In meinem Staat haben wir noch eine Tradition der Gastfreundschaft. Wenn ein Mensch an die Tür klopft, fragen wir ihn nicht nach Politik.«

»Ich hatte so gehofft, Ihnen meine Schuld zurückzahlen zu können.«

»Ich bin nicht arm, Mr. Brown. Von dem Zeug da hab ich noch reichlich zu Hause. Ich schlage vor, daß Sie jetzt nochmal tausend Dollar von mir annehmen.«

»Wie könnte ich das? Ich kann Ihnen keine Sicherheit bieten.«

»Wenn Ihnen das Sorgen macht, dann verfassen wir ein Dokument – ganz richtig und legal. Ich übernehme eine Hypothek auf Ihr Hotel. Schließlich ist es ein schöner Besitz.«

»Das ist jetzt keinen Penny wert, Mr. Smith. Die Regierung hat es wahrscheinlich schon übernommen.«

»Eines Tages wird sich alles ändern.«

»Ich habe von einer anderen Stellung im Norden gehört. Bei Monte Cristi. Als Kantinen-Leiter bei einer Obstverwertungsgesellschaft.«

»So tief brauchen Sie nicht zu sinken, Mr. Brown.«

»Ich bin schon mal ein gutes Ende tiefer gesunken und auf weniger ehrenhafte Art. Wenn Sie nichts dagegen haben, daß ich mich wieder auf Sie berufe ... Es ist auch eine amerikanische Gesellschaft.«

»Mr. Fernandez sagt mir, er braucht einen angelsächsischen Partner. Ein blühendes kleines Geschäft, das er da hat.«

»Ich hab noch nie daran gedacht, Leichenbestatter zu werden.«

»Es ist eine wertvolle soziale Aufgabe, Mr. Brown. Sie bietet auch Sicherheit. Keine Geschäftskrisen.«

»Zuerst versuch ich's mit der Kantine. Darin hab ich mehr Erfahrung. Wenn das schiefgeht, wer weiß ...«

»Wußten Sie übrigens, daß Mrs. Pineda in der Stadt ist?«

»Mrs. Pineda?«

Einen Augenblick lang hatte ich wirklich nicht gewußt, was er meinte. »Was macht sie denn in Santo Domingo?«

»Ihr Mann ist nach Lima versetzt worden. Sie bleibt ein paar Tage hier in ihrer Botschaft, mit dem kleinen Jungen. Ich habe seinen Namen vergessen.«

»Angel.«

»Richtig. Ein netter Junge. Mrs. Smith und ich haben Kinder sehr gern. Vielleicht weil wir keine eigenen haben. Mrs. Pineda war froh, als sie hörte, Sie seien heil und gesund aus Haiti herausgekommen, aber sie hatte natürlich Angst um Major Jones. Ich dachte, wir könnten alle zusammen morgen abend ein kleines Abendessen nehmen, und Sie erzählen ihr die ganze Geschichte.«

»Ich habe vor, morgen sehr zeitig in den Norden zu fahren«, sagte ich. »So eine Stellung kann nicht warten. Ich hab mich hier lange genug herumgetrieben. Sagen Sie ihr, ich werde ihr schreiben und ihr alles berichten, was ich über Jones weiß.«

3

Diesmal hatte ich einen Jeep, um es mit der Straße aufnehmen zu können; Mr. Fernandez hatte ihn mir ebenfalls zu ermäßigtem Preis verschafft. Trotzdem sollte ich Monte Cristi und die Bananenplantagen nicht erreichen und werde nie wissen, ob ich mich als Kantinenleiter brauchbar erwiesen hätte. Ich brach um sechs Uhr früh auf und kam zur Frühstückszeit nach San Juan. Bis Elias Pinas war die Straße gut, dann aber, entlang der Grenze, vielleicht weil es hier außer dem täglichen Autobus und einigen Armeelastern keinen Verkehr gab, war die internationale Straße eher für Maultiere und Kühe geeignet. Ich hatte den Militärposten von Pedro Santana erreicht, als ich angehalten wurde – ich konnte nicht verstehen, warum. Der Leutnant, den ich vom Sehen kannte, weil ich ihm vor einem Monat begegnet war, als ich die Grenze überschritten hatte, unterhielt sich eifrig mit einem dicken Mann im Stadtanzug; vor ihm lag ein Haufen glitzernder falscher Juwelen, Halsketten, Armbänder, Uhren und Ringe – das Grenzgebiet war ein wunderbarer Jagdgrund für Schmuggler, und das Geld ging von Hand zu Hand. Der Leutnant kam zu meinem Jeep.

»Was ist nicht in Ordnung?« fragte ich.

»Nicht in Ordnung? Alles ist in Ordnung«. Er sprach Französisch so gut wie ich.

»Ihre Leute wollen mich nicht durchlassen.«

»Zu Ihrer eigenen Sicherheit. Auf der anderen Seite der internationalen Straße wird heftig geschossen. Wild durcheinander. Ich hab Sie schon mal gesehen, wie?«

»Ich kam vor einem Monat über die Grenze.«

»Ja. Jetzt erinnere ich mich. Kann sein, daß wir bald mehr solche Leute wie Sie zu sehen bekommen.«

»Haben Sie hier Flüchtlinge?«

»Wir hatten ungefähr zwanzig Guerillas, kurz nachdem Sie kamen. Die sind jetzt in einem Lager in Santo Domingo. Ich hatte gedacht, es gäbe keine mehr.«

Er mußte die Bande meinen, mit der Philipot hatte Verbindung aufnehmen wollen. Ich dachte an Jones und Philipot, die in der Nacht, umgeben von ihrer Mannschaft, große Pläne geschmiedet hatten – für die Errichtung eines Stützpunktes, eine provisorische Regierung, einen Pressebesuch.

»Ich will nach Monte Cristi hinauf, bevor es dunkel wird.«

»Sie sollten lieber nach Elias Pinas zurückfahren.«

»Nein, ich warte hier, wenn Sie nichts dagegen haben.«

»Uns soll's recht sein.«

Ich hatte eine Flasche Whisky im Wagen, das war ihnen noch mehr recht. Der Mann, der den Schmuck verkaufte, versuchte mein Interesse an einem Paar Ohrringe zu erwecken, er sagte, es sei aus Saphiren und Diamanten. Bald fuhr er dann in Richtung auf Elias Pinas davon. Er hatte dem Leutnant eine Uhr und dem Sergeanten zwei Halsketten verkauft.

»Für dieselbe Frau?« fragte ich den Sergeanten.

»Für meine Gattin«, sagte er und zwinkerte mir zu.

Es war hoher Mittag. Ich saß im Schatten auf den Stufen zur Wachstube und erwog, was ich anfangen sollte, wenn die Obstverwertungsgesellschaft mich ablehnte. Es bestand immer noch Mr. Fernandez' Angebot; ich hätte gern gewußt, ob ich dann einen schwarzen Anzug würde tragen müssen.

Vielleicht hat es auch einen Vorteil, ohne Wurzeln in einer Stadt wie Monte Carlo geboren zu sein, weil man so leichter erträgt, was auch kommt. Wir Menschen ohne Wurzeln sind wie alle anderen einmal in Versuchung geraten, die Sicherheit eines religiösen Glaubens oder einer politischen Überzeugung mit anderen zu teilen; aber aus irgendeinem Grund haben wir den Versuchungen widerstanden. Wir sind ohne Glauben: wir bewundern die Opferwilligen, die Doktor Magiots und Mr. Smiths, wegen ihres Mutes und ihrer Lauterkeit, wegen ihrer Treue zu einer Sache; dennoch müssen wir feststellen, daß wir, sei es aus Zaghaftigkeit oder aus Mangel an dem gehörigen Eifer, die einzigen sind, die sich wahrhaft festgelegt haben – festgelegt auf diese ganze Welt von Gut und Böse, auf die Weisen und die Narren, die Gleichgültigen und die Irrenden. Wir haben nichts anderes erwählt, als nur weiterzuleben, »rundum der Erde Tageslauf, mit Fels und Stein und Baum«.

Das Problem interessierte mich; mag sein, daß es mein nie ganz ruhiges Gewissen erleichterte, jene Skrupel, die mir ohne meine Zustimmung, als ich noch zu jung war, um es besser zu wissen, von den Patres von Mariae Heimsuchung eingepflanzt worden waren. Dann hatte die Sonne die Stufen erreicht und vertrieb mich in die

Wachstube mit ihren Schlafkojen, die wie Tragbahren aussahen, ihren Pin-up Girls und Andenken an manches Heim, ihrem schweren, ungelüfteten Geruch. Dorthin kam mir der Leutnant nach. Er sagte: »Sie werden bald weiterfahren können. Die kommen jetzt herein.«

Einige dominikanische Soldaten marschierten die Straße herauf; sie gingen im Gänsemarsch, um im Schatten der Bäume zu bleiben. Sie hatten ihre Gewehre geschultert und trugen in den Händen die Waffen der Männer, die aus den haitischen Bergen hervorgekommen waren und einige Schritte hinter ihnen herstapften, hinkend vor Müdigkeit, einen beschämten Ausdruck im Gesicht wie Kinder, die etwas Wertvolles zerbrochen haben. Ich erkannte keinen der Neger, doch fast am Ende der kleinen Kolonne sah ich Philipot. Er war nackt bis zum Gürtel: sein Hemd hatte er dazu benützt, um sich den rechten Arm an die Seite zu binden. Als er mich sah, sagte er trotzig: »Wir hatten keine Munition mehr«, aber ich glaube, er erkannte mich nicht – er sah bloß, was er für das vorwurfsvolle Gesicht eines Weißen hielt. Ganz zum Schluß trugen zwei Mann eine Tragbahre. Auf ihr lag Joseph. Seine Augen standen offen, aber er konnte das fremde Land nicht mehr sehen, in das man ihn trug.

Einer der Männer fragte: »Kennen Sie ihn?«

»Ja«, sagte ich, »er hat guten Rum-Punsch gemacht.«

Die beiden Männer sahen mich tadelnd an; ich begriff, daß das keine Rede war, wie man sie einem Toten hielt, Mr. Fernandez wäre das besser gelungen. Und ich folgte schweigend der Bahre wie ein Trauergast.

In der Wachstube hatte jemand Philipot einen Stuhl und eine Zigarette gegeben. Der Leutnant erklärte ihm, er habe vor morgen kein Fahrzeug, und es gebe in der Stellung keinen Arzt.

»Es ist nur ein gebrochener Arm«, sagte Philipot. »Ich

bin gefallen, als ich die Schlucht herunterkam. Es liegt nicht das mindeste dran. Ich kann warten.«

Der Leutnant sagte freundlich: »Wir haben für Ihre Leute in der Nähe von Santo Domingo ein bequemes Lager eingerichtet. In einer alten Irrenanstalt . . .«

Philipot begann zu lachen. »In einer Irrenanstalt! Sie haben recht.« Dann weinte er und bedeckte seine Augen mit der Hand.

Ich sagte: »Ich habe einen Wagen hier. Wenn der Herr Leutnant es erlaubt, brauchen Sie nicht zu warten.«

»Emil hat eine Wunde am Fuß.«

»Wir können ihn ja mitnehmen.«

»Ich will mich jetzt nicht von ihnen trennen. Wer sind Sie denn? Ach, natürlich, ich kenne Sie ja. Mein Kopf ist verwirrt.«

»Ihr braucht beide einen Arzt. Es hat keinen Sinn, bis morgen hier zu warten. Glauben Sie, daß noch jemand herüberkommt?« Ich dachte an Jones.

»Nein. Sonst niemand.«

Ich versuchte mich zu erinnern, wie viele die Straße heraufgestapft waren. »Alle anderen sind tot?« fragte ich.

»Alle tot.«

Ich machte es den beiden im Jeep so bequem wie möglich, und die Flüchtlinge standen dabei und sahen uns zu, in den Händen Stücke Brot. Es waren ihrer sechs und Joseph, der im Schatten tot auf der Tragbahre lag. Sie hatten den verstörten Blick von Menschen, die knapp einem Waldbrand entkommen sind. Wir fuhren ab, zwei Mann winkten, die anderen kauten ihr Brot.

Ich sagte zu Philipot: »Und Jones – ist er tot?«

»Jetzt wohl schon.«

»War er verwundet?«

»Nein, aber die Füße versagten ihm den Dienst.«

Ich mußte ihm die Einzelheiten abringen. Zuerst glaubte ich, er wolle all das vergessen, aber er war bloß in

Sorgen versunken. Ich sagte: »War er die Erfüllung Ihrer Wünsche?«

»Er war ein sonderbarer Mann. Von ihm begannen wir zu lernen, aber er hatte nicht genug Zeit. Die Leute liebten ihn. Er brachte sie zum Lachen.«

»Er sprach doch kein Kreolisch.«

»Er brauchte keine Worte. Wieviel Mann liegen in dieser Irrenanstalt?«

»Ungefähr zwanzig. Alle, die Sie gesucht hatten.«

»Wenn wir wieder Waffen kriegen können, gehen wir zurück.«

Um ihn zu trösten, sagte ich: »Natürlich.«

»Ich möchte seine Leiche finden. Ich möchte, daß er ein richtiges Grab hat. An der Stelle, wo wir die Grenze überschritten, werde ich einen Stein errichten, und eines Tages, wenn Papa Doc tot ist, werden wir genau so einen Stein dahin setzen, wo er gestorben ist. Es wird ein Ort für Pilger sein. Ich werde den Britischen Botschafter dafür gewinnen, vielleicht ein Mitglied der Königsfamilie ...«

»Ich hoffe nur, Papa Doc überlebt uns nicht alle.« Nach Elias Pinas kamen wir auf die gute Straße nach San Juan. Ich sagte: »So hat er schließlich doch bewiesen, daß er es schafft.«

»Was schafft?«

»Ein Kommando führen.«

»Das hat er doch schon gegen die Japaner bewiesen.«

»Ja, ja. Ich hatte es vergessen.«

»Er war ein schlauer Bursche. Wissen Sie, wie er Papa Doc hinters Licht geführt hat?«

»Ja.«

»Wissen Sie, daß er Wasser von weitem riechen konnte?«

»Konnte er das wirklich?«

»Ganz gewiß, aber Wasser war nun mal nicht eben das, was uns fehlte.«

»War er ein guter Schütze?«

»Unsere Waffen waren so alt, so unmodern. Ich mußte ihn unterweisen. Er war kein guter Schütze, er ging mit einem Spazierstock durch Burma, sagte er mir, aber er wußte, wie man Leute führt.«

»Auf seinen Plattfüßen. Wie war das Ende?«

»Wir kamen an die Grenze, um die anderen zu treffen, und gerieten in einen Hinterhalt. Es war nicht seine Schuld. Zwei Mann wurden getötet, Joseph schwer verletzt. Es blieb nur mehr die Flucht. Wegen Joseph kamen wir nicht schnell genug vorwärts. Er starb, als wir die letzte Schlucht herunterliefen.«

»Und Jones?«

»Er konnte sich wegen seiner Füße kaum vom Fleck rühren. Er fand sich ein ›gutes Plätzchen‹, wie er es nannte. Er sagte, er würde die Soldaten abwehren, bis wir Zeit hätten, die Straße zu erreichen – keiner von denen hatte Lust, sich sehr dicht heranzuwagen. Er sagte, er käme dann langsam nach, aber ich wußte, er würde nie nachkommen.«

»Warum?«

»Er sagte einmal, für ihn sei nirgends Raum außer in Haiti.«

»Was hat er wohl damit gemeint?«

»Er hat gemeint, sein Herz sei hier.«

Ich dachte an das Kabel, das der Kapitän aus Philadelphia erhalten hatte, und an die Botschaft an den Geschäftsträger. Es gab mehr in seiner Vergangenheit als einen von Asprey gestohlenen Cocktail-Shaker; soviel stand fest.

Philipot sagte: »Ich habe ihn geliebt. Ich möchte der Königin von England über ihn schreiben . . .«

4

Man las eine Totenmesse für Joseph und die anderen (alle drei waren Katholiken), und schloß aus Höflichkeit auch Jones ein, dessen Religion unbekannt war. Ich ging mit Mr. und Mrs. Smith in die kleine Franziskanerkirche in einer Seitengasse. Es war eine winzige Gemeinde. Man fühlte sich von der Gleichgültigkeit der Welt außerhalb Haitis umgeben. Philipot geleitete seine kleine Schar aus der Irrenanstalt herüber, und im letzten Augenblick trat Martha ein, Angel neben sich. Ein haitischer Priester, ebenfalls ein Flüchtling, las die Messe, und natürlich war auch Mr. Fernandez erschienen – er wirkte fachmännisch und von Berufs wegen an solche Vorgänge gewöhnt.

Angel benahm sich gut; er sah magerer aus, als ich ihn in Erinnerung hatte. Ich wußte wirklich nicht, warum ich ihn in der Vergangenheit so hassenswert gefunden hatte, wunderte mich auch, wenn ich auf Martha sah, die zwei Reihen vor mir saß, daß unser halb-verbundenes Leben uns so wichtig gewesen war. Es schien jetzt ausschließlich zu Port-au-Prince zu gehören, zu dem Dunkel und Schrecken des Ausgehverbotes, zu den Telefonen, die nicht funktionierten, zu den Tontons Macoute mit den schwarzen Brillen, zu Gewalttat, Ungerechtigkeit und Tortur. Wie manche Weine konnte unsere Liebe weder reifen noch reisen.

Der Priester war ein junger Mann in Philipots Alter, mit der hellen Haut der Mestizen. Er hielt eine ganz kurze Predigt über einige Worte des heiligen Apostels Thomas: »Lasset uns nach Jerusalem hinaufgehen und mit ihm sterben.« Er sagte: »Die Kirche ist in der Welt, sie nimmt Anteil an den Leiden auf der Welt, und wenn Christus auch den Jünger zurechtwies, der dem Diener des Hohepriesters das Ohr abschlug, so wenden sich unsere Herzen doch in Mitgefühl denen zu, die durch die

Leiden anderer zur Gewalt veranlaßt werden. Die Kirche lehnt die Gewalt ab, aber noch schärfer verwirft sie die Gleichgültigkeit. Gewalt kann der Ausdruck von Liebe sein, Gleichgültigkeit niemals. Jene ist die Unvollkommenheit der Liebe, doch diese die Vollkommenheit des Egoismus. In den Tagen der Angst, der Zweifel und der Verwirrung empfahl ein Apostel in seiner Einfachheit und Anhänglichkeit eine politische Lösung. Er hatte unrecht, aber ich möchte lieber mit dem heiligen Thomas unrecht, als mit den Kalten und Feigen recht haben. Lasset uns nach Jerusalem hinaufgehen und mit ihm sterben.«

Mr. Smith schüttelte sorgenvoll den Kopf; diese Predigt gefiel ihm nicht. Es lag darin zuviel von der Magensäure menschlicher Leidenschaft.

Ich beobachtete Philipot, wie er an den Altar trat, um das Abendmahl zu nehmen, gefolgt von den meisten anderen seiner kleinen Truppe. Ich fragte mich, ob sie dem Priester ihre sündigen Gewalttaten gebeichtet hatten: ich bezweifelte, daß er ihnen den festen Vorsatz zur Besserung abverlangt hatte. Nach der Messe stand ich plötzlich neben Martha und dem Kind. Ich bemerkte, daß Angel geweint hatte. »Er hat Jones geliebt«, sagte Martha. Sie nahm mich bei der Hand und führte mich in eine Seitenkapelle: dort waren wir allein mit einer scheußlichen Statue der heiligen Klara. Sie sagte: »Ich habe eine schlechte Nachricht für dich.«

»Ich weiß es schon. Luis ist nach Lima versetzt.«

»Ist das wirklich eine so schlechte Nachricht? Wir waren doch zu einem Ende gekommen, nicht wahr, du und ich?«

»Wirklich? Jones ist tot.«

»Er hat Angel mehr bedeutet als mir. Du hattest mich in der letzten Nacht wütend gemacht. Hättest du dir nicht über Jones den Kopf zerbrochen, dann wäre es ein anderer gewesen. Du hast nur eine Ausrede gesucht, um Schluß zu machen. Ich habe niemals mit Jones geschlafen. Das mußt du mir glauben. Ich habe ihn geliebt – aber auf andere Art.«

»Ja. Jetzt kann ich dir glauben.«

»Damals hättest du mir nicht geglaubt.«

Es lag eine gewisse Ironie darin, daß sie mir schließlich doch treu geblieben war, doch jetzt schien es mir erstaunlich unwichtig. Ich wünschte beinahe, Jones hätte seinen »Spaß« gehabt. »Was ist dann deine schlechte Nachricht?«

»Doktor Magiot ist tot.«

Ich hatte nie den Tag gewußt, an dem mein Vater starb, wenn er überhaupt gestorben war, und so erlebte ich zum ersten Mal das Gefühl einer plötzlichen Trennung von einem Menschen, auf den ich im äußersten Notfall rechnen konnte. »Wie ist das geschehen?«

»Der offiziellen Darstellung nach kam er um, als er Widerstand gegen seine Festnahme leistete. Man warf ihm vor, er sei ein Agent Castros, ein Kommunist.«

»Ein Kommunist war er bestimmt, aber ich bin überzeugt, er war niemandes Agent.«

»In Wirklichkeit hat man ihm einen Bauern an die Tür geschickt, der ihn bat, zu kommen und einem kranken Kind zu helfen. Er trat auf den Weg hinaus, und die Tontons Macoute schossen ihn aus einem Wagen nieder. Es gab Zeugen dafür. Sie haben auch den Bauern erschossen, aber das war wohl nicht die Absicht.«

»Es mußte so kommen. Papa Doc ist ein Bollwerk gegen den Kommunismus.«

»Wo wohnst du jetzt?«

Ich nannte ihr den Namen eines kleinen Hotels in der Stadt. »Soll ich kommen und dich besuchen?« fragte sie. »Diesen Nachmittag kann ich, Angel hat Freunde bei sich.«

»Wenn du wirklich willst.«

»Ich fahre morgen nach Lima.«

»An deiner Stelle«, sagte ich ihr, »würde ich bestimmt nicht kommen.«

»Willst du mir schreiben und berichten, wie es dir geht?«

»Natürlich.«

Ich blieb den ganzen Nachmittag im Hotel, für den Fall, daß sie doch käme, aber ich war froh, daß sie nicht erschien. Mir fiel ein, daß unsere Liebesstunden schon zweimal von den Toten gestört worden waren – zuerst von Marcel und dann von dem *ancien ministre*. Jetzt war es Doktor Magiot, der in die würdige und wohldisziplinierte Reihe getreten war: sie verwarfen unseren Leichtsinn.

Abends nahm ich mit den Smiths und Mr. Fernandez das Abendessen ein – Mrs. Smith machte den Dolmetsch, sie hatte bereits genügend Spanisch gelernt, aber auch Mr. Fernandez war imstande, ein wenig mitzureden. Man wurde sich einig, daß ich als Junior-Teilhaber in die Firma Fernandez eintreten sollte. Ich würde mit den französischen und angelsächsischen Hinterbliebenen zu verhandeln haben; auch wurde uns beiden ein Anteil an Mr. Smith' vegetarischem Zentrum zugesagt, sobald es einmal errichtet war. Mr. Smith hielt das nur für recht und billig, denn unsere Geschäfte könnten ja durch einen Erfolg des Vegetarismus abträglich beeinflußt werden. Vielleicht wäre das Zentrum tatsächlich zustande gekommen, hätte nicht einige Monate darauf die Gewalt auch Santo Domingo erreicht – eine Gewalt, die Mr. Fernandez und mir zu einem gewissen Maß von Wohlstand verhalf, obschon die Toten, wie in solchen Fällen üblich, zumeist Mr. Fernandez' Geschäftsanteil zugute kamen. Farbige werden leichter getötet als Angelsachsen.

Als ich an jenem Abend in mein Hotelzimmer zurückkam, fand ich auf meinem Kopfkissen einen Brief – einen Brief aus dem Totenreich. Ich erfuhr nie, wer ihn abgegeben hatte. Der Portier konnte mir nichts darüber sagen. Der Brief war nicht unterzeichnet, aber die Schriftzüge waren unverkennbar die Doktor Magiots.

Ich las: »Lieber Freund, ich schreibe Ihnen, weil ich Ihre Mutter geliebt habe und in diesen letzten Stunden mit ihrem Sohn sprechen will. Meine Stunden sind gezählt; jeden Augenblick erwarte ich das Klopfen an der Tür. Sie können schwerlich läuten, denn die Elektrizität ist wie gewöhnlich abgesperrt. Der amerikanische Botschafter wird demnächst zurückkommen, und Baron Samedi will bestimmt eine kleine Gegenleistung dafür erbringen. So geht es auf der ganzen Welt. Man kann überall ein paar Kommunisten finden, genau wie Juden und Katholiken. Sie werden sich erinnern, daß Tschiang Kai-schek, der heldenhafte Verteidiger von Formosa, mit uns die Kessel der Lokomotiven heizte. Weiß Gott, zu welchen medizinischen Untersuchungen Papa Doc mich benützen wird. Ich bitte Sie nur, vergessen Sie nicht *ce si gros neg.* Wissen Sie noch, wie mich Mrs. Smith eines Abends beschuldigte, ein Marxist zu sein? ›Beschuldigte‹ ist ein zu starkes Wort. Sie ist eine gütige Frau und haßt die Ungerechtigkeit. Dennoch bin ich so weit gekommen, das Wort ›Marxist‹ abzulehnen. Es wird oft zur Bezeichnung eines bloßen Wirtschaftsplanes verwendet. Ich glaube natürlich an diesen Wirtschaftsplan – in bestimmten Fällen und zu bestimmten Zeiten, hier in Haiti, in Kuba, in Vietnam, in Indien. Aber der Kommunismus ist mehr als ein Wirtschaftsplan, mein Freund, ganz wie der Katholizismus – vergessen Sie nicht, auch ich bin als Katholik geboren – mehr ist als die römische Kurie. Es gibt eine *mystique* so gut wie eine *politique.* Wir sind Humanisten, Sie und ich. Vielleicht wollen Sie es nicht zugeben, aber Sie sind der Sohn Ihrer Mutter, und Sie haben nun einmal jene gefährliche Reise unternommen, die wir alle vor dem Tod machen müssen. Katholiken und Kommunisten haben große Verbrechen begangen, aber wenigstens haben sie nicht teilnahmslos abseits gestanden, wie alteingesessene Mächte. Ich hätte lieber Blut an den Händen als Wasser wie Pilatus. Ich kenne und liebe Sie, und ich schreibe diesen Brief mit einiger Sorgfalt, weil es meine letzte Möglichkeit einer Verbindung mit Ihnen sein mag. Er wird Sie vielleicht nie erreichen, aber ich sende ihn durch jemand, den ich für einen sicheren Vermittler halte – auch wenn es keine Garantie dafür gibt in dieser wilden Welt, in der wir heute leben (damit meine ich nicht mein armes, unbedeutendes kleines Haiti). Ich flehe Sie an – vielleicht gestattet es mir ein Klopfen an der Tür nicht mehr, diesen Satz zu vollenden, darum sehen Sie darin die letzte Bitte eines Sterbenden – wenn Sie auch einen Glauben aufgegeben haben, geben Sie nicht allen Glauben auf. Es besteht immer eine Alternative für den Glauben, den wir verlieren. Oder ist es vielleicht derselbe Glaube in einem anderen Gewand?«

Ich dachte an Martha, die gesagt hatte: »Du bist ein *prêtre manqué.*« Wie seltsam man doch anderen Menschen erscheinen muß! Ich hatte schon im Internat von Mariae Heimsuchung, das wußte ich genau, jede Bereitschaft zur Anteilnahme hinter mir gelassen. Ich hatte sie in den Klingelbeutel geworfen, wie den Roulettejeton. Ich hatte mich nicht nur zur Liebe unfähig gefühlt – viele sind dazu unfähig –, sondern auch zur Schuld. In meiner Welt gab es keine Höhen und keine Abgründe – ich sah mich auf einer großen Ebene, wie ich wanderte und wanderte über die grenzenlose Weite hin.

Einst hätte ich noch eine andere Richtung einschlagen können, aber jetzt war es zu spät. Als ich ein Junge war, hatten mir die Patres von Mariae Heimsuchung gesagt, die Wahrheit werde dadurch erprobt, daß man bereit sei, für sie zu sterben. Auch Doktor Magiot hatte daran geglaubt, aber für welche Wahrheit war Jones gestorben?

Vielleicht war es unter diesen Umständen nur natürlich, daß Jones mir im Traum erschien. Er lag unter den dürren Felsen des Flachlandes neben mir und sagte: »Bitten Sie mich nicht, Wasser zu finden. Ich kann es nicht. Ich bin müde, Brown, müde. Nach der siebenhundertsten Vorstellung fällt mir manchmal mein Text nicht ein, und es sind doch nur zwei Sätze.«

Ich fragte ihn: »Warum sterben Sie, Jones?«

»Es steht in meiner Rolle, alter Freund, es steht in meiner Rolle. Aber ich habe diesen komischen Satz zu sprechen – Sie sollten das ganze Theater lachen hören, wenn ich ihn sage. Besonders die Damen.«

»Wie lautet er denn?«

»Das ist es ja: ich hab ihn vergessen.«

»Jones, Sie müssen sich erinnern.«

»Jetzt weiß ich ihn wieder. Ich habe zu sagen – und schauen Sie sich nur diese verdammten Felsen an –: ›Das ist ein gutes Plätzchen‹, und alle lachen, bis ihnen die Tränen kommen. Dann sagen Sie: ›Um die Hundskerle aufzuhalten?‹ Und ich antworte: ›So hab ich's nicht gemeint.‹«

Die Klingel des Telefons weckte mich – ich hatte verschlafen. Es war, soviel ich entnahm, Mr. Fernandez, der mich zu meinem ersten Auftrag rief.